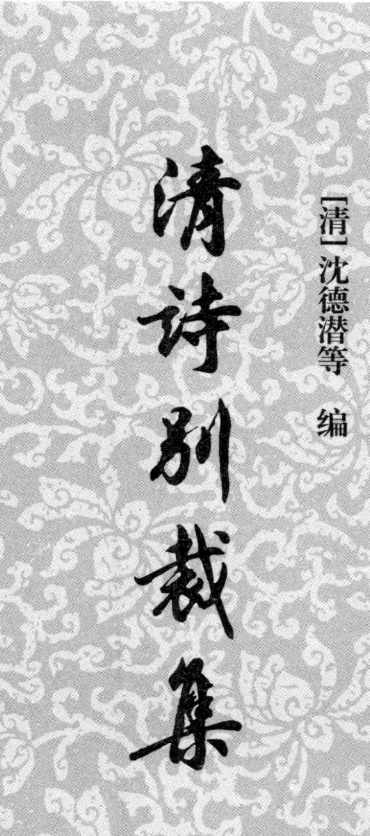

# 清诗别裁集

[清]沈德潜等 编

上

**图书在版编目(CIP)数据**

清诗别裁集 /（清）沈德潜等编. —上海：上海古籍出版社，2013.8(2023.2 重印)
ISBN 978-7-5325-6926-7

Ⅰ.①清… Ⅱ.①沈… Ⅲ.①古典诗歌—诗集—中国—清代 Ⅳ.①I222.749

中国版本图书馆 CIP 数据核字(2013)第 163599 号

**清诗别裁集**

（全二册）

〔清〕沈德潜等 编

上海古籍出版社出版发行
（上海市闵行区号景路 159 弄 1-5 号 A 座 5F 邮政编码 201101）
（1）网址：www.guji.com.cn
（2）E-mail：guji1@guji.com.cn
（3）易文网网址：www.ewen.co
金坛市古籍印刷厂印刷
开本 850×1168 1/32 印张 44.75 插页 10 字数 816,000
2013 年 8 月第 1 版 2023 年 2 月第 2 次印刷
印数：1,501—2,100
ISBN 978-7-5325-6926-7
I·2700 定价：198.00 元
如有质量问题，请与承印公司联系

# 出版说明

《清诗别裁集》原名《国朝诗别裁集》，严格地说，应该称作「清前期诗别裁集」。据编选者的序文，所选止于乾隆二十五年（一七六〇）前已去世的人的诗作，而这一时期仅占有清一代的三分之一强，并不足以觇清诗的全貌。本书历来与《唐诗别裁集》、《宋诗别裁集》、《元诗别裁集》、《明诗别裁集》合称「五朝诗别裁集」，一直流传颇广。

本书由沈德潜、翁照、周準等编选。主要编选人沈德潜（一六七三——一七六九），字确士，号归愚，谥文慤，江苏长洲（今苏州市）人。乾隆进士，以诗名为清高宗所优眷，历仕至内阁学士兼礼部侍郎，加尚书衔，实际是替皇帝做私人文墨工作的文学侍从。

他关于诗的编著，除了本书外，还有《唐诗别裁集》、《明诗别裁集》、《古诗源》、《说诗晬语》等，都是宣扬他的诗论的作品，在清代很有些影响。他论诗主格调说，首先强调孔子温柔敦厚的「诗教」。在百余年来众多的诗论家中，他持论不尚偏激，这也和他所处乾隆盛世及长期过文学侍从的生涯有关。他虽然自谓「未尝贬斥宋诗」，而且在本书中屡次表白这一态度，实际上他确是厚唐薄宋，并以此作为选诗评诗的标准。《清史稿·沈德潜传》说他

「自盛唐上追汉、魏，论次唐以后列朝诗为别裁集，以规矩示人，承学者效之，自成宗派」，实际他除了本书外，只选唐、明两朝诗别裁集，于宋、元诗则并不想「以规矩示人」，其旨趣可知。

《清诗别裁集》中，有较多反映当时社会现实及人民疾苦的作品；也有不少姓名不彰的作者，其专集后来湮没失传的，他们的某些作品赖本书得以流传至今，这对于清前期诗作的保存，有一定的功绩。沈德潜所作的评语，也可供研究文学史和文学批评史参考。但由于他的阶级立场和时代局限，始终站在他的「国朝」的民族立场和封建士夫的阶级立场，对于明末抗清的民族英雄及农民起义领袖，一概污蔑为「海寇」、「流寇」，还有很多提倡封建礼教，侮辱少数民族的文字，对这些都必须加以分析批判。

本书编列，以人为主，不同于《唐诗别裁集》之编体，共得人九百九十六家，诗三千九百五十二首。本书原有《万有文库》本所据沈德潜晚年重订本，对初刻本有较大的删改。我们这次整理的，则以乾隆二十五年（一七六〇）教忠堂重订本为底本，这个本子是在戊寅（乾隆二十三年、公元一七五八年）初刻本的基础上增删重刻的，时间只隔二年，主要是改错讹，补缺略，保持并且丰富了「以诗存人」的主旨。一些与明清之际政局有关及受过清廷严重迫害的诗人如钱谦益、吴伟业、龚鼎孳、陈之遴、周亮工、屈大均、吴炎、吴兆骞、侯方域、冒襄、金人瑞等，都有作品选入。在其他人的诗作中，也选录了若干反映朝廷弊政、官吏贪残、民生凋敝等较有现实意义的篇章。但自乾隆四十一年以后，沈德潜等慑于清廷的专制文化政策，为符合统治者的意志和要求，把上述诗人和作品一律剔除，而代以原列卷末聊备一格的慎郡王、蕴端、德普、弘曕、恒仁、塞尔赫等莫知为谁何的满族亲贵歌功颂德之作，使清初的诗坛面目全非。这便是我们摒弃原《万有文库》本所据的沈德潜晚年重订本而采取教忠堂本的缘故。

本书由袁世硕同志标点。间有明显错讹，则径予改正，不另出校记。又本书为与已出四朝诗别裁集体例一致，仍采用简体字排印；但对个别人名、地名及易淆歧义的字，酌量保留繁体字，合予说明。

上海古籍出版社

一九八一年二月

# 清诗别裁集目录

## 卷三

## 卷四



## 卷五

## 卷六

## 卷七

## 卷八

## 卷九

## 卷十

## 卷十一



## 卷十二

## 卷十三

## 卷十四

卷十五



卷十六

## 卷十七

## 卷十八

## 卷十九



## 卷二十

## 卷二十一

## 卷二十二

## 卷二十三

## 卷二十四

## 卷二十五

## 卷二十六

## 卷二十八

## 卷二十九

## 卷三十

## 卷三十一

## 卷三十二

# 原序

国朝圣圣相承，皆文思天子。以故九州内外，均沾德教。馀事作诗人者，不啻越之镈，燕之函，秦之庐，夫人能为之也。予辑国朝诗，共得九百九十六人，诗三千九百五十二首。较之钱牧斋列朝诗选、朱竹垞明诗综，只及十之二三，于数为少。及观唐殷璠河岳英灵集云：自贞观及开元，共得二十二人，诗二百三十四首。高仲武中兴间气集云：自至德元年至大历末年，作者数千，选者二十六人。以予所辑较之，又于数为多。然而不嫌其少者，以牧斋、竹垞所选，备一代之掌故，而予惟取诗品之高也。不嫌其多者，以殷璠、高仲武只操一律以绳众人，而予唯祈合乎温柔敦厚之旨，不拘一格也。自问学殖疏浅，见闻狭隘，中间略作小传，远逊牧斋之详；略存诗话，远逊竹垞之雅。唯殷璠所云权压梁、窦终无所取者，敢窃比焉；高仲武所云苟悦权右取媚薄俗者，庶几免焉。书成，凡三十二卷，付诸剞劂，播诸艺林，或以为是而褒之，或以为非而斥之，或以为不烦褒斥而置之，一听乎当世之词人，予不得而知之矣。

乾隆二十五年仲冬日，沈德潜自题。时年八十有八。

此系增减第一次本也。初番刻本，校对欠精，错误良多，甚有评语移入他篇者，兹既一一改正。又，当代名流，搜罗未广，兹复增入诸家，以补从前阙略。稍加芟夷，不留平近，总求无戾乎风雅之旨也。重付开雕，质之艺苑。至南粤、西江翻刻，比初次刻本错字尤多，识者自能鉴诸。德潜又识。

# 凡例

诗之为道，不外孔子教小子教伯鱼数言，而其立言，一归于温柔敦厚，无古今一也。自陆士衡有缘情绮靡之语，后人奉以为宗，波流滔滔，去而日远矣。选中体制各殊，要惟恐失温柔敦厚之旨。

本朝御制诗，如日月经天，江河行地，千百世当奉全集为准绳，非臣子所敢选也。钱牧斋选明高帝以下诸帝诗，失尊君之体矣。兹编不敢采入三圣御诗，别于牧斋选本。

黄昆圃侍郎，多藏北方学者诗。王遴汝上舍，多藏南方学者诗。余从两处稛载而来，选中所收，几有十分之三。馀皆逐渐徵取，鳞次投赠，积久成多，以供采择。然四方万国，其边徼之远，不能遍收也。挂漏实繁，不无遗憾。

国朝选本诗，或尊重名位，或藉为交游结纳，不专论诗也。陈检讨箧衍集，较诸本为善，然只及康熙癸丑，以下阙如。兹补癸丑后八十馀年诗，而名位、交游之念，不扰于中，此差可自信者。

是选以诗存人，不以人存诗。盖建竖功业者重功业，昌明理学者重理学，诗特其馀事也。故有功业、理学可传，而兼工韵语者，急采之。否则人已不朽，不复登其绪馀矣。观者谅之。

人必论定于身后。盖其人已为古人，则品量与学殖俱定。否则，或行或藏，或醇或驳，未能遽定也。集中采取，虽前后不同，均属已往之人。

诗必原本性情关乎人伦日用及古今成败兴坏之故者，方为可存，所谓其言有物也。若一无关系，徒办浮华，又或叫号撞搪以出之，非风人之指矣。尤有甚者，动作温柔乡语，如王次回疑雨集之类，最足害人心术，一概不存。

诗不能离理，然贵有理趣，不贵下理语。陶渊明「汲汲鲁中叟，弥缝使其淳」，圣人表章六经，二语足以尽之。杜少陵「江山如有待，花柳自无私」，天地化育万物，二语足以形之。邵康节诗，直头说尽，有何兴会？至明儒「太极圈儿大，先生帽子高」，真使人笑来也。选中近此类者，俱从芟薙。

唐诗蕴蓄，宋诗发露。蕴蓄则韵流言外，发露则意尽言中。愚未尝贬斥宋诗，而趣向旧在唐诗。故所选风调音节，俱近唐贤，从所尚也。若乐府及四言，有越唐人而窃攀六代、汉、魏者，所云「虽不能至，心向往之」。

前代臣工，为我朝从龙之佐，如钱虞山、王孟津诸公，其诗一并采入，准明代刘青田、危太朴例也。前代遗老而为石隐之流，如林茂之、杜茶村诸公，其诗概不采入，准明代倪雲林、席帽山人例也。亦有前明词人，而易代以来，食毛践土既久者，诗仍采入。编诗之中，微存史意。

诗人名下，未详生平者，只载其表字、省分、郡邑与夫科目官位之有无。若传志可考，轶事可传，诗话可引，或详或略，辄缀评论，使读者得其诗品，并如遇其为人。

卷中有科目者，一以科目之先后为次。无科目者，约以辈行之先后为次。世祖十八年，俱先科目而后词人。圣祖六十一年，若准此例，恐辈行之先后。太相悬矣。故三分二十年，科目词人，相间次第之。世宗朝，及今上二十五年以前，仍准世祖朝之例。

人之无名位者，一生无他嗜好，惟孳孳矻矻于五字七字之中，而忽焉徂谢，苟无人焉表而章之，人与诗归无何有之乡矣。予与同人，远近徵求，志其生平，聊存发潜阐幽之意。

闺閤诗，前人诸选中，多取风云月露之词。故青楼、失行妇女，每津津道之，非所以垂教也。选本所录，罔非贤媛，有贞静博洽，可上追班大家、韦逞母之遗风者，宜发言为诗，均可维名教伦常之大；而风格之高，又其馀事也。以尊诗品，以端壶范，谁曰不宜。

国初诗僧，有弃儒而逃入禅学者，诗自激昂顿挫，铮铮有声。其后多习口头禅说，以偈为诗，即有稍知向学者，亦只奉弘秀集一类为金针，于源流升降，茫然于中也。广为搜罗，共得四十四人。中有能读儒书通禅理者，格外赏之。羽士二人，附释子之后。

初刻中，邮寄篇翰，时候不齐，有锓板将成，陆续远到者，科目辈行之先后，不能倒置也。因于三十二卷外，复辑补遗四卷。今俱叙入三十二卷中，并归正集矣。故卷数较少，而诗篇较多。

诗中有相沿误用者，如孤负之误辜负，李陵答苏武书「孤负陵心」、「陵虽孤恩」，杜诗「孤负沧洲愿」，韩诗「孤负平生志」皆是也。辜，罪也，与负不协。疑丞之误凝丞，左辅右弼，前疑后丞，疑谓有疑而问也。凝字何解？苍黄之误仓皇，北山移文「苍黄反覆」，杜诗：「形势反苍黄」，昌黎文「值吾南逐，苍黄分散」，柳州文「数州之犬，苍黄吠噬」。宋人以后，始有仓皇。闺閤之误闺阁，史迁云「身为闺閤之臣」，文翁传「使传教令，出入闺閤」，注谓「内中小门也」。二字不专属之妇人，又相臣避尊居閤，故云黄閤老，宋后改为阁。诗中唐以前宜閤，宋以后宜阁。烂漫之误烂熳，烂漫见鲁灵光殿赋，说文、玉篇等书并无熳字。匡襄之误劻勷，匡襄犹赞襄也。劻勷，急遽貌。楚辞：「逢此世之劻勷」，杜牧诗「尘土惊劻勷」，昌黎有「新师不牢，劻勷将逋」语，如何混为一。误认滥觞为末流，家语：孔子曰：「江始出于岷山，其源始于滥觞。」滥，泛也，觞，酒杯也，言初出微，而下流始大也。近人多以滥为烂，以觞为伤矣。清和为四月，张衡归田赋「仲春之月，时和气清」，谢灵运诗「首夏犹清和」，言四月犹二月，故下云「芳草亦未歇」也。后人有「四月清和雨乍晴」句，失却犹字义矣。此类不可枚举。他如委靡靡上声字，百揆揆上声字之类，无平声者，误读平声。漕字、雍字、丈人行行字、冗长长字之类，有两音者，总读平声。卫有漕邑，平声；运漕之漕，去声。雍和辟雍，平声；雍州之雍，去声。行列之行，平声；辈行之行，去声。长短之长，平声；冗长之长，去声。朝请之请，非上声，宜读去声。汉律「春朝日朝，秋日请」，同靓音。宁馨之宁，非平声，宜读去声。张谓诗：「家无阿堵物，门有宁馨儿。」东坡诗：「空使奸雄笑宁馨。」亦不可枚举。集中一一校正。恐外间溺于俗本，转以为讹，故一论列之。

是集创始于乾隆乙丑，至戊寅岁告成镌刻，今岁庚辰，又复增删锓版，共经十六寒暑矣。然鲜见寡闻，虽殚苦心，只抽孤绪，恐无当于大雅之林也。四方学者，有谅予之愚，窾启未逮，所深望焉。

# 清诗别裁集卷一

## 钱谦益

字受之，江南常熟人。万历庚戌，赐进士第三人。国朝官至礼部尚书。著初学、有学二集。〇尚书天资过人，学殖鸿博。论诗称扬乐天、东坡、放翁诸公。而明代如李、何、王、李，概挥斥之；馀如二袁、钟、谭，在不足比数之列。一时帖耳推服，百年以后，流风馀韵，犹足耸人也。生平著述，大约轻经籍而重内典，弃正史而取稗官，金银铜铁，不妨合为一炉。至六十以后，颓然自放矣。向尊之者，几谓上掩古人；而近日薄之者，又谓澌灭唐风，贬之太甚，均非公论。兹录其推激气节，感慨兴亡，多有关风教者，馀靡曼噍杀之音略焉。见初学、有学二集中，有焯然可传者也。至前为党魁，后逃禅悦，读其诗者应共悲之。〇牧斋诗，如「吾道非欤何至此，臣今老矣不如人」、「屋如韩愈诗中句，身似王维画里人」，工致有馀，易开浅薄，非正声也。五言平直少蕴，故不录。

### 陆宣公墓道行

延英重门昼不开，白麻黄阁飞尘埃。中条山人叫阍哭，金吾老将声如雷。苏州宰相忠州死，天道宁论乃如此。千年遗榇归不归，两地孤坟竟谁是？人言藁葬在忠州，又云徵还返故丘。图经聚讼故老哄，争此朽骨如天球。齐女门前六里路，荞麦茫茫少封树。下马犹寻董相坟，飞凫孰辨孙王墓。青草黄茅万死乡，蝇头细字写巾箱。起草尚传哀痛诏，闭门自验活人方。永贞求旧空黄土，元祐青编照千古。人生忠佞看到头，至竟延龄在何许。君不见、华山山下草如熏，石阙丰碑野火焚，樵夫踞坐行人唾，传是崖州丁相坟。墓之附会与否不必论，重其人，不重其墓也。结语专及丁相坟者，以丁谓苏人，墓在苏州，故用反面衬托。前辈徵引，不同泛泛。

## 团扇篇

合欢团扇美人作，轻云如纨雪如素。裁成顾兔舒月波，画出乘鸾上天路。美人容华倾六宫，含羞却扇娇且慵。自分团栾赛明月，岂知摇动生秋风。碧天一夜秋如水，炎凉尽在君怀里。不怨秋风坐弃捐，却愁明月长相似。秋来明月正婵娟，别殿长门是处悬。从教妾扇经秋掩，但愿君心并月圆。君心如月不可掇，妾扇团团那忍割。可怜团扇无蔽亏，不比清光有盈缺。奉君清暑为君容，莫道恩情中路空。蛛丝虫网频垂泪，还感君恩在箧中。自注：张子寿赋白羽扇云：「纵秋气之移夺，终感恩于箧中。」盖公惧李林甫之谗而作。○此召对落职后诗也。眷念恩情，收藏笥箧，与小丈夫悻悻者异焉。

## 题宋徽宗杏花村图

宜春小苑春风香，宣和秘殿春昼长。帝所神霄换新诰，江南花石催头纲。至尊盘礴自游艺，宛是前身画师制。岁时婚嫁杏花村，桑麻鸡犬桃源世。杏花村中花冥冥，纥干山雀群飞鸣。巾车挈篋去何所，无乃负担趋青城。君不见、杏花寒食钱塘路，鬼磷灯檠风雨暮，麦饭何人浇一盂，孤臣哭断冬青树。

## 玉堂双燕行送刘晋卿赵景之两太史谪官

玉堂昼暖熏风香，双双燕尾摇仓琅，背飞并映银花榜，托宿交栖玳瑁梁。感君恩重巢君幕，顾影呢喃前复却，何当鸣梧比丹凤，且愿衔花效黄雀。啁哳辞归未忍归，差池掠羽试双飞。风回铃索声犹在，日过花砖候已非。珠帘十二秋风促，芦雪菰烟何处宿。明年社日早归来，鑰口衔泥补君屋。为谪官者言，自宜以衔泥补屋望之。此立言体也。与团扇篇用意略同。

## 送福清公归里

甘陵南北久分歧，鹓鹭雍容彼一时。抗疏有人盈琐闼，顾名无阙省罘罳。恩牛怨李谁家事，白马清流异代悲。八载调羹心独苦，临行谆复外廷知。

鹗立朝端领搢绅，飘萧鬓发见风神。契丹使亦知元老，回纥占应见大人。代许孤忠留一柱，帝思耆德抚三辰。吴门咫尺邻阊阖，珍重东山五亩身。三四语比以文潞公、郭汾阳，史事须如此用。〇诗作于万历季年，福清公，叶台山向高也。公在政府，士林倚以为重。后以不能救万燝死，又林汝翥忤奄，群奄辱及于公。公去，而东林君子无噍类矣。诗中「白马清流」，其有先见乎。

## 戊辰七月应召赴阙车中言怀

三年严谴望修门，随例趋朝又北辕。圣代故应无弃物，孤臣犹有未招魂。夕阳亭下人还过，端礼门前石尚蹲。重向西风挥老泪，馀生何以答殊恩。

寥廓高天一冥鸿，肯随乌鸟问雌雄。纷纷岂止容卿辈，碌碌何须笑乃公。赤汗马应空冀北，白头家自愧辽东。郊原无限停车思，落日披襟得远风。

## 临城驿壁见方侍御孩未题诗

驿吏逢迎旧赭衣，生还今日是耶非。纶竿喜值金鸡放，华表真同白鹤归。抱蔓摘瓜馀我在，破巢完卵似君稀。循墙叹息看题句，淅淅秋风起夕扉。「抱蔓摘瓜」，言清流几尽，己独存也。「破巢完卵」，言进言被祸，身幸存也。

## 召对文华殿旋奉严旨感恩述事

宫廷初散鼠狐群，殷殷成雷又聚蚊。卷舌光芒仍炫耀，台阶气象向氤氲。伤心诏狱生春草，回首觚棱隔暮云。明主定无钩党禁，文华休拟作同文。自注：「倪侍读鸿宝云 '文华殿宁可作同文馆耶？'」

破帽青衫又一回，当筵舞袖任他猜。平生自分为人役，流俗相尊作党魁。明日孔融应便去，当年王式悔轻来。清宵吉梦还知否？万树青山早放梅。

猎猎寒风逼岁馀，柴门剥啄到双鱼。亲憎言禄催偕隐，友贱求名劝著书。薄俗休官如物故，畏涂削籍当迁除。夕阳亭下城西路，叹息何人返敝庐。劝著书者，劝其轻名勿著书也。○崇祯元年，牧斋被召，思陵召对文华殿，欲用为相。温体仁讦其主浙试时，关节受贿，神奸结党，声色俱厉。思陵遂罢牧斋官。其实浙闱事，奸人给为之也。后坐杖赎，不复用矣。诸咏作于涂中，今录三首，以存其概。

## 潞河别刘咸仲吏部

别绪乡心浩莫分，潞河风雨帝城云。能容放废惟良友，未忘京华为圣君。衰鬓数茎还去国，秋风一叶又离群。渭城歌罢休垂泪，逐客年来实饱闻。

## 题淮阴侯庙

淮水城南寄食徒，真王大将在斯须。岂知隆準如长颈，终见鹰扬死雉姁。落日井陉旗尚赤，春风钟室草先朱。东西冢墓今安在？好为英雄奠一盂。自注：信母墓在东冢，漂母墓在西冢。

## 己巳八月待放归田感怀述事奉寄南都诸君子

留都文物汉西京，虎踞龙蟠集俊英。高庙神灵尝陟降，中朝佞幸敢纵横。琐闱月白钟山晓，乌府霜寒淮水清。望尽浮云天北极，长安应见泰阶明。

## 奉谒少师高阳公于里第感旧述怀

忽漫抠衣拜此堂，心期如梦泪千行。更阑尚说三条烛，坐久真惭数仞墙。孔思周情新著作，禹粮尧韭旧耕桑。明灯促席亲函丈，秋柝沈沈夜未央。语语是家居情事。再镇危关锁钥长，一归寇盗总猖狂。心因忧国浑如醉，鬓为论兵半有霜。椽笔携将分子姓，靴刀留取压文章。入郊先问躬耕地，简较秋原几树桑。王西宁「鬓为胡笳吹作雪，心因烽火炼成丹」，意亦相同，而此觉雅音。

苍黄出镇便门东，单骑横穿万骑中。拊手关河归旧服，侧身天地荷成功。朝家议论三遗矢，社稷安危一亩宫。闻道边廷饶魏绛，早悬金石赏和戎。众以年老轻之，而社稷安危系于闲散之身，盖以挽回天下望之矣。〇孙文忠讳承宗，高阳人，牧斋座主也。以宰相任边事久，屡立匡复功。为奄人斗筲所厄，家居七年。崇祯十七年，城陷不屈死。诗中望其出而救时，非阿好也。此种诗可以证史，不徒辞章对偶之工。

## 岁暮杂怀

卒岁闲门有雀罗，流年徂谢意如何？看花伴侣青春少，种菜英雄白首多。佩剑定须悬旧陇，明珠只合换新歌。剧怜渭水垂纶叟，未应非熊鬓已皤。

## 夏日宴新乐小侯于燕誉堂

宝玦相逢沟水头，长衢交语路悠悠。西京甲观论新乐，南国丁年说故侯。春燕归来非大厦，夜乌啼处似延秋。曾闻天乐梨园里，忍听吴歈不泪流？此少年故侯也，激壮之中，自饶凄惋。于吴地宴之，故有末语。〇下皆有学集中诗。

## 送吴兴公游下邳兼简李条侯

落花飞雨搅邗沟，襆被奚囊感薄游。宝剑千金吴季子，长城半壁汉条侯。高揄耕垒连沧海，深柳书堂枕碧流。共话老夫应失笑，春深冒絮尚蒙头。

## 简侯研德并示记原

当飧休听暇豫歌，破巢完卵为铜驼。国殇何意存三户，家祭无忘告两河。击筑泪从天北至，吹箫声向日南多。知君耻读王裒传，但使生徒废蓼莪。王裒，无不许其忠孝者，此又翻进一层，倍觉新警。

## 东归漫兴

林木池鱼灰烬寒，鸳湖恨水去漫漫。西华葛帔仍梁代，东市朝衣尚汉官。白鹤遄归无石表，金鸡旋放少纶竿。招魂倘有巫阳在，历历残棋忍重看。自注：过南湖望勺园悼延陵君而作，其子贫薄，故有任西华之叹。○赠人句云：「半生花月张三影，两鬓沧桑郭四朝。」颇有风韵。

## 丙戌南还赠别故侯家妓人冬哥

绣岭灰飞金谷残，内人红袖泪阑干。临歧莫怅青娥老，两见仙人泣露盘。两见，谓甲申、乙酉两年。

天乐荒凉禁苑倾，教坊凄断旧歌声。临歧只合懵腾去，不忍听他唱渭城。

## 后观棋绝句

寂寞枯枰响泬漻，秦淮秋老咽寒潮。白头灯影凉宵里，一局残棋见六朝。

飞角侵边劫正阑，当场黑白尚漫漫。老夫袖手支颐看，残局分明一着难。此牧斋自伤末路也。残局自有胜着，只是人不肯寻耳。

## 读史记戏书

汉家争道孝文明，左右临朝问亦轻。绛灌但知逸贾谊，可思流汗愧陈平。与「可怜夜半虚前席，不问苍生问鬼神」一种笔墨。

## 故宫人

汉宫遗事剪灯论，共指青衫认泪痕。今夕惊沙满蓬鬓，始知永巷是君恩。亦是翻进一步法。

## 留题秦淮丁家水阁

舞榭歌台罗绮丛，都无人迹有春风。踏青无限伤心事，并入南朝落照中。

苑外杨花待暮潮，隔溪桃叶限红桥。夕阳凝望春如水，丁字帘前是六朝。

## 村庄红豆花诗

金尊檀板落花天，乐府新翻红豆篇。取次江南好风景，莫教肠断李龟年。

王铎 字觉斯，河南孟津人。天启壬戌进士。国朝官至大学士，谥文安。

## 近望牛头山

汉西郊野望牛头，滚滚寒云万顷流。钟磬不关兴败事，藤萝犹挂古今愁。树连山色低秦塞，水带军声别阆州。割据雄图忧后日，夕阳无语下寒丘。文安诗名甚著。然每入荒幻，如「山聋香殿彻，「云猛石床平」之类，不可胜数。此章特取其明顺流利者。

## 方拱乾

字坦庵，江南桐城人。崇祯戊辰进士。国朝官少詹事，兼翰林学士。著有塞外、归国二集。〇宫詹寝食少陵，评点杜诗，分授学者，谓诗必从杜入，方有真性情；修饰辞华，不能登大雅之堂也。今读其诗，一如论诗之旨。

### 驱雀词

雀莫啄我蔬，我蔬种已迟。衰年事事钝，辛勤还后时。聊取生意足，宁独疗长饥！甲坼才如豆，不及邻家肥。肥蔬啄可饱，瘦蔬啄无遗。饥我不饱汝，两伤亦奚为？欲驱不忍击，短竿护疏篱。我蔬肥有日，除竿任汝飞。听汝嗷嗷音，生事同我微。观我观物，物我皆得，少陵夔州以后诗。

### 春声

在家愁闻砧，砧声为客衣。在客愁闻春，春声为客饥。春本非恶声，客耳自凄其。砧声砧者苦，春声闻者悲。此地尽为客，室家亦羁縻。遘此八月霜，稻粱同草衰。稗种贱独早，皮尽乃得糜。十斗春一斛，家家急朝炊。两春一口资，廿口将安资？夜长月色苦，冷澹无光辉。声声相断续，远近闻一时。悲馀转成喜，得食谅不迟。便作笙竽听，天风任尔吹。转悲为喜一层，从真性情流出，意尽语竭时，忽然得此，绝处逢生机也。

## 补窗

纸窗如破衲，丛添针线迹。纤纤鱼鳞光，朝曦逗微隙。夜来朔风狂，洞然半分劃。寒威透旃裘，况乃敝衣帻。看囊久无钱，纸价贵逾昔。求全势所难，补罅情转适。平生鄙弥缝，于兹悟损益。渐暄飔亦温，安稳蓬蒿宅。旧研释冰痕，昼长聊点易。微云影太空，不碍虚生白。极琐屑事，发出安分乐天道理。

## 路遇李澹生冯炳文

皂帽冲风沙，晴天疑晦雾。睹君行路色，触我来时痛。握手万端生，醒眼三年梦。相赠绕朝鞭，前途慎珍重。

## 募僧收枯骨

兵戈二十载，枯骨尚如麻。中岂无才智，生原有室家。啼魂昏白昼，掩胔仗黄沙。何处烦冤尽，观空仰法华。仁人之心，仁人之事，仁人之言。

## 早起

长夜厌朝眠，暾光到枕先。家无烦老事，人爱早晴天。研洗和冰墨，炉温隔夕烟。惺惺平旦气，孤坐倍泠然。第四语与「人间重晚晴」，各有名理。

## 掩柴门

柴门开亦静，无事手常关。晓露花争坼，斜阳牛自还。相看忘塞俗，久已负家山。偶忆雍陶句，开笼放白鹇。

## 九日

郁郁连朝雪，萧萧九日晴。异乡谁送酒？令节但存名。目断天无极，风高沙自惊。莫嫌人迹远，雁亦罢南征。塞上九日诗，脱尽前人窠臼。

## 放雉

万物爱生还，凌霄刷羽翰。自经罗网苦，益觉地天宽。文采无夸耀，飞翔得便安。故山谐伴侣，不羡女床鸾。写物写人，生枯双管齐下。

宁远温泉

温与探汤异，边城旧擅名。无心何自热，有本得长清。调燮功谁擅，寒暄理自平。衰年苦萧飒，一濯已春生。三四是体，五六是用，君子之德，大臣之度，并见二十字中。

晤林茂之时年八十五矣

群奉丈人行，相看若鼎彝。别时贫到骨，近日老能诗。结客前朝重，遗民后代知。嗟予随杖履，鬓发已如丝。是侠士，是诗老，是遗民，如读林茂之传。

旧鹤自注：余旧畜，己亥赠吉旋，今犹无恙。

老鹤迎人作意鸣，三年前是一般声。别来何物不经变，知尔于人无所争。旧侣分飞怜独立，故交相遇倍多情。卫廷岂少乘轩辈，谁卧长松梦玉京。多情人不作浮薄语，三四所感者大。

广宁

## 野月

野旷烟初歇，孤辉更杳茫。长天笼远树，古渡泊空航。夜冷流民屋，春寒战骨霜。荷锄聊自慰，草露借馀光。

## 怀李龙衮

天高野戍雁声长，月满边城海雾黄。别后几时双涕泪，殊方经岁半冰霜。自甘白发为迁客，谁道青山非故乡。迢递梦魂千万里，思君一夜到龙荒。

## 送季天中秋日东行

千山落日淡高旻，万里秋风促去轮。自是圣朝无阙事，何妨天末有孤臣。霜侵列戍笳声急，云卷平沙月影新。我亦梧桐花下客，至今魂梦愧斯人。天中建言遭谪，故以诗送之。四语一气直下，神来之笔。

## 九月八日喜禹峰至

医巫闾是望中山，指点残黎惨澹间。北镇祀谁凭享殿，南冠人尚恋榆关。光熹往事伤心久，刘杜征魂带血还。惭愧高冈祀李靖，纪功碑断藓花斑。刘杜谓刘綎、杜松，皆死于战者。

### 译使至高丽

天荒地老更谁邻，属国惊闻接海滨。豺虎窟多中土客，凤凰城是旧朝臣。泉刀重译旃裘雪，盐铁归装塞马春。试问为奴当日祖，流传洪範可能陈。

张文光 字谯明，河南祥符人。崇祯戊辰进士。国朝官按察副使。著有斗斋诗。○副使诗得力于杜，有悲壮之声。

### 登汴城角楼

落日下层城，苍然远树平。乱云连岳碧，野火隔江明。狐兔盘深窟，蒹葭冷旧京。中原形胜地，画角起边声。

### 送吴六益诗人南归

尽此一杯酒，悠悠无限情。秋匀千树色，日落大河声。天地留风雅，衣冠老杜蘅。前途谁共语？孤剑自长鸣。「秋匀」「匀」字极炼。「日落大河声」，何减李北地！

苏门别后几经霜，异地音书各渺茫。握手十年才一夕，惊心明日又重阳。江湖月冷鱼龙卧，边塞风高雁鹜翔。欲问元龙天下计，漫言中散旧时狂。

## 清淮晓发

老鬓萧条逐客程，秋风瑟瑟唤愁生。五更月照他乡影，万里河流故国声。落拓人当疑慢世，浮沈吾亦厌虚名。何时归去衡门下，竹杖芒鞋傍鹤行。

### 吴伟业

字骏公，江南太仓人。崇祯辛未赐进士第二人。国朝官祭酒。著有梅村集。○梅村七言古，专仿元、白，世传诵之。然时有嫩句、累句。五七言近体，声华格律不减唐人，一时无与为俪，故特表而出之。○梅村故国之思，时时流露。遣闷云：「故人往日燔妻子，我因亲在何敢死，不意而今至于此。」又病中词曰：「故人慷慨多奇节，为当年沈吟不断，草间偷活。」「脱屣妻孥非易事，竟一钱不值何须说。」读者每哀其志。若虞山不著一辞矣。此二人同异之辨。

## 鸳湖曲

鸳鸯湖畔草粘天，二月春深好放船。柳叶乱飘千尺雨，桃花斜带一溪烟。烟雨迷离不知处，旧堤却认门前树。树上流莺三两声，十年此地扁舟住。主人爱客锦筵开，水阁风吹笑语来。画鼓队催桃叶伎，玉箫声出柘枝台。轻靴窄袖娇妆束，脆管繁弦竞追逐。云鬟子弟按霓裳，雪面参军舞鹳鹆。酒尽移船曲榭西，满湖灯火醉人归。朝来别奏新翻曲，更出红妆向柳堤。欢乐朝朝兼暮暮，七贵三公何足数。十幅蒲帆几尺风，吹君直上长安路。长安富贵玉骢娇，侍女熏香护早朝。分付南湖旧花柳，好留烟月伴归桡。那知转眼浮生梦，萧萧日影悲风动。中散弹琴竟未终，山公启事成何用。东市朝衣一旦休，北邙坏土亦难留。白杨尚作他人树，红粉知非旧日楼。烽火名园窜狐兔，画阁偷窥老兵怒。宁使当时没县官，不堪朝市都非故。我来倚棹向湖边，烟雨台空倍惘然。芳草乍疑歌扇绿，落英错认舞衣鲜。人生苦乐皆陈迹，年去年来堪痛惜。闻笛休嗟石季伦，衔杯且效陶彭泽。君不见、白浪掀天一叶危，收竿还怕转船迟。世人无限风波苦，输与江湖钓叟知。

此吊吴昌时也。昌时为选郎，依周宜兴延儒。宜兴败，而昌时至于弃市矣。篇中极言盛衰，如听雍门之琴，用意全在收束。

## 永和宫词

扬州明月杜陵花，夹道香尘迎丽华。旧宅江都飞燕井，新侯关内武安家。雅步纤腰初召入，钿合金钗定情日。丰容盛鬋固无双，蹴踘弹棋复第一。上林花鸟写生绡，禁本锺王点素毫。杨柳风微春试马，梧桐露冷夜吹箫。君王宵旰无欢思，宫门夜半传封事。玉几金床少晏眠，陈娥卫艳谁频侍。贵妃明慧独承恩，宜笑宜愁慰至尊。皓齿不呈微索问，蛾眉欲蹙又温存。本朝家法修清宴，房帷久绝珍奇荐。敕使惟追阳羡茶，内人数减昭阳膳。维扬服制擅江南，小阁炉烟沈水含。私买琼花新样锦，自修水递进黄柑。中宫谓得君王意，银镮不妒温成贵。早日艰难护大家，比来欢笑同良娣。奉使龙楼贾佩兰，往还偶失两宫欢。虽云樊嫕能辞令，欲得昭仪喜怒难。绿绨小字书成印，琼函自署充华进。请罪长教圣主怜，含辞欲得君王愠。君王内顾恤倾城，故剑还存敌体恩。手诏玉人蒙诘问，自来阶下拭啼痕。外家官拜金吾尉，平生游侠多轻利。缚客因催博进钱，当筵便杀弹筝伎。班姬才调左姬贤，霍氏骄奢窦氏专。涕泣微闻椒殿诏，笑谭豪夺灞陵田。有司奏削将军俸，贵人冷落宫车梦。永巷传闻去玩花，景和门里谁陪从！天颜不怿侍人愁，后促黄门召共游。初劝官家伴不应，玉车早到殿西头。两王最小牵衣戏，长者读书少者弟。闻道群臣訾定陶，独将多病怜如意。岂有神君语帐中，漫云王母降离宫。巫阳莫救仓舒恨，金锁雕残玉箸红。从此君王惨不乐，丛台置酒风萧索。已报河南失数州，况经少子伤零落。贵妃瘦损坐匡床，慵髻啼眉掩洞房。豆蔻汤温冰簟冷，荔支浆热玉鱼凉。病不经秋泪沾臆，徘徊自绝君王膝。苔没长门有梦归，花飞寒食应相忆。玉匣珠襦启便房，薤歌无异葬同昌。君王欲制哀蝉赋，诔笔词臣有谢庄。头白宫娥暗嚬蹙，庸知朝露非为福。宫草明年战血腥，当时莫向西陵哭。穷泉相见痛苍黄，还向官家问永王。幸免玉环逢丧乱，不须铜雀怨兴亡。自古豪华如转毂，武安若在忧家族。爱子虽添北渚愁，外家已葬骊山足。夜雨椒房阴火青，杜鹃啼血濯龙门。汉家伏后知同恨，止少当年一贵人。碧殿凄凉新木拱，行人尚识昭仪家。麦饭冬青问茂陵，斜阳蔓草埋残垅。昭丘松櫝北风哀，南内春深拥夜来。莫奏霓裳天宝曲，景阳宫井落秋槐。详叙田贵妃始末，凡贵妃之明慧，思陵之恭俭，周后之贤淑，袁贵妃之失欢，以及田氏前此之承恩，后此之夭折，一一可被管弦，几欲参长庆之席矣。唯「长者读书少者弟」句，未免稚气，而以伏后比拟周后，殊觉不于其伦。

## 雁门尚书行 并序

雁门尚书行，为大司马白谷孙公作也。公代州人，地故雁门郡。长身伉爽，才武绝人。其用秦兵也，将凭岩关为持久，且固将吏心。秦士大夫弗善也，累檄趣之战，不得已始出。天淫雨乏粮，师大溃，潼关陷，独身横刀冲贼阵以没，从骑俱散，不能得其尸。公之出也，自念必死，顾语张夫人，夫人曰：丈夫报国耳，无忧我。西安破，率二女六妾沉于井，挥其八岁儿以去。儿逾垣避贼，堕民舍中，有老翁者善衣食之二年。公长子世瑞，重趼入秦，得夫人尸，貌如生。老翁归以弟，相扶还。见者泣下，盖公素有德秦人云。余门人冯君讷生，公同里人，作潼关行纪其事。余曾识公于朝，因感赋此什。公死而天下事以去；然其败由趣战，且大雨绝粮，此固天意，抑本庙谟，未可专以责公也。公之参佐，惟监军道乔公，以明经奏用，能不负公。潼关之破，同日死；名元柱，定襄人。

雁门尚书受专征，登坛顾盼三军惊。身长八尺左右射，坐上咄吒风云生。家居绝塞爱死士，一日费尽千黄金。读书致身取将相，关西鼠子方纵横。长安城头挥羽扇，卧甲韬弓不忘战。持重能收壮士心，沉机好待凶徒变。忽传使者上都来，夜半星驰马流汗。覆辙宁堪似往年，催军还用松山箭。尚书得诏初沉吟，蹶起横刀忽长叹：我今不死非英雄，古来得失谁由算？椎牛誓众出潼关，墟落萧条转饷难。六月炎蒸驱万马，二崤风雨断千山。雄心慷慨宵飞檄，杀气凭陵老据鞍。扫箨谋成频抚剑，量沙力尽为传餐。尚书战败追兵急，退守岩关收溃卒。此地乘高足万全，只今天险嗟何及。蚁聚蜂屯已入城，持矛瞋目呼狂贼。战马嘶鸣失主归，横尸撑距无能识。乌鸢啄肉北风寒，寡鹄孤鸾不忍看。愿逐相公忠义死，一门恨血土花斑。故园有子音书绝，勾注烽烟路百盘，欲走云中穿紫塞，别寻奇道访长安。长安到日添悲哽，茧足荆榛见眢井。辘轳绳断野苔生，几尺枯泉见形影。永夜曾归风露清，经秋不化冰霜冷。二女何年驾碧鸾，七姬无冢埋红粉。复壁藏儿定有无，破巢穷鸟问将雏。时来作使千兵势，运去流离六尺孤。傍人指点牵衣袂，相看一恸真吾弟。诀绝难为老母心，护持始识遗民意。回首潼关废垒高，知公于此葬蓬蒿。沙沉白骨魂应在，雨洗金疮恨未消。渭水无情自东去，残鸦落日蓝田树。青史谁人哭藓碑，赤眉铜马知何处。呜呼！材官铁骑看如云，不降即走徒纷纷。尚书养士三十载，一时同死何无人？至今唯说乔参军。参军，序中名元柱，列传名高迁，互有异同。○孙公先擒高迎祥，后几灭李自成，当时可倚以平贼者，惟卢忠烈公与孙公。自二公为权臣所抑，先后死而明遂亡矣。诗中详叙生平，与本传表里。惟公之败也，由于权幸催战，军无见粮，又大雨七日夜不止，此大关系。诗中再醒出几语，尤能动人。○七言古，如雕桥庄、田家铁狮、松山哀等篇，皆有关系诗，而径路或有未清，故不概录。

## 画中九友诗

华亭尚书天人流，墨花五色风云浮。至尊含笑黄金投，残膏剩馥鸡林求。思白 太常妙迹兼银钩，乐郊拥卷高堂秋。真宰欲诉穷雕搜，解衣盘礴堪忘忧。烟客 谁其匹者王廉州，神姿玉树三山头，摆落万象烟霞收。尊彝斑剥探商周，得意换却千金裘。元照 檀园著述夸前修，丹青馀事追营丘。平生书画置两舟，湖山胜处供淹留。长蘅 阿龙北固持两矛，披图赤壁思曹刘。酒醉洒墨横江楼，蒜山月落空悠悠。龙友 姑苏太守今僧繇，问事不省张两眸。振笔忽起风飕飕，连纸十丈神明遒。尔唯 松圆诗律通清讴，墨庄自画归田游。一犁黄海鸣春鸠，长笛倒骑乌犊牛。孟阳 花龛巨幅千峰稠，小景点出林塘幽。晚年笔力凌沧洲，幅巾鹤发轻王侯。润甫 风流已矣吾瓜畴，一生迂癖为人尤，僮仆窃骂妻孥愁。瘦如黄鹄闲如鸥，烟驱墨染何曾休。僧弥 ○用饮中八仙歌格，而绝异其面目，所以可贵。

## 雪中遇猎

北风雪花大如掌，河桥路断流澌响。愁鸱饥雀语啁啾，健鹘奇鹰姿飒爽。将军射猎城南隅，软裘快马红氍毹。秋翎垂头西鼠暖，鸦青径寸装明珠。金鹅箭褶袍花湿，掬酒驼羹马前立。锦靴玉貌拨秦筝，瑟瑟鬟多好颜色。少年家住贺兰山，碛里擒生夜往还。铁岭草枯烧堠火，黑河冰满渡征鞍。十载功成过高柳，闲却平生射雕手。漫唱千人敕勒歌，只倾万斛屠苏酒。今朝仿佛李陵台，将军喜甚围场开。黄羊突过笑追射，鼻端出火声如雷。回去朱旗满城阙，不信沟中冻死骨。犹有长征远戍人，哀哀万里交河卒。笑我书生短褐温，蹇驴箬笠过前村。即今莫用梁园赋，扶杖归来自闭门。

## 咏拙政园山茶

拙政园，故大弘寺基也。其地林木绝胜。有王御史者，侵之以广其基。后归徐氏最久。兵兴，为镇将所据，已而海昌相国得之。内有宝珠山茶几株，交枝合抱，花时巨丽鲜妍，纷披照瞩，为江南仅见。相国自买此园，在政地十年不归，再经谴谪辽海，此花从未寓目。余偶过太息，为作此诗。

拙政园内山茶花，一株两株枝交加。艳如天孙织云锦，赪如姹女烧丹砂。百年前是空王宅，宝珠色相生光华。歌台舞榭从何起，当日豪家擅闾里。苦夺精蓝为玩花，旋抛先业随流水。儿郎纵博赌名园，一掷输人等糠秕。后人修筑改池台，石梁路转苍苔履。曲槛奇花拂画楼，楼上朱颜娇莫比。斗尽风流富管弦，更谁瞥眼闲桃李。齐女门边战鼓声，入门便作将军垒。荆棘从填马矢高，斧斤勿剪莺簧喜。近年此地归相公，相公劳苦承明宫。真宰阳和暗回斡，长安日日披熏风。花留金谷迟难落，花到朱门分外红。一去沈辽归未得，百花深锁月明中。看园剩有灌花老，为道此花吴地少。宋代经今六百年，虬干成围更成抱。嘉宾开宴醉春风，火齐堆光上穹昊。于今忽作无主花，满地飘残竟谁扫！闻语还思出塞人，玉门关外无芳草。梦魂遥想故园花，未见名花颜色好。对花不语泪沾衣，惆怅花间燕子飞。折取一枝还供佛，征人消息几时归？读至后半，黯然消魂。后相国未曾归里。

## 悲歌赠吴季子

人生千里与万里，黯然消魂别而已。君独何为至于此，山非山兮水非水，生非生兮死非死。十三学经并学史，生在江南长纨绮。词赋翩翩众莫比，白璧青蝇见排抵。一朝束缚去，上书难自理。绝塞千山断行李，八月龙沙雪花起，橐驼垂腰马没耳。白骨皑皑经战垒，黑河无船渡者几。前忧猛虎后苍兕，土穴偷生若蝼蚁。大鱼如山不见尾，张鬐为风沫为雨。日月倒行入海底，白昼相逢半人鬼。噫嘻乎悲哉！生男聪明慎勿喜，仓颉夜哭良有以，受患只从读书始。君不见，吴季子！汉槎极人世之苦，然不如此，无秋笳一集，其人恐不传。天之厄之，正所以传之也。诗格从嘉州蜀葵花歌化出。

## 读史杂感

吴越黄星见，园陵紫气浮。六师屯鹊尾，双阙表牛头。静镇资安石，艰危仗武侯。新开都护府，宰相领扬州。此指史阁部出镇事。

莫定三分计，先求五等封。国中惟指马，阃外尽从龙。朝事归诸将，军输仰大农。淮南数州地，幕府但歌钟。此言马、阮当国，四镇跋扈事。

北寺谗成狱，西园贿拜官。上书休讨贼，进爵在迎銮。相国争开第，将军罢筑坛。空馀苏武节，流涕向长安。此言锻炼正人，上卿鬻爵，置国事于罔闻也。末二语谓遣左萝石议和事。

贵戚张公子，奄人王宝孙。入陪宣室宴，出典羽林屯。狗马来西苑，俳优待北门。不时中旨召，著籍并承恩。时选良家女，遍索名优，故诗中及之。

## 遇旧友

已过才追问，相看是故人。乱离何处见，消息苦难真。拭眼惊魂定，衔杯笑语频。移家就吾住，白首两遗民。起语得神，与「乍见翻疑梦」同妙。

## 家园次罢官吴兴有感

世路嗟谁稳，栖迟可奈何！官随残梦短，客比乱山多。闭阁凝香坐，行厨载酒过。却听渔唱响，落日有风波。读三四语，园次之轻官爱客，如或见之。今之恋官者，且逐客矣。

## 课女

渐长怜渠易，将衰觉子难。晚来灯下立，携就月中看。弱喜从师慧，贫疑失母寒。亦知谈往事，生日在长安。

## 梅村

枳篱茅舍掩苍苔，乞竹分花手自栽。不好诣人贪客过，惯迟作答爱书来。闲窗听雨摊诗卷，独树看云上啸台。桑落酒香卢橘美，钓船斜系草堂开。自写名士风流，渐入宋格矣。

## 过朱买臣墓自注：在嘉兴东塔雷音阁后，即广福讲院。

翁子穷经自不贫，会稽连守拜为真。是非难免三长史，富贵徒夸一妇人。小吏张汤看倨傲，故交庄助叹沉沦。行年五十功名晚，何似空山长负薪。三四语可括本传。诗如此作，方不落套。

## 台城

形胜当年百战收，子孙容易失神州。金川事去家还在，玉树歌残恨未休。徐邓功勋谁甲第，方黄骸骨总荒丘。可怜一片秦淮月，曾照降幡出石头。此借台城咏南渡事。若出义山手，犹隐跃言之。

## 功臣庙

画壁精灵间气豪，鄂公羽箭卫公刀。丹青赐额丰碑壮，棨戟传家甲第高。鹿走三山争楚汉，鸡鸣十庙失萧曹。英雄转战当年事，采石悲风起怒涛。

## 秣陵口号

车马垂杨十字街，河桥灯火旧秦淮。放衙非复通侯第，自注：中山赐宅，改作公署。废圃谁知博士斋。易饼市傍王殿瓦，换鱼江上孝陵柴。无端射取原头鹿，收得长生苑内牌。梅村咏前朝事，沧桑悲感，俱近盛唐。

## 恭纪驾幸南海子遇雪大猎

君王射猎近长安，龙雀刀镮七宝鞍。立马山川千骑拥，赐钱父老万人看。霜林白鹿开金弹，春酒黄羊进玉盘。不向回中逢大雪，无因知道外边寒。颂扬中不失箴规，此惟唐人有之。

## 送曹秋岳以少司农迁广东左辖

秋风匹马尉佗城，铜鼓西来正苦兵。万里虞翻空远宦，十年杨仆自专征。山连乌道天应尽，日落蛮江浪未平。此去好看宣室召，汉皇前席问苍生。

## 杂感

武安席上见双鬟，血泪青娥陷贼还。不为君亲来故国，却因女子下雄关。取兵辽海哥舒翰，得妇江南谢阿蛮。快马健儿无限恨，天教红粉定燕山。此圆圆曲缩本也。原本叙事拖沓，因取此篇。

## 赠辽左故人

诏书切责罢三公，千里驱车向大东。曾募流移耕塞下，岂迂豪杰实关中？桑麻亭障行人断，松杏山河战骨空。此去纍臣闻鬼哭，可无杯酒酹西风。为海宁陈彦升相公作。时相公尽室谴戍，故作激楚声赠之。

短辕一哭暮云低，雪窖冰天路惨凄。青史几年朝玉马，白头何日放金鸡。燕支塞远春难到，木叶山高乌乱啼。百口总行君莫叹，免教少妇忆辽西。

路出西河望八城，保宫老母泪纵横。重围屡困孤身在，垂死翻悲绝塞行。尽室可怜逢将吏，生儿真悔作公卿。萧萧夜半玄菟月，鹤唳归来梦不成。此章专为其太夫人作，「生儿真悔作公卿」，与潘黄门母同感。〇王渔洋称「陈卧子七律，沈雄瑰丽，冠古之才，惟梅村足以敌之」，固已先得我心。

## 登缥缈峰

绝顶江湖放眼明，飘然如欲御风行。最高尚有鱼龙气，半岭全无鸟雀声。芳草青芜迷远近，夕阳金碧变阴晴。夫差霸业销沈尽，枫叶芦花钓艇横。三语状湖之广，四语状峰之高。

## 与友人谈遗事

曾侍骊山清道尘，六师讲武小平津。云髦大纛星辰动，天策中权虎豹陈。一自羽书飞紫塞，长教钲鼓恨黄巾。孤臣流涕青门外，徒使田横客笑人。

## 西子

霸越亡吴计已成，论功也合赏倾城。西施亦有弓藏惧，不独鸱夷变姓名。

### 龚鼎孳

字孝升，江南合肥人。崇祯甲戌进士。国朝官至刑部尚书，谥端毅。著有定山堂集。〇合肥声望与钱、吴相近，又真能爱才，有以诗文见者，必欲使其名流布于时，又因其才品之高下而次第之。士之归往者遍宇内。时有合钱、吴为三家诗选，人无异辞。惟宴饮酬酢之篇，多于登临凭吊，似应少逊一筹。

## 蠲租行追同元次山春陵行韵 辛丑年作。

皇帝将改元，制书诏所司。方春重民事，王政务急施。水旱兼盗贼，人气诚伤悲。万方惟正供，悉索亦已疲。新饷五百万，剜肉疗饥羸。国计在本根，毛附先存皮。民困必失所，拯溺焉能迟？丞相下郡国，一切蠲除之。先是加赋意，岂不哀穷黎？水衡算金钱，桥陵方告期。滇闽各用兵，军行粮辄随。朝廷尚恭俭，大事须藉资。痌瘝上帝心，四海宁尽知。况复州邑吏，鞭挞到孑遗。御史大夫言，陛下真圣慈。元元乐宽大，生息理可为。民贫不独富，斯义古所持。流离与死亡，号呼欲向谁。固知非得已，久大难权宜。我皇本尧舜，天听顷刻移。谏行膏泽下，千载明良时。煌煌社稷寄，辅导良不亏。君仁则臣直，拜手陈古辞。 以文为诗，不加追琢。和次山韵，即神似次山。少陵亦有此体。

## 岁暮行 用少陵韵。

天寒鼓柁生悲风，残年白头高浪中。地经江徼饱焚掠，夜夜防贼弯长弓。荒村哀哀寡妇哭，山田瘦尽无耕农。男逃女窜迫兵火，千墟万落仓箱空。昨夜少府下急牒，军兴无策宽蜚鸿。新粮旧税同立限，入不及格书驽庸。有司累累罪贬削，缗钱难铸山非铜。朝廷宽大重生息，群公固合哀愚蒙。揭竿扶杖尽赤子，休兵薄敛恩须终。

## 姑山草堂歌 用少陵韵。

上书不踏金华省，苍头瘦马冲沙泠。拔剑不割金门肉，老寺残僧锴折足。姑山草堂天下重，松菊东篱阅晋宋。园宅全因宾客荒，才名未逐风尘用。嵚嵜历落谁能嗤，烟波五湖足钓丝。秦淮垂柳楚州雪，病夫吟眺恒相期。重逢酒楼下，色定还惊疑。浩荡江海人，何意来京师。门巷疏花掩深酌，高城鼓角寒星落。总教世事属青云，但爱吾徒有丹壑。拂袖长辞骠骑府，脱粟安用公孙阁。卢龙叶堕边霜来，江南林涧还秋苔。短裘日暮何为哉！芒鞋竹杖无氛埃。留君不住羡君去，萧萧易水挥残杯。

## 樟树行 用少陵韵。

古樟轮囷异枯柏，植根江岸无水石。风霜盘亘不计年，枝干扶疏讵论尺。望中转柁愁易过，道旁掉臂真可惜。其下萧瑟枫林青，其侧参差茅宇白。十年跃马桑乾东，双松诘曲慈仁宫。紫鸽翔舞避偃蹇，苍龙蜒蜿回虚空。今来荒野忽有此，数亩阴雪争天风。当时万幕驻金甲，六树飒沓开神功。勿言将压烦榱栋，傲睨高原川谷重。寒翠宁因晚岁雕，孤撑不畏狂澜送。地近军城耀水犀，天开阿阁巢云凤。自古全生贵不材，樟乎匠石忧终用。合肥时用杜韵，而能以意驱役，绝无趁韵之迹，所以高于众人。

## 飞来峡

湞水沿江曲，双崖浪欲吞。石欹崩峡口，云涌荡天门。地截蛟龙断，山埋日月昏。楼船飞渡后，惘惘失空村。

## 癸未十月初七日以言事下狱

社稷关元老，忧天语信狂。九重容折槛，万死待浮湘。鹿马人犹眩，龙蛇道已荒。贾生年少哭，终是负岩廊。此崇祯时下狱也，亦为弹劾权贵，旋赦出。

## 吴郎南征赋别

一剑朱雲得，今看出匣锋。饭难忘巨鹿，人不异卢龙。国士知弓冶，家声薄鼎钟。击奸兼破贼，吾欲卷书从。

## 感事和王子雲韵

江潭摇落自行歌，威凤惊闻有罻罗。三黜风雷天意定，百年环玦主恩多。贾生岂爱投荒去，张禹终如折槛何。去国未收忧国泪，苍生十载望岩阿。

## 登晴川阁小饮

大别山前落照迟，丹梯百尺正逶迤。天连江汉迷烟艓，人傍星辰倒玉卮。岁晚不消芳草梦，路遥难约旅鸿期。寒风乍卷涛如雪，却忆淮南八月时。

登高风物郁苍苍，何处寒花发战场。吴蜀健儿犹裹甲，汉江游女自褰裳。中洲鹦鹉萋芳草，隔岸楼台受夕阳。满眼昆明消一醉，烽烟真不上渔航。

## 初归居巢感怀

失路人归故国秋，飘零不敢吊巢由。书因入洛传黄耳，乌为伤心改白头。明月可怜销画角，花枝莫遣近高楼。台城一片歌钟起，散入南雲万点愁。六语用少陵意，何禁蕴藉。

## 秦淮社集白孟新有诗纪事和韵

放船烟水色苍然，尽谢朱门酒肉膻。落日凤台邀李白，离宫花谱泣伶玄。十年兰艾天难问，诸子膺滂事可怜。虎豹于今尽萧索，吞声还似九关前。时逆案既定后，大奸已除，而正士犹罹文网，故有此叹。

### 雪航侍御还朝

青霜一夕起鸳班，有客乘骢万里还。苜蓿夜肥西极马，葡萄秋入玉门关。盛名博望槎同远，往事朱游槛独攀。长为膺滂生意气，盈廷卿相已摧颜。

### 留别彦远 自注：归自淮阴，为予停帆五日。

子夜吴趋锦瑟弹，人归江海各风湍。谁怜纵酒嵇中散，不异挥锄管幼安。名重尔偏藏著述，路穷吾转讳饥寒。西山薇蕨东山屐，输与时贤白眼看。

### 慰朱莴庵都谏以言事谪官

掖垣封事朝朝下，谁并朱雲折槛名。断狱已无于定国，上书空累窦游平。批鳞君肯谋妻子，引手吾终愧友生。一斥未须悲仗马，从来骐骥惯长鸣。愧已不能援引，而终望其不改直节，是古人心事。

## 嵩庵都谏谪官建宁

乍闻鸣凤下丹霄，捧檄重惊去路遥。当殿人谁同庆忌，谪官天许对皋陶。风霆正足旌狂直，禄秩将无点圣朝。到日岛门烽燧息，蕉红榕绿引轻桡。引用古典，天然队仗，是此老本领。

## 丘曙戒侍讲谪倅琼州

南武山川一叶舟，行看蜃气吐危楼。无天有海原奇境，挝鼓回帆亦壮游。地逼崖门春涨黑，啸清帘阁战旗收。相逢泷吏多嘲笑，笑汝如弦愧曲钩。即「九死南荒吾不恨，兹游奇绝冠平生」意。

## 寄彭禹峰方伯

得时鹰隼岂卑栖，行省威名播狄鞮。屐折围棋千帐静，檄成横槊万山低。军中转粟青天上，使者论功大夏西。柔远古惟恩信重，年来象马倦霜蹄。

## 生辰曲 自注：时余在狱中。

琉璃为箧贮冰霜，谏草琳琅粉泽香。哭泣牛衣儿女态，独将慷慨对王章。庆夫人生辰也。芗泽之中，自有风骨。后日不受一品封诰，有自来矣。

## 上元词和善持君韵

紫雾晴开凤阙初，五侯弦管碧油车。芳闺此夕残灯火，独照孤臣谏猎书。

## 赠歌者南归

长恨飘零入洛身，相看憔悴掩罗巾。后庭花落肠应断，也是陈宫失路人。

## 百嘉村见梅花

天涯疏影伴黄昏，玉笛高楼自掩门。梦醒忽惊身是客，一船寒月到江村。脱去梅花窠臼，清绝超绝。

## 上巳将过金陵

倚槛春愁玉树飘，空江铁锁野烟销。兴怀何限兰亭感，流水青山送六朝。自是佳句。

## 题绛雪吴君画册

卖珠补屋意高闲，万叠烟霞拥玉颜。想像乱峰晴雪里，自临眉黛写青山。其人品高洁可知，林下之风，不止闺房之秀。

# 清诗别裁集卷二

**曹　溶** 字洁躬，浙江嘉兴人。崇祯丁丑进士。国朝官至户部侍郎。著有静惕堂诗。〇芝麓长于近体，秋岳长于古诗，而古诗之中，五言尤胜，惟著述太多，不免良楛并见耳。芟而薙之，是在持择者。

## 韬光庵和高忠宪公韵

选日届山宇，意适常有馀。喧寂两无染，乃得还其初。古草幽更绿，巢鸟鸣阶除。独往泉上游，人境忽已疏。檐表得微路，高下随所如。肃肃清昼阑，月出松林虚。解带聊宴息，岂曰非我居。见道语，不在忠宪公下。

## 答顾宁人

北鄙寡同俦，中情正枯槁。谬蓄四方略，救溺甚援嫂。束缚无所施，空堂对衰草。有美三吴杰，险要动深讨。良马碧玉鞍，兴到踏丰镐。熯土既经时，行李湿秋潦。西南征调繁，万里赋纳橐。囊有本务书，利病满怀抱。采掇及细流，访我平城道。艰辛戈戟间，匡坐说苍昊。撞钟得洪音，太朴去纤缟。汲古沃其根，枝叶倍姣好。下视班张徒，炫目但虚藻。

是月凉露零，长边静杲杲。旨酒共话言，愁绪惄如捣。我性本浮游，悠忽将终老。外物丧本真，进德未能早。蒙君下针砭，宿疾期一扫。自知良独难，人鉴庶为宝。原本少陵，岂惟形似，写亭林有用之学可以济时，其人在焉，呼之欲出。

## 悯荒二首

寇祸烈兹土，举目无故观。百里一空城，蓬蒿郁相蟠。村妪土中出，肘肉伤雕残。生长不识布，石灰暖我寒。匍匐向前途，力尽酸肺肝。苦菜萌已晚，采之不能餐。撤屋备朝薪，露处难久安。边境既流离，内地何由完。宸聪听还卑，讨论穷众端。减赋息长徭，万方用腾欢。寇祸以后，复遭奇荒，一二语抵人千百言也。「久行见空巷，日瘦气惨凄」，同是一种笔墨。

游民轻去乡，担釜卧沟侧。未知何方好，奔走昧南北。无乃吏政苛，聊欲避所逼。持檄疾招来，计口给汝食。诚恐失初心，展转成盗贼。踉跄返前村，日影正黧黑。面目半已改，父子不相识。劝汝秉锄犁，陇上艺黍稷。妇女勿娇惰，轧轧当户织。壮者习弯弓，努力卫邦国。人事苟修持，天道岂终极。

## 堕驴行简叶星期

横山山人出无车，浩兴欲往锺山隅。葛衣炙日仅掩骭，腹底万卷聱牙书。奇书岳渎鲜能载，况此风雪桥边驴。雪昏石滑骤欹侧，前却俄顷纷趑趄。中途一蹶在平地，长耳狡诈奔荒墟。仕路艰危靡不有，陷阱往往生巾裾。万物之灵尽如此，驴也学步师其馀。山人前年宰邗邑，阳侯毒啮不得舒。堤成泽国始平陆，遍挽鱼鳖归耰锄。岂徒民疾快完聚，车马孔道皆安徐。无钱竟触长官怒，一朝谤箧遭驱除。多才自昔召倾覆，更乃傲骨丘山如。瘦驴效尤聊复尔，未若此辈深而狙。山人熟识倚伏理，细事那足烦嗟歔。长干六月暑气合，画桡宛转衔清渠。三日行药两日卧，蹻健不异少壮初。慎勿悔此暂时失，诗肠遽使添郁纡。堕驴一笑古有诸，会看治象开皇舆。调笑长官，不顾面赤而食不下也。

### 李雲田以虔州怀予诗见示奉答

避兵曾说到江东，十幅春帆下北风。烽火依然连郡国，文章真解误英雄。梦回老友蓬蒿里，泪尽军州鼓角中。岁月奔驰还话别，异时搔首望征鸿。

### 酬徐子能山人

武原狂客闭关居，花外新传尺素书。重见伟长留撰述，不教元亮擅篮舆。玉山暖映春风动，铁甲晴收水国虚。痛定较量流寓事，皋桥遗迹定何如？子能有软脚病，故以陶公之篮舆比之，措辞尔雅。

## 秋柳

灞陵原上百花残，堤树无枝感万端。攀折竟随宾客尽，萧疏转觉道途寒。月斜楼角藏乌起，霜落河桥驻马看。正值使臣归去日，西风别泪望长安。一往风神，秋柳社中，应推高唱。

## 观工人琢砚

廿年裘马半从军，羞见羊家白练裙。自笑归装轻似叶，不妨多载岭南云。廉石事旧矣，一经驱用，转见其新。

南唐官务久雕零，海国重来倚玉屏。不信穷途知己在，一双鸜鹆眼常青。

许承钦　字钦哉，湖广汉阳人。崇祯丁丑进士。

## 钱塘江观潮

惊涛直上海门西，欲卷青冥失会稽。银汉倒流乌鹊迴，雪山飞压凤凰低。灵旗百万驱雷鼓，强弩三千试水犀。霸气至今消不尽，素车白马驾虹蜺。从「越山浑在浪花中」化出，气足神完，无一闲句闲字。

## 陈之遴

字彦升，浙江海宁人。崇祯丁丑赐进士第二人，国朝官至大学士。

### 北固山

危磴侵云策杖遥，琳宫积翠拥岧峣。烟开铁瓮生残照，风起金山急暮潮。饮马几回虚割据，卧龙从古混渔樵。六朝佳丽依稀在，花月春江响玉箫。

## 周亮工

字元亮，河南祥符人。崇祯庚辰进士，国朝官至刑部侍郎。著有赖古堂集。○栎园爱才比于芝麓，众望归之，诗或未能相埒矣。兹录其情真韵远者。

### 江行杂感

逐客江干夜寂寥，无端铁笛起中宵。深秋梁苑新沙碛，明月清溪旧板桥。万里梦回千嶂雨，一帆风动五更潮。草堂空有农书在，桑柘如今尽已雕。

### 舟中与胡元润谈秦淮盛时事次元润韵

红儿家近古青溪，作意相寻路已迷。渡口桃花新燕语，门前杨柳旧乌啼。画船人过帘波动，翠幔歌轻扇影低。明月欲随流水去，箫声只在板桥西。秦淮盛衰，备著板桥杂记，诗中已见其概。

寒食后一日新乡道上示许傅岩

南辕西向浊河边，叹息时违境屡迁。半绽桃花全待雨，平飞柳絮欲为烟。敝车羸马吹新火，古道荒林拜杜鹃。烽燧十年归未得，却愁明发渡旃然。

靖公弟至

荒城兀坐对灯残，归计先愁百八滩。尔又远来余未去，高堂清泪几时干？此诗之真者。

喜蒋用嵌至自闽南

海水群飞百丈高，同君城上拥弓刀。战瘢莫共灯前看，恐惹霜华上鬓毛。

赵进美 字韫退，山东益都人。崇祯庚辰进士，国朝官福建按察使。○韫退长于论诗，王渔洋赠之以诗云：「风尘憔悴赵黄门，岭表迁移役梦魂。昨见端州书一纸，说诗真欲到河源。」

冬日田家二首

北风夜来息，茅宇觉微暖。比邻机杼鸣，平畴麦叶短。初日聚童稚，坐卧杂鸡犬。屋梁悬众耜，寂寞岁事晚。石寒溪流激，雪霁烧痕浅。疏林不隔烟，冬野能见远。飞鸿顾前渚，饥乌噪空坂。长啸登东皋，暮逐樵声返。「冬野能见远」，从「刘稻空云水」想出。

星尽晓色分，日出飞鸟外。高枝残雪压，寒村散微霭。田家门始开，篱落闻犬吠。草际风未定，树杪霞犹在。方见牛羊群，一一远岭背。农夫倚杖立，默念将卒岁。乌雀鸣阶前，儿女笑窗内。八口饱新粒，未冬完官税。皎皎清溪水，飒飒幽林籁。板桥无屐迹，静与草舍对。时有旧邻家，拂石坐相待。

## 武昌杂感

朔风堕白日，水立天昏昏。江汉难分流，岁暮蛟螭尊。怒鳞拔巨浪，势欲无厚坤。鳣鲔亦跳梁，变化随山根。舟楫不可恃，客意谁与论。遥望耆旧里，丁彼汉运屯。我怀沔上翁，长歌归鹿门。

## 太原

漠漠寒沙映戍楼，乱馀烽火未全收。天清句注连云起，木落汾河抱郭流。白草昼明吹角晚，黄榆风冷射雕秋。亦知万里轻行役，岁暮旌旗发旅愁。

## 梨花

暮烟无语更依依，清影含春望欲稀。疏近琐窗留月照，寒垂网户见莺飞。共停阁外青丝骑，细舞灯前白纻衣。莫向后庭歌玉树，故宫风雨已全非。起结最佳，语超而韵远，此咏物体也，若少陵又成一格。

## 冬夜集梁园水堂

千门初月动笳声，秉烛虚堂夜气清。大漠风云乘塞入，危檐星斗落尊明。交情四海谁悬榻，天意中原未厌兵。亦有一丘堪自老，故园东去虎纵横。

## 南康登楼

返照临高阁，寒烟澹澹分。空城何所有，一半是匡君。唐人风格中近祖咏终南残雪。

## 彭而述

字子篯，河南邓州人。崇祯庚辰进士，国朝官广西布政使。○禹峰初成进士时，思陵校武命射，九发九中，后参熊文灿军。张献忠势穷伪降，禹峰力言其伪，乞即诛之，以杜后患。文灿意在苟安，受其降。献忠旋降旋叛，卒成大祸，由不用禹峰谋也。禹峰诗雄豪魁垒，有摩盾横槊之风。

### 卫藩旧邸遇酒南将军

又是悲秋日，初筵动旅情。若能为楚舞，何处得秦声。翠羽当轩媚，红妆耀甲明。兴亡无限感，洒泪忽沾缨。酒南，酒泉郡之南也。写女将如生。

### 别滇中寮友之官粤西

二月春风已送寒，诏书昨日下长安。宦游不谓边城苦，远别其如知己难。孝武石鲸昆水动，日南铜柱海光寒。鹧鸪亭子梅花驿，万里征人马上看。神完气足。

### 再登黄鹤楼

飞楼缥缈著江干，霜鬓登临记往年。隔岸春城浮槛外，乱帆斜日到樽前。山连秦蜀并荆甸，水下东南尽楚天。回首沧桑生感慨，孙刘兴废几茫然。

## 庚寅八月六日忆母

遗恨行舟阻太行，难堪此日又潇湘。安东未遂怜温峤，党锢无名耻范滂。万里依人空作客，十年遇主尚为郎。萧骚短鬓经秋日，雁杳江城忆故乡。怜己之不能事母，而又耻未与党人，可以悲其志矣。

## 鄂渚别赵兴宁柱史之官滇南

春城烟雨洒盈卮，大别山前赋别离。黔郡犹传秦岁月，昆明应识汉旌旗。千盘路上槟榔坞，一线天开瑇瑁池。他日益州来驿使，武昌云树足相思。

### 孙廷铨

字枚先，山东益都人。崇祯庚辰进士，国朝官至大学士，谥文定。○文定归田，乍过五十，居山庄，焚香却埽，日事著书，精琴理，得意忘言，兴寄弦指之外。

## 渝关道中

菀柳荒亭下，残碑古戍前。秋光晴到水，山色净于天。气变虫音急，河沉月影偏。鸣鸡催候吏，问渡石溪船。

## 咏史

田叔归来窦后伤，萧条梁苑下微霜。一时宾客多枚马，不遣雄文悟孝王。

### 李雯

字舒章，江南华亭人。崇祯壬午举人，国朝官中书舍人。〇云间六子，彝仲、卧子外，便推舒章。吴日千书其诗卷后云：「庾信文章真健笔，可怜江北望江南。」盖悲其遇也。

## 横江词

江鸣牛渚矶，浪打三山曲。何处最伤心，春水平帆绿。平帆远落生暮霞，东风自吹桃李花。思君不见望江阁，夜夜江潮向妾家。何减崔国辅小词，可以怨矣。

## 经东阿怀曹子建

昔时曹子建，封邑在东阿。旷代无祠庙，空山对女萝。角弓愁势险，玉食恨才多。小雅斯人志，因风发浩歌。角弓十字，已尽子建一生。

## 太平寺闻子规

溪山月出满青林，杜宇千声怨碧岑。越国何年来蜀魄，离人此夜发吴吟。君为花鸟羁愁主，余有江湖浩荡心。同在天涯一相遇，太平钟鼓晓沉沉。

高珩　字念东，山东淄川人。崇祯癸未进士，国朝官至吏部侍郎。著有栖雲阁集。侍郎游山阴得句云：「筇杖古松流水外，蒲团修竹绪风间。」王渔洋命画作二图。

## 河上

流水向人间，向水人亦尔。客心何淡淡，清波正齿齿。人境两萧然，太清游无始。劳劳车马尘，谁是沧浪子？简淡有味，近高忠宪。

## 使君怒

巡𪨊使者来何许？平干太守颜如土。敲扑卒吏血满堂，豸冠诟厉如虓虎。卒吏附耳守再拜，事上礼仪聊具备。使者一笑回春阳，还朝荐尔真循良。如见其人，如闻其声。「地势使之然，由来非一朝」，令人兴慨无已。

## 闻舟师相语

天风争顺逆，人事有参差。昨我停舟处，知君得意时。读此诗，可以释人矜躁。

## 送阮亭东归时予亦有归志

青山约略有前期，犹听骊歌乱客思。少折都门东去柳，霜条留待我归时。

## 赠雪海 姓郝，名浴。

西清重到侍垂衣，万死人从洱水归。正可极言天下事，莫言主圣谏书稀。雪海见吴三桂跋扈，上封事策其必反，三桂诬奏，流徙盛京。后三桂反，起官巡抚广西。

## 归舟杂兴

逐岸移舟屡转篷，乘流自可任西东。人生末路住方稳，何用登舟祝顺风。骤得志者读之，如炎月中服清凉散。

宋之绳 字其武，江南溧阳人。崇祯癸未赐进士第二人，国朝官翰林院编修。著有载石堂诗。

## 戊子人日寄怀陈南士

人日逢人少，相怜必故人。乱多天未厌，老至岁难新。尘雾荒村合，田庐鬼国邻。与君生计拙，寂寞返吾真。起连用三人字，不见其佻，「老至岁难新」，工于造句。

## 随跸杂记

殿门严鼓发，万灶撤周庐。绝壁成驰道，坚冰过属车。后尘询父老，初日指村墟。共识三驱意，何劳谏猎书。此不谏之谏。

车声方隐隐，夜色已苍苍。山势开天险，河流接大荒。人眠千嶂月，马啮万群霜。行幄东南近，风清禁漏长。

## 梅花

一年蜡屐几回看，待到花开惜到残。漠漠冻云连近远，荒荒野月照清寒。于人疏落如无意，写尔高空正自难。记得遥山旧茅屋，破扉朽几一枝安。通体空写，为极熟题开一生面。

梁清标 字玉立，直隶真定人。崇祯癸未进士，国朝官至大学士。著有蕉林诗集。

## 王铁枪

王铁枪，真男儿。人留名，豹留皮。河上血战志不移，梁运既去一木支。问破敌，期三日。

谗毁既已行，大功那可必。斗鸡小儿事业成，国耻未雪宁偷生。朝梁暮晋者谁子？段凝之辈真如蚁。嗟乎！义士一死重太山，砀山朱三群盗耳。良禽栖木贵能择，将军之死亦可惜。

表其忠勇，而惜其失身，此最持平之论。

## 送李蘅若同年之岭右

五岭天垂尽，曾经马伏波。气蒸飞鸟避，木合夜猿多。傜洞堪传檄，楼船尚枕戈。汉家铜柱在，事业莫蹉跎。

## 送萧都阃之雲中

缓带翩翩早策勋，旌旄北逐雁鸿群。日高涿鹿消边雪，马渡飞狐起朔雲。却敌吹笳刘越石，弯弓饮羽李将军。坐看紫塞烽烟绝，盾墨先驰露布文。

## 送张仲若司马开府雲中

甲帐风清昼不欢，壮君三十早登坛。每烧北阙莲花炬，俄进西台獬豸冠。组练千群应变色，塞垣六月自生寒。居庸关外山形峻，涿鹿云开驻马看。

比「幽州白日寒」更进一层。

## 送李吉津出塞

生别妻孥出塞门，严城哀角动黄昏。文章自昔憎时命，痛哭终当感至尊。汉吏多持廷尉法，中朝谁举鲍生旛。此行渐入龙庭去，不用投诗吊屈原。

## 送张伯珩同年按蜀

衔命西行白简寒，儒臣初著惠文冠。蚕丛惟有青磷起，伏莽当如赤子看。按部诸侯争负弩，洗兵三峡见安澜。兹行雨露沾殊俗，无复兴歌蜀道难。第四语即龚遂治渤海之心，末言蜀道非难，尤得立言之体。

## 包孝肃祠

孝肃祠堂剑珮闲，香花墩畔听潺湲。严霜落后瞻遗像，浊水澄时见笑颜。异代姓名童语习，中宵风雨鹤飞还。古今此地无关节，白日孤城冷蜀山。

## 拜张许六王祠 归德即古睢阳。

名城蹀血共安危，道左飞尘剩古祠。六矢当年知号令，千秋为厉见旌旗。江淮力障孤军日，睥睨风生苦战时。每读昌黎书传后，伤心南八是男儿。

## 蕉林书屋绝句

澮烟晴日满帘栊，春色依依上小红。客为看花频载酒，海棠开否问东风。

## 柳敬亭南归白下

军中轶事语如新，磊落宁南百战身。为问信陵当日客，侯门谁是报恩人？

### 王崇简

字敬哉，直隶宛平人。崇祯癸未进士，国朝官至礼部尚书。〇公于国初奏明末殉难诸臣，在内范景文以下十三人，在外蔡懋德以下五人，皆当恤赠。议从祀，谓潘美忌功不当祀，张浚三任军政，皆大败，杀曲端，忌岳飞，亦不当祀，皆议论之正大者。说诗谓论格之正变，不如论声之正变，清和广大者为正，志微噍杀者为变也，亦最平允。

## 姚若侯至感赠

侧身天地岁时迁，岂意重逢北斗边。万里风波双眼内，三年悲喜一灯前。独宜纵酒聊谐俗，何处狂歌可问天。莫向帝城怀往事，五陵松柏半荒烟。

## 新秋感兴

忆昔谁人秉国成，甘泉烽火岁频惊。盈庭聚讼惟钩党，伏阙求官藉论兵。坐使威权归北寺，遂令盗贼躏西京。五陵豪贵皆尘土，日暮青磷遍野横。党祸之兴，边庭之坏，宦官之毒，流寇之祸，一时骈集，虽欲不亡，其可得乎。

殉国曾闻有数公，犯颜敢谏向来同。卫宫几见杨文义，伏辇还逢嵇侍中。荆棘荒凉悲夜月，蟪蛄哀怨吊秋风。至今箕尾光难灭，古木寒烟恨不穷。此表殉国诸公。

渔阳秋色照桑乾，日暮沙飞雁度难。御苑金茎迷细草，上方银汉挂阑干。西风欲诉明妃怨，千载空歌易水寒。怅望高天成太息，数声清角月中残。

### 李　滢

字镜月，江南兴化人。顺治乙酉举人。著有敦好堂诗钞。

## 望罗浮歌

我闻博罗一山拔地起，巍绝霄汉横苍烟。何年蓬莱卷石浮海至，丹梯翠栈相钩连。自注：南越志：山本蓬莱一小峰，在海中，自会稽浮往与罗山合而为一。仙灵窟宅万古在，是为朱明耀真之洞天。其间琪花瑶草蔽崖谷，砰訇钲鼓鸣层巅。石楼玲珑员峤见，铁桥崒嵂青冥悬。五岭迢递不得到，梅花村畔魂梦牵。竭来道上闻玉女，指点金支璇阙虚无间。丰隆列缺，手劈坤维。水帘千丈，海风倒吹。葱蒨见怪竹，咿哑听碧鸡。更有蛱蝶大于斗，五色绚烂雌雄飞。下与三茅通洞壑，上与列宿争光辉。吁嗟乎！罗浮之胜有如此，只今相望疑尺咫。我欲移短笻，裹粮偕诸子。手弄罗浮之青霞，口餍罗浮之石髓。伏虎岩前天乐鸣，飞云塔外狂歌起。三更峰顶见海日，沧溟一片浮红紫。李白平生最好奇，浪传失足堕苍耳。何似青鞋布袜万里游，矫首扶桑接弱水。望罗浮，情无已。罗浮本仙人宫阙，写此题自应有飞仙之气。

## 武昌漫兴

辘轳鸣咽夜无声，肠断阴云压楚城。巨鹿黄巾漂战血，寿阳白马拥残兵。鹃啼蜀道江涛冷，乌啄延秋劫火明。廿载疮痍多涕泪，故宫荒草暮云平。

## 登五老峰

灊霍岧峣漫比伦，自注：黄帝以灊、霍二山为南岳副，汉武帝以衡山遐远，乃徙南岳之祭于庐山、灊山。五峰拔起劈昆仑。泉流峭壁虹蜺挂，石压枯藤虎豹蹲。下界鸿蒙疑未辟，太空星汉欲高扪。读书头白匡山后，怪尔青苍万古存。

## 杨思圣

字犹龙，直隶巨鹿人。顺治丙戌进士，官四川布政使。著有且亭集。

### 入栈纪行

极望峰峦稠，云飞常没顶。空翠沾衣裳，堕作涧溪影。花鸟乱听闻，心眼细细领。晞阳射碧潭，石粼碎光炯。蒙笼草成阴，树老身戴瘿。山鬼时一啸，肃肃毛发冷。前行隔后行，后岭迷前岭。

暮投黄牛宿，荒垣泄炊烟。树栅防虎过，昏黑灯火连。旅食敢求馀，菽麦性所便。屋角枕巨壑，水石声潺湲。劳生惊物役，忧心中夜煎。起坐当语谁，仗剑泪潸然。

栈云易为雨，朝行蒙雾露。崖树架连桥，奔流涧石怒。攀缘争一隙，时防马足误。山禽鸣翠屏，幽阴众壑赴。始知所历高，下见夜来路。壮怀在驰驱，漫自赋感遇。

客子悲远道，旅途未遑安。整装凌晨发，带雨度柴关。滩石相舂激，雲生暗峰峦。步滑屡攲仄，衣湿何时干。强颜慰僮仆，谈笑轻波澜。中情默自伤，何能驾羽翰。胎原少陵入蜀诸诗，而不袭其面目。

### 飘风行

黄云覆天天梦梦，飘风撼地地欲动。百丈层冰结重阴，白日无色势澒洞。猎猎寒风杀气高，惊沙扑面利如刀。马毛猬磔雁声苦，鱼龙冻蛰狐狸嗥。燕南济北人蹙蹙，死者含冤生者哭。总有乐土那可移，奋飞不及鸳与鸯。监门入告皇心伤，诏书十道被遐荒。可能遭此风霜岁，忍待明年春麦黄。

## 魏裔介

字石生，直隶柏乡人。顺治丙戌进士，官至大学士，补谥文毅。著有兼济堂集。国朝诸大典半属文毅奏议所定。学宗朱子，著有约言录、知统录诸书，风节侃侃，时称二魏，谓公及敏果公也。

### 薤露歌

波流汤汤，逝不竭兮。出日入月，景不灭兮。人命无常，递相阅兮。用意高于原辞。

### 将归操

河之水兮波洋洋，我不济兮非无梁。回车东望涕沾裳。

### 送宫紫玄归广陵

秋尽寒山出，羁人不可留。剑光冲暮雨，霜气冷征裘。蓟北黄金贵，淮南桂树幽。送君从此去，濯足大江流。

魏象枢　字环极，山西蔚州人。顺治丙戌进士，官至刑部尚书，谥敏果。○公为本朝直臣第一，弹劾必匪人，如余司仁、刘显贵、程汝璞诸人是也。荐引必正人，如汤文正斌、陆清献陇其二公是也。任都御史时，特命巡察畿辅，攘除尤见风力。归田后，书数千卷外，无长物。尝笑曰：「尚书门第，秀才家风。」又可想其清节矣。

甲申闯贼陷宁武关周总兵战死　自注：「公讳遇吉，辽东锦州卫人，贼至，大战城下，死之。城陷，其妻某氏督妇女巷战，矢尽亦死。」○三月初三日作。

大呼高帝出城闉，三百年来此一身。帐下投醪多战士，军前拔帜是孤臣。裹尸不愧真男子，擐甲曾闻有妇人。若使将军犹未死，彗芒那敢近中宸？末二语意，流贼李自成亦言之，见忠义之气能动寇贼也。同时武臣如刘泽清辈，不啻蛆虫粪秽矣。

哭友

昔年乍去身犹健，昨夜空伤万里魂。海上鳄鱼骄白日，庭前鹏鸟下黄昏。遗书喑洒孤臣血，垂死仍衔故国恩。最是圣朝容直谏，许君骸骨葬平原。此贬官海南殁于戍所者。

赵　宾　字锦帆，河南阳武人，顺治丙戌进士。著有学易庵诗。

## 海口柬李芳洲

积水流天外，茫茫万里秋。估船经岛国，潮响到城楼。浩荡乾坤小，奔腾日月浮。蓬莱君咫尺，果否有沧洲？

## 长安喜逢彭禹峰

湖海元龙气未除，雄心寂寞付樵渔。樽开北海新桑落，膝抱南阳旧草庐。倜傥指挥天下事，才华驱使古今书。含香朝罢门庭冷，扫径同君赋子虚。

## 送孙九畹佥宪蜀中

画省人空鸟昼啼，使君持节汉江西。驿亭虎斗惊乡梦，栈道蛇盘怯马蹄。荒服旧传盐井远，烽烟近报雪山低。蛮方万里归王会，漫向甘泉说碧鸡。虎斗蛇盘十四字，刻画写之，而一归于稳。

## 赠巢梅峰侯调旋里

此日才听故国钟，风吹石岸冷芙蓉。河鱼晓进高堂膳，蜡屐晴登少室峰。十载还乡人老大，三春伏枕梦从容。草堂暂卧仍须出，未许香醪醉菊松。十载还乡，巢之旋里也。三春伏枕，己之怀巢也。

李　霨　字坦园，直隶高阳人。顺治丙戌进士，官至大学士，谥文勤。

## 舟发浦城

地形下东南，滩溜如箭疾。客行冲雾雨，扁舟仅容膝。粼粼沙痕高，齿齿石锋密。礧砢碍中流，巨细状非一。狭逼惊涛飞，深沸漩涡溢。舟楫巧纡避，簸荡神先怵。篙师一失手，势与洪流汩。眩眼杂卉稠，送客奔崖崒。骇奇豫初览，过险怕缕述。乘流怪浮生，坎止私愿毕。

## 初发都门

六年東吏舍，所向困局迫。出郊兹晨始，豁若樊笼释。望山怀故栖，遵途感新陌。回首魏阙高，尘沙黯将夕。微躯堕世罟，拮据事行役。岂无四方志，悲与亲爱隔。旷寂均苦乐，浮生安所择。起灭情无端，沉思莫能掷。宗法选体，不流入于剽轻，犹得谢公遗意。

## 枫岭

枫岭与梨岭，南北相拱揖。石脉固潜通，蟠峙各独立。林木互纠纷，乱峰森巉巉。其巅判闽浙，风土隔邦邑。跻崖俯绝谷，转道仅微级。凌空危桥滑，束涧鸣溜急。负担尽游估，攀缘如蚁集。伤哉营微利，走险讵夙习。下见稻畦人，惊客举蓑笠。驰骛违所性，邅回增忧色。

## 喜晤孙星衡社丈述赠

昔判长安袂，烽烟障蓟丘。穷交惟我在，远道为君愁。岂意三年别，同为万里游。晤言如梦寐，於邑岂能酬。通体一气。

## 送杨贤甫副宪祀华岳江渎

圣代怀柔秩典章，首严岳渎奠金方。中丞暂假祠官节，宗伯亲颁御府香。挺秀三峰连汉畤，安澜万里下瞿塘。新秋莫讶无残暑，驿路风清白简霜。

王紫绶 字蓼航，河南祥符人。顺治丙戌进士，官翰林，出为浙江粮储道。著有知咫堂诗集。

## 送潘世衡内陟少宗伯

从龙仗策自关东，江上频行御史骢。钱穀暂烦萧相国，仪文终藉叔孙通。百年礼乐方开辟，一代车书欲混同。天子垂裳问民事，入朝应奏未央宫。

## 哭师

生死亲营一亩宫，瓣香谁解为南丰。敢云狸首斑为美，常恐牛眠卜朱工。门下易名萧颖士，帐前负笈马扶风。吹台赋罢人何往，呜咽黄流水自东。

高枕加餐二十秋，炙鸡絮酒冷松楸。凭将夫子呼杨震，不见貔孤哭邓攸。生死情难忘北面，往来路易恸西州。树头何必千金剑，岁岁为添土一抔。师为刘文奇，汴人；流寇困汴时，跳城而走者。蓼航少受经学，终身敬礼之，见所作墓志。

冯溥 字孔传，山东临朐人。顺治丁亥进士，官至大学士，谥文毅。〇文毅力荐魏环极为名臣，在阁不诡随，不矫激。诗以雅正为主，不争长于字句之间。

## 汉文帝幸代图

汉帝当年歌大风，欢留父老乐融融。谁知将相和调后，更有君王赏宴同。每饭未尝忘巨鹿，故居犹是念新丰。旌旗十万云中驾，休拟登台出塞雄。从高帝歌风一气直下，第六语又复回环，结意见异于武帝之耀武。此种篇法，惟少陵有此，变化入神。

## 宋琬

字玉叔，山东莱阳人。顺治丁亥进士，官浙江按察使。著有安雅堂集。〇观察天才俊上，跨越众人，中岁以非辜系狱，故时多悲愤激宕之音。而溯厥指归，仍不盭于中正，此诗中之变雅也。王新城称为「南施北宋」，惟愚山足以俪之，洵为定论。

### 先大夫讳日

坠叶岂更荣，流波无重回。哀哀古孝子，痛哭嗟瓶罍。喟余少薄祜，赋无凌雲才。侧闻过庭训，爱惜如琼瑰。弱龄把铅椠，慈颜为之开。乾坤当百六，梁木忽然摧。譬彼玄鸟雏，巢倾雕梁灾。譬彼松下草，霜落成枯荄。自我歌鲜民，星纪凡屡该。况乃忝符节，陇山崔以巍。松阡渺何处，莫剪蒿与莱。飘萧生素发，膝下无婴孩。缅想夜台内，恻恻伤其怀。誓言守遗教，敢令官方乖。庶以清白风，稍酬罔极哀。叙述生平，而誓守庭训，以肃官方，是能遗亲以令名者，知循吏即是孝子。

## 赠蜀中李鹏海进士

昔君射策明光宫，腾骧燕市骅骝空。谁遣妖星逼天阙，鼎湖竟坠乌号弓。小臣攀髯死未得，重茧万里还乡国。剑阁嵯峨战血腥，豺狼窃据昏巴僰。八口凄凉何所归？穷途那免寒与饥。长镵作伴拾橡栗，短褐不完歌采薇。清渭滩头钓鲂鲤，诛茅结屋将已矣。亭边呵止故将军，驴背谁知前进士。青鞋竹笠秦川来，登高怀古羲皇台。酒酣拔剑鸜鹆舞，梦回巫峡秋猿哀。达人自古嗟飘荡，鼓刀而屠太公望。天子宵衣问隐沦，征书旦夕磻溪上。鹏海归于蜀乱之后，于其行也，作诗以怜悯而慰劳之。

## 从军行送王玉门之大梁

有客有客髯而紫，左挟秦弓右吴矢。自言家本关中豪，黄金散尽来江沚。年来倦上仲宣楼，裹粮且访侯嬴里。腰间匕首徐夫人，河畔荒丘魏公子。悬知吊古有深愁，慷慨登车不可止。自从盗决黄河奔，大梁未有千家村。烽火但增新战垒，尘沙非复古夷门。短衣聊向将军幕，长剑终酬国士恩。落日驱车临广武，春风试马出轘辕。丈夫佩印乃恒事，安能郁郁老丘樊？王郎顾我深叹息，一见欢喜如旧识。此行不但为封侯，人生贵在抒胸臆。江上杨花白雪飞，梁园芳草青袍色。盾鼻犹堪试彩毫，莺声聊为停珠勒。醉后狂歌气若云，军中教战容如墨。春风拂地车斑斑，起看明月揽刀环。平台宾客久零落，至今汴水空潺湲。怜予偃蹇风尘际，年来罄折雕朱颜。已知苦被雕虫误，强弩欲挽不可关。待尔他年分虎竹，相从射猎终南山。

## 诏狱行

秋官署中有老吏，能说先朝诏狱事。当时国是日纷纭，太阿柄倒归阉寺。天子高居问尚公，公卿标榜排清议。遂有群凶作爪牙，赞虎苍鹰最毛挚。长乐宫前传片纸，金吾夜半飞缇骑。卫尉将军身姓许，提点官旗北镇抚。谳决惟增王甫欢，累囚难解张汤怒。洗垢新悬沉命法，挥毫已入追魂簿。甫闻北阙杀刘陶，旋见西亭尸窦武。白骨交撑裹赭衣，残骸谁敢收黄土。尔曹自谓盘根株，杀人狐媚夸良图。岂知神理有反覆，昊天明明安可诬。神奸脱距竟菹醢，亦有然脐当路衢。长安万姓歌且舞，卖钗鬻钏沽醍醐。海水群飞桑亩移，俯仰乾坤又一时。三君八俊俱尘土，膺滂田窦无坟基。彤管堪嗟酷吏传，青苔半蚀党人碑。我今何为淹此室，圜扉白日啼寒鸱。冤魂欲招不敢出，但闻阴风萧飒中心悲。中心悲，泪盈把。酹酒呼皋陶，皋陶竟喑哑。古来万事难问天，蚕室谁怜汉司马。君不见城上乌，啄人曾不问贤愚。新鬼衔冤向都市，年年寒食声呜呜。北镇抚，许显纯也。「洗垢新悬沈命法」以下六语，谓杨、左诸公毕命事也。从狱卒口中详述往事，而主意全在己之诏狱，宾意转详，主意转略，极见作法之变。

## 行路难

身不必贤良书，名不必茂才举。便便饱五经，讵若工三语。乡里小儿车上舞，大字新衔谒府主。三年前在廊下趋，白头老儒徒踽踽。汉家公卿半刀笔，平阳之后有丙吉。家家少牢祀酇侯，有儿莫读天人策。驷马银鞍金作鱼，何足道哉二千石！

## 栈道平歌为贾胶侯尚书作

君不见梁州之谷斜与褒，中有栈道干云霄。仰手可以扪东井，下临长江浩汗汹波涛。大禹胼胝恐未到，帝遣五丁开神皋。巨灵运斧地维坼，然后南通巴蜀西羌髳。蛇盘萦纡六百里，千回万曲缘秋毫。悬车束马弗可以径度，飞腾绝壁愁猿猱。汉家留侯真妇女，烈火一炬嗟徒劳。噫嘻乎！三秦之人困征戍，军书蜂午如猬毛。衔枚荷戈戟，转粟穷脂膏。估客尔何来？万里竞锥刀。须臾失足几千仞，猛虎蝮蛇恣贪饕。出险洒酒始相贺，磷磷鬼火闻呼号。泰运开，尚书来，恩如雨露威风雷。一呼集畚锸，再呼伐薪柴。醇醯浇山万夫发，坐看嶙岩削尽为平埃。噫嘻乎！益烈山泽四千岁，火攻莫救苍生灾。昔也商旅鱼贯行，今也不忧狼与豺。昔也单车不得上，今也康庄之途足以走连辇。僰童巴舞贡天府，桃笙赍布输邛崃。歌豳风，击土鼓，贾父之来何晚哉！丰功弈弈垂万祀，经济不数韦皋才。中朝衮衣待公补，璇玑在手平泰阶。西望剑阁高崔巍，侧身欲往空徘徊。大书深刻告来世，蛟龙岌嶫磨青崖。金穿石泐陵谷徙，我公之功不与伏波铜柱同尘埋。贾中丞名汉复，平险为夷，因作歌以颂之，歌勒于观音碥崖石上。○出后人手，几成德政歌矣。此服其笔力之大。

### 喜表弟董樵书至

数枉山中信，江湖问逐臣。怜予常作客，知尔尚依人。刀俎惊前梦，渔蓑老此身。故园风俗薄，犹有葛天民。

### 己酉过姜如农东莱草堂

拜杖端门下，孤臣命若丝。何堪天谴日，即是国亡时。谏草传梅尉，扁舟混子皮。似君幽隐处，独有白鸥知。姜以建言廷杖，谴戍宣城，明社旋屋矣，后终于吴，葬于宣城。

同时熊给谏，不异楚灵均。破衲称开士，残碑记党人。老从方外友，悟彼定中身。应据生公石，军持话宿因。熊给谏名开元，亦以劾周延儒被杖，后隐于僧，故次章连及之。

## 写哀

执戟沾微禄，栖迟仰大官。累臣天不吊，圣主法终宽。宗祀哀羊舌，身名笑鼠肝。须眉真自觋，书札报任安。

## 冯唐墓

冯公昔未遇，执戟叹淹留。一荐雲中守，能宽汉主忧。古碑荒藓合，高柳暮鸦秋。自笑为郎拙，萧萧欲白头。

## 送傅介侯督饷宁夏

贺兰西望郁嵯峨，使者乘春揽辔过。三辅征输何日尽，二陵风雨至今多。边城杨柳楼中笛，羌女葡萄塞下歌。君到坐传青海箭，不妨草檄倚琱戈。七子遗响，尤近沧溟。

## 狱中长至呈同系诸公时大驾有事南郊。

圜扉望断属车尘，闻道銮舆出禁闉。五夜斗杓初建子，孤臣霜鬓未逢辰。雉罗既说嗟何及，龙性谁言不可驯。犹有锺仪数行泪，南冠相对共沾巾。三四是活对法。

怀王敬哉 自注：时黄河决济、兖间。

萧条岁月孰华予，行步徘徊靡所如。刀俎堪惊身是鹿，雲霄还念食无鱼。但留东海栽桑地，敢作南山种豆书。闻道宣房薪未塞，欲从太史问河渠。

夏瑗公先生廿载浅土门人盛珍示卜地葬之以其夫人祔焉诗以志美

几年松槚缺经营，负土荒原赖友生。曾赋国殇哀翟义，竟无佣保付王成。月明大鸟来华表，剑合双龙卷素旌。二陆冤魂应共语，雲车风马笑相迎。使事典切，六语见夫人祔葬，结但取冤魂及同为雲间人意，机、雲身分地位不必同也。

贺曾庭闻举孝廉 庭闻，江右人，易名中秦榜。

谁言才子竟蹉跎，天马西徕万里过。名姓在秦张禄贵，文章入洛陆机多。汉廷伫奏凌雲笔，羌笛争传出塞歌。陇上梅花凭驿使，好将双鲤下黄河。

## 同东雲雏王心古诸君登华山雲台峰

丹梯千仞倚嵯峨，万转盘纡出薜萝。少华西来朝白帝，太行东望走黄河。欲从玉女窥莲井，须向仙人借斧柯。襆被同君星汉外，方知天上白榆多。

## 华岳

遥遥青黛削芙蓉，此日登临落雁峰。霄汉何人骑白鹿，天门有路跨苍龙。流沙弱水真杯勺，太白终南尽附庸。却忆巨灵开辟日，神功槖籥费陶熔。

松风谡谡步虚声，杖策高寻卫叔卿。星近祠坛光欲堕，月临仙掌夜偏明。扶桑万里天鸡曙，箭括三更石马鸣。谁信扬雄擅词赋，不将彩笔记层城。举头天外，才许落墨，不愧「五岳起方寸」语。

## 报唐采臣户部时自宁夏还朝

使君书札劝加餐，又报征车发贺兰。秦地关山留庾信，汉家盐铁问桓宽。飞鸿夜度朱弦冷，边马晨嘶白草寒。迁客陇头憔悴甚，故人传语到长安。

## 登西岳庙万寿阁

崔嵬杰阁玉为寮，白帝离宫倚绛霄。槛外河山三辅小，崖前觞豆百灵朝。明星环佩云来湿，仙掌芙蓉雨欲摇。会御长风凌绝巘，青鸾背上夜吹箫。

## 鹦鹉

雕笼万里托征鞍，辛苦何辞行路难。幽阁恰添娇女伴，方音犹作部民看。且分薄俸供秔稻，莫遣春风瘁羽翰。流水陇头相忆否，朔云边月不胜寒。

## 送张蔚生明府之任剑州

栈阁崔嵬涪水西，芙蓉十二与云齐。几年汉使迷金马，万里江流见石犀。讲学文翁今再觏，勒铭张载有新题。相思愁杀峨眉月，山木苍苍杜宇啼。

## 九日同姜如农王西樵程穆倩诸君登慧光阁

塞鸿犹未到芜城，载酒登楼雨乍晴。山色浅深随夕照，江流日夜变秋声。上方钟磬疏林满，十里笙歌画舫明。空负黄花羞短髮，寒衣三澣客心惊。悲壮沉郁。

刀鱼

银花烂漫委筠筐，锦带吴钩总擅长。千载专诸留侠骨，至今七箸尚飞霜。

舟中见猎犬有感

秋水芦花一片明，难同鹰隼共功名。樯边饱饭垂头睡，也似英雄髀肉生。

蒋　超　字虎臣，江南金坛人。顺治丁亥，赐进士第三人，官翰林院(编)修(撰)。著有绥庵集。○绥庵素无宦情，自称前身峨眉老僧。遍游名山，后入蜀，殁于峨眉山之伏虎寺。

金陵旧院

锦绣歌残翠黛尘，楼台已尽曲池湮。荒园一种瓢儿菜，独占秦淮旧日春。极浓丽地，偏写得荒凉如许，感慨系之。

文殊院

紫玉屏风敞佛筵，诸峰如笏上青天。偶来山寺空无主，惊起白猿松际眠。

王　熙　字子雍，直隶宛平人。顺治丁亥进士，官至大学士，谥文靖。

## 春日扈从南海子观大蒐

上苑回春驭，传呼夜漏催。六龙雲里下，八阵日边开。细草鸣鸾地，雄风买骏台。应知宸算远，不为诘戎来。

宋徵舆　字辕文，江南华亭人。顺治丁亥进士，官至副都御史。〇云间诗家推陈卧子、宋辕文、李舒章，卧子蹈海后，宋、李并名于时，未尝有所轩轾。

## 参军行

檀州军败洓南陷，铁骑西山逼云栈。九门辛苦坐公卿，按兵不动有高监。玉堂美人胡不平，上书北阙苦论兵。参军新命一朝下，单骑夜出长安城。是时主将卢司马，独将西兵兵力寡。不教国士死黄沙，别遣参军向城下。参军不行司马嗔，参军既行军伍陈。北向再拜谢至尊，曰臣象昇死国恩。鼓声阗阗军出垒，司马一呼创者起。三万边兵夜合围，孤军虽胜终斗死。朝廷颇轻死事功，翻疑讼疏多雷同。司马几受斫棺惨，参军一官成转蓬。呜呼权臣报复有如此，疆埸谁肯摅孤忠。此纪贾庄之败也。高监，名起潜，参军，杨廷麟。时枢辅杨嗣昌嫉卢忠烈正直，不与援兵，高起潜拥兵坐视，忠烈与大军战，重创死。嗣昌诬以降，又诬以遁，几至斫棺。廷麟力辩其冤，得免。忠佞颠倒如此，明社所以屋也。后参军亦以守城死。

## 下滩

孤舟泻石滩，双桨下云端。浪涌分花落，涛惊溅雪寒。乱山皆曲向，飞渡却回看。千里无诸国，天南自郁盘。一起如睹巴船出峡图。

## 古意

碧玉堂西红粉楼，楼中思妇忆凉州。咸阳桥上三年梦，回乐峰前万里愁。秦地烟花明月夜，胡天沙草白云秋。离魂不识金微路，愿逐交河水北流。酷似杨升庵塞垣鹧鸪词。

## 林天孙自漳州来见访天孙乃黄石斋先生弟子时黄先生被逮

燕市霜飞五月寒，投荒君子更南冠。谪同贾谊官仍夺，时异灵均死亦难。大涤春阴猿鹤怨，武夷秋雨薜萝残。自注：大涤、武夷皆先生讲学处。凭君归报金鸡信，重扫先生旧讲坛。

## 冬闺夜怨

落尽飞云暮色寒，黄昏北斗照阑干。可怜一片如霜月，惟有深闺独自看。

### 邓　旭

字元照，江南寿州人。顺治丁亥进士，官翰林院检讨。著有林屋诗集。

## 钱塘看潮

夜发富春江，午缆钱塘岸。不见当时射潮者，天际烟波空浩瀚。须臾海门走匹练，白虹蜿蜒吐长线。渐看鳌背负山来，汹涌顿令天地变。龙吹笛，鼍击鼓，冯夷天吴江上舞。万斛舳舻如败叶，怒涛一卷送平浦。伊昔惟闻东流之水无尽期，沃焦颈洞为漏卮。云何已逝壑，而有还源时。应是伍胥文种恨不灭，无路叩天气填咽。故教雪浪排长空，古今嘘吸无时绝。

## 赠凤凰山咸庵禅丈庵名凰巢

万绿藏深壑，苔龛路几层。侧身同蚁进，牵臂学猿腾。累重缘留髮，栖幽欲妒僧。半生迟引退，应悔镂春冰。

季振宜 字沧苇，江南泰兴人。顺治丁亥进士，官御史。

潼关有感

兴亡非一代，形胜览层楼。渭水千年浊，秦山万里秋。豺狼互吞噬，盗贼化王侯。邮置无馀马，皇华不肯休。

李敬 字圣一，江南六合人。顺治丁亥进士，官刑部侍郎。

清明泊瓜步阻雨

愁思如芳草，春程不断生。停雲连野色，过雨挟江声。瓜步新添水，清明远送行。强从吴客语，归计羡朱樱。停雲十字，渔洋赏之，谓其不减古人。

读水经注怀洞庭

坐倚巴丘俯洞庭，君山一十二峰青。不闻修竹来仙吹，但有孤鸿送客舲。欲辨水天惟北斗，若当风雨即南溟。旧游浩渺如春梦，兀看郦元注水经。

缪慧远 字子长，江南吴县人。顺治丁亥进士，官寿阳知县。〇经义推巨手，韵语亦复雅健雄深。

## 雉子斑

雉子斑兮，其羽煌煌，雄雌朝飞，阡陌相将。十步一啄，载飞载藏。谁为祸枢，体负文章。南山媒翳，北山罗张。樊笼既入，形容无光。恭承嘉惠，食以稻粱。尔虽小物，耿介莫当。局促一世，生不如亡。微命既释，感恩未央。迟迟春日，膏泽徜徉。愿同黄雀，衔环君旁。

## 友人过访

茸城愁绝各风烟，倾倒今朝倍黯然。坐上清歌闻子夜，人生行乐及丁年。三春会面常多阻，百罚深杯且共传。旧事凄凉言未尽，檐花落久雨纤绵。

## 有感

湘水桃源欲问津，衣冠处处哭秋旻。宁同白马歼朝士，肯为黄巾赦党人。行泽楚臣应抱石，上书梁狱几全身。惊心南国添缯缴，解网还邀圣主恩。胸怀磈礧，以诗写之，尽成激楚之音。

烽烟海内尚兵鏖，奋袭论才得尔曹。紫塞重弹白翎雀，金门竞奏郁轮袍。苍茫梦里询蕉鹿，浮拍池中把酒螯。长啸独期千古事，咏怀何必反离骚。

## 忆辽左故人

生归何地更逢君，兰忌当门自昔云。东洛少年无贾谊，制科风汉独刘蕡。蕃厘种徙琼花绝，辽海魂啼杜宇闻。箧里故人封事稿，雨窗捡点泪纷纷。

**曹垂燦** 字天祺，江南上海人。顺治丁亥进士，官遂安知县。

## 插秧词

桔槔未动商羊舞，老农出社迎猫虎。熏风灵雨及时来，秧水齐添土膏膴。针苗剪剪绿初齐，如卦行行立畛畦。陇畔柳浓斜挂笠，农歌声里鹁鸪啼。自辰至午不停手，厨下炊羹并剪韭。老翁提馌饷田间，瓮中更有新篘酒。日晚水田聚纠笠，移时火耨农功急。寄语食租衣税家，莫忘辛苦盘中粒。如卦句，所谓「立苗欲疏」也。

**沈永令** 字闻人，江南吴江人。顺治戊子副榜，官高陵知县。○初知韩城县时，汤文正为潼关道，以循良重之，其政治可知也。诗亦宗仰唐人，不染竟陵习气。

## 再次淮上对月

半年沙塞月，今夜映长淮。砧杵深闺梦，关山旅客怀。遥知灯下卜，敲断鬓边钗。何日花前影，清光共玉阶。「今夜鄜州月」，念闺中之怀远，此写客中之念家，境地相同，深情宛合。

## 咸阳寓中

老应甘弃世，壮已不如人。楚越燕秦路，东西南北身。镜中俱是雪，塞外不知春。何日沧江返，矶头稳钓纶。

## 秦中

深秋沙草马长嘶，塞柳千条覆曲堤。水落渭河诸派合，天围华岳万峰低。旧游金谷云烟散，故国铜驼枳棘迷。紫气近来东望满，函关何用一丸泥。顾茂伦称此诗沉雄瑰丽，可追盛唐，其气象然也。下章亦然。

## 登华

历历星辰尺五悬，洮雲陇树望相连。天高西北长空尽，势控燕秦大地偏。烟杪一丸关百二，河流如线路三千。此身托足知何处？仙掌擎来霄汉边。

## 分水龙王庙

南为吴水北燕雲，结伴登临喜得群。七十二泉从此合，三千馀路恰平分。安澜已下褒封诏，沉璧无烦草檄文。惟有仲宣行役苦，登楼久已悔从军。引汶水合七十二泉之水注于南旺，平分南北以利转漕，此宋礼从白瑛之议也。三四语真写得尽。

## 赠檗庵禅师

师为楚嘉鱼人，天启乙丑进士，筮仕吴令，晋吏垣。崇祯壬癸间，建言廷杖诏狱。沧桑后遂为僧，康熙乙卯，驻锡江城，距作令时阅五十寒暑矣。永令以昔年童子，受知门下，感赋是诗。

浮生阅尽几沧桑，独卧寒雲拥竹床。百炼身犹馀铁石，万言字尚挟风霜。列朝文献征遗史，一代天龙护法王。士女争来瞻瑞相，使君故是宰河阳。檗庵即熊开元也。以弹周延儒廷杖，后为僧，门下士感慨赋之，如读本传。

# 清诗别裁集卷三

## 施闰章

字尚白，江南宣城人。顺治己丑进士，官江西参议。康熙己未，召试博学宏辞，官翰林院侍讲。著有愚山诗集。○南施北宋，故应抗行，今就两家论之，宋以雄健磊落胜，施以温柔敦厚胜，又各自擅场。○王渔洋云："门人洪昉思问诗法于愚山，愚山曰：『子师言诗如华严楼阁，弹指即现，又如五城十二楼，缥缈俱在天际。余则譬作室者，瓴甓木石，一一俱就平地筑起。』洪曰：『此禅宗顿、渐义也。』"今观两家诗，此论确不可易。

### 警志诗

洋洋景运，六辔徂流。尔征尔迈，不我眷留。维帝赉予，靡德不具。既具既完，逝不我顾。拾穗虽利，不如躬耕；束炬夜驰，不如早行。鸱争腐鼠，凤餐竹食。翔视千仞，下罕雏匹。懿我祖考，争道策骥。腹我目我，遑敢陨坠。昔游东鲁，摄衣孔庭。俯仰瞻听，实迩仪型。匪哀匪慕，泣涕如雨。怆如亡子，初见父母。轨臻回赐，文企姬秦。不惭爝火，持照千春。匪陨霜警木，世难厉德。怀璧负途，智士不惑。猿则穴果，獭则祭鱼，谁为令人，不勤是图。皇皇朝夕，望晷心栗。如岸斯崩，如虎将咥。冉苦抱疴，颜不待耇。敬尔良时，并宵作昼。步步实践，归重下学，不落宋人尘腐，是曰诗品。

## 升天行

丹凤一双，乘云上翔。俯视八极，中路徬徨。一解。下土小臣，心思太古。言叩天门，手击天鼓。雷雨昼迷，噤不得语。二解。天阊高高，高不可即。但见群仙，玉女侍侧，货财千亿。自注：「黄金既成，货财千亿，役使鬼神，玉女侍侧。」见陰长生仙诗。小臣昧死顿首言：天阙清虚，安用货财千万亿，愿丐下土小民作衣食。三解。仙人持节，问汝何所求？小臣不愿富贵，愿假赤螭，游戏十洲。山无崩徙，河海安流，天子万年兵革罢，小臣鲁钝，但当贫贱长优游。四解。○仙人犹重货财，此为小民衣食计。借题抒写，大臣心事，昭然若揭矣。

## 浮萍兔丝篇

李将军言：部曲尝掠人妻，既数年，携之南征，值其故夫，一见恸绝，问其夫，已纳新妇，则兵之故妻也，四人皆大哭，各反其妻而去。予为作浮萍兔丝篇。

浮萍寄洪波，飘飘东复西。兔丝附乔柯，袅袅复离披。兔丝断有日，浮萍合有时。浮萍语兔丝，离合安可知？健儿东南征，马上倾城姿。轻罗作障面，顾盼生光仪。故夫从旁窥，拭目惊且疑。长跪问健儿，毋乃贱子妻？贱子分已断，买妇商山陲。但愿一相见，永诀从此辞。相见肝肠绝，健儿心乍悲。自言亦有妇，商山生别离。我戍十馀载，不知从阿谁？尔妇既我乡，便可会路歧。宁知商山妇，复向健儿啼：本执君箕帚，弃我忽如遗。黄雀从乌飞，比翼长参差。雄飞占新巢，雌伏思旧枝。两雄相顾诧，各自还其雌。雌雄一时合，双泪沾裳衣。

状古来未有情事，以比兴体出之，作汉人乐府读可也。无书无笔人，不敢道一字。

## 过犟岭

崇冈陟崚嶒，鸟道绕山腹。仰探白日短，俯瞰阴霞伏。鱼贯度行人，疲马艰踯躅。春晴多好风，吹我岩壑绿。农耕岭上雲，妇饭溪中犊。羁心旷登陟，瘠土见风俗。华阳灵迹閟，杖策寻石屋。

## 早春三天洞至仙人岩

寒岩敛众妙，惠风荡疏木。洞穴无人居，玲珑辟华屋。春阴香乳流，谷温瑶草绿。出户见前峰，重雲无断续。乘兴复杖藜，行歌散烦促。古树含丹葩，馀雪长灵瀑。僧扉凿阳崖，茶臼入深竹。采真客安往，怅望空山曲。

## 临江悯旱

瘠土嗟薄获，岁丰长忍饥。戎马况叠迹，田园成路蹊。荷锄代牛力，播种良苦疲。朱火肆燎原，禾稗同一萎。民乱如恐后，况乃驱策为。徒跣呼百神，呜咽致我辞：政拙未敢苛，召灾今则谁？雲汉何皎洁，箕斗正参差。心知阊阖远，侧向高天啼。明日急刍饷，吞声重涕洟。岁丰长忍饥，即所云「乐岁终身苦」也。防民乱，惧召灾，呼天而诉，如读雲汉正月诸变雅。

## 悲野雀

行经沂州，有饷鹌鹑者，哀其义，不忍食。或曰：州人捕雀为业。嗟乎芜田不耕，罗及野雀，作诗示州人。

枌榆繁羽族，琐细无定名。所谋非稻粱，不与鸡鹜争。张罗始何日，遂使风俗成。机发尽掩覆，一罗歼群生。持此饮啄具，充君鼎俎烹。苦惭托体微，不足一杯羹。同类为啾啾，失侣长哀鸣。君辍筵上箸，请听檐外声。读末二语，虽老饕亦应动心。

## 新都戍

自注：新安乱后，留戍以蒙古诸军也。

玉屏山草尽，练江江水浑。丈人看饮马，千骑如雲屯。腰间横大箭，游戏走平原。射雁落雲中，逐兔过田园。割鲜不须臾，腥血殷盘飧。汉儿刍秣久，相驯通语言。此辈尚猛鸷，好恶难具论。往年贼破郡，去年蹂榆村。驱除借厥力，到今防御存。居人远窜匿，白日黄尘昏。何时罢兵战，天河洗乾坤。即老杜留花门意。

## 祀蚕娘

华灯白粥陈椒浆，田家女儿祀蚕娘。愿刺绣裙与娘着，使我红蚕堆满箔。他家织缣裁罗襦，妾家卖丝充官租。馀作郎衣及儿袄，家贫租重还有无。蚕时桑远行多露，好傍门前种桑树。比张、王乐府，转见性情之正。

## 牵船夫行

十八滩头石齿齿，百丈青绳可怜子。赤脚短衣半在腰，裹饭寒吞掬江水。北来铁骑尽乘船，滩峻船从石窟穿。鸡猪牛酒不论数，连樯动索千夫牵。县官惧罪急如火，预点民夫向江坐。拘留古庙等羁囚，兵来不来饥杀我。沿江沙石多崩峭，引臂如猿争叫啸。秋冬水涩春涨湍，渚穴蛟龙岸虎豹。伐鼓鸣铙画舰飞，阳侯起立江娥笑。不辞辛苦为君行，梃促鞭驱半死生。君看死者仆江侧，火伴何人敢哭声。自从伏波下南粤，蛮江多少人流血。绳牵不断肠断绝，流水无情亦呜咽。末幅归咎新息，真无可奈何之辞。

## 屴崱峰

危峰矗立鼓山顶，目尽闽天万山影。磨崖上有紫阳书，光芒倒射扶桑冷。双江会合蛟龙游，三山灭没人烟浮。岛屿东看入海气，空青一发指琉球。洪涛忽起天地动，羲和返驾寒雲愁。吁嗟乎！白日苦短，青鬓已斑。天风何泠泠，吹我骨珊珊。念欲乘风挥手去，八表万里何当还。鸾骖鹤驭良不远，鲸吞蚁斗谁能闲？回首大笑哀人间。

## 射乌楼行 自注：为周栎园先生纪事。

越王城边乌哑哑，射乌楼头乌不下。周侯破寇此城头，到今杀气城乌愁。先皇丙申岁七月，寇来海畔盈山丘。疾如长鲸吞巨舟，城中号哭声啾啾。侯方解官听吏议，推守要害来乌楼。抗言立功须宿将，使贪使过皆保障。中有健手王老虎，陷阵摧锋气偏壮。群凶争踞豹头山，咫尺乌楼正相向。蚁附蜂屯顷刻间，何人敢立女墙上。周侯清啸决戎机，誓师慷慨裹铁衣。指顾中坚发大炮，须臾万骨黄尘飞。紫袍戎首正糜烂，一军气尽舆尸归。总戎援兵适继至，三山是日解重围。当途方略固多有，功成乃出闲官手。烽烟既息乌楼空，乌楼壮绩在人口。他年再集头白乌，射乌还有周侯无？记事诗不嫌详尽，此觉勃勃有生气。以防乱作结，虑事尤为周详。

## 乱后和刘文伯郊行

斜日照荒野，乱山横白云。到家成远客，访旧指新坟。战地冤魂语，空村画角闻。相看皆堕泪，风叶自纷纷。

## 慈仁寺松

直欲凌风去，翻从拂地看。摧残经百折，偃仰郁千盘。老阅山河变，阴兼日月寒。支离尔何意，不厌卧长安。

## 溪涨

溪涨全无岸，沙田又可哀。舟航浮郡郭，荇藻罥楼台。过雨重云黑，奔雷动地回。蛟龙横得意，白日向人来。

## 怀侯韩振蓝山

贫苦日相共，宦游天一涯。有官真似水，无梦不还家。五岭来山瘴，孤城接塞笳。别离春已暮，多恐鬓将华。

## 舟中立秋

垂老畏闻秋，年光逐水流。阴云沈岸草，急雨乱滩舟。时事诗书拙，军储岭海愁。洊饥今有岁，倚棹望西畴。

## 曲江得方学士苏翁先生书 自注：时自塞外归，暂客广陵。

入塞仍羁旅，书来泪满缨。悲欢成隔世，衰白重关情。远窜全家在，生还万事轻。几时归客梦，安稳石头城。

## 叔父同弟阮迟予芜关次日予北发

小泊聚江干，帆开泪未干。路长催老易，家近恨归难。长大看吾弟，浮沉付一官。今宵浑不寐，倍觉夜漫漫。家近难归，老于宦途者知之，神明杜陵，乃有此种。

## 钱塘观潮

海色雨中开，涛飞江上台。声驱千骑疾，气卷万山来。绝岸愁倾覆，轻舟故溯洄。鸱夷有遗恨，终古使人哀。「气卷万山来」，五字千古。

## 顾宁人关中书至

旧迹满西京，高谈就友生。书曾搜孔壁，诗已变秦声。多难馀身健，新编计日成。别来头并白，望远不胜情。

## 过湖北山家

路回临石岸，树老出墙根。野水合诸涧，桃花成一村。呼鸡过篱栅，行酒尽儿孙。老矣吾将隐，前峰恰对门。「野水」十字，令穰、松年亦不能画，唐人「时有落花至，远随流水香」，同一自然。

## 雨后

归田复多病，寒雨送三春。高柳不藏阁，流莺解就人。道心看物变，时论薄官贫。无限扁舟意，澄江满绿蘋。三四不让刘随州，渔洋取愚山五言近体为摘句图，为学者式也。

### 淳湖寻邢景之

四海倦游后，始知泛爱非。寸心如落木，逢尔复春晖。移榻连蔬圃，烹鱼出钓矶。清欢成信宿，不是醉忘归。

### 江行杂咏

鼓枻随渔父，乘槎老客星。莺声花屿暖，龙气雨潭腥。波绿澄湘浦，天青合洞庭。谁知渔子饭，绝胜五侯鲭。

### 望衡岳

衡山绝顶祝融峰，独峙天南抗岱宗。水国风雷虚岫出，炎方冰雪半岩封。斜阳欲辨灯（？）树，昨夜遥闻岳麓钟。好驻星轺看日出，卧翻雲海荡心胸。

季天中给事以直谏谪塞外追送不及

策马送君君出门，朔风动地卷蓬根。孤臣抗疏甘身死，万里投荒是主恩。笳吹天山边月小，城连沙碛塞云昏。心知去国无多泪，肠断慈乌声自吞。以忠君爱亲表戍臣心事，老杜送人，往往如此。

## 登岱

日观晴光傍午开，茫茫东见海为杯。九州积气峰前合，万里浮云杖底来。邹鲁山灵真莽荡，吴阊练影漫徘徊。昆仑不到终遗憾，欲驾苍龙首重回。

## 见宋荔裳遗诗凄然有作

自注：君按察四川，会滇、蜀反，道梗，忧愤死。

好客生平酒不空，高歌零落痛无穷。西川终古流残泪，东海从今少大风。国士魂销多难后，离人望断九原中。张堪妻子应谁托，巢卵长抛虎豹丛。西川句，谓蜀人怀其政教，东海句，谓山左失一雅宗也。○王渔洋有久不得荔裳妻孥消息诗，中云"九原悲马鬣，八口寄蚕丛"，此篇结语亦复云然，犹见古交道焉。○张堪卒于官，无托妻孥事，此约略语。

## 苍梧云盖寺访无可上人

精舍萧疏山路斜，高人解组即袈裟。沧桑痛哭知无地，江海流离不见家。云暗苍梧飞锡杖。梦归秋浦泛仙槎。与君坐对成今古，尝尽冰泉旧井茶。上人，即方密之太史。

## 至南旺

客倦南来路，河分向北流。明朝望乡泪，流不到江头。过南旺分水，水俱向北，泪滴水中，不复到江也。宛似唐人声口。

## 送李万安罢官归里

### 季开生 字天中，江南泰兴人。顺治己丑进士，官给事中。著有出关草。

岁暮归舟一叶轻，歌残酒罢泪双倾。滩声不是无情思，呜咽随君为送行。

## 尚阳堡即事口号

新烧悬崖净积莎，远随甲骑渡柴河。虎头在客休投笔，鸡肋从军漫荷戈。骨肉书传辽塞少，林泉话入故园多。边城老将秋霜下，夜半闻笳起自歌。

五云长绕旧皇畿，万里孤臣寄翠微。极塞有山皆北向，重边无水不西归。鸡鸣梦讶参朝晚，乌哺心伤进膳违。宁惜茕茕沙雁影，阳回未得入关飞。忠孝之人，其言蔼如。

## 送左大来先生葬

重关不禁旅魂过，梦里看君渡塞河。白日总悲生事少，黄泉翻羡故人多。荒台啼鸟围松柏，废苑寒云锁薜萝。末遂首丘须浅葬，好留枯骨待恩波。宋辕文「时异灵均死亦难」，以死为幸，此云「黄泉翻羡故人多」，以死为乐，皆刻骨入髓语。

### 董文骥

字玉虬，江南武进人。顺治己丑进士，官侍御。著有微泉阁集。

## 真定客舍对雪

穷阴满太虚，积雪冻庭除。鸦点埋云树，童依宿火厨。君恩狐白厚，老病酒杯疏。江国寒梅早，垂垂已待予。纸上俱有寒意。

## 复过井陉口淮阴侯庙

背水千年庙，登坛百战功。至今思赤帜，何处吊藏弓。春雨王孙草，灵风古木丛。淮阴年少子，终自笑英雄。渔洋极称五六语自然。

## 庚戌元日移家惠山舟中作

东风自信片帆斜，百里乡园路岂赊。爱听山泉因煮荈，并驱鸡犬是移家。未闻春鸟来樯燕，已见寒梅笑岸花。万国朝正看北极，十年拂雾马喷沙。

去年元日弃孤臣，赵北燕南滞病身。八口一舟迁易散，自注：家人先归。吴山楚水信难真。即看妻子还疑梦，高卧江湖又早春。只恐莺花饶笑我，拂衣斑鬓已如银。

## 十月初六发榆中夜抵鱼河驿

振野凉沙扑马飞，孟冬绝塞已风威。王程中夜鱼河宿，客路冲寒虎节归。边月黑时防失道，胡霜白处欲侵衣。南州此夕微暄暖，灭烛听鸿坐竹扉。

## 王广心

字伊人，江南华亭人。顺治己丑进士。○先生经义雕镂襞绩，时作骈体，而韵语疏畅条达，不以一律拘，贤者故不可测也。

## 送董苍水游楚粤

先朝直节董侍郎，锄奸拜杖投南荒。百粤山川恣吟啸，至今岩壑垂光芒。康乐登临千载绝，苍梧黯澹漓江咽。铁城铜柱漫崔嵬，木客山猿自清切。侍郎之后君也才，文章早压黄金台。时无孔融不荐士，天人三策空归来。丈夫壮志凌八极，越水吴山伤偪仄。潇湘万顷九疑烟，我有愁心荡空碧。兴来还看郁林山，八桂堂深客思闲。豆蔻晓风啼翠羽，桄榔残照落乌蛮。其间仕宦都贤者，酌酒论诗袖堪把。铜鼓峰前意慨慷，绿珠渡口人潇洒。劝君莫过柳侯祠，少年失足良可悲。劝君勿谒伏波庙，七十据鞍达者诮。人生功何必勒昆吾鼎，贵何必入中书堂。淋漓翰墨飞夜郎，如君侍郎名亦章。采罢丹砂好归隐，与君谷口话农桑。

非贬柳州、伏波，劝其勿躁进勿恋勋名也。前辈立言，每不以颂而以规。

## 大梁行送林平子

燕山四月槐雨凉，酒徒击筑官道旁。骊驹欲鸣惨将发，为君慷慨歌大梁。大梁昔当全盛日，裂土苴茅建宗室。魏殿旌旗北斗翻，汴宫花石城东窋。定王宪王皆好才，樊楼窈窕东堂开。诚斋旧帖龙文写，乐府新题凤管催。黄河如带萦天阙，舞榭歌钟几时歇。兔苑宾朋白雪樽，鹍弦士女金梁月。中原千里接神京，叔父勤王更勒铭。鸡犬愿随淮桂老，鱼龙忽厌蔡河平。一朝风雨金堤决，杀气苍茫鼓声绝。龙章十叶赤帝孙，却并铜人水中没。沧桑变易八九年，我来欲渡愁无船。宫阙崩颓半深泽，狐狸踉跳空荒烟。偶逢遗老驱豚出，端礼门中招共入。银楼藻井荇带穿，玉殿螭头土花涩。因言此殿西北隅，飞帘九仞凌清虚。浊河波浪埋不得，依稀绣栱临椒除。我登兰雪轩，更倚端清阁。空梁天娇堕盘龙，古柏阴森少调鹤。下寻石洞风翛然，黄尘不到秋光先。雲英既死梵灯灭，谁从此地求神仙？呜呼此景当年识，近日传闻更萧瑟。华栋都输少府钱，碧甍尽入空王宅。河山君到莫重论，艮岳吹台总不存。但得晴天看少室，短衣落日过夷门。大梁自流寇决河灌城后，王孙俱为波臣，臣民可知矣。登高眺览，百感茫茫，而以看少室吊侯嬴作结，想见作者胸次。

## 怀友

昔日燕台侧，相为踏雪歌。君恩移白日，乡信断黄河。兰蕙秋偏歇，风霜晚较多。短衣吹觱篥，独奈岁寒何？

## 夏日招同毛子霞徐臞庵周金山赵双白张研铭汉度董苍水沈雪峰诸子集用双白韵

掉臂兵戈际，如君行路难。江山同放逐，歌哭互悲欢。市迹寻梅尉，乡心梦橘官。一身天地窄，只是酒乡宽。

### 夏日邀陈昌箕魏惟度许九日周釜山小集依韵酬陈昌箕

偶与仙翁草阁期，清尊碧簟昼栖迟。才名不忝三君后，人物能谈万历时。绮季行藏岩桂老，少陵家国杜鹃知。可堪日暮山阳笛，泪落江城自咏诗。

### 送向西昆使蜀

廿年不到西川路，捧诏今看使者行。乱后草堂江燕在，春来剑阁杜鹃鸣。桥边旧迹怀司马，山下新祠吊孔明。尚有焚香诸父老，相持杯酒话销兵。中两联俱凭吊古人，前用虚写，后用实写，不觉其犯。

### 直方夜过忆卧子谈诗

偶逢宋玉过西邻，把酒重论故国春。一榻早悬陈仲举，九歌亲授屈灵均。衣冠白社沉秋草，宾客黄初散洛尘。醉里寒星空自数，天门骑尾竟何人。直方即宋辕文，见谈诗之旨同，而立身立名，各行其志也。当于言外思之。

## 王　庭

字言远，浙江嘉兴人。顺治己丑进士，官山西布政使。〇五言清绝如韦苏州，不欲以学问才力胜人。

## 栈道中作

人行山上高，天在山中小。圆晖易沉夜，初阳迟报晓。马走山树巅，飞鸟出其下。云连深洞迷，石缺危桥架。七盘非险途，三秋足清景。日夕留泉声，谁能辨喧静。

## 雨后

落日残雨馀，林树半昏黑。南山白雲闲，澹然见秋色。冷风何凄凄，微微野烟息。归巢鸟更鸣，当户虫还织。惆怅独坐时，悠悠思何极。妙在淡然，不着痕迹。

## 潼关

关门高锁处，飞鸟不能过。雉堞连群嶂，风烟俯大河。代更千战少，势在一夫多。入夜闻刁斗，军声壮若何！

## 晓雨

独鸟鸣南园，晓来雨初息。空庭生秋阴，莓苔长寒色。只此已足。

周体观 字伯衡，直隶遵化人。顺治己丑进士，由翰林历官参议道。著有晴鹤集。

## 秋萤和韵

振羽知无力，疏狂乱客扉。低空不碍暝，违候亦能飞。露湿流光净，宵行抱影微。可怜秋色里，相映亦晖晖。「违候亦能飞」，五字可味。

## 大报恩寺逢友苍言别

正尔未能别，相逢暮景斜。久疏因在客，多病欲辞家。夜雨洗山骨，残春落涧花。祖衣休早付，待我过栖霞。

## 人日次徐州

泗上逢人日，长亭许更过。春云回白首，客梦度黄河。旧俗淮南异，前贤沛国多。至今小儿女，犹唱大风歌。

## 拨棹杂咏

不见当年刘克猷，西风吹泪过黄州。旧时江路能来否？落日招魂古驿楼。读此，使人增交谊之重。

## 卢　纮

字元度，湖广蕲州人。顺治己丑进士。著有四照堂集。

### 望远曲

明知人不归，日日楼头望。人尚在天涯，只疑行陌上。陌上红尘逐日飞，何曾尘里见人归。经春历夏无消息，捡点秋风又寄衣。

## 周茂源

字宿来，江南华亭人。顺治己丑进士，官处州知府。○池北偶谈：「宿来以刑部恤刑，驻节雪苑。有山人得罪，别驾欲加以刑，山人诡言秋部执友，冀缓其责，实未尝谋面也。别驾谒周，问之。答曰：此余好友。山人得无恙，一时推为长者。」

### 过张文忠故第

赐第松台麓，元臣主眷优。天章悬废阁，相印没荒丘。议夺千官气，身无十世谋。立谈工巷遇，何似富民侯。

此吊张江陵相也。江陵交冯保，逐新郑，是其罪，镇服九边，名实不混，是其功。神庙始则尊如父师，过于宠，后至削籍破家，又过于薄。诗中江陵之气焰，神庙之回惑，一一传出，末以张禹之柔媚得君作衬，江陵功罪俱见矣。

## 蓟门杂咏

十年襆被老诸郎，负病趋朝重慨慷。悬笔未消秦吏狱，持旌难发汉家仓。乡心橘柚寒烟外，旅馆芙蓉别苑旁。客至玄谈犹小剧，惊看青鬓欲如霜。以秋部出守，故有三四自讼语。

万壑秋涛碣石摧，舳舻夜覆白沟隈。蛟龙怒闪灵旗出，雁鹜群争玉粒回。天道九年频水潦，人烟三辅见蒿莱。司农筹国应多算，民立东南亦可哀。时应河决，粮艘覆溺，故望司农入告，民立，用「立我烝民」句意。

楼船诸将日蹉跎，转战仍闻禁旅多。濒海未收苍兕甲，远人偏进白狼歌。谁教解缚归雍闿，莫更持书说赵佗。欲借片鸿聊问讯，家园杞菊近如何？此言诸藩未靖，而远人漫进白狼臣服之歌，忧心钦钦，于斯可见。

## 雨中诸子集予机山别业

樵采闲时学苦吟，身如越鸟恋平林。偶然花月春江夜，共此蒹葭秋水心。山市酒炉兵后少，草堂诗句雨中深。沉沉钟梵声俱寂，横笛还吹激楚音。

### 许缵曾

字鹤沙，江南华亭人。顺治己丑进士，官滇中按察。著有宝纶堂集。

## 游峨眉山歌

伊昔披山经，峨眉冠五岳。杰然镇坤维，苍翠万仞削。初疑宇内无此奇，今日所见更过之。乃知天地灵怪不可测，生平游览快意无如斯。既蹑飞龙岭，还登歌凤台，狂客已长逝，真人不复来。丹炉火冷鹤驾远，谭经石榻生莓苔。一步一惊诧，十步一徘徊。上有排空叠嶂翠欲滴，下有飞泉百尺声如雷。巉岩鸟道崎岖入，天门一隙云光白。八十四盘最上头，婆娑万树清阴碧。探帝座，凌丹丘，白云飞扬，长风飕飗。积雪如严冬，凛冽披重裘。俯视岷江万里蜿蜒仅一线，蜀山千点参差罗列儿孙俦。花为优昙色，鸟作迦陵声，天香夜不散，法鼓昼长鸣。金轮忍土震旦推第一，赤髭白足灵机妙道真难名。须臾报道佛光现，苍茫云海蒸奇变。烂似庆云晕若虹，林岩五色增葱蒨。金桥突兀驾虚空，仿佛珠眉绀发容。忽然云散光亦灭，惟有朝暾荡漾倒挂金芙蓉。眷此灵异境，神魂欲飞越，远胜赤城梁，何数蓬莱窟。吁嗟蜀道之难难于上青天，几人能到峨眉巅。仙都佛国尽在此，请君莫惜多留连。飞腾灭没，后半尤为荒幻凌空，可云善学太白。

## 睢阳行

大江之南多木客，古树深篁丛窟宅。禹鼎销沉老魅骄，野火游光兆形魄。嘻嘻出出逞神奸，空梁夜啸霜天碧。年年里巷攘鱼腥，逡巡社公常避席。有时幻作美丈夫，乌帽猩袍服御都。山魈按拍斑狸舞，桂棹兰桡泛五湖。采莲女儿樊素口，木下三郎求配偶。宝马云骈天际迎，倾城齾笑供箕帚。从此民间勤报赛，爟火村村凝叆叇。豪门娶妇亦危疑，先奏神弦羞沆瀣。楞伽庙貌更崔嵬，绣幕珠帘霄汉开。兰堂处处笙歌竞，彩鹢朝朝鼓吹来。画屏广列夫人坐，清扬妙相垂倭堕。祝史乘机垄断张，阿母新来口侈哆。三吴今古如长夜，狐鸣篝火腾欺诈。蚩蚩不复畏三章，豚蹄斗酒求神赦。更有红裙白面郎，踏青拾翠游芳塘。长吏催科百不应，卖得新丝往上方。数百年来尚奸宄，江河日下谁能止。淫昏牲醴埒烝尝，跛觋妖巫餍羊豕。龙虎真人道行高，捡校功曹山鬼号。频年尺一到江左，揶揄玩愒如弁髦。睢阳学士金闺彦，夜深常侍明光殿。金符大旆挟风霆，冰心苦节绥南甸。长空朗月照江涛，於菟出走苍狼逃。木石之怪夔罔两，犹向人间索五牢。中丞飞檄榜通衢，沉其土偶庐其居。故鬼彳亍新鬼窜，阴霾扫荡天清虚。君不见狄梁公西门豹，水沉三老焚祆庙。又不见旌阳尹昌黎伯，斩蛟驱鳄服以德。从来忠信孚豚鱼，千秋敦史铭金石。公今入朝带剑履，前席殷勤报天子。玺书赫濯神祇惊，日丽中天民受祉。有道之时鬼不灵，当今海内长如此。叙睢阳汤文正公除五通神事，淋漓畅快言之。末归到有道之世，其鬼不灵，尤极正大。○龙虎真人以法驱之，转受揶揄，得此一衬，接入汤公，倍觉有力，此文章烘衬法也。

## 沈荃

字贞蕤，江南华亭人。顺治壬辰，赐进士第三人，官至礼部侍郎，谥文恪。著有充斋集。〇明宣德时，雲间有二沈学士，大学士名度，小学士名粲，皆以善书得名，文恪，小学士后也，亦以书法见重于圣祖。

### 送雪毚兄任保宁

最忆阆中胜，云山到眼迷。地从巴水折，天入剑门低。夜月桐花艳，春风杜宇啼。池塘应有梦，乡思更凄凄。折字、低字，锤炼得之。

### 寄怀张冷石先生

溪上老人五柳门，廿年高卧住江村。义熙日月闲中纪，商洛衣冠乱后尊。秋老渔蓑吹铁笛，春回江岸撷芳荪。何时再访东轩下，浊酒黄花好细论。

### 送张篔山学士归庐陵

襆被萧萧出凤城，觚棱回首重含情。片言岂诩回天力，三宿仍辞去国名。圣德优容逾格外，臣心忠荩本生平。曲江风度应相忆，莫恋空山猿鹤盟。三四语传出直臣去国心事，此风人之旨，悻悻小丈夫未喻此也。

汤斌 字孔伯，河南睢州人。顺治壬辰进士，康熙己未，召试博学鸿词，官至工部尚书。乾隆中，补谥文正。有潜庵集。○是集以诗存人，不以人存诗，故有建竖功业讲明理学而诗不存者，文正为国朝第一流人，而韵语葩流，温温蔼蔼，洵为德人之言，因亟登之。

## 夏日咏怀

初夏朝气清，绿阴映竹阁。好鸟时来集，微风散林薄。养疴丰暇日，坐卧对云壑。图书纷几席，茗碗常间错。偶尔属篇章，怡情志简略。采药支短筇，寻泉踏芒屩。岂曰谢浮荣，明志贵澹泊。抗心怀古人，萧然有真乐。

## 赠李映碧先生

早年登朝宁，端笏拜彤闱。抗疏表孤忠，旭日丽黄扉。维时甘陵部，南北势相违。正色两不阿，岳岳世所希。元祐盛名贤，党论多是非。玄黄未息战，国是将安归。唯有哲人在，秉道还识几。石室留谏草，梦回尚依稀。

鲁国遗经火，口传赖伏生。九十秦博士，典谟赖以明。文献岿灵光，斗杓示景行。著述藏名岳，大义何峥嵘，虎观待鸿儒，丹诏下江城。老年难走趋，岂敢抗弓旌。抽书授使者，卷轴满巨籖。白云封岩谷，时闻鸾凤声。此征召而未出者，不言秉高节，而云老年难走趋，即杜陵「圣朝无弃物，老病已成翁」意，须如此立言。

### 送李子德奉旨归养

蓟门疏雨淡秋阴，惟尔斯行重古今。赋就上林才赐第，表陈东掖早抽簪。关河落照乡山迥，驿路鸣蝉野树深。到日高堂应戏綵，御香未散绕衣襟。

### 饮张尔成少参署中

高斋竹柏漏声残，促席停杯兴未阑。千里风尘惊短鬓，十年供奉忆同官。霜深卫水云帆壮，雪满天雄玉麈寒。北斗共瞻新气象，故人几许在长安？

### 赠吴湖州

仙郎起草最知名，几载搴帷霅上行。按部雨馀香稻晚，课农花发晓云轻。南宫书画添新谱，李相亭台续旧盟。闻道宾朋常满座，清尊真见古人情。

## 程可则

字周量，广东南海人。顺治壬辰会试第一，官兵部职方郎中，终桂林知府。著有海日堂集。○湟溱诗俊伟腾踔，声光熊熊，亚于渔洋，品在公甗、玉虬、钝翁诸公之右，称鲁、卫者惟西樵乎！后之选岭南诗者，只取屈、梁、陈，而不及程何也？

### 送家立庵太常归皖山

好爵洵可贵，不贪良独难。道德五千言，止足为真诠。汉时二疏志，千载称大贤。岂不念苍生，身遂名亦全。象齿何为焚？膏明将自煎。因君振遥策，怀古心悠然。昔登白玉堂，文彩何郁郁？胄子承风规，诸儒禀芳躅。出持绝域节，入奉斋宫箓。一身为千秋，此事亦已足。浩然思故乡，悬车返初服。浮山七十峰，依稀作汤沐。辞达意足，五言正始。

### 送邵横庵之秦中

五月火云烧幽州，大风驱之云不流。昨夜雨来不盈掌，山鬼叫啸农为愁。远闻秦中黑霜下，化作蝗蝻飞满野。秦人瘠畏越人视，君今西去胡为者？道是终南山色佳，四时众壑鸣风雷。莲花百丈青到眼，骑龙直上昇仙台。君家昔人东陵老，种瓜却解尘缨早。我欲随君问故侯，何由共踏青门道。

## 送杨鄂州职方使安南

皇帝在位阅七载，九州四海歌太平。乌弋黄皮禀汉朔。旅獒越雉来周京。安南君长处炎徼，北面久已输忠诚。前年玺书予封爵，吾宗学士立庵。曾南征。归来陈风对宣室，为言此地无兵争。鹦鹉鱼游浪泊水，庵罗果熟安阳城。今年羽书忽驰至，族类不合仇相倾。蛮王更制略下邑，都尉倔强投昆明。凭陵三郡势莫敌，女无缫茧男无耕。触蛮之斗岂足计，只怜蹂躏忧苍生。相如谕蜀有往事，诏旨特简才臣行。职方亭亭起三楚，须眉如戟双瞳晶。昔年执法昆弥道，近襄九伐尤峥嵘。大臣推毂立召见，至尊御殿亲书名。天语殷勤劳四牡，一时饯送来公卿。双旌翅翅出北阙，八座赫赫过南荆。乘秋直入交州郡，雕题负弩遥相迎。凭君片言谕大义，调和二氏无佳兵。功成上书报天子，不用京观封长鲸。伏波铜柱邈千岁，壮哉尔与同英声。呜呼！男儿万里远游志亦足，不尔蜗庐踽蹜虚吾生。

以天语调和两氏，自应炜炜煌煌，「蛮触之斗岂足计，只怜蹂躏忧苍生，」是尊崇国体仁覆无外语。

## 送一灵上人归罗浮

罗浮仙窟宅，四百玉芙蓉。吾子今归去，栖迟第几峰？云霞天半落，鸾鹤夜深逢。何日携笻返，同看万壑松。

送纪载之备兵肃州

万古焉支路，迢迢欲上天。送君持汉节，吹角去防边。问俗清西海，题诗赉酒泉。羌戎群下拜，不敢向居延。不必奇崛，自是唐音。

送家立庵学士册封安南

自昔南交地，蛮烟万里馀。地经和仲宅，人习素王书。秬鬯分藩旧，苴茅锡命初。须令知汉大，不必问金车。

送徐庾清钱相园归越

良会竟难永，岁寒人尽归。谁怜故乡子，独采南山薇。把酒不终夕，浩歌徒揽衣。无能挽舟楫，恻恻拜斜晖。此种风格，最近徐昌穀，不在语句之工。

登虔州城楼

郁孤台畔暮烟空，与客登临起大风。马耳群山归睥睨，虎头全郡览崆峒。江通闽楚三千里，地跨东南百二雄。十载楼船纷下濑，兵戈今喜罢虔中。

送魏子存司李成都

谁说蚕丛不易行，春风三月马蹄轻。铜梁旧枕秦山险，玉垒新连楚塞平。芳草绿齐过汉水，杜鹃红尽到绵城。知君箧底多词赋，谕蜀文应似长卿。

花朝同林坦庵诸子集王蔗庵谁园饯谈蘧怀之京口次留别韵

宿雨连云拥去舟，送君还典鹔鹴裘。酒香满座难成醉，柳色依人欲上楼。偏与花时萦远梦，岂知莲社得新愁。东风万里怜芳草，一路题诗到润州。晚唐佳句。

赠卫醇谷

弱冠登坛已策勋，门多揖客重将军。高秋赌射盘生马，静夜焚香捡篆文。一日君臣真异遇，五陵兄弟自同群。挥毫试拟鄱阳帖，四座争传白练裙。

曾尔堪 字子顾，浙江嘉善人。顺治壬辰进士，官侍讲学士。〇学士性英敏，所过山川阨塞，无不指掌形势，人与之游，凡姓氏里居官爵与所览诗文，积久不忘，即虞世南之行秘书，可移赠也。诗文顷刻成，同馆无与争捷者。

## 金鱼池歌仿杜乐游园体

池边风日足留赏，曲水平堤暗菰蒋。且驻巾车卧绮疏，启扃拂簟楸枰响。皎月楼开云母屏，商飚帘动珊瑚网。绀殿凌空青霭间，步虚声在青云上。飞汞烟沉道士炉，落霞闪映仙人掌。昼明金阙翠华临，驰道清尘畏来往。玳瑁鱼斑日应长，恍在江湖荡兰桨。名园岂似金谷奢，福地真如辋川爽。喜与诸公同赋诗，读骚痛饮良可师。今朝美酒注深爵，明日残花辞故枝。仕宦京华得高会，追欢胜景皆恩私。别后星河望渺渺，将离赠远遥相思。更馀千载悲秋泪，漆发丹颧非曩时。

## 宿州

城破空濠在，郊寒木叶稀。数家非土著，一雁向云飞。晓月疏杨柳，清风老蕨薇。年来新战鬼，汙血几时归？

## 送宋荔裳少参之任秦州

腊雪街亭满，何时到巩昌。关山樽底月，斧钺帐前霜。阁暖调鹦鹉，花浓隐麝香。出门怜旧伴，白首尚为郎。

## 钱牧斋先生挽词

入世雄心老渐灰，昔年钩党竟摧颓。俊厨何救东京没，刁顾还从北渡来。天为文章留末路，人推碑版冠群材。先朝实录尤淹贯，多少微辞纪定哀。以史才推重之，言外可思。

## 季天中给谏病没于辽左赋诗吊之

撄鳞奏草动宸居，海内争传痛哭书。瓶乳竟虚头白后，燊丹空照汗青馀。三春漠漠关云黯，千里茫茫塞草疏。蜕骨龙荒何日返，只怜化鹤到淮徐。

### 顾大申

字震雉，江南华亭人，顺治壬辰进士，官工部侍郎。著有鹤巢诗存。○雲间自陈卧子后，诗格渐衰，鹤巢古今体气足神完，可以接武。

## 西洲曲

东风吹五两，忆郎西洲去。门宿武昌船，帆开岳阳树。去年下西洲，迟日独登楼。今年桃李花，红白浮巴丘。花开得结子，作客何穷已。春断莺啼中，妆成明镜里。朝上望夫山，纤手得红兰。盛以茱萸囊，结以翡翠盘。镂刻刀环形，鸳鸯双偃仰。寄悬腰间带，铜鞮莫轻上。

## 饮太白酒楼醉后走笔成篇

呜呼太白尔何游！应在飘飖碧落之倒景、芙蓉白玉之仙楼。乘云抱气蹑箕斗，骖螭浥汉骑长虬，世人即之杳难求，但见朱轩绣栱环城头。岱宗历历青扑面，黄河西来净如练，七十二君等飞电。地老天荒出酒人，狂歌直与天为邻，上殿捉笔力士嗔。背负盐鼎谁相存，就中赏音贺季真。独抱曲蘖看浮云，登楼日醉忘其身。西风野火衰草死，由来豪贵尽如此。我今把盏揖君起，相与酌酒问济水，古今醉醒那终始？何不高步穷紫烟，摘取列星当酒钱。斟酌海水常不干，开襟痛饮楼之巅，醉呼黄鹤回青天。凌虚缥缈，笔有仙气。

## 雪后登歌风台示沛令

一剑收秦鹿，秋风万里心。悲歌谁掩泣，壮士已成禽。井邑新丰旧，龙蛇大泽深。残碑埋野戍，雪后此登临。盛唐气魄。雪后只于末句点出，作法一变。

## 送沈绎堂编修迁大梁道

鼓角北风凉，双旌入大梁。十年悲瓠子，万马散敖仓。少府新沉璧，中原古战场。君行能卧治，未许薄淮阳。大梁汉淮阳国，即汲长孺所治也。不同泛然比例。

## 故关

尽日常山道，雄关此郁盘。万山争一险，绝壁鸟飞难。马度黄云合，旗翻白日寒。论兵空有地，谁得更登坛。自注：井陉县有淮阴谈兵处石碣。

## 出平定州

忽尔危关豁，群然众岭低。山连雁门外，地出井陉西。乱石淹人迹，层冰怯马蹄。相逢故乡客，灯下手重携。自注：寿阳晤吴泰毓令君，故云。

## 始发良乡

上马频倾惜别杯，蓟门西去亦悠哉。地随督亢依山尽，河控桑乾入塞来。老去尚能持汉节，时清应不重边才。冰霜渐迩君门远，东望长安首重回。

## 秋雨移酌栎园舟中

云满东山急雨霏，移觞对酌两依依。荒城野戍鸣秋柝，海峤孤臣冷葛衣。醉后玄黄灯半烬，尊前风雨雁初飞。君看丰沛笙歌地，昔日高台今日非。

### 王士禄

字子底，山东新城人。顺治壬辰进士，官吏部考功员外郎。著有西樵集。○西樵，阮亭长兄，阮亭诗学所从出也。尝以非辜下狱，后遭母丧过哀，殉母死。读书有特识，谓坊本子贡诗传申公诗说并伪书，李维正序行，津逮秘书收之，皆误也。诗以才情擅长，运古而不见使事之迹，一时名家，故应敛手。

## 长平坑歌

虎狼之秦胡不仁，锐头小儿服振振。劫灰更促括也将，一战赵垒成埃尘。白骨岳积四十万，至今此地无青春。丹坞水绕发鸠麓，指点当年赵兵衄。土人往往坑旁耕，拾得残戈或断镞。镞头长以寸，戈头长以尺，持将磨向丹河沙，古血犹腥土花赤。省冤谷接武安台，南来遗迹仍崔嵬。应共髑髅山下月，夜深同对鬼磷哀。视陶中立长平戈头歌，较有魄力。

## 顾云美八分书歌

斯翁变体古文邈，斯翁，李阳冰语。斟酌其间八分作。中郎以还攻者稀，直数开元顾文学。于今苗裔仍东吴，短簿祠边旧栖托。我从笔阵推波澜，远绳乃祖真无怍。为言向来大有人，蹑汉追唐归宋郭。自注：宋比玉、郭圣仆。妙迹鄙人惜少见，馀子纷纷资力薄。乞君回笔书堂颜，鹄峙龙拏腕中落。当年海内无干戈，留都文物尤峨峨。不独槐市盛弦诵，兼复桃叶繁笙歌。入看祭酒解散髻，出醉美人金叵罗。雅负辨眼工小字，诗成自写无偏颇。尔时负贩重风雅，人传片楮兼金多。仙人昨过蔡经宅，清浅茫茫不堪索。虫刻居然非壮夫，萧条谁问韩陵石。儒衣僧帽顾阿瑛，老向江湖作逋客。醉书自署头陀苓，掷笔时时念今昔。此书珍重感君深，归来高揭南荣阴。卧看渴骥奔泉势，如见冥鸿避弋心。云美，名苓，吴中遗老，志高节坚，不独分隶篆刻上追古人也。一结如见其人，并如写其心。

## 诏罢高丽贡鹰歌

真人御极临八荒，百蛮九译皆享王。西旅之獒越裳雉，贡物各各因其方。海东俊鸟好毛质，铁爪金眸猛无匹。九都作贡来天家，特受耩镟佐罘罼。晾鹰台上秋天高，乘时驱兽行蒐苗。羽骑骖驔翠华至，星旃云罕纷周遭。蒙鹘射熊未足羡，跋犀殪兕徒遮邀。是时摘绦试一纵，万人昂首瞻青霄。飞鸟狡兔失巢窟，委身洒血填君庖。至尊往往动颜色，玉虬回辔鸣萧萧。柔远传闻勤睿旨，诏罢奇毛自今始。行苇兼存践履慈，茁葭漫赋春田美。圣神举动殊寻常，此事悠悠古谁比？君不见虬须天子真英雄，受冻鹘死藏怀中。推扬盛德，语特沉挚，末二句从国雅本，音节似胜原作。

## 闻友人言林茂之先生尚未能葬

多寿林那子，风尘道漫尊。暮年双眼暗，儿日一钱存。死阙黔娄谥，生悲杜甫魂。桐棺还地上，何处故人恩？茂之尝纫一万历钱于衣带间，示不忘也。又尝自卜生圹于金陵，乃没后尚未能葬，宜其慨然于心。

## 裁衣曲

初罢清砧响，还劳素腕舒。残灯金粟尺，远道玉关书。白纻缝仍涩，红绵怨有馀。流黄明月路，何处逐轻车？可入升庵五言律祖。

## 忆莱杂诗

时复寻春郭，烟光纵目宽。山姿浓大泽，潮势汩三韩。小立抛藤杖，微吟侧箨冠。醉归还倒载，未厌海风寒。或疑第四语汩字所出，汪钝翁曰：「『吴楚东南坼』，坼字、汩字，正以独造为奇。」见渔洋诗话。

## 晚晴

鸣雨作还止，萧然开晚晴。雄风凉大壑，雌霓贯秋城。台送遥山碧，窗添夕照明。长空闻雁语，怊怅故园声。四语贯字，与「潮势汩三韩」汩字，同一生造。

## 故明景帝陵

景皇决策仗于公，定变支危社稷功。南内已殊渊圣没，绝沟何意鲁昭同。玉鱼杀礼虚幽寝，苍鼠惊人窜败丛。莫向空山纷感慨，十三陵树各悲风。当日以王礼葬，故有玉鱼杀礼之句。

## 上党

雄藩上党古今名，形胜居然未易京。南睨河山俱在下，宵看星汉只疑平。义阳千载仍祠庙，夹寨当年剧战争。足底黑云天下脊，几朝车马赤霄行。

## 程昆仑招集万岁楼

千寻江阁引诸峰，多景登临策短筇。参佐风流如谢朓，楼台潇洒似王恭。三年梦里西津雨，半夜灯前北固钟。明日芒鞋别君去，城中遥望白云重。

## 赠张篑山学士

铜龙晓色破层阴，羡尔批鳞意独深。言听便为天下福，计违不负一生心。他时舄奕看青史，此日辉光烛翰林。我亦握兰东省客，浮沉徒愧二毛侵。

## 赋得丹凤城南秋夜长

丹凤城南秋夜长，关河寒近落微霜。不须锦字论长恨，自有清砧教断肠。破衲沙头鸿欲去，拂雲堆上草初黄。伤心却羡城边月，犹照深闺玳瑁梁。

## 末丽词

冰雪为容玉作胎，柔情合傍琐窗隈。香从清梦回时觉，花向美人头上开。

## 金渐皋

字梦蜚，浙江仁和人。顺治壬辰进士，官汉阳知县。著有怡安堂集。○怡安胜任剧邑，大吏方以才能荐，而翩然乞身，其风高矣。论诗谓泥古而拘，超今而袭，总期抒写性情。今披其集，果如其言。

### 冬日杂咏

日日愁仍揽镜看，楚人憔悴尚南冠。力微不任施横草，论定终当待阖棺。元亮晚途甘石隐，孔明早岁本龙蟠。救时事业须经术，莫遣苍生笑谢安。一生行藏，已见此章。

### 邗江

画舸南游锦缆移，垂杨空有万条垂。二分明月仍今夕，十里珠帘异昔时。回望乡关迷咫尺，频年踪迹愧支离。可怜杨子桥边水，只与征人照鬓丝。此述兵燹后之邗江，故语多衰飒。

### 秦淮女郎卞雲装侨居半塘八九年前曾过一面比来湖上见其案头有吴梅村诗册并虞山老人和章寻览情词不无今昔之感因窃取二老意并雲装近事檃括成诗

芸帙缃函系所思，玉人郑重远相携。闷来只仗琵琶写，说处仍防鹦鹉知。破镜刀环寻旧约，琼枝璧月费新词。莫嫌大雅雕零尽，犹有春风属扫眉。

结绮临春恨未终，轻烟淡粉扫成空。还家江令头仍黑，避席崔娘脸自红。辽海鹤归无主墓，吴江枫冷未栖鸿。都将月地雲阶梦，泣向荒田野草中。

不向长安斗狭斜，朅来水国傍蒹葭。曾探织女矶边石，再见玄都观里花。秋思潘郎惊鬓发，夜情白傅感京华。三千年后蓬莱路，知在琼楼第几家？制题雲装是主，梅村、虞山是宾，诗意转注梅村、虞山也。飘零聚散，新故沧桑，言外句中，百端交集。

李来泰 字石台，江西临川人。顺治壬辰进士，康熙己未召试博学鸿词，官翰林院侍讲。著有石台集。〇先生文不肯一语犹人，诗独以平正通达行之，能者不拘一格。

## 中山贡使入朝纪事

却贡趋朝礼遇殊，碧眝魋结语乌乌。已闻圣主方焚玉，何用鲛人更泣珠。环海近添新郡县，中山已属旧疆隅。谨将域外名王表，添入天家职贡图。轻贡献而重朝服，立言有体。

## 荆公故宅

十年高卧此东峰，出处无端衅已丛。洛蜀党成疑误国，熙丰法敝竟缘公。争墩已赋三山石，记里犹传九曜宫。漫向春风寻旧泽，生平功过史书中。由言利而变法，由变法而绍述，由绍述而召乱，则宋家南渡，荆公有以致之也。临川人每多讳言，作者自存直道。

觉尘余故人子也以僧来谒书此赠之

昔年曾访王官谷，故苑飘零事已非。为问故人谁白髮，忽惊孺子变缁衣。江湖远道难通问，丘壑终身不疗饥。太息廿年尘土梦，钝根未解箭锋机。

黎士弘　字媿曾，福建长汀人。顺治甲午举人，官宁夏副使道。

至西昌知周栎园先生无恙且得手书

他乡惊喜君还在，痛定开函泪更流。万死才回明主顾，孤儿犹属故人收。众中薄命谁能惜，意外微生荷独留。误尽闽南碑下客，无端北望哭西州。一气赴题，少陵有此章法，前代谢茂秦时亦有之。

# 清诗别裁集卷四

## 王士禛

字贻上，山东新城人。顺治乙未进士，由司李入为曹郎，改翰林，官至刑部尚书。著有带经堂集。○渔洋少岁，即见重于牧斋尚书，后学殖日富，声望日高，宇内尊为诗坛圭臬，突过黄初，终其身无异辞。身后多毛举其失，互相弹射，而赵秋谷宫赞著谈龙录以诋諆之，恐未足以服渔洋心也。或谓渔洋獭祭之工太多，性灵反为书卷所掩，故尔雅有馀，而莽苍之气遒折之力往往不及古人，老杜之悲壮沉郁，每在乱头粗服中也。应之曰，是则然矣。然独不曰欢娱难工，愁苦易好，安能使处太平之盛者，强作无病呻吟乎？愚未尝随众誉，亦非敢随众毁也。平心以求，录其最佳者，其有当众心与否，不及计焉。○全集以明丽博雅胜者居多，然恐收之不尽，兹特取其高华浑厚有法度神韵者，觉渔洋面目，为之改观。

### 定军山诸葛公墓下作

高密起南阳，文终从高祖。暴系本见疑，数衄亦非武。堂堂诸葛公，鱼水托心膂。二表匹谟训，一德追伊吕。视操但如鬼，畏蜀还如虎。嗟彼巾帼徒，与公岂俦伍。紫色复蛙声，抵隙各为主。火井方三炎，赤伏更平声。典午。志士耻帝秦，祭器犹存鲁。阴平一失险，面缚忘奔莒。知公抱遗憾，龙卧成千古。峨峨定军山，悠悠沔阳浒。郁郁冬青林，哀哀号杜宇。耕馀拾遗镞，月黑闻军鼓。谯侯宁足诛，激昂泪如雨。

起四语以萧何之下廷尉，邓禹之连败，归侯印绶，形武侯之一德一心，未尝挫衄也。火井三炎，谓高祖、光武、昭烈也。叙述忠义武烈及天命兴衰后，激昂凭吊，如有神助，此等诗典重高朗，即欲使之无传，其可得乎？

## 朝天峡

朝登嘉陵舟，日出羌水赤。履险倦鞍马，即次亦称适。黕黮双峡来，突见巨灵跖。崭岩无寸肤，青冥厉双翮。阴崖积龙蜕，跳波畏鲸掷。往往压人顶，骇此欲崩石。洞穴峡半开，兵气尚狼藉。蛇豕据成都，置戍当险厄。至今三十年，白骨满梓益。流民近稍归，天意厌兵革。会见賨卢人，烧畲开确硗。慷慨一扣舷，浩歌感今昔。风便黎州城，茫茫波涛白。

渔洋五言俱近所选唐贤三昧一格，以不着圈点为主，所谓「羚羊挂角，无迹可求」是也。然不善学之，易开平庸之渐，独入蜀五言，俱宗仰少陵发秦州后诸诗，能状山川奇险，愚故舍彼取此。

## 龙门阁

众山如连鳌，突兀上龙背。鳞鬣中怒张，风雨昼晦昧。出爪作之而，神奇始何代。乱水趋嘉陵，波涛势交汇。万壑争一门，雷霆走其内。直跨背上行，四顾气什倍。夕阳下岷峨，天彭光破碎。咫尺剑门关，益州此绝塞。子阳昔跃马，妖梦成佁儗。音态碍。区区王与孟，泥首终一概。李特亦雄儿，僭窃竟何在？王谓王建子衍降于郭从韬，孟谓孟知祥子昶降于宋。

## 五丁峡

南穷石牛道，岩岩下云栈。三日招我魂，足踔目犹眩。岂知东苍州，耳目益奇变。始过金牛驿，樛蔼已凌乱。漾水从北来，劣足泛凫雁。举头嶓冢山，峨冠倚天半。大哉神禹功，从此导江汉。渐入五丁峡，谲诡骇闻见。斗壁何狞狰，十万磨大剑。攒罗列交戟，茫昧通一线。乱水殷峡中，鲛蜃喜澜汗。仰眺绝圭景，俯聆竞雷抃。九鼎铸神奸，到此百忧患。东方牧犊儿，竟使蚕丛判。我行忽万里，风土异乡县。身落大荒西，终赖皇天眷。咄咄复何言，艰虞一身贱。「仰眺绝圭景」，见峡高断日，非圭景所能测也。「俯聆竞雷抃」，言俯听涛声如奔雷也。孙樵蜀赋云：「临千仞之惊流兮，波澒洞而雷抃。」

## 天柱山

朝出玄武门，云垂雨忽冻。登登天柱山，千盘堕澒洞。峥嵘逾巴阆，槎牙过秦凤。陟岭如累棋，下谷疑入瓮。心俯尻益高，足缩目先送。敢嗟鸟兽群，稍喜徒旅众。我有大羽箭，丽龟辄命中。於菟昂其首，饮羽乃不动。道旁松合抱，巨可任梁栋。惜哉野蔓缠，不蒙匠石用。绝顶见岷山，青城亦伯仲。一气连诸蕃，三州实西控。太平幸无事，左酱时入贡。念彼松姚戍，坐甲苦饥冻。俯临陆海雄，仰视天宇空。长啸千仞冈，出险忽如梦。

## 海门歌

岷峨东下江水长，远从井络来吴乡，奔涛万里始一曲，古之天堑维朱方。北界中原壮南纪，鱼龙日月相回翔。中流一岛号浮玉，登高眺远何茫茫！长空飞鸟去不尽，江海一气同青苍。山外两峰远奇绝，双阙屹立天中央。左江右海辨云气，如为八裔分纪疆。江流到此一缚束，早潮晚汐无披猖。烛龙晓日出云海，山光照曜连扶桑。年来海戍未停罢，峨舸大舰来汪洋。胡豆洲前起烽火，徒儿浦上披裲裆。古闻京口兵可用，寄奴一去天苍凉。我愿此山障江海，七闽百粤为堤防。作歌大醉卧岩石，起看江月流清光。焦山东北有岛並峙，谓之海门。

○诗忌直下，须中间一束，「江流到此一缚束」二语得此，境与诗俱见关锁矣。以下皆感时吊古。

## 丹徒行吊宋武帝

曲阿之北京口东，寄奴王者真英雄。新洲伐荻杀龙子，大业遂建丹徒宫。桓家小儿乱天纪，投袂勤王夜中起。搴蒱百万皆人豪，龙行虎步非凡理。从兹大运属彭城，中原赵魏归经营。硖口千军五龙涸，蓝田一战二崤平。南北推移几千载，太息雄图竟何在！宿麦寒原少昔人，神鸦社鼓成空塞。王气销残帝宅荒，悠悠江水不胜长。忠臣徒叹袁开府，天命还归萧建康。从创建及亡国，言以简胜。末路匪从苦心搜索而得，是曰神来。

## 故明景帝陵怀古 景陵在天寿山东峰之下。

金山南临裂帛湖，荒陵十里鸺鹠呼。夺门事往二百载，行人过此犹欷歔。红墙剥尽古瓦落，莓苔溜雨生铜铺。老松离立色枯槁，但穴虫蚁馀根株。菆涂龙輴礼本杀，矧乃劫火经樵苏。咫尺天寿云气接，坏土独葬西山隅。洪宣老臣稍雕丧，国成一旦归刑馀。勃鞮之问史所贬，讵有宦寺干征诛。黄沙惨澹鼓声死，万乘一掷成累俘。国有君矣社稷重，孙申谋郑无差殊。白登城南翠华返，钱塘司马功难诬。纷纷南渡议和战，乃知计左非良图。同寅之占信奇中，朝衣东市嗟何辜？剑南归来西内闭，唐家父子输厩奴。处人骨肉事非易，子臧季札今则无。功罪千秋有特笔，九鼎一发须人扶。谥同泉鸠理太酷，纪年犹幸无革除。裁令流水良亦足，宁论玉匣还珠襦。欲落不落夕阳下，吊古且复留斯须。残碑灭没牛砺角，石玃横卧苍髯须。君臣一代尽宿草，雍门太息当何如？诗凡敷陈其事，易于率直，不如引古人事以代之，中引公孙申之另立公子繻，而郑伯反国为据，又引唐玄宗始居兴庆宫，后为李辅国劫迁西内以证之，又引子臧季札之相让以反证之，则论有本而不伤于直矣，然惟多读书者始能。○金山，即玉泉山也。漾沙金色，故名。○北狩后，徐埕主南迁之议，于谦痛哭止之。○景泰初谥曰戾。泉鸠，汉戾太子潜匿地也。

## 戴嵩牛图

一川莎草烟蒙蒙，晓来雨过开牛宫。三尺短棰两觳觫，午阴掉尾嬉凉风。一头摩角一头龁，寝讹有态何其工！江干笛材老烟竹，横吹仿佛穿林丛。绢素惨澹神理在，是耶非耶传戴嵩。田家风物宛在眼，但有耕作无兵戎。我行峨下逾万里，青衣江上平羌东。翠藤红树乱烟雨，风景略与图中同。一从羽书急滇海，瓯越秦楚交传烽。益都迢遥隔天末，旧游有梦寻巴賨。旄牛徼外阻王会，万蹄骄马高缠鬃。千村万落长荆棘，何时金甲销春农。童牛不牿可三叹，卷图风雨来长松。

以画牛引起太平时田家风物，至吴、耿、尚三逆叛，而此景不复见矣。末以童牛不牿意作结，层层收束，是何本事！

## 秦镜词为袁松篱作

荧荧古镜双盘龙，流传本出咸阳宫。秦时明月至今在，剥落泥沙露光彩。当年秦并六国时，后宫闭置千双眉。守宫注臂镜照胆，三十六年君不知。华阴道上逢山鬼，辒辌东来祖龙死。美人钟鼓散如烟，此镜苍凉阅朝市。忆昔大收天下兵，十二金人初铸成。还令馀事作奁鉴，太乙下视蛟龙惊。刘兴嬴蹶何仓卒！金鉴千秋如一发。秦镜虚悬照胆寒，不照长城多白骨。自注：汉祖入咸阳宫，得方镜，广四尺九寸，照见五藏，见西京杂记。○只末语另换一意，通体便不平直。

## 采石太白楼观萧尺木画壁歌

落帆向牛渚，直上太白楼。锦袍乌帽太潇洒，回看四壁风飕飕。萧生何年画此雪色壁，峰峦出没烟岚稠。元气淋漓真宰妒，江湖澒洞蛟龙愁。吴观越观上海日，苍烟九点横齐州。祝融诸峰配朱鸟，潇湘洞庭放远游。峨眉雪照巫峡水，匡庐瀑下彭湖流。须臾使我行万里，瞥如怒隼凌清秋。我生海隅近岱畎，西游曾上瞿塘舟。昨登五老弄瀑布，却临三峡窥龙湫。七十二峰身未到，苍梧已略天南头。太白游踪遍四海，晚爱青山采石聊淹留。丈夫当为黄鹄举，下视燕雀徒啁啾。尺木，名雲从，当涂人。画泰岱、衡岳、匡庐、峨眉于太白楼壁。○中间点过四大名山，后随用笔一束，然后将自己游历所至，与太白比並，仍归到采石，奔放谨严俱有。

## 漫兴

漭漭荆襄地，当年割据州。营连九节度，星动五诸侯。已共长江险，应关上将忧。郭门传息壤，不障洞庭流。九节度，指郡王贝勒及诸将。○时长沙守臣奔逸，贼遂有湖南六郡，旁煽诸蛮。

呜咽秦川水，秋风入鼓鼙。妖星躔陇右，大将出安西。陆陆将谁附，苍苍迥不迷。似闻宽大诏，不忍戮鲸鲵。大将，指图海也。

烽火传花马，将军发贺兰。天心诛叛亟，国法受降宽。衙帐青唐入，沙场白骨寒。乱臣谁贯死，史笔后人看。青唐地在黄河之曲。

不见离支熟，闽州驿骑来。大农师渐老，使者节难回。五岭烽相照，三山瘴未开。冥冥炎海外，目极钓龙台。

西北和亲国，王姬礼数殊。一朝忘甥舅，万里送头颅。露布明驼足，军锋落雁都。六师信神武，群盗敢枝梧。时噶尔噶亦叛，遣端郡王平之，故云。

海内兵尘满，乾坤正气孤。数公明大义，一死激顽夫。关塞青枫晚，英灵白日徂。他年看秉笔，得慰鬼雄无？此指守土死节如陈丹赤、杨三知、刘钦邻、徐诰、刘士英诸臣。○新城五言律俱追琢工稳，此特取其苍莽雄杰者。

## 符离吊颍川侯傅公

跃马千山外，呼鹰百战场。自注：古百战道在宿境。平芜何莽苍，云气忽飞扬。寂寂通侯里，沉沉大泽乡。颍川汤沐尽，空羡夥颐王。自注：陈涉亦州人，汉高祖为置守冢。〇汉高于陈涉犹置守冢，况颍公之平蜀平滇，为功最巨，而卒以猜忌不免，明祖之待功臣，可云厚乎？用意全在反衬。

## 送张箕山学士归庐陵

回首觚棱别紫宸，孤舟遥下富川滨。谁令江外渔樵侣，争识先皇侍从臣。上殿似闻辛庆忌，行吟休拟楚灵均。千秋公议存青史，应为朝廷惜此人。学士名贞生，以建言被放，寻奉旨召用。

## 潼关

潼津直上势嵯峨，天险初从百二过。两戒中分蟠太华，孤城北折走黄河。复隍几见熊罴守，弃甲空传犀兕多。汉阙唐陵尽禾黍，雁门司马恨如何？雁门司马谓孙传庭，孙因天雨催战而败，孙败，贼遂长驱入关而明亡矣。故结意及之。

## 雨度柴关岭

栈中新涨未归槽，百丈柴关水怒号。鸟语不闻深箐黑，马蹄直上乱云高。天垂洞壑蛟龙蛰，秋老牙须虎豹豪。谁识熏香东省客，戎衣斜压赫连刀。

## 沔县谒诸葛忠武侯祠

天汉遥遥指剑关，逢人先问定军山。惠陵草木冰霜里，丞相祠堂桧柏间。八阵风云通指顾，一江波浪急潺湲。遗民衢路还私祭，不独英雄血泪斑。

## 晚登夔府东城楼望八阵图

永安宫殿莽榛芜，炎汉存亡六尺孤。城上风云犹护蜀，江间波浪失吞吴。鱼龙夜偃三巴路，蛇鸟秋悬八阵图。搔首桓公凭吊处，猿声落日满夔巫。议论、格律、声响，无一不合，在北地、信阳诗中，定推上乘。○八阵图有三，在夔州者，六十有四，为方阵法。

## 渡河西望有感

使者河源复却回，杖藜曾记到雲台。高秋华岳三峰出，晓日潼关四扇开。星宿海从天上落，昆仑槎自斗边来。何时更访茅龙去，东望沧溟水一杯。华岳东北有雲台峰，峰上望中原，见黄河从塞外来。○通体是渡河后西望，故皆作追忆语，末思他日更往，有馀情焉。

## 寄李邺园尚书二首

闽天烽火达钱塘，太乙灵旗指越疆。文武共推周吉甫，勋名谁并郭汾阳。椎牛五夜千夫膳，射虎三秋百战场。今日罗平妖鸟尽，早闻忧国鬓如霜。

烂柯山上阵雲低，太末城南月晕齐。飞檄直临彭岛外，纤尘不动浙江西。战袍血溅盘鹛鹘，雄剑霜寒淬鹈鹕。半壁东南功不细，天书频下武都泥。郯园，名之芳，耿逆叛时，总督浙江，闻变即移镇衢州，扼仙霞关，使贼不得逾岭窥江、浙，三四皆实录也。彭门岛连福建兴、漳，公檄使勿连海寇。

## 和徐健庵宫赞喜吴汉槎入关之作

丁零绝塞鬓毛斑，雪窖招魂再入关。万古穷荒生马角，几人乐府唱刀镮？天边魑魅愁迁客，江上莼鲈话故山。太息梅村今宿草，不留老眼待君还。徐健庵时为宫赞，为纳锾放还，此古道交也。梅村有送吴季子出塞诗，故云。

## 皖城怀古

清水塘边余阙祠，云霄浩气凛须眉。英姿飒爽犹横槊，古砌荒凉只断碑。鹤化千年非故国，鸡鸣十庙不同时。皖江便是田横岛，义士悲歌为涕洟。忠宣死于陈友谅，不死于明，然存此忠愤之心，则化鹤归来，必不与十庙功臣并馨祠祀者也。辞令挟议论以行，方是知人论世。

## 赵承旨画羊

三百群中见两头，依然秃笔扫骅骝。朅来清远吴兴地，忽忆苍茫敕勒秋。南渡铜驼犹恋洛，西归玉马已朝周。牧羝落尽苏卿节，五字河梁万古愁。三四已见命意矣，复以铜驼玉马一联作衬，词则凌空，意则锋刃，而更以苏子卿之不失臣节足之，赵王孙何处生活耶？人云诗中有史，此则诗有春秋。

## 余澹心寄金陵咏怀古迹却寄

千古秦淮水，东流绕旧京。江南戎马后，愁杀庾兰成。

## 国士桥

国士桥边水，千秋恨未穷。如闻柱厉叔，死报莒敖公。公不以国士遇叔，及公被难，叔以死报之；豫让之不死于范中行，而独死于智伯，未得为完人矣。此种诗有补名教。

## 石城桥示倪雁园太史

昔作秦淮客，朱楼赋洞箫。白头故人尽，重上石城桥。不言神伤，盛唐风味。

## 再过露筋祠

翠羽明珰尚俨然，湖云祠树碧于烟。行人系缆月初堕，门外野风开白莲。阐扬贞烈，易入于腐，故以题外着意法行之。高邮远近俱种白莲，二语得陆天随「月晓风清欲堕时」意。

## 秦淮杂诗 十四首之一

新歌细字写冰纨，小部君王带笑看。千载秦淮呜咽水，不应仍恨孔都官。自注：弘光时，阮司马以吴绫作朱丝阑书燕子笺诸剧进宫中。○诸咏皆琐屑不甚关系，故独取此。

## 题尤展成新乐府

南苑西风御水流，殿前无复按梁州。飘零法曲人间遍，谁付当年菊部头？自注：展成乐府，顺治中曾进御览。

猿臂丁年出塞行，灞陵醉尉莫相轻。旗亭被酒何人识，射虎将军右北平。

千金匕首土花斑，儿女恩仇事等闲。他日与君论剑术，要离冢畔买青山。自注：题黑白卫传奇。

## 灞桥寄内

太华终南万里遥，西来无处不魂销。闺中若问金钱卜，秋雨秋风过灞桥。

## 马嵬怀古

巴山夜雨却归秦，金粟堆边草不春。一种倾城好颜色，茂陵终傍李夫人。伤其不得傍金粟堆也，以李夫人形之，便曲而有馀味。

## 秦中凯歌

新开麟阁赏元功，颇牧重看出禁中。此去西人须破胆，将军昨日下辽东。

天上黄河万里来，巨灵高掌抱雲台。遥看丞相行营去，日射潼关四扇开。

泾原西北驻王师，尺一无烦介马驰。共道皇恩天浩荡，不教京观筑鲸鲵。

衮衣照路有辉光，班剑威仪出尚方。大将櫜鞬迎道左，万人鼓吹入平凉。

河西三将气如虹，百战功名次上公。诏下一时齐虎拜，汉朝争羡窦安丰。自注：将军张勇进爵靖逆侯，提督王进宝进奋威将军，总兵孙思克进凉州提督。

三月军锋次渭桥，旋看饮至紫宸朝。空言韩范威名大，五路何曾制曩霄。此为王辅臣即马鹞子之叛，秦、陇震动。大学士图海、靖逆侯张勇、奋威将军王进宝、提督孙思克讨平之，因作凯歌也。前明徐文长、沈嘉则诸凯歌，非不锋利，然皆书生之习未除，对此知为庙堂之作。

### 蜈矶灵泽夫人祠

霸气江东久寂寥，永安宫殿莽萧萧。都将家国无穷恨，分付浔阳上下潮。此昭烈孙夫人祠也。浔阳以上为刘，浔阳以下为孙，夫人之恨真无穷矣。

### 谒文忠烈公祠

精神如破贝州时，晚节犹能动四夷。天遣不同韩富没，姓名留重党人碑。如此作诗，才许不废议论。○党人碑以司马光第一，文彦博次之，原本「留『冠』党人碑」，拟易「重」字，谅渔洋亦不以为妄也。

## 冯雲骧

字讷生，山西振武卫人，顺治乙未进士。

### 雲栈

山腰万仞露，下临不测渊。俯身窥栖鹘，举手接飞鸢。山头旧冰雪，闪闪挂飞泉。溪中万古石，跳珠溅潺湲。忽惊仄路绝，空行驾危椽。峰峰自回合，藤曼束荒烟。盘盘缘石壁，磴磴扪青天。遥看来往人，缥缈讶飞仙。更闻猛虎啸，当我踞层巅。劳臣有定限，岂敢惮艰难。匹马千山外，迢迢夕照前。

### 凤岭

凤岭行来欲上天，此行无异作飞仙。红霞白日回头近，鸟道蛇盘独马穿。未断崩崖愁瀑水，半欹悬径仗危椽。侧身万仞峰巅过，秦蜀遥看两点烟。得「鸟道蛇盘」句，上句亦觉不平，作诗者宜知此法。

## 丘象升 字曙戒，江南山阳人。顺治乙未进士。

### 清远峡

委折江如线，锋棱势益增。晓昏云气变，雷雨石痕崩。洞古空猿迹，庵荒暗佛灯。客心愁入暮，高峡尚层层。

### 苦竹渡

夕阳残影没，衰眼翳长空。树暗惊人语，溪寒避虎风。戒心齐击柝，野火乱烧丛。前路津门是，星华望未通。连上章能状奇险之境。

严沆 字子餐，浙江馀杭人。顺治乙未进士，官户部侍郎。〇司农敛退谦抑，虽跻九列，不殊寒素，有讥弹其诗者，应时改定，远近称为德人。

## 送吴谨侯同馆谪广文还里作歌

击筑且斟燕市酒，浮云富贵吾何有。岩前碧树吐朱华，天上白衣幻苍狗。风翻易水横素波，送别聊为暇豫歌。松皮屈铁老山雪，鹏翮击浪凌溟河。鼇龙吐凤留华省，授经博士官偏冷。梦回辇道记鸣珂，坐听辘轳初转井。西风冥冥吹白沙，尊前细雨开檐花。杜老乍簪青琐笔，郑虔本爱赤城霞。夺我凤凰池，未妨彭泽醉，兴来拄笏西山翠。自有哀吟动鬼神，长将诗卷留天地。不知璧水况金门，见说移官亦主恩。但看卧坦边韶腹，有日槎回博望源。

「梦回辇道」二语，写其玉堂天上之感，末并望主恩之赐环，而出以微婉，不伤直致，得立言之体。

## 田凝只索画久不得报歌以代柬

我昔平湖弄秋水，酒酣最爱群峰青。兴来落笔写山色，泉石出没云冥冥。一日十纸不厌速，贵取绘意非传形。三春索米长安陌，马足涔泥滞行迹。西山玉河在眼前，神昏腕强真意隔。案头缃素委零乱，贵游尺一相催迫。必逢好友情性谐，吮墨含毫始光泽。首秋暑退风帘开，疏云细雨滋绿苔。玉碗烹茗泛香雪，十指拂拂神初来。故舒直干笔一放，试叠层岭烟齐回。须臾脱手天窅渺，此事原堪一朝了。不嗔濡滞嗜我真，相迟霜前看云峤。意得写神，人力不与，速则片刻，迟积岁时，不以日月计也。作诗作文亦然，然可与言者甚罕。

## 春日漫兴

吏隐淹微尚，栖迟帝里春。虚名惭谏草，薄禄慰慈亲。马度垣松直，莺啼苑柳匀。主恩殊未报，不敢慕垂纶。

补衮瞻天近，斑衣爱日长。生成看燕雀，战伐剩豺狼。纸笔儿谁好，柴桑妇不忘。闭门焚草毕，归梦五湖傍。三语冀物各得所，四语忧干戈未靖，报国空怀，养亲赊愿，真觉百端交集矣。

## 怀季天中辽左

万里边城问谪居，躬耕辽海意何如？龙沙更作投湘赋，凤阙长悬谏猎书。鸭绿流澌春水下，医闾积雪暮寒馀。柳条渐识阳和近，未必君恩雨露疏。

## 汪琬

字苕文，江南长洲人。顺治乙未进士，授户部主事，康熙己未召试博学鸿词，官翰林院编修。著有尧峰诗钞。○钝翁官部曹后，与王西樵昆弟诸人称诗都下，风格原近唐人，中年后以剑南、石湖为宗，后则颓然降格矣。兹择其矜贵有馀者，著于卷中，不使挦撦字面者以钝翁为借口也。生平穿穴经史，议论俱有根柢，虽被其龁龁者，终称许焉。

### 泊石湖有怀

江风逗馀凉，辍棹自成赏。谷口霞已开，洲心月初上。遥闻欸乃曲，知是渔人唱。独树影萧条，孤鸿色惆怅。不见故人来，时向烟中望。此章近孟山人，是钝翁中年作，描摹晚景，令读者如置身其间。

### 游邓尉山遇徐生

夙龄眷名山，抗志事游衍。葛弱容屡扪，梁危许孤践。风泉渺难寻，空翠纷莫辨。去美惜已遥，来奇望犹缅。馀霞互明灭，微雲忽舒卷。袅袅薜萝衣，之子来何晚。道与寂冥会，志向崇深展。倘秉偕隐心，结庐讵在远。「去美」「来奇」二语，深于寻山者领之。○作者五言古过于直白，二章犹有言外音。

## 玉钩斜

月观凄凉罢歌舞，三千艳质埋荒楚。宝钿罗帔半随身，蹋作吴公台下土。春江如故锦帆非，露叶风条积渐稀。萧娘行雨知何处，惟见横塘蛱蝶飞。

## 有客言黄鱼事纪之

三吴五月炎蒸初，楝树著雨花扶疏。自注：吴谚云：「楝树花开黄鱼来。」此时黄鱼最称美，风味绝胜长桥鲈。忆昔东南全盛馀，海舶衔尾张网罛。公然满载返吴市，市宁杂遝欢担夫。柳条贯鳃冰贮腹，数尾仅直千青蚨。豪门膳宰善烹治，剂以醯酱芼笋蔬。芳鲜顿觉溢几案，主宾下箸争欢呼。自从洲岛阻兵燹，鲸鲵窜逸稽天诛。诏书尺一禁航海，渔师安敢帆扬蒲。蛤蜊海母尚难致，况望此鱼供客需。老饕虽患食指动，畏触禁令生他虞。吴侬日夕叹且吁，有司束湿严锱铢。何当小丑就拘执，舳舻往返如通衢。趄趠风中贩鲜至，此鱼复得登庖厨。吾侪口腹讵足校，但愿海晏波涛除。庙堂日俟羽书捷，戈船诸将今何如？此海氛未靖时作也。食物之细，传出东南兵防，末以羽书之捷望之，纤小题觉大有关系。

## 送再从侄处默

又向长安别，凄然动客愁。秋风吹远道，落日在孤舟。雁逐江烟下，潮冲楚树流。何时复相见，与续竹林游。贾长江诗，以「古戍落黄叶，浩然离故关」为上，以其格高也，篇中三四语亦然。

## 计甫草至寓斋

门巷何萧索，惟君步屧频。青云几故旧，白首尚风尘。身受才名误，文从患难真。耦耕知未遂，相顾倍伤神。十字为千古文人道之。

## 送人南游

长路应难问，君行况及秋。不知葭菼外，何处泊孤舟。远屿连云起，残潮漾月流。可怜南去雁，并作客中愁。

## 寄赠吴门故人

遥羡风流顾恺之，爱翻新曲覆残棋。家临绿水长洲苑，人在青山短簿祠。芳草渐逢归燕后，落花已过浴蚕时。一春不得陪游赏，苦恨蹉跎满鬓丝。此赠顾苓云美作也。云美，吴中高士，钝翁轻无位人，故不书其姓名。○三四工绝、秀绝，如此何碍宋诗。他如「白蛱蝶飞芳草畔，红蜻蜓立藕花中」、「柳条细似千行线，荷叶圆于半两钱」，景尽句中，不敢同声附和。

## 赋得宫人入道

翻因薄命爱长生，羽氅云冠再拜行。曾被玉皇教按曲，忽随金母学吹笙。颜逢鍊液重疑艳，身为持斋转觉轻。从此幽栖如野鹤，万年枝上月空明。五六语妙于双关。

自乞天恩下玉墀，宫中女伴镇相思。羞题红叶传尘世，愿守丹炉事本师。垂手只携禳斗诀，点唇初习步虚词。此生无复昭阳梦，犹为君王夜祝厘。结意传出忠爱，合温柔敦厚之旨。

## 送魏子存之成都同西樵周量贻上

凤城垂柳为君攀，西去高轩指散关。望帝愁魂春树外，卧龙故垒夕阳间。天悬鸟道连三峡，地入蚕丛控百蛮。到日不妨频吊古，讼庭草长簿书闲。此犹近唐人体魄。

## 和李退翁侍郎读水经注忆洞庭之作

曾持使节远扬舲，落木层波共杳冥。泽畔有人哀郢客，云中何处降湘灵。雨过斑竹千丛绿，潮落芳兰两岸青。回首旧游今阻绝，不堪寂寞对遗经。

## 阻风

独卧孤篷底，长途此夜穷。殷勤解留客，惟有石尤风。

## 姑苏杨柳枝词

腊尽寒威尚未销，浅黄轻碧影迢迢。费他烟雨知何限，只替东风染柳条。

白玉堂前发数枝，妆成每自下阶墀。中庭不是无花看，独为清阴立少时。全以韵胜。

## 过石坞

主宾无语似相忘，净扫青苔坐夕阳。乳燕飞飞蛙阁阁，楚萍谢絮满池塘。分甘馀话中，新城独取此诗，岂风神气味与之相近耶？

## 曹申吉

字澹馀，山东安丘人。顺治乙未进士，官贵州巡抚。○兄升六长于诗，二曹齐名，时为安丘增重。○吴逆反，公陷贼中，庚申夏，蜡书赴阙，密陈机宜，为贼所觉，劫归遇害。

## 武昌杂诗

隔岸晴川影，帆樯触浪奔。禹功江汉大，楚俗鬼神尊。地湿阴常盛，天低日易昏。荒洲犹寂寞，词赋拟招魂。「禹功」三句已尽楚中之天。

## 人日贵阳作

故里今年别，殊乡昨日春。看云遥爱日，纪岁乍逢人。泽国湘沅外，山城魑魅邻。野梅初应候，寒雨几经旬。赤帖千门换，雕题百帐驯。彩幡迎楚雁，铜鼓赛苗神。瘴疠崎岖地，艰危老大身。已甘沦井鬼，无复绘麒麟。蓂荚重开子，椒盘屡荐辛。牂牁天更远，屈贾吊何频？暖律回穷谷，浮生托大钧。友朋偕僰道，词赋动芳辰。鬓好观青镜，心期理白蘋。凤楼歌舞处，望断属车尘。怀乡恋主，句烹字炼出之，体源应在老杜。

## 楚南

偶向潇湘听断猿，斑斑千载泣龙孙。楚南近日苍生泪，不是当年帝子痕。

### 刘体仁

字公勇，河南颍川卫人。顺治乙未进士，官吏部考功郎。著有蒲庵集。〇公勇诗出以生新，每近于涩，嗜好应在东野，王渔洋屡称之。池北偶谈载公勇友某素喜琴，没数年，公勇一日挟姬过其墓，停车酹酒，使姬各操一曲，其风致如此。

## 送戴务旃游华山

夜谈太华奇，朝来理轻策。似子独往意，自然生羽翮。我无济胜具，心悬神仙宅。椓壁闻蚁缘，索度或猱掷。即至玉女盆，莲花岂堪摘？颇穷造化由，能识巨灵擘。一身出天地，笑看培塿积。归来毛髓异，定跨茅龙脊。起十字写探奇之勇，通体刻削，不肯犹人。

寄阮亭司理

离居才几日，兰叶春风生。门外即流水，片帆东下轻。野处寡新友，良辰多远情。思君如草色，迢递向芜城。

即事

西湖小阁多延月，好友同舟半是僧。寄语江南老桑苧，秋山紫蕨忆行縢。顾华玉访孙太初时，湖中所见景象如是。

秦松龄 字留仙，江南无锡人。顺治乙未进士，入翰林，罢归。康熙己未召试博学鸿词，官谕德。〇先生初入翰林，赋白鹤诗应制，中云：「高鸣常向月，善舞不迎人。」上重其有品。

金陵司马行

宿迁旅次，何子日鸿述其先世遗事，请作是诗，兼送之别。

汝祖金陵小司马，移家始傍梁溪居。不事毛锥好说剑，男儿塞上当捐躯。襄阳法曹年少日，貂珰尽屈诸司膝。唯公倔强杀其奴，脱走京师归请室。请室朝朝复暮暮，手把阴符自笺注。百年兴废总瞭如，九边阨塞能指数。温旨重宽直节臣，芙蓉湖上几垂纶。援边忽奉勤王檄，应诏还留报主身。万金散尽酬死士，死士曾无一人死。偏师才出复回旋，西风泪落桑乾水。破耗军需罪不宥，权奸在路天无昼。锻炼谁当杨魏先，覆车几作熊王后。信邸龙飞再赦还，还家常忆玉门关。壮心未展英雄死，孙子飘零衣食艰。送君东行在歧路，努力功名莫返顾。浊酒今朝赠一觞，宿迁城外潇潇雨。「权奸在路天无昼」，熹庙之时何时耶？小司马之不死幸矣。详叙生平，可当小传，诗之诛奸谀发潜德者，我有取焉。

## 上熊雪堂先生

正系苍生望，先生未合闲。累朝看赤舄，两疏乞青山。直道安危后，深心去就间。盈盈章贡水，为照老臣颜。

## 潞河寒食

浮云北望怅何依，寒食馀威未减衣。柳色独随行骑没，桃花仍见钓人归。青烟禁烛谁家散，紫燕春泥到处飞。自别帝城多岁月，西山朝爽尚晖晖。此罢官出长安诗，予心犹速，言下可思。

## 和吴弘人见赠之作

频年踪迹混樵渔，旧友还过慰索居。白首更逢多难后，青山重忆定交初。诗篇寂寞茅斋雨，怀袖苍凉绝塞书。自注：弘人出示令弟汉槎塞上书。尊酒共君秋夜醉，满庭清露湿芙蕖。

## 于忠肃公墓

定策当年奠帝京，墓门遥见半湖明。伤残松柏啼新鬼，寂寞祠堂卧老兵。宗庙有灵存社稷。英皇无意杀先生。古来遗恨钱塘水，又绕台山气不平。「英皇无意杀先生」，杀之者徐、石也，天顺异日之悔可见。

## 杂感

烽火章江警急多，滕王楼阁转嵯峨。雕鞍晓日明珠玉，列帐秋风泣绮罗。坐算几闻黄石略，战酣谁奋鲁阳戈。司农日夜忧财匮，击鼓椎牛气若何？

授钺亲贤庙算强，旌旗万里作岩疆。周家同姓盟为长，汉制非刘爵不王。当日酬勋原异数，至今除患屡分防。堪嗟诸将功成后，不肯歌钟会未央。见前此异姓王之用，原为失策。

关陇车书此日同，相公拜命领元戎。屯边戍久推充国，纳土功宁比窦融。诏出中朝心独厚，恩须西土庆何穷。圣人威德原兼用，干羽虞廷舞未终。时三逆连结，而郑寇亦复出没，征兵转饷，纷纷未定，故作者屡形于言。

## 荆南春日感怀

圣主崇文雅化新，天书初下访儒臣。汉廷有意尊经术，宣室何妨对鬼神。喜说图中求骏马，还看席上得奇珍。上林春色应如旧，憔悴当年献赋人。此为诏求鸿博而言。

把酒临江感慨多，西南天地正横戈。登楼有客依刘表，使粤何人下赵佗。浪接三巴声激壮，观名一柱势嵯峨。偶逢春昼无烽火，听得琵琶几曲歌。时南粤犹未平，故中怀有忧。

## 满目

满目红旗载米船，西南何日罢戈鋋。输军未尽萧何策，忧国空思卜式贤。薄海遍供金革费，群公莫滥水衡钱。焦劳尚体君王意，救乱无如俭德先。

闵　叙　字鹤臞，江南江都人。顺治乙未进士，官广西提学。

## 辑广西志略漫述

莫拟浮湘续楚歌，雲山渺渺意如何？三唐迁客南中盛，两宋移官岭外多。人萃英华承雨露，天留碑碣宠岩阿。即今有士能耽隐，犹自青山卧薜萝。

卷甲曾闻捷若风，军威久镇百蛮中。如何债帅皆徵货，多事中涓独总戎。经术筹边原理学，权谋制胜亦肤功。呼庚谁复搜军实，府海司仓自变通。

王　揆　字端士，江南太仓人。顺治乙未进士。有芝廛集。

## 送懒云道人还滇中

干戈未定欲何之？万里还家一衲随。湖海班荆无姓氏，风尘面壁有须眉。身当持钵飘零日，魂忆投诗恸哭时。故国鱼龙秋寂寞，不堪凭吊向昆池。

## 临清阻泊

河渠启闭问官程，闸吏威尊阻客行。晓塔晴开篷外影，夜涛寒上枕边声。沙昏鱼菜喧新市，日暗牛羊下旧城。瓦砾不堪寻故迹，愁听父老话承平。

## 读山翁大师新蒲绿依韵柬寄

江头父老话兴亡，蒲柳春光又十霜。徒有子规愁望帝，更无鹦鹉忆明皇。唐陵麦饭悲寒食，汉腊桑门祝上方。指示旁人尽流涕，讲堂钟鼓暮云黄。新蒲绿用老杜哀江头中语。唐陵麦饭，惟于桑门存之，可悲孰甚。

## 偕伯氏周臣过织帘先生故居同顾伊人访陈确庵夜宿

草堂人去薜萝存，洒泪空招未返魂。犹见康成遗故籍，忽思元亮老孤村。青浮稻色秋间路，白照芦花月裹门。感旧愈难今夜别，追维生死对黄昏。织帘先生，顾麟士也。「康成故籍」，指麟士言；「元亮孤村」，指确庵言。确庵，名瑚。两先生皆志节士。末句「追维生死」，死谓麟士，生谓确庵，一语总收二人。

## 丁　澎

字飞涛，浙江仁和人。顺治乙未进士，官礼部郎中。有扶荔堂诗。○严灏亭云：「祠部少有白燕楼诗流传吴下，士女争相采撷以书衫袖，婺州吴之器有句云：『恨无十五双鬟女，教唱君家白燕楼。』为时倾倒如此。」

## 风霾行

今上御历十三载，三月旬日风昼晦。诏问有司灾异状，法部郎臣眛死对。臣闻汉帝除肉刑，醴泉溢出芝草生。秦时赭衣常塞路，日蚀星移失恒度。古来祥眚信有诸，刘向李寻数上书。丞相席藁请避位，帝曰咨尔言非虚。方今阳和布大泽，雌蜺昼见飞沙赤。冯夷击鼓蚩尤争，太乙灵坛诅风伯。秦川地震三辅霜，郡邑不敢追流亡。宿春未给县官税，更烦征调徙敦煌。钩考参连不知数，谴责稍迟督邮怒。司空岁满城旦书，廷尉门填桁杨路。商王解网舜好生，圣朝尚德复缓刑。黄麻如飞赦书下，父老涕泣祈昇平。帝省斋宫天可变，风不鸣条世清晏。苍鹰乳虎投远裔，赤乌应集灵和殿。臣等披沥惶恐言，陛下圣明制曰善。

时秋官滥刑，故因风霾之变而极言之，末言乳虎去而祥麟来，如来俊臣受诛而甘雨降也。仁人之言，其利溥哉！

## 题曾青藜尊人传后

莫为信陵士，宁作韩陵石。子昇碑记存荒烟，杯酒不浇公子宅。不见曾公古侠者，十岁能文兼跃马。赋就欲夺雲梦田，剑击长凌武安瓦。灌夫弟畜朱家奴，乾坤何处容腐儒。竖子成名何足齿？天下英雄君与孤。干戈鼎沸若飞电，江南黄犊如席卷。慷慨谈兵尊俎前，草檄特膺公府荐。片纸能胜十万师，一身耻为三语掾。登床自许捉刀人，帐中莫使孙郎见。此时楼船横楚州，朝议不敢申同仇。指挥泣下袁开府，信誓直折宁南侯。功成不赏蹈沧海，鲁连遗风至今在。岁月俱因戎马驰，壮心不与沧桑改。徐庶还家为老亲，江湖把钓足闲身。少微星边忧处士，秋风原上动旁人。有子青藜与我厚，是父声名满人口。饮泣再拜前致辞，乃公佳传烦下走。猗嗟韩陵信陵掩秋雾，乌雀啾啾白杨渡。千古之名何有哉？贞珉长傍松楸树。予为此歌君莫悲，聊作阡铭表其墓。

## 送王山长还楚南

地尽三巴接，将归南雍州。天空一雁断，何处岳阳楼。橘树侵寒雨，猿声入暮秋。仲宣仍作客，更切望乡愁。诗取其格。

## 慰李琳枝侍御诏狱

抗疏今何事，身危直道难。忽闻收北寺，不敢问南冠。草莽臣无状，朝廷法屡宽。圣明知汝戆，频取谏书看。慰臣直望圣恩也。「执政方持法，明君无此心」，一种立言之体。

## 初至靖安寄邸中诸旧友

万里从戎路，崎岖正此行。雁声孤断碛，虎气撼空城。泪尽惭儿女，身危仗圣明。刀镮何日约，回首玉关情。虎气五字，如见献贼破成都后景象。

## 东冈

信是兴王地，城郊古木秾。鹳鸣三殿雨，猱挂二陵松。疏拙违明主，胼胝愧老农。吾庐荒径近，时见白云封。

## 送赵锦帆比部归汴州

携酒青门送客多，相看无奈别离何！漫愁关塞疲征马，从此乾坤有荷蓑。药鼎千年藏日月，云山一路少风波。天寒大泽行人断，独向夷门叩角歌。言锦帆归去后，草野方有耕凿之人，推重之至也。

## 送孙九畹备兵保宁

万里炎方尚枕戈，旌车八月下牂牁。猿声苦雾城边急，虎迹荒原战后多。僰道生猺能汉语，羌西诸将半渝歌。休言割据蚕丛远，滟滪秋高起白波。

## 报宋荔裳观察

风起卢龙急雁行，几年归梦度渔阳。髡钳季布藏车下，钩党符融泣路旁。马怯危桥流汩汩，鹳鸣横岭月苍苍。榆黄霜白惊秋晚，不敢逢人问故乡。

## 见燕

杏叶新阴拂女墙，风吹小燕过池塘。相期定似逢寒食，乍见争如说故乡。弄影不教沾柳絮，衔泥何惜点琴囊。双栖并翅真怜汝，愁杀卢家春昼长。一语中燕之多情，与己之多情皆见，可云善作情语。

## 度岭见长城

岭坂风回树郁盘，长城如带雾中看。随阳雁断天疑尽，背日峰高夏苦寒。沧海不沉秦女石，浮云欲动楚臣冠。伊州一曲先挥泪，况是亲经行路难。登高临深，自有此种眼界。此种心胸奇警之语，自然涌出。

## 过长洲吴瑶如郡守招饮漫赋

悲歌燕市意何穷，汝向南行我向东。十九年归苏属国，二千石重汉吴公。他时苦忆淞江鲙，此夜愁闻塞北鸿。休傍姑苏问麋鹿，荒台空锁白杨风。三语谓己从靖安归，四语谓吴郡守也。酬应诗能泯酬应之迹，亦复可存。

## 送汪舟次检讨奉使册封琉球

孤悬鼊屿海涯间，襟带穷荒控百蛮。已奉春秋知正朔，何年南北并中山？自天宸翰龙鳞动，绕日珠旃豹尾斑。底事皇华念将母，乘风归路指刀環。本二琉球，后并为一，故问之。○康熙戊戌岁，徐澂斋太史出使琉球，归省侍母，时作诗送行者必以出使省亲对举，推为合律，不知出使是主意，省亲只是旁及，殊失轻重也。此诗将母于结处一点，见前辈位置之妥。

## 送徐徵君电发辟召之京

此去朝辞林屋峰，布衣疏屦倍从容。眼中吾老非衰凤，足下人称是卧龙。应诏趋由丞相府，封章辟自大司农。知君芸阁诗成后，苦忆西堂旧植松。

## 望天寿山

高峰突兀散流霞，天外钟声一径斜。认道前朝功德寺，老僧还著旧袈裟。废兴之感，于言外领之，只旧袈裟三字，便觉黯然。

## 听旧宫人弹筝

银甲斜抛雁柱飞，玉熙宫里尚依稀。不须弹到回波曲，说着先皇泪满衣。此种竟是唐人绝句，于浑成中见风神，愈咀吟愈有味也。旗亭画壁，那能遗却？

## 塞上曲

百战洮河西备羌，合黎山外月如霜。白头老将沙场卧，尚说弯弓从武皇。

王日藻 字印周，江南华亭人。顺治乙未进士，官湖南巡抚。

## 潘山人至自辽左

匹马南归道路长，相逢画阁话辽阳。窦家锦字诗难寄，苏氏河梁雁几行。秋尽陇雲寒欲雨，阳回边草白于霜。汉廷亦下金鸡使，谁念当时折槛郎。

董　含　字阆石，江南松江人。顺治乙未进士。著有艺葵诗集。

### 旅窗读汉书

提兵十万拥元戎，斩帅沉船意气雄。战斗八年能独霸，杀降三户竟无功。秦军已破漳河上，汉社初移渭水东。诸将膝行齐禀命，莫因成败笑重瞳。坑秦降卒二十余万，王汉王巴蜀汉中，使汉王得以还定三秦，项羽之败徵显然矣。此云「莫因成败笑重瞳」，作者巧于立言，勿被瞒过。

### 登穹窿谒句曲行宫

山势岧峣欲到难，玉真宫殿拥千官。香飘下界青冥近，磬入诸天碧落寒。洞口断云朝放鹤，石根晴树暮栖鸾。金门羽客龙泥印，夜礼星辰上醮坛。

彭　襄　字子赞，四川阆中人。顺治乙未进士。

### 书屈陶合刻后

变风以后数灵均，彭泽天然见性真。对酒不忘书甲子，怀沙空自叹庚寅。滋兰九畹心偏远，采菊东篱句有神。五柳三闾异醒醉，何妨千载德为邻。分分合合，律细语工，与邝湛若「屈原贾谊」一章，莫能甲乙。

### 沈自南

字留侯，江南吴江人。顺治乙未进士，官蓬莱知县。○留侯居官清介自矢，以恩抚民，所著有艺林彙考、历代纪事考异、乐府笺题等书，钱牧斋称其书为经籍之禁籞，文章之囿田。

#### 同韩倬次雪声远登快风阁兼寄怀绎堂

秋来杰阁共登临，极浦遥山入望深。吴苑弟兄欣聚首，梁园宾客最关心。蒹葭拂浪浑如雪，橘柚垂烟半似金。指点江乡尽图画，迟君墨妙一题襟。

#### 春暮钱牧斋宗伯过访

登仙曾羡李膺舟，何幸兰桡复此留。下士昔传东阁盛，著书终许石渠收。花飞江上泥衔燕，柳绾亭边浪狎鸥。拟得三都待题品，当年玄晏最风流。

### 王泽弘

字涓来，湖北黄冈人。顺治乙未进士，官至礼部尚书。著有昊庐集。○昊庐辞官后，移家金陵，既老，矻矻风雅，远近奉为总持者也。缘稿本未镌，渐次散失，故所收止此。

## 感怀

千金购奇书，冥心耽诵读。有时探真源，古人在吾目。胡为老雕虫，中原正逐鹿。鸿飞何所逃，乌止谁之屋？孰居政事堂，靦颜窃钧轴。墙东有老儒，呼天方痛哭。此感前代大臣之非人，温体仁巨奸，后继以周延儒、魏藻德辈，欲国之不亡不可得也。有君无臣，儒生早已殷忧。

## 送陈心简之辽东

驱车独旅向三韩，九月秋风已渐寒。才道玉门生入稳，谁知铁岭放归难。长天积雪家何处，绝塞严冰路几盘。鸭绿江深终古恨，南来鸿雁报平安。

## 留侯祠

谷城山下草离离，追忆高风系所思。漫道留侯如女子，每看楚帝只婴儿。报韩志切逢黄石，翼汉功成赖紫芝。身退拂衣还辟谷，神仙原是帝王师。

## 易州使院咏松

去年手植新松树，碧叶青枝取次阴。干长凌云应有日，后人谁识岁寒心？果抱岁寒心，后人自有识者。

## 买花

卖花担上露才干，野老移来满药阑。抛却故山花事盛，翻来燕市买花看。

### 陆鸣珂

字次山，江南华亭人。顺治乙未进士，官学使。著有使蜀诗草。

## 七盘上鸡头关

北栈行将尽，鸡头势转雄。七盘蚁旋磨，百折马行空。天险关山壮，人谋斧凿工。十年转战地，故垒动悲风。山川之险，须得奇警一联写之，此老杜遗法。

### 方兆及

字子诒，江南桐城人。举人，官山东按察司佥事。著有天文官制诰书。诗稿散佚，兹于龙眠风雅中采取二章，等于吉光片羽。

## 刘生

刘生可是高皇裔，任侠由来重汉京。六郡良家输浩气，五陵豪士属荒伧。雕龙雄辩金张馆，猎骑横穿卫霍营。死难报恩如饮食，一言投合此身轻。刘生，未详何代人。辞始于梁元帝，是六朝时乐府也。后人相沿咏之，篇中状其任侠纵横，已云曲尽。

## 铜雀妓

汉室金瓯非改步，曹公铜雀已成台。名姝俱匹英雄去，艳质惟邀妓女来。瑶席冷馀无霸气，繐帷空后有微哀。却怜疑冢纷如垤，欲望何从心早灰。此平调曲也，始于张正见。写其分香、卖履、嘱令登臺望陵情事，奸雄末路，不独可丑，亦且可怜，作者不留馀蕴矣。

# 清诗别裁集卷五

钱陆燦 字湘灵，江南常熟人。顺治丁酉举人。○湘灵为牧斋族子。然其诗不为虞山派所缚。别调独弹，戛戛自异。毗陵学诗者多宗之。

## 牡丹花下集同袁簭庵唐祖命方尔止张瑶星余澹心黄俞邰诸君子长句一首

前岁花时渡江去，去岁吴门三月暮。三度花开一度看，今年恰在金陵住。金陵旧是帝王都，岁岁花开如画图。此花又殿春风后，朱衣王谢相传呼。一筵醵费中人产，一花千人万人眼。金盘彩篮共贻赠，招邀名士分折柬。永和兰亭金谷园，月落檀板催金尊。百尺乌丝长到地，清辞艳句争飞翻。得所秾花易消歇，子规啼血栖宫阙。无复天彭百驮花，王孙五胜埋香国。花残人散可怜春，十处园林九处尘。欲往城南访耆旧，酒徒零落空芳辰。太史园中花百种，红欹绿捧花头重。花神有意洗妆迟，要勒词头固君宠。诸公同日看花来，邓生酒瓮还重开。廿年无此好事者，无诗不醉那能回。酒醉诗成花欲语，明岁花开待予汝。春雨春风作主人，鸾飘凤泊同羁旅。于一花之荣落，传国步之盛衰，中后跌宕淋漓，有对此茫茫百端交集之感。〇天彭，山名。陆游有天彭牡丹记。五胜，犹金木水火土五德，言迭相胜也。

## 计东

字甫草，江南吴江人。顺治丁酉举人。〇甫草负奇气，过邺下，见谢茂秦墓圮坏，尽橐中金为修墓；过顺德，知归震川尝佐郡，有厅记二篇，求遗址不得，乃入署旁废圃中瓣香再拜；至吴，称门生于黄孝子向坚，人共贤之。诗不苟作，时露胸中抱负。

### 宣府中元夜即事

边月新秋夜，哀音四面齐。战场多旧鬼，野祭有遗黎。柝乱愁人听，风惊倦鸟栖。遥遥天汉上，河鼓渐垂西。

### 任丘道中回望西山有感 是日为新进士胪唱。

不尽西山色，苍茫远帝都。内廷传甲第，我舌问妻孥。寂寞隆中啸，悲凉督亢图。昔贤知未遇，时一哭穷途。极失意时，说来却有气骨。

### 宣府逢立秋 是岁闰七月。

秋气吾所爱，边城太早寒。披裘三伏惯，拥被五更残。风自长城落，天连大漠宽。摩霄羡鹰隼，健翮尔飞抟。

## 邺城吊谢茂秦山人

邺中怀古正秋风，词赋深惭谢氏工。生欲移家辞白雪，没随疑冢对青枫。诸王礼数何常绝，七子交期竟不终。自是贵游无远识，布衣未必叹飘蓬。王李始推茂秦为盟长，后称眇山人而黜之，见交道之不古也。后半大为布衣吐气。予有论诗绝句云："眇目山人足性灵，诗盟寒后苦飘零。后来谁吊荒坟者，只有吴江计改亭。"改亭，甫草别号也。

## 答雲间蒋驭闳

西陵原上忆经过，屈首从君学九歌。岂意边书惊御宿，遂令複壁老山阿。破家张俭飘零久，赁保王成辛苦多。今夕相逢还道故，数声鹤唳起庭柯。

### 吴兆骞

字汉槎，江南吴江人。顺治丁酉举人，以科场事戍塞外。后赦归，旋卒。著有秋笳集。○汉槎傲岸自负，尝顾同辈述袁淑语曰："江东无我，卿当独秀。"其不顾世眼惊可知也。乃无辜被累，戍宁古塔，比于苏武穷荒十九年矣。然缘此，诗歌悲壮，令读者如相遇于丁零绝塞之间，则尝人世之奇穷，非正使之为传人耶？诗可采者多，兹取其尤魁垒者。○汉槎阅历，倘以老杜之沉郁顿挫出之，必更有高一格者。此则"王杨卢骆当时体"也。然就此体中，他人未能抗行，宜为梅村首肯。

## 闰三月朔日将赴辽左留别吴中诸故人

蓟门三月柳堪折，玉关迁客肝肠绝。结束征车去旧乡，矫首天南恨离别。忆昨胥台事侠游，才名卓荦凌王侯。黄童雅擅无双誉，温峤羞居第二流。相将日向春江曲，阖闾墓前草初绿。彩鹢春风客似云，珠帘夜月人如玉。少年行乐恣游盘，夹道飞花覆锦湍。按歌每挟茱萸女，驻马频看芍药栏。筵前进酒题鹦鹉，一日声名动东府。拟从执戟奏甘泉，耻学吾丘能格五。去年谬应公车征，骏马高台几度登。自许文章飞白凤，岂知谣诼信苍蝇。苍蝇点白由来事，薏苡偏嗟罹谤议。赋就凌云只自怜，投人明月还相弃。身婴木索入圜门，白日阴沉欲断魂。北燕漫说邹生哭，东海谁明孝妇冤。衔冤犴狴悲何极，慷慨陈词对岩棘。幽怨空教托楚辞，严威竟已罹秦格。忽承恩谴度龙沙，边草茫茫去路赊。名列丹书难指罪，身投青海已无家。销魂桥畔谁相送，一曲芦笳自悲痛。皂帽惭非避世人，青山何处思乡梦。乡心日夜绕江干，江柳江花不复攀。万重关塞行应遍，十载交游见欲难。从此家山等飞藿，满眼黄云横大漠。自伤亭伯远投荒，却悔平原轻赴洛。一向冰天逐雁臣，东风挥手泪沾巾。只应一片江南月，流照飘零塞北人。比明妃远嫁，哀惨过之。篇中先叙少岁才华，故乡游宴，以次入蛾眉谣诼，万里投荒，有不堪南望者矣。与杨升庵宿金沙江锦津舟中别友诸作同一凄惋。

## 同陈子长夜饮即席作歌

豪气君未除，长啸轻远游。虽为辽海客，不识边城愁。青丝玉壶银凿落，中宵坐我碧油幕。海风吹天星动摇，边色横烟月澄廓。倚笛频惊出塞声，衔杯尚拟华年乐。黄龙东望沙茫茫，黑林树色参天长。此行应痛永垂别，他时相忆徒慨慷。爱君且复饮君酒，庭树摇摇挂珠斗。梦去难攀鹤市花，醉来聊折龙城柳。眼中万事尽飘蓬，尔我安能日携手。故园何处五湖滨，难后逢君意转亲。谁怜玄菟城头月，泣尽黄公垆畔人。辽海逢故人，又复踪迹飞蓬，旋当离别，有倍难为情者。读结语，令人同声悲咽。

## 同陈子长坐毡帐中话吴门旧游怆然作歌

辽城四月春风来，黄鹂啼树梨花开。陈生邀我郭南去，笑骑鞍马双徘徊。沙场黯黯日将暮，半醉归来解鞍卧。毡墙谁拨鹍鸡弦，弹作商声泪交堕。忆昨故乡百不忧，命俦啸侣吴趋游。裁诗每题白团扇，纵酒惟赌青羔裘。沙棠之桨云母舟，美人玉袖捎箜篌。金窗银烛月未午，清歌窈窕无时休。就中少年三五辈，徐郎顾子称风流。独孤侧帽倾士女，正平摇笔凌王侯。百年行乐竟谁在，凄凉边地伤离愁。只今相对休悒怏，人生苦乐犹回掌。

陇西将军困醉尉，邯郸才人辱厮养。古来憔悴多名流，吾辈何悲弃榛莽。君才弱冠我盛年，可怜沦落俱冰天。旧游一别已如雨，阴关万里徒含烟。寄哀欲托庾信赋，赏音空忆锺期弦。金尊有酒且沈醉，何须惆怅风尘前。忆昨一段，以少年行乐形出，只今蕉萃作宽解语，弥不堪也。勿认作排遣看。

## 赠吴稚恭散骑 自注：故恭顺侯勋卫。

白头吴叟何龙锺？先朝曾直华清宫。十年丧乱无人识，万里羁孤泣路穷。忆昨西京全盛日，子侯年少承殊泽。门下金鞍惯射生，楼中银管频留客。油碧香轮陌上骄，佩刀日护紫宸朝。从猎别分都尉马，奉车特赐侍中貂。山河举目须臾异，荆棘凄凉旧东第。仙人已叹海生尘，侯家宁保山如砺。几度天涯怨负薪，萧条绝塞讵逢春。梦里宫云雕辇路，愁中边草玉关人。玉关回首伤怀抱，短衣浊酒长潦倒。雀满门前翟氏悲，羊归陇上苏卿老。日暮哀笳四野闻，黄榆秋雪正纷纷。凭高欲纵乡关目，肠断南归雁几群。此故侯之后同在辽左，同不能归，因肠断于南飞之雁也。视青门种瓜人，不堪并论矣。

## 赠孔叟

孔叟侠者今白头，横戈曾事当阳侯。自注：崇祯中，叟以副帅事杨相国嗣昌。十年困顿蠮螉塞，五月不脱羔羊裘。征南幕府久零落，犹复雄名动寥廓。绝域魂销白雁书，沙场力尽斑丝槊。击衣不得心自哀，置铅无成目空矐。自注：甲申冬，欲刺李自成不克。可怜丧乱识凫毛，敢道精诚生马角。万里苍茫故国悲，侧身天地何时归。乡梦已迷三楚道，蛮烟休望九疑开。此日相逢把君手，倚杖班荆抚西缶。感旧应怜鬓上霜，悲歌且酌尊中酒。入关萧永正漂零，思赵廉公已衰朽。半酣起舞何慨慷，俯眉敛迹空摧藏。丈夫失意会如此，君今那必哀穷荒。与上一章同意，而赠吴作悲凉，赠孔作激壮。风调各别。

## 北风

马上北风哀，黄云惨不开。寒摧龙碛断，声卷雁沙来。驿骑衣空寄，嫖姚战不回。何人吹筚篥，泪尽落雕台。

## 感怀诗呈家大人

棘寺阴沉树色长，故园何处泪沾裳。独怜积毁能销骨，无那衔冤易断肠。授简圜扉思夏胜，上书梁狱泣邹阳。金门咫尺招贤地，不得雄文达建章。此系狱时作，授经无人，上书无路，一疾痛惨怛呼父母」，信然。

寂坐匡床饮浊醪，临风愁听角声高。谤书何事腾三箧，壮士由来泣二桃。目断乡关空涕泗，心伤乌鸟自悲号。可怜一片江南月，永夜苍苍客梦劳。汉槎西曹杂诗自序云：「望慈闱于天际，白发双悲；忆少妇于楼头，红颜独倚。」读之，他人亦为哽咽。

## 出关

边楼回首削嶙峋，筚篥喧喧驿骑尘。敢望馀生还故国，独怜多难累衰亲。云阴不散黄龙雪，柳色初开紫塞春。姜女石前频驻马，傍关犹是汉家人。自注：关前有姜女望夫石。

## 晚自鸡头崖至天龙屯

迢递回冈抱塞长，暮云归路剧羊肠。马嘶古碛寒沙白，鸦乱荒城夕照黄。病后关河空涕泪，战馀身世各苍茫。客游不异松花水，日夜滔滔下北荒。

## 九月八日病起有怀宋既庭计甫草因忆亡友侯研德宋畴三丁绣夫

岁晚霜清木叶愁，病馀蓬径愧淹留。紫台一别悲苏李，青草频年哭应刘。归梦关河长伏枕，客心天地各惊秋。明朝谁是登高侣，零落黄垆岂再游。怀贤伤逝，故园亦复神伤，况万里之外乎？所交与者皆慎交社中正人，作者品地，从此可见。

## 帐夜

穹帐连山落月斜，梦回孤客尚天涯。雁飞白草年年雪，人老黄榆夜夜笳。驿路几通南国使，风云不断北庭沙。春衣少妇空相寄，五月边城未着花。寄衣，旧事也，道来自新。

## 五日阻水牛马河

五日驱车度极边，中宵移帐阻长川。波间不断千峰雨，林上争喧七涧泉。铁骑风沙行戍日，锦帆丝管旧游年。汨罗犹是江南地，始觉灵均未可怜。

## 小乌稽

连峰如黛逐人来，一到频惊暝色催。坏道沙喧天外雨，崩崖石走地中雷。千年冰雪晴还湿，万木云霾午未开。明发前林更巉绝，侧身修坂倍生哀。

## 奉酬徐健庵见赠之作次原韵

金灯帘幕款清关，把臂翻疑梦寐间。一去塞垣空别泪，重来京洛是衰颜。脱骖深愧胥靡赎，裂帛谁怜属国还，酒半却嗟行戍日，鸦青江畔度潺湲。此赎归后晤健庵尚书作，感激中自存身分，见古道交。

## 三月十二日河上口号

三月归鸿满塞天，流澌日暮尚凄然。自从身逐乌龙戍，不识春风二十年。

**孙　旸**　字赤崖，江南常熟人。顺治丁酉举人。以科场事戍辽阳，后赦归。〇赤崖定多塞外诗，因未见稿本，无从采入。

## 春日北行夜泊江口

泛泛桃花水，春风路几千。月明寒食夜，人在广陵船。极浦迷乡树，孤蓬接远天。黄昏何处笛，吹绿一江烟。高格浑成。

## 还家 八首之三

岁岁还乡梦，今朝梦始真。到家仍作客，无地可容身。山色迎人好，湖光入眼新。廿年成底事，悔不早投纶。喜极还家，而无家可归，此种情事，服其真写得出。

弟妹何年别，盘餐此夕同。看来头尽白，语罢泪俱红。垂老重闻乱，还家旧业空。但能长聚首，不必问穷通。

少小离乡县，何堪老大归。出门童子问，见面故人稀。道路忘南北，溪桥半是非。青青山色在，犹到旧柴扉。三章真朴写情，不加追琢，应得力于少陵。

## 潞河遇尤展成

远道谁传尺素书，十年魂梦隔医闾。看来华发君相似，得隐青山我不如。异日才名齐屈宋，近时踪迹混樵渔。鼎湖一去无消息，狗监何因荐子虚。此赤崖放归遇尤悔庵作。时悔庵已罢北平司李，世祖屡叹为才子，而鼎湖上升，无人更为荐达，故末二语及之。

## 甲寅四月宋蓼天少宰以边才特疏荐余诗以谢之

百粤风烟控七闽，山公启事一时新。未能马革酬明主，肯为猪肝累故人。瑟向齐门知不好，履穿东郭自安贫。澄清事业须公辈，愿乞馀生伴钓纶。康熙甲寅，耿逆畔于闽中，时需边才，故少宰荐之。

## 送邓孝威南还

谁遣征书问鹖冠，又看蒲毂出长安。到来京洛文章贵，归去江湖天地宽。碣石虚闻求骏骨，邗沟无恙把渔竿。临歧珍重加餐饭，白首休歌行路难。时孝威试鸿博不第，作诗送行，故有「归去江湖天地宽」句。

### 田茂遇

字髴渊，江南华亭人。顺治丁酉举人。

## 贫交行

古人不贫才不老，今人贫乃伤怀抱。古人结交重青云，今人弃置同秋草。今古人情何太殊？我来仗剑邯郸道。邯郸城中游侠多，邂逅相逢意气好。腰间脱剑且按歌，尊中有酒复倾倒。上堂拜母下揖嫂，与子缝裳复剥枣。君不见古来英雄不用为佣保，叩角行歌石皓皓。

作者负气抱奇，于此一诗见之。

## 孤儿行

孤儿啼声何凄然！问汝啼何为？长跪答言：父为南海太守，居官清廉，不枉取一钱。鸣驺吹角，大吏巡边，前导到部势喧然。晨报谒不得前，夕报谒不得前。急从贩缯者，贳缣百联。献之幕府大不欢。曰此邦旧有百斛珍珠船。大吏朝去境，夕拜笺。守此海邦，另择名贤。乌白鹭黑，上下茫然。父羁南海不得旋，客死归黄泉。儿负嫠母，跋涉山川。乞食路间，望见大吏，鸣驺吹角仍巡边。猗嗟父骨归何年！音节全从古乐府出。乞食路间，后复望见大吏巡边，痛绝在此，警绝亦在此。

**曾畹** 初名传灯，字楚田，后更名畹，字庭闻，江西宁都人。顺治丁酉举人。○有学集序庭闻诗，谓朝而紫塞，夕而朱邸。凉州之歌曲与凝碧之管弦，繁声入破，奔赴交作，令读者回易而不能自主。

## 麻平寺逢友人自楚至

空山留一寺，下马忽逢君。蜀道无长毂，征衣有栈雲。秋边鸣细雨，谷口上斜曛。客自潇湘至，猿声似惯闻。

## 鸡头关

南山忽已尽，纳纳褒城春。汉水原通蜀，巴山不过秦。烧荒熊出坝，树密虎窥人。铭德昆吾者，还应问钓纶。

## 同僧登赤嶂

看碑寻赤嶂，采菊到黄州。雁气回秋渚，江声撼酒楼。兵戈双眼泪，吴楚一孤舟。萧瑟匡山客，应随慧远游。

## 刘坝

乌龙江欲出，刘坝即闻波。哀壑笙竽奏，秦川鹦鹉歌。天应一线落，云入九层多。溪谷人民少，开荒近若何？言江远而先闻波声也。一起奇拔，通体字字刻削，不肯一语轻下。

## 章在兹

字素文，江南吴县人。顺治丁酉副榜。○我吴操选政莫盛于杨忠文公之同风，素文先生继之，每一部成，其序文文目，老媪仆人匿而不出，坊间演剧，予金始付之，此吴中佳话也。事载质亡集中。

## 将出金陵

昔日秦淮渡，高歌旧酒楼。今来江上月，独对帝城秋。壮志销投牒，微躯贱旅游。干将锋尽折，真悔觅封侯。以古诗体行律诗，崭然笔力。

## 都中杂兴之一

入洛诚多事，游梁亦已频。半生欢结客，一刺肯依人。不遇锺期听，何惭原宪贫。倚闾终日望，只是负慈亲。喜结客而不傍门户。其品可知，一结蔼然仁孝。

## 汉武

调遣天兵过月支，蒲萄新发上林枝。初闻使者巡三辅，又命将军号贰师。越嶲楼船通属国，朔方烽火照征旗。羽林无数孤儿在，独向高台泣望思。

陈廷敬 字子端，山西泽州人。顺治戊戌进士，官至大学士，谥文贞。著有午亭文编。○泽州居馆阁，典文章，经画论思密勿之地几四十年，故其吐辞可上追燕、许。兹特取其典质朴茂者，著于卷中。

## 平滇雅三篇

岳湖逐寇也。

岳湖洋洋，我武洸洸。谓南有藩，无敢撼我疆。岳湖滔滔，我武嚣嚣。谓南有藩，无敢阚我郊。一章 我疆大矣！我圉溢矣！芽蘖其间，竦棘合蛸。昔我南藩，化为异类。二章 帝如两大，以覆以载。推食以食，解衣以衣。迁之善地，勿剪勿拔。三章 拔音佩。彼惟狂昏，狡焉生心。肆为诛首，启戎于南。如蝤奋臂，如蚋决眦。首仰臆张，如豕斯蛰。四章 惟帝咨嗟，惠威是崇。薄往禽之，孰佐予功。予矜下民，救此一方，取其残凶。是类是造，祃于临冲。五章 楛矢敦音雕。弓，我弓我矢，靡旌摩垒。兵无遗镞，耕无失耜。天堑茫茫，限此江水。既断其趾，且斩其頞。六章 盗负险阻，距趯跃踉。翾飞饥歗，羽翅以张。候在太白，占于天狼。我泾我陇，是震是惊。七章 维彼闽粤，波荡海垠，帝屡下顾，哀此垫昏。盗往连结，倚以父母。乃饵乃诱，乃为盗守。八章 帝援天矛，锻羽截鳞。岭海革面，蒙羞来臣。禽馘于威，柔肌于恩。盗失厥助，飞魄殒命。九章 老雄野死，枭雏栖栖，巢湖饮海，倾摇于波。尔居鼪鼯，我步逶迟。大祖高骧，贼焉遁逃。十章 洞庭汤汤，岳阳峨峨。载驱载驰，爰拔厥家。十一章 惟人归德，惟帝之谟。穷经窟宅，是剪是屠。我武熚燿，式廓鬼区。百蛮万国，徯我来苏。十二章。 第八章谓耿尚二逆助吴逆反也。第九章谓三桂既死，贼势渐衰，而我师以神武临之也。

湘东克衡也。 衡盗倚为巢，克之武功将成也。

师渝于江，于湘之东。师如雷冯震，衡岳以攻。一夫为逆，多方则病。播虐抗有德，我人斯奋，卒归厥命。一章 归命伊何？衡人之灾，衡盗所家。追奔逐北，犀甲雕戈。虎旂龙节，天威所加。二章 帝臣如虎，帝师貔武。烈烈旆旌，渊渊金鼓，嶷嶷绥章，啴啴戎路，莫我敢拒。三章 右刘武陵，左扫星沙。磨崖岣嵝，我功孔嘉。戎马晨服，候烽夕遮。剿绝恶本，敢遗萌芽。四章 其恃枫木，其恃辰龙，震之拔之，自西自东。陟岭逾徼，于山于川。远招迩归，囚豪解颜。五章 东西合师，进次于沅。孽童日蹙，怙凶忍顽。左捣其虚，右攻其坚。载辟载袚，会于中权。六章 既克于沅，沅人嘤嘤。如日之昇，如霖遇晞。以肉其枯，以勍其羸。式歌且舞，以乐我师。七章 南讫罗施，来迎壶浆。鸣鞞铜鼓，洗兵盘江。彼寇舆尸，昼匿宵奔。滇人荒荼，待我于门。八章 凡此滇功，惟天子乃成。古者推毂，梱外以行。今者决胜，一秉庙廷。孰是遗孽，而壓睿明。九章 师徒浑浑，渐集于滇，惟天威式监。官臣恪守，乃获其丑。保大定功，流声焉穷。十章。此专为克沅言之，沅克而诸蛮归化，遗孽退归于滇，不敢复出矣。

滇池盗伏于滇，师受圣策平之，武功成也。

滇池汹汹，帝乃平之。匪彼元戎，惟帝之功。高居北极，洞视下方，惟仁智勇，克靖万邦。一章 帝命臣塔，汝从西粤，急捣其窟。塔拜受命，衔枚束刃，环滇其来，龙骇鹏骞，军声轰然，如坠自天。二章 帝命臣里，汝往巴蜀，横剪侧入。里拜受命，量沙追蓐，有疾其驱，无暴我邦，踣栅蹴垒，言壁其东。三章 帝命臣泰，汝从黔趋。惟此蟊贼，数载旷诛，汝将士用命，贼其敢逋。泰拜受命，于皇之训。四章 我旆我旗，于苗于蛮。度幕轻留，弥险蔽关。夺其阻隘，掀其篱藩。兽穷负嵎，我师固以完。五章 帝命我师，势为犄角，麾城拆邑，万里手握。维彼觳觫，敢抗乔岳。维彼萌栟，敢傲霜雹。六章 彼栟繁矣，于焉蟠根。雨露既濡，忘帝力之勤。圣人神武，施设芟夷。斮彼枭鸷，张我熊螭。七章 傃镡批亢，下甲陷坚。箕张翼舒，合围于原。兽穷于阱，人或兽哀。快彼凶丑，覆卵毁胎。八章 帝曰吁嗟！劳我人师。日费百万，大农不支。滇人望拯，如餔疗饥。载砺载攻，天策攸宜。九章 孟冬月杪，师薄于城。降旛夕竖，逆骇纵横。林野涂脑，邮驿递颅。滇人歌舞，于屋于衢。十章 夜半捷来，天心恻楚。闵怜下民，罹此荼苦。我将我师，于野暴露。布惠醻功，急疾如火。十一章 于庙于郊，其仪孔炽。华俎腯牲，永言昭事。都人士女，白叟黄童，叹呀嘻笑，祝我圣躬。十二章 帝曰归来，予开明堂。制礼兴乐，登贤拔良。孩养无告，施厚仁滂。熙我庶绩，纲举目张。永万斯年，率由不忘。十三章。

此篇为遗孽既平，武功告成而言。〇平滇雅三篇，平吴逆作也。康熙十二年冬，吴三桂反云南，明年，耿精忠反福建，既，尚之信反广南，相继应之，时诸将禀承庙谟，以次进讨。十五年，耿逆降。十六年，尚逆平。至二十年，章泰贝子、赖塔二将军下云南，吴世璠自刭死，云南平，时三桂已前死矣。三篇为吴逆言，而连及耿、尚，词气典重，与柳子厚平淮夷雅相埒，末归本天子好生，仁武不杀，犹柳雅意也。事详平定三逆方略。

## 赠孝感相公

十有四年春，惟三月日吉。枚卜择近臣，学士登密勿。搢绅贺于朝，处士庆于室。佥曰帝知人，吾等夙愿毕。公无得志容，庭馆转萧瑟。公诚王者佐，生平学稷契。致君慕尧舜，自此见施设。铜扉半夜开，沙堤带月出。暮读书百篇，朝入语移日。劳瘁咫尺地，欲使万国活。时方事南征，戎马久未歇。黎元尚疮痍，原野恐骚屑。晴风卷旌旗，三农乍起坌。况我仁义师，忍此田间物。公为民请命，闻者感心骨。数日政事堂，丝纶慰饥渴。中朝相司马，姓字及走卒。身当画凌烟，名其悬日月。昔时同学人，翘首望回斡。「劳瘁咫尺地」以下，见兵戎未停，疮痍满野，而以为民请命，望之相臣，得古人赠言之体。

## 施愚山见寄长歌和答

阑珊夜雨鸡鸣号，关山梦回心魂劳。我所怀思渺天末，凉风一起秋萧条。美人昔赠相逢篇，吴绡三尺森琼瑶。今晨晓窗坐展玩，我欲报之情郁陶。忆昔相逢客京辇，城南华径纷招要。酒酣惆怅秋灯红，羡我鬓发漆黑同。即今倏忽别四载，头上已有霜枯蓬。眼前诸子几人在，浮云沟水驰西东。万事回头泪沾臆，人生朝露谁能必。楚泽难招宋玉魂，缑山不返王乔舄。自注：指荔裳、西樵。二子歌词自绝尘，声华烂漫今何益。男儿七尺良可哀，生存华屋终黄埃。儒术用世行已矣，浮名寂寞何为哉！不如放意游八极，扫除文字栖渊默。未断尘情忆远人，茫茫江水分南北。康熙初，公与西樵、渔洋、荔裳、愚山、顾庵、绎堂诸公时为文酒之会，号称极盛，而聚散存亡，人生难免，多情人不胜华屋山丘之感也。末归到扫除文字，栖心渊默，所见又高一格矣。

## 东山亭子放歌

东山望南山，百里堕我前。山亭横绝浮空翠，阑干缥缈临无地。我来气与霜天高，风尘归后寒萧骚。拂衣枕石每独往，垤蚁群笑沧溟鳌。百事回头如旧否？一片青山落吾手。倦客重寻冈上庐，童时旧种门前柳。尽扫西风万古愁，且倾落日三杯酒。君不见谢公高卧东山时，起为苍生已白首。昔时丝竹转凄凉，美人黄土今安有？百年我亦一东山，日夕樵歌动林薮。

## 分流水送人北归

分流水，流溅溅，行人到此寂无语，别泪滴作分流泉。我行南来几千里，多情送远北河水。北河相送去茫茫，南河相迎客路长。与君相别分流处，春草春花易断肠。命意遣词，如出唐人手。

## 渡江见焦山有作怀林吉人

江流近海迎朝暾，焦山苍苍当海门。忆君焦山古鼎篇，势凌海日倾江源。金山楼观特瑰丽，撞钟伐鼓风涛喧。我行再过焦山下，海雲堂中空梦魂。兹山不到屡惆怅，怀惭竟践苏公言。惟我与君亦如此，知祢不荐昔人耻。只有思君日夜心，长江湛湛东流水。结另用意，而以不能荐贤为耻，相思不断，如水东流，犹见相臣心事。

## 三月三日同杨松谷泛舟沁水

始得方舟稳，沧波转路迷。涛声春昼外，寺影夕阳西。杨柳横桥暗，桃花夹岸齐。十年江海兴，与尔手同携。

## 晋国

晋国强天下，秦关限域中。兵车千乘合，血气万方同。紫塞连天险，黄河划地雄。虎狼休纵逸，父老愿从戎。予少时，尤沧湄宫赞以午亭诗见示，读晋国一篇，爱其近杜。后读渔洋诗话，亦谓其独宗少陵，前辈先得我心，不胜自喜。

## 关楼

壁垒高楼壮，旌旗古镇尊。塞风春不断，边日昼长昏。悲角关楼动，孤城海气翻。往来凭吊意，辞赋欲销魂。

## 张东山少司寇宅观弈

真见长安似弈棋，故山回首烂柯迟。古松流水幽寻后，清簟疏帘对坐时。旧垒沧桑初历乱，曙天星斗忽参差。只应万事推枰外，夜雨秋灯话后期。东坡少陵语，一经熔冶，无限风神。

## 出关门百里宿沙河站

关南沧海浮天白，漠北连峰拔地青。一片山河围鄣塞，几家烟火接边庭。辽歌调苦风还断，芦酒愁多夜易醒。却喜皇威临绝域，镇东山海关东门曰镇东。门户不须扃。

## 送少师卫公致政还曲沃

阁道云山仗外峰，朝回请急未从容。再来父老看司马，此去乾坤有卧龙。梦绕细旃闻夜雨，春回长乐远疏钟。知公未稳江湖兴，民隐还须达九重。

## 邯郸道上

炊熟黄粱已是迟，海门归路几人知。却怜朝市纷纷客，怕说卢生梦醒时。卢生之梦终有醒时，怕说殊无谓也。此等诗可当禅家棒喝。

### 邹祇谟

字讦士，江南武进人。顺治戊戌进士。有远志斋集。

## 中秋京邸

此夜中秋月，清光十万家。吴歌闻隔院，边调入征笳。北阙横秋色，西山隐暮霞。故园丛桂树，应发昔年花。

## 清河县

客久归程近，乡心益不禁。春波高泗水，暝色下淮阴。漠漠寒林树，萧萧枉渚禽。黄河流不到，禹德叹弥深。今已淮不敌黄，非复曩时清河矣。读结二语，可胜慨然。

高　晫　字玄中，山西襄陵人。顺治戊戌进士。

## 目则山

削出目则山，矗起阿㚟部。舍马从步入，路仄足迹聚。泥湿苔如镜，石锐势若拒。攀援断藤行，数起而数仆。山脚霞未明，山腰日已午。曲径从今日，草木自万古。从丛回寒风，霏霏染翠羽。仿佛露祟冈，蛮营列山坞。废灶留残烟，道傍拾遗弩。泠然泉声落，似犹杂金鼓。盘顶雲雾开，秀峰若可数。恍惚见吴山，慰此行路苦。未敢舒鸾啸，恐惊豺虎怒。极形山之险削，而兵戎未平意，即于眺望中见之，字字峭拔，不肯轻下。

## 寄答桑楚执见怀

短发空馀老大悲，三年一读故人诗。竹间残局完公事，塞外新编是宦资。自笑子长牛马走，谁怜杜甫凤凰饥。何时煮石青峰下，共跨黄羊侣鹿皮。

## 别宁州严靖公

碧树初寒万籁秋，昆明池畔动离愁。九年兰佩分香泽，一日征鞍赋远游。民力东南双涕泪，心旌日夜大江流。遥知别后相思梦，应到楼山最上头。炼句炼意。

李念兹 字屺瞻，陕西泾阳人。顺治戊戌进士，官景陵知县。〇有学集序秦人诗自李空同、文太清皆有车邻驷驖之遗声。屺瞻行安节和，一唱三叹，有「蒹葭白露，美人一方」旨意，非秦声也。

## 登浮山

绝顶凭谁引，苍藤乍可攀。偶然临险地，不信在人间。古洞遥通棹，江光日侵天。东南百战后，登眺泪潺湲。「不信在人间」，登高时实有此想。

## 萤

不自惭微照，秋宵款款飞。乘阴稍腾上，化腐暂光辉。月暗时依砌，风生乱点衣。时危妨诵读，乾死旧书帏。

## 立春夜感怀

闻道花门信，甘州今尚围。城分犹拒战，兵久未成归。刁斗连边动，军书入塞飞。客怀无一可，愁绝盼春辉。

## 雲

片片浮云去，愁人正望乡。东风吹送汝，几日到咸阳。怀归之作，自是唐音。

徐文烜 字又章，江南青阳人。顺治戊戌进士。

## 浙东别友人

岁晚催孤客，乡心逐小舠。来随江水远，去绕越山高。寒日淡霜野，阴风乱夕涛。感君多意气，不必赠绨袍。

张一鹄 字友鸿，江南华亭人。顺治戊戌进士，官滇南司李。

## 辰龙关

天地金汤险，由来王气锺。五丁开绝塞，二酉抱神龙。乱眼奇峰过，惊心暑瘴重。兴亡千古在，立马倚长松。

## 怀人

西南诸国滇为大，六诏新开僰道平。应忆松江莼菜好，却将老眼看昆明。

## 李天馥

字湘北，江南合肥籍，河南永城人。顺治戊戌进士，官至大学士，谥文定。著有容斋集。○容斋以荐贤为己事，己未召试鸿博，所荐者为李太史天生、秦太史对岩。又清献陆公，猗氏邵公罢官，特汲引为名臣。馀单门寒素有文行者，必使之成其名，所谓其心好之，实能容之者。后大臣中绝无其人。

### 明景帝废陵

张段走灵帝，程鱼奔代宗。丧乱有其渐，式微丁数穷。总无全盛时，一旦婴愍凶。异哉王阉奴，挟帝出居庸。土木试一掷，举国纷相从。亲征竟蒙尘，身殉观军容。尔时微郕王，谁为奠寰中。八载修战守，庙社安钟镛。虏心绝要求，塞外归重瞳。嗟嗟夺门徒，甘心为首戎。复辟亦天意，群小冒奇功。忠良既诛锄，谥戾良非公。窀穸荒山麓，大礼靳树封。悠悠二百年，坏道馀乔松。皇仁念前朝，慨焉怆宸衷。置守禁樵采，魄毅安幽宫。傍陵三十户，户户野花红。隧道寒潭静，缭垣芳草空。独恨魏珰坟，东西峙巃嵸。议论正大，足破夺门之奸，末有憾于魏珰之坟地相近也。后祁门张御史疏请削平，天下共快之。

### 侠客

年少悲歌客，秋原落日情。快逢燕大侠，羞学鲁诸生。问世都难合，论交每不平。怀中三尺铁，风雨夕常鸣。

## 楼桑村怀古

衰草寒烟望里孤，楼桑遗迹未全芜。帝乡耻属黄初历，王气犹延赤伏符。国士风流曾据蜀，宗臣鱼水失吞吴。啼鹃旧恨蚕丛远，此地惟闻叫野乌。

## 美人曲

花气惹阳春，晴窗晃镜尘。画眉啼彻曙，愁杀画眉人。崔国辅小诗。

### 孙一致

字惟一，江南盐城人。顺治戊戌赐进士第二人，官至侍读学士。著有世耕堂诗集。

## 赠唐陶庵先生

早投簪绂遂幽襟，偃卧蓬蒿足醉吟。衣履尚存耆旧色，须眉真见老成心。天涯故国忧方切，自注：时吴寇未宁。梦里华胥感自深，闻道欲归仍远适，云山何路许追寻。

### 钱中谐

字宫声，江南吴县人。顺治戊戌进士，康熙己未，召试博学鸿词，官翰林院编修。

## 读武帝内传

汉武求仙日，危楼四望开。漫传青鸟至，空候白云来。玉露虚芝馆，金风冷桂台。茂陵终寂寞，谁与望蓬莱。

## 白雁

白雁初临楚泽来，孤飞正值苇花开。影迷积雪望难极，声入晓霜清更哀。闲共雲烟相掩映，偶逢鸥鹭不惊猜。却疑玉塞辛勤久，历尽风霜毛羽摧。四语不刻画而自佳。

### 许虬

字竹隐，江南长洲人。顺治戊戌进士，官绍兴知府。著有万山楼集。

## 折杨柳歌

柳条三尺长，明日清明节。江南小儿女，采作流苏结。千树宫墙柳，万朵道旁花。折柳在侬手，花飞到谁家。居辽四十年，生儿十岁许。偶听故乡音，问爷此何语？竟是齐、梁间北国歌辞。

## 天池山访元叹门榜落木庵为寒河谭子笔

落木庵中卧老禅，寒河风雅笔如椽。垂来白发耽高隐，散尽黄金忆少年。十亩秋茶新雨后，半山霜蕨夕阳边。开元天宝诗亡后，欲问人间寡和篇。人以元叹为诗人，为老禅，其初实侠士也。四语为之传神。

## 河西关

去国何曾隔绛霄，幽燕襟带古迢遥。尾箕斜绾星千里，恒卫中分水二条。铁笛漫惊龙塞月，玉钗春怨凤城箫。还将清啸凭酬对，南北音书任寂寥。

## 黔中岁暮漫兴

紫电飞驰尽锦袍，悲风猎猎下城壕。夜闻北里歌声合，晓望南云杀气高。岂有功名如绛灌，独尊刀笔到萧曹。长安只在青天上，莫忆春明露井桃。

## 登黄鹤楼

黄鹤仙人不少留，洲名鹦鹉更堪愁。三湘登眺还吾辈，千古江山独此楼。汉口夕阳衔远岫，武昌寒郭浸春流。烧痕满地闲生感，回首烽烟野戍秋。如此襟抱，如此手笔，何不可作黄鹤楼诗！

## 将发荆州招李劬庵秦对岩话别次劬庵韵

携壶凭槛塞云横，怀古荆门镇重兵。春柳久荒陶侃垒，寒潮直上吕蒙营。沧桑尽付邯郸枕，烟月全销玉笛声。唯有芳洲春草色，年年还傍大江生。

荆蛮忽聚四方豪，睥睨城西幕府高。蹴踘撂蒱方合阵，竹头木屑有分曹。清商莫奏湘君曲，浊酒堪酬屈子骚。南北往还诚万里，百年物役一何劳。

## 和答钱宫声见怀

吴阊惜别雁书稀，春树春江雨色微。游子谁怜亲渐老，无家止有国堪依。青萍啸夜中原在，白日流空两鬓非。还忆长安同跃马，极边憔悴揽征衣。

## 王又旦

字幼华，陕西郃阳人。顺治戊戌进士，官给事中。有黄湄集。〇王渔洋谓幼华诗每变而益上，足以传世行远；又谓游太华、罗浮诗尤为警策。惜未得全集，于选本中采取，故所收止此。

## 苍龙岭

削壁突断绝，微径始跻攀。长虹驰远影，飞落青冥间。迅飚两崖起，猎猎云气还。连峰若动摇，我行亦孔艰。天色扑莲花，瑶草何斒斓。陟危千万虑，旷望忽开颜。璇宫应不远，从此排天关。连山云合，而风鼓动之，真有动摇之势，予游黄山观云海亲见之，作者先已写出。

## 自千尺嶂缘猢狲愁行

清晨杖轻策，入谷二十里。倾崖骤合沓，梯栈空中倚。无翼如何度，艰难方此始。万状石硙硙，纷垂缡缅缅。攀缡踏危石，足顿不能起。岩屋照颓阳，层岑倒松梓。养力憩烟霭，乃知崎岖美。东南得高壁，路隘不任趾。乱峡无全天，坤轴忽崩圮。猿狖怯方啼，吾生怅何恃。太息展远眺，前途尚崿嵎。「乱峡无全天」十字，如出杜陵手。

## 夜坐仰天池

穷日凌岷崿，我行亦云疲。散发卧绝顶，疏星下清池。峻绝五千仞，晻翳何可窥。白云上下飞，深松罗四垂。欣无职事繅，得与山灵期。延伫不知反，风林露华滋。高视但青苍，一气回坤维。鸾鹤如可驭，终焉谢磷淄。

## 古鼎篇

自注：鼎中一马一鼠，引吕氏春秋为证据，知周鼎也。

夜坐金景流房栊，一南一北云逢逢，谁为此者惊愚蒙？戴氏之鼎来河东，子水母土木火功。古色不辨贯与崇，翡翠青间玫齐红。饕餮怒张杂夔龙，蜿蜒之势何其工！中有一马方双瞳，其下隐约凭社虫。或云乾与艮相从，不然子午识夏冬。纷纭众说胡能同，鲁真齐赝空懵懵。何人博雅为谭宗，考图论世自镐丰。忆昔神庙称时雍，斯器原出蓬莱宫。天球河图与大镛，蜼敦纪甗争春容。金耶张耶椒房雄，乞而有之作清供。大梁左右兴兵戎，豪门散尽随霜蓬。零落不复求亡弓，呜呼治乱何匆匆！使我感叹填心胸。大烹杳矣难继踪，此物合依蒲苇丛。主人有阁名丹枫，阁之前后花纤茸。两耳三距位当中，玩视聊寄疏且慵。王生作歌纪始终，惭无长管摇白虹。焦山古鼎为严分宜取去，严败仍归焦山，此从乱离后失而复得，所感尤大也。前半刻画，亦见造句之奇。

## 晓渡望鄂州

晓雾压城头，苍茫古鄂州。风烟盘赤壁，波浪下黄牛。星动连江锁，旌高隔岸楼。由来征战地，不忍问东流。三四神勇。

### 赠梁峒樵水部

几载常含画省香，知君例作水曹郎。久辞请谒草侵户，近著河渠书满床。旧业六盘秦北地，臣躯九尺汉东方。那堪塞上烽烟暗，升斗朝朝问太仓。

### 送家叔季鸿先生游脽上谒后土祠

绿杨连岸晓风斜，东渡汾阴泛客査。天际两崖驰竹箭，春流三月涌桃花。黄云宝鼎沦衰草，绛气灵坛落暮鸦。旧事于今无可问，市楼酤酒是生涯。

### 故陈忠愍公福挽诗

阴风猎猎阵云低，雪满灵州动鼓鼙。绝塞名应传属国，前军星已落安西。五原未复精灵在，百口无归道路迷。萧飒惟闻哀痛诏，城门月出夜乌啼。

### 太史祠隔河望孤山

绝巘连云出，秋风隔水多。韩原中缺处，山翠压黄河。

## 祁文友

字兰尚，广东东莞人。顺治戊戌进士，官工部主事。

### 过王园看花

千株红紫斗芳妍，春到频添酒债钱。任是打门官吏急，公家不税种花田。

## 严允肇

字修人，浙江归安人。顺治戊戌进士，官寿光知县。著有石樵诗稿。〇石樵以同官累去官，后与同官遇，益厚礼之，人服其长者。诗古今体兼善，龚芝麓尚书谓其春容大雅，近代作者亦不多见，盖不妄许云。

### 古风

世路真险巇，泰山起方寸。要盟矢天日，咄嗟不相信。耳馀刎颈交，祸机起夺印。武安倾魏其，杯酒遂成衅。睚眦按剑怒，磨牙雪馀恨。两虎不相下，报施理亦近。为国忘私仇，千秋思廉蔺。交道之险巇，为己私也，能如廉、蔺之为国，则公而忘私矣。主意全在一结。

### 穆陵关

驱车长城侧，税驾大岘南。崇墉当峭壁，雉堞开晴岚。晓日发扶桑，亭午日蔚蓝。萧梢谷风起，岧嵽林光含。战国恃形胜，纵横尚并兼。此地为扼塞，设险如崤函。寄奴一进军，广固空戒严。生逢承平日，往来驻征骖。父老顾我悲，横流涕渐渐。海岱古沃壤，力耕人所谙。无端被灾害，千里驱丁男。大东空杼轴，濒海无鱼盐。岂惟重民困，天意殊未厌。公私日殚耗，俗敝谁能堪。翘首怀古风，愿见盖与参。见生事扰民，不如黄老无为犹可治齐也。作法与前一篇同。

## 送宋荔裳按察四川

骢马出蓟门，驾言赴岷峨。前驱负弩矢，乘传相经过。剑门天下险，锦江翻白波。近代厄铜马，西川血成河。至今劳生聚，人少貙虎多。大夫秉邦宪，兢兢志靡他。外台持风纪，霜雪变阳和。文翁宽匪弛，武侯严不苛。蜀道易平地，巴渝起新歌。琴台与卜肆，古迹犹未磨。追从访扬马，道远将如何？极乱后宜以宽严相济处之，文翁、武侯其前事也。赠言之体如是。

## 哀淮人

驱车适海岱，日暮行人愁。饿夫相枕藉，老弱罗道周。挥涕前致词，淮楚是吾州。渠穿广陵道，水纳黄河流。舳舻来吴会，东北通咽喉。一朝河岸决，漫衍东南陬。百万为鱼鳖，何论田与畴？窜身来此方，苟活同蜉蝣。此方又荒旱，赤地谁锄耰。官吏责富户，朘削如仇雠。财赋一以空，猗顿皆黔娄。两地总困厄，一死夫何尤。听此肠寸结，泪下不可收。寄语当路子，闭籴非良谋。自注：时邻邦有闭籴之令。嗷嗷累千万，生理真可忧。昔闻富郑公，劝民贮乾糇。所在发廪给，去住俱自由。公私虽两困，危急庶有瘳。万邦苦饥溺，安饱亦足羞。何时灾沴息，躬耕乐行休。近来一遇天灾，当路救灾无术，惟浚富户，不知周官先重保富，盖富户乃贫民生活之源也。但为富户者亦须量力施仁，不可拥财自丰耳。若猗顿皆黔娄，则同尽矣。末劝官长师富郑公之救民，不知赵清献之越州救灾尤为尽善，详见曾南丰记中。

## 洗象行

长安六月车尘扬，都人倾城观洗象。黄门鼓吹前导行，玉河响闸流奔放。怒蹄蹴踏苍山颓，岧峣臃肿难为状。蛮童赤身跨象背，游戏波涛觉神王。须臾牵挽出水滨，长鼻一喷飞雪浪。吾闻此乃瑶光精，西域南荒配利兵。雄姿几耐身毒战，猛力可代苍梧耕。远人来朝贡天阙，含元仗下随簪笏。豆刍饱食三品料，剑珮班陈百官列。黄须健儿不敢骑，拱立阊阖生威仪。莫言材大难为用，驯扰听受谙职司。开元天子奏众伎，金羁锦缠舞玉墀。他日重逢禄山宴，努目不拜竟死之。近闻剀贼陷京室，象房踯躅鸣声悲。渠虽雄长亦兽类，君臣大义犹能知。呜呼！君臣大义偏能知。前半形容洗象，人皆能之，后以兽类亦知君臣大义，见臣道之不可顷刻不明也，读末二语，为之凛然。

## 述哀

母之生我日在角，络纬鸣机夜深作。歌成黄鹄不忍闻，大孤啼饥小孤弱。乱离伏莽乞馀命，十口流离窜丛薄。朝呻夜吟不暂休，骨肉幸免填沟壑。长养众雏毕婚嫁，慈帏未省含饴乐。当时奉檄心独喜，今我穷悴至于此。俯仰无因供菽水，衾影之间愧人子。去官无禄，不能供母氏菽水，犹为抱惭，况有禄而无母可供者乎？此种诗不忍作，亦不忍读。

## 观绳妓作

长绳罥竿高百尺，杨花雪落城南陌。美人冉冉化行云，细縠轻纨望空掷。冶袖双开舒锦臂，婆娑往来若平地。盘中小试飞燕舞，楼上惊看绿珠堕。回眸顾盼无限情，空里忽闻环珮声。天风吹入碧云去，始觉仙骨珊珊轻。轻躯上下无断续，舞罢腰肢新结束。燕钗堕地悄无声，背立当窗鬟云绿。抱得秦筝写春怨，歌唇宛转吴趋曲。吴歌楚舞绝可怜，谁家笑掷珊瑚鞭。唐人此题以「身轻一线中」五字尽之，妙于用简，此又妙于用繁。

## 白下

白下援师聚，锺山薄伐新。三军随庾亮，一战走卢循。虎旅屯江岸，鲸波靖海垠。论功诸将在，哀此乱离人。此海寇郑成功已破京口，窥伺金陵，而提督梁(化凤)一战走之，后渐剪灭也。时有借从贼之名，僇及无辜者，故有落句。

## 诸将杂感

建国行师自古今，千秋理乱事相寻。云龙势合欃枪扫，汗马功成带砺深。不信蒯通能相背，可无孙武善攻心。山头廷尉空凝望，星拂招摇白日阴。

仙霞烽火照龙山，玉甑金庭弃草间。慷慨孤臣提汉节，指挥诸将出雄关。蒙茸坌嶂潜师度，鼓角严城振旅还。劳苦西平功第一，江东坐镇羽书闲。三语范忠贞之不屈，四语李文襄之命将。

天彭井络望中遥，剑阁重关似建标。白帝城空王气尽，金牛峡险霸图销。汉廷却悔封雍齿，巴郡终须殄隗嚣。邛僰西南重置吏，不烦檄使下星轺。

款塞诸戎拥节旄，大开屯种刈蓬蒿。戴牛佩犊经营苦，画井分疆部署劳。岂为流移增国税，即看荒秽长田毛。戈船下濑今无事，壮士休论战伐高。大概为逆藩时事言，次章指耿逆，三章指吴逆，末章言宜屯田守御，永固疆圉也。风格从杜诗中出。

**顾岱** 字泰瞻，江南无锡人，嘉定籍。顺治戊戌进士，官赣州府丞。

### 奉委进江背洞驻军赤坎招安贼三万有奇

匹马临江背，前旌近贼营。由来皆赤子，何忍作长平。地险归耕少，民顽入法轻。抚绥诚不易，先轨是阳明。秉心如此，体天地好生之心者也。彼白起阬长平卒至七十万人，项羽阬新安卒至二十余万人，李广杀羌亦八百余人，三人不全首领，天道然也。阳明破贼，剿而兼抚，故引以为先轨云。

# 清诗别裁集卷六

徐元文 字公肃，江南昆山人。顺治己亥赐进士第一人，官至大学士。

登岧峣峰

高峰直上势崔嵬，闽越雄州一柱开。路转千盘随石笕，崖临百丈耸丹台。鸟飞天外山如镜，人到云中海似杯。便欲凌虚生羽翼，翛然绁马阆风来。

春日阅武召百官诣南苑

逶迤上苑帝城东，御辇巡临振武功。甲锁炼金寒白石，旗翻翠羽动春风。龙骧万骑军麾转，鹄立千官拜舞同。莫以清时忘战伐，至尊亲为挽雕弓。本朝王业基于武功，一结得安不忘危之旨。

叶方蔼 字子吉，江南昆山人。顺治己亥，赐进士第三人，官至礼部侍郎，加本部尚书，谥文敏。○文敏予告家居，有密陈其居乡不法者，上命抚臣察之，抚以乡评之实奏。上曰：「朕知其不如是也。」以文敏之盛德，为主上所深契，而谗犹不免，吁，可畏哉！卢雅雨云。

## 关陇平

关岭茫茫，陇流汤汤。纡徐逶迤，峥嵘崄巇。面蜀肘凉，辅车相将。狡焉启疆，震惊我一方。一章 关岭兀兀，陇流濡濡。彼泾启戎，乃蠢兹蟊贼。为虺为蜴，为螟为螣。卬首张臆，助逆抗有德。如蜎之集，如豨之突。二章 泾原既清，群贼大震。睢睢盱盱，延旦夕之命。帝命臣海，为陇民徙灾。帝命臣勇，师出自西陲。三章 帝诏臣海，汝速涉坂。出彼朝那，为勇军援。掎之角之，沓之蹙之，除民之慝。俾妇子恬适，尚嘉乃绩。四章 海涉河泾，言腾灞浐。秦山矗突，嵚崎陇坂。逾邠越凉，飞旝扬旆。扶舆猗靡，雲罕綷縩。雍部阻长，敢惮痡瘏。式遏寇虐，以宁尔室家。五章 勇自河西，衔枚疾指。来从酒泉，转战天水。矫矫虎臣，一乃心力。摧坚挫锋，荡彼蟊贼。兵车百万，汹汹雷震。横会方州，为行为陈。六章 东西合围，贼在釜底。叶平 其智斯竭，其魄斯夺。勇率其麾，崖诛谷讨。曰臣思克，曰臣进宝。赳赳奋武，为王干城。勇实帅之，桓桓于征。七章 于征何所？于巩于临。道阻且长，蔽亏岑崟。罙入其阻，禽猕草薙。申用三驱，根株断刈。馀贼窜蜀，游魂犹悸。西夏以绥，贺兰其乂。八章 胁从蚩蚩，亦孔之哀。宽其诛锄，予以惠来。维海维勇，刚克柔克。勇也帅师，为辟为祓。海也敉民，为揉为活。北地上郡，稽颡归命。如旱望霓，海实绥之。九章 义威戢武，奠我西陲。剖蜩斮猬，人畏以怀。秦民嘘呵，化为讴吟。殄熄暴悖，克广德心。经战伐区，蠲除租赋。问孤吊死，起乃沉痼。廓我皇恩，义声先路。十章 帝德振振，陇山既平。陇流既清，维天子之祯。陇山既伏，次黔粤滇蜀，敢不詟伏。如翰如飞，万里来威。十一章 维臣之力，维师之武。絷缚巨憝，争抇脍脯，塞神人之怒。黔首喁喁，式歌且舞。亿万斯年，笃我皇景祜。十二章。 ○纪平王辅臣之乱也。辅臣本名马鹞子，向为流贼，李自成败后来降，改今名，官陕西提督。三藩之变，辅臣叛据平凉，秦、陇震惊，特命大将军图海讨之，时靖逆侯张勇、奋威将军王进宝、提督孙思克会讨，累战皆捷，惟平凉一城，腹背受敌，因请降，槛送入京，死于道，关、陇乃平。

## 海氛清

巨浸稽天，滔滔如何？天吴蝄像，倚以为家。有鲸有鳄，有蛟有鼍。摧樯决帆，血人于牙。中国有圣人，尔独扬其波。一章 蠢兹蛙黾，亦杂此处。曰予胜国后，诞敢继其绪。藉瑕蹈衅，伺窥肘腋。结连蜂螫，载逞凶慝。离间我臣仆，盗据我疆埸。二章 于兴于泉，于汀于漳。乃扬沸汤，乃噪蜩螗。我有城郭，倏为沮洳。我有民人，倏为鱎鮬。忍死须臾，后来其苏。三章 恭承帝命，建大将军旗鼓。我冠带之国，忍鳞介是伍。据我上游，张我罾罦。与子偕作，与子同仇。悉率左右，歼此群丑。四章 暨暨藩臣，一心一德。讨贼自赎，不邛已恤。堑山堙谷，马腾舟驶。亲董其旅，以临蒙汜。陛下曲赦臣，臣敢不效死。五章 将士和睦，有凫在藻。既获贼师，如饥斯饱。或拔其角，或脱其距。或斧其吭，或截其膂。贼穷见窘，无地自处。六章 彼强者跳，我攘我逐。彼黠者穷，我殄我戮。神恚之毒，鬼速其覆。如探鷇鸟，如振槁木。非我黩武，取彼残已足。七章 前徒既奔，凶渠束手。计无复之，狼奔鼠走。茫茫烟岛，为逋逃薮。仁无必取，义不尽杀。屏诸穷发，无污我王钺。八章 四州士女，来迎王旅。君子维何？玄黄在篚。小人维何？饔飧在筥。复为王人，以耕以仕。叶。歌帝之德，诵王之武。九章 帝德溥将，涵负吐纳。百谷来王，天与地沓。何人不绥，何物不怀。何戾不蠲，何善不嘉。皇仁熙熙，云何不来！十章 皇帝在位，受天之箓。东西朔南，无思不服。其有不服，自婴显戮。献馘于泮，献俘于庙。武功既昭，文德用绍。史臣奏雅，来哲是诏。十一章 〇纪平海寇郑氏之乱也。郑芝龙子成功结连残寇为东南患，王师讨之，党逆者归顺。成功死，子荒于酒色，势穷远遁，后归诚，海氛乃清。〇泽州平滇三篇似柳雅，此二篇似韩碑，各有得力。

## 吊铁崖墓

先生不可见，遗冢自斜辉。无复携红袖，还闻葬白衣。才销明主忌，老幸故人依。铁笛吹雲起，犹疑踏月归。明太祖召铁崖至，旋放归，有「白衣宣至白衣还」句，用来恰好。

## 撰西樵考功志文毕寄阮亭户部

恍忽相随把袂时，幽明难问两心期。敢云下笔不加点，差喜临文无愧辞。比似束刍应恨薄，即同挂剑已嫌迟。自注：予诺阮亭请，逾岁始报。友生投契犹如此，况尔连根荆树枝。三语用祢衡语意，四语用蔡邕语意。

## 授职翰林学士感恩述怀

麻衣席帽满尘埃，亲荷先皇衅沐来。敢道齐贤留异日，屡称苏轼是奇才。自注：戊戌充贡士入都，先皇帝召见亲试，列名第八。己亥春再试，拔第一。八月举南宫，九月胪传日，亲谕：「朕知汝久，特拔汝为一甲进士。」又数对臣下称道文学。身离牛口惊还在，梦挽龙髯恨不回。今遇吾君重拂拭，孤桐果否爨馀材。如此属对，脱口而出，无引用典实之痕。

### 彭孙遹

字骏孙，浙江海盐人。顺治己亥进士，康熙己未，召试博学鸿辞第一。官至吏部侍郎。○羡门词和气平，在唐人中最近大历十子，在十子中，最近文房。

## 雨中过白芒村寄高山人俨

春云生骤寒，溪上无人迹。石笋清相罗，烟翠纷可摘。欲持三尺绢，写此春山碧。却忆山中人，远在龙池宅。惆怅不同游，白芒风雨夕。

## 鱼梁滩下泊

暝色起何处？忽然云水昏。春烧如新月，远挂山一痕。寒禽呼木杪，暗虫沸草根。遥见冥际火，知有林外村。孤舟欲栖泊，石溜浓云奔。羁旅一无托，菀结难自论。矫首眺天末，踯躅劳心魂。写晚景入神。

## 彭蠡夜泛

清浅宫亭水，溅溅百道流。残春风送客，终夜月随舟。野火沈葭苇，遥天挂斗牛。相依有鸥鹭，任意宿汀洲。四语在人人意中，而脱口新鲜，浑然无迹。

## 登湖口县城

一望烟波万顷明，女垣高与石根平。湖光尽日依楼堞，山色终朝满县城。寒岭无人孤鸟下，秋林欲雨数蝉鸣。何当便作移家计，终卧沧洲寄此生。颔联语，身亲其境者，知其写照之工。

## 秋日登滕王阁

客路逢秋思易伤，江天烟景正苍凉。依然极浦生秋水，终古寒潮送夕阳。高士几回亭草绿，梅仙一去岭云荒。临风不见南来雁，书札何由达豫章？

## 金陵怀古

杜宇啼残百感生，西风建业旧神京。诗成狎客遗簪会，酒泛诸郎按曲声。江外羽书空络绎，禁中刀敕正纵横。大官别有长生药，不假天台刺史行。二章皆言南渡时事，遗簪按曲，秘戏除官，而置兵防于不问，事势至此，不亡何待。

万里山陵万古愁，南司北部总悠悠。屠沽自立宫中市，灶养争除关内侯。肯向人间求故剑，谁从阙下问全鸠。姑溪幕府空貔虎，一夕龙车不可留。童妃、王之明事，迄无定论，诗人歌咏者俱以为真。

## 豫章城下送春有怀故园兄弟

城下烟波暮可哀，扁舟日夕更潆洄。一春又向他乡尽，千里曾无尺素来。野鹜孤飞烟里没，江帆相背雨中开。故园风景今何似，池草春花梦几回。

黄与坚　字庭表，江南太仓人。顺治己亥进士，康熙己未召试博学鸿辞，官詹事府赞善。有忍庵诗集。○钱牧斋序忍庵诗，谓长安金陵杂感诸篇，顿挫钩锁，缠绵恻怆，在韩致尧、元裕之之间。

## 辰龙关

郁盘鸟道中，忽睹峥岩削。双耸若天门，神工斧斤凿。攒刺剑戟横，摩厉成锋锷。青冥杳无垠，怪雨从空落。一径折霄光，绝壁尽倒却。千仞蹙孤危，不敢栖猿玃。攀跻坂益欹，数武困行脚。嗤彼铜马馀，持䅋倚木阁。狼窜崄一隅，俄就官军缚。于今走轻车，亭午气颓索。白日景蔽亏，一步一狞恶。瞬息度层关，须鬓恐非昨。

## 闻砧

万井西风下，城高一叶飞。可怜今夜月，重捣去年衣。听乱情交切，声疏力渐稀。异乡刀尺冷，多少客思归。悲怆之作，远客人几不能读。

## 金陵杂感

敕选良家降墨封，玉车轻幰进昭容。花开并蒂鸳鸯暖，酒醉同心琥珀浓。萧寺鼓鼙惊翡翠，蒋山风雪葬芙蓉。飘零故剑秋江上，回首长干冷暮钟。言敕选良家，而置故妃于僇辱也。叔宝无心肝，不至于此。

龙虎锺山百战雄，朔风吹浪下艨艟。雕戈压阵黄沙断，铁锁沈江赤烧空。鸩鹊观消春雪里，凤凰台冷暮云中。由来帝业终荒草，铜狄何曾恋汉宫。言神兵北下，而长江无备，以至亡国也。

## 沂州客店遇同乡友人

江郭萧条尚苦兵，讶君北走得班荆。地悬淮海艰消息，人历冰霜倍老成。同话寂寥皆逆旅，两经离乱即馀生。故园风物那堪问，但说梅花已系情。「人历冰霜倍老成」，即杜老「艰危气益增」意，少年柔脆，人应知之。

郑日奎 字次公，江西贵溪人。顺治己亥进士。

## 河南道中

风沙苍莽不知程，竟日荒郊客感生。廿载兵戎经百战，几家烟火聚孤城。断垣雨印狐狸迹，中泽霜凄鸿雁声。待拟绘图嗟未可，军书昨复报南征。

## 田雯

字纶霞，山东德州人。顺治己亥进士，官至户部侍郎。著有山薑诗选。〇山薑诗才力既高，取材复富，欲兼唐、宋而擅之，山左诗家中另开一径，然缘此不无少杂。兹择其极纯粹者采之，山薑有知，恐亦以后生为不妄也。

### 病愈早起成诗

雨过庭翠滋，一鸟发清籁。披衣趁朝曦，新晴涤埃壒。西轩青嶂叠，纵目收罨霭。晓廊取次行，心神颇融快。佳客时过从，絺袍迎户外。凭几理素琴，焚香诵梵贝。起二语写病起入神。

### 晚投卧佛寺宿

峰衔新月黄，云拥山容变。深谷一钟响，蔽亏烟树断。樵人语前浦，古寺隔幽涧。翠滴衣衫重，松黑鼪鼯窜。疏灯出深竹，依微露绀殿。井栏摘莪葵，僧厨供茗馔。偶来访支遁，吟栖有馀恋。夜半大壑鸣，风雨四山乱。

### 翠微寺

诘曲历石齿，沿溪树溟蒙。招提门何向，陂陀无人踪。峭崖立万仞，惆怅林路穷。岂知披榛莽，纡回流水通。一僧出汲水，竹扉行相从。长绠下深涧，剨豁惊潭龙。淅淅石湫雨，泠泠葛花风。前循略彴去，木杪闻清钟。

## 山脚晚行

水树色相映，净绿生衣裳。日薄无倒景，石髮有冷光。前入翠微寺，已过黄花场。贪行夕忘返，纤月吐东冈。古髯乔松下，礨礨如北邙。林昏叫寒鸱，风飔响枯桑。俯仰今昔人，千载心徬徨。作者五古每以才胜人，此四章录其清微幽远有遗音者。

## 送马谣

桑乾道，滹沱野，羽箭材官南送马。太仆火印何权奇，瘴乡不产龙媒姿。一行五百匹，日驰百里。农夫锉草，妇子汲水。健儿来何方，官帖十行。鞭箠在手，戟髯怒张。刍豆供给苦不足，猎犬鞲鹰饱馀肉。送马者去吏索钱，农夫鬻牛妇子哭。写尽农家供官之苦，作新乐府读，近世采风无人，蔑由达之当宁矣。

## 缫车辞

朝饲蚕，暮饲蚕，桑树叶大蚕眠三。初长如蚁今成茧，乙乙上簇黄白满，缫车咿轧风中转。

女十五，当户织。桃夭期，闻消息。帘幕半垂双燕飞，打叠新缣作嫁衣。

## 登采石矶太白楼观萧尺木画壁歌

太白楼上秋风寒，采石矶下波连山。长康不作僧繇死，何人攫弄秋毫端。力挽万牛啸两虎，袒衣跋扈青冥间。四壁四山拔地起，直从十指生烟峦。峨眉匡庐两对峙，西华东岱同跻攀。巨灵夸娥日月走，坤位乾窦神鬼盘。屋角雷雨势飞动，墙根涧壑声潺湲。牛渚白沙如蚁垤，天光破碎沧溟宽。蓝陈萧恽称大手，前追董巨凌荆关。尺木老人更奇绝，身驾大海骑虬鸾。秋来放眼忘远涉，凭陵万里开心颜。寺径蒙蒙松杉雨，芦花漠漠鼋鼍滩。顾盼无人相娱赏，高呼太白骑鲸还。可匹渔洋作，一结回顾，倍觉有力。

## 碧峣书院歌吊杨升庵先生

堁风菌露哀牢疆，山川瘴疠难禁当。新都公子老戍客，孤臣万里堪悲伤。当时世庙议大礼，撼门痛哭千夫强。仗节抗疏言矫矫，干触虿尾投蛮荒。程朱正论臣所执，今昔濮议谁斟量。大礼未定大狱起，批鳞折槛空激昂。逢君首事有璁萼，议论附会来丰坊。明堂秋飨复聚讼，分宜馀毒争拍张。呜呼先生遂不返，菁酋峒獠群相将。木弩含沙火云热，天教老啖红槟榔。吴粉傅面两丫髻，簪花拥伎何徜徉？都卢倒吹泼醉墨，僰儿观者如堵墙。羁魂漂流夜郎地，何异屈子沈沅湘。海庄故墟碧鸡麓，猩猩白昼啼书仓。巾杖逍遥须眉古，图画遗像生光芒。竹桧一径夹流水，菊乾枫落寒云黄。潮州儋耳同一辙，祠庙赑屃摩青苍。小子夙昔慕高节，况值奉命来黔阳。窃愿升阶更剪纸，招魂归送蚕凫乡。高吟死去谁怜句，令我涕泗徒滂滂。张、桂议礼，始犹近情，后则渐流险恶矣。篇中写诸奸之附和，升庵之轗轲，跌宕淋漓，神遒气王，应推稿中压卷之作。

## 泊舟吴门寄汪苕文

渺渺太湖水，遥遥光福山。梅花一万树，窈窕非人间。思与尧峰叟，扁舟数往还。烟峦七十二，坐啸听潺湲。律体，可作古风读。

### 董俞

字苍水，江南华亭人。顺治庚子举人。有浮湘、度岭诸稿。○康熙初，江南奏销案起，绅士同日除名者万馀人，苍水与其列。于是弃举子业，专心风雅正变，天欲使之为诗人也。

## 落花篇

东风绿遍芳洲草，春昼落花啼䴗早。片片朝萦上苑烟，毵毵夕覆长安道。长安美人惜落花，落花飞去堕谁家。晓看青镜愁红粉，暮掩珠楼泣绛纱。珠楼红粉须臾变，帝里繁华君不见。一夜飘飖长信阶，数枝零落昭阳殿。长信昭阳月影低，边笳横笛紫烟迷。渭城倡妇承歌扇，枌社游人拂马蹄。愿为舞蝶栖芳墅，愿作流莺隐翠堤。金堤玉墅几千里，黯黯馀香沉绿水。玳瑁筵前雪乱飞，珍珠帘外风先起。舞雪回风可奈何，春闺少女叹蹉跎。此时攀条垂玉筋，此时掩袂蹙双蛾。别有征夫泪沾臆，雁沙龙塞无消息。金谷园中不见人，玉门关外长相忆。落花落花诚可怜，尊前一曲箜篌弦。花茵醉卧不归去，明日重来应泫然。　唐初体，全于缠联旋转处取神，卷中偶一存之。

## 赠西陵吴兴公　自注：时僦居淮阴。

江城腊月雪花白，层冰峨峨照大泽。北风夜卷鸿雁号，念子犹为倦游客。君家正对天目山，江涛日夜鸣潺湲。翻然仗剑游淮泗，中都旧是兴王地。百战关河骨已枯，英雄割据何代无？昔人事业随流水，高歌击筑浮云徂。吴子生平重然诺，百年意气真堪托。肘后常悬数石弓，腰间屡吼千金锷。酒酣耳热兴飞扬，新诗往往凌寥廓。目下坎壈何足悲，人生富贵安可知？乌啼哑哑鼓声曙，明朝匹马下邳去。

## 和王南州听杨太常弹琴诗

雅乐沦江海，先皇旧赐琴。曲终尝变徵，愁绝不关音。风雨孤臣泪，乾坤逐客心。可怜家万里，西望白雲深。太常名沂，明思陵时，以琴进御者。

## 泽畔

泽畔行吟者，幽思托杳冥。孤帆收夕照，渔火乱春星。细雨寒潮白，疏烟晚岫青。殷勤怀远客，裘马日飘零。

# 宋实颖

字既庭，江南长洲人。顺治庚子举人，后召试鸿博放归，官扬州学博。○既庭先生早得盛名，入都时，四方人士无不欲望见颜色，既为慎交社宗主，提唱后学，士林重之。尝作黜朱梁纪年图，学者服其议论之正

## 八月十八日观潮

头白灯明急管催，高楼晴槛倚江开。潮声夜静千帆转，断岸风回万马来。吴越山川供醉眼，古今天地独登台。九秋萧瑟谁堪赋，滚滚词人庾信哀。七子声词，音节自高。

曹贞吉 字升六，山东安丘人。顺治庚子举人，官礼部员外郎。著有珂雪集。○商丘宋公极推作者游黄山诗，谓此山名作寥寥，向推虞山，今被实庵压倒矣。惜未能多见，只存文殊院一篇。

## 文殊院观铺海歌

蓬莱阁外海作山，文殊院外山为海。神物由来不易逢，天为吾徒浇块磊。白云一片涌空蒙，眼底千峰皆杳霭。只疑天一生水开穷荒，江汉朝宗此间汇。鳌身一抹映天黑，鲸波万里连渤澥。天都直可作员峤，莲蕊莲花馀蓓蕾。须臾长风吹散碧琉璃，潋滟茫洋竟何在？仙人游戏太神奇，我欲直上高空问真宰。得此起结，乃见作手。

## 花朝得家弟过江消息

使者乘秋泛画桡，重来不觉斗回杓。花明故国初啼鸟，人渡空江欲暮潮。万里山川供笔札，一天风雨过金焦。孤帆摇曳垂杨里，知在芜城第几桥？

## 登望海楼

杯勺沧溟望里收，百年觞咏几登楼。尊前忽觉来三岛，此外犹闻更九州。断岸雨晴天倒影，海门风急气成秋。摇摇坤轴浑难定，曾否金鳌背尚浮？

崔华 字不雕，江南太仓人。顺治庚子举人。○渔洋诗话摘其名句云：「溪水绿于前渡日，桃花红似去年时。」又有「丹枫江冷人初去，黄叶声多酒不辞」，人目为崔黄叶。

## 拟宋如意和歌

羽声既凛冽，阴飚吹大荒。驱车过金台，目已无咸阳。余亦从此逝，无人燕市傍。目中无人。

## 浒墅舟中别相送诸子

溶溶月色漾河湄，晓起频将玉笛吹。同上邮亭忘别绪，独行驿岸解相思。白蘋江冷人初去，黄叶声多酒不辞。此路三千今日始，蓟门回首雪霜时。原本「丹枫江冷人初去」，丹枫、黄叶，不无合掌，拟易白蘋，崔黄叶以为可否？

赵澐 字山子，江南吴江人。顺治庚子举人。著有雅言堂诗。

## 喜弘人闻夏南还并忆汉槎

绮里由来有二难，无端相对作南冠。轮台诏下龙髯迥，华表归来鹤语寒。月夜一尊歌棣蓴，春风双骑渡桑乾。何年恩到穷荒外，还向藜床问幼安。

马世俊　字章民，江南溧阳人。顺治辛丑赐进士第一人，官翰林院侍读。〇状元对策，随题敷衍者多，先生独侃侃直陈，不负所学，制义皆有根柢。何义门学士云「我朝状元，前刘后韩，公居其间，鼎足为三」，非妄许也。诗品亦清正不凡。

吴季子挂剑处

公子归吴去，故人知此心。死生同白日，然诺岂黄金。一剑竟何往，高台自古今。君看碑上字，苔藓不能侵。不须名句，风骨自高。

古意

紫塞三千里，征夫去不还。帘前新月上，似为寄刀镮。

陆贾

莫问尉佗装，千金岂在眼。请看马上公，何曾事生产。

张玉书　字素存，江南丹徒人。顺治辛丑进士，官至大学士，谥文贞。〇文贞古今文俱以风度胜，诗品亦然，令读者如饮醇醪，自然心醉。

## 谒项王庙 宿迁县。

项王祠枕长河水，拔山气沸惊涛起。阴森白昼啼鼪鼯，萧瑟西风黯菰米。座傍乌骓伏不鸣，馀怒犹欲乘雲腾。想象悲歌出垓下，可怜遗恨迷阴陵。英雄坎壈识天意，失路东归亦何济？万户轻身赠故人，一死何颜见义帝？往事东流逝不回，雌雄壁垒空尘埃。君不见下相城头望丰沛，樵歌暮上歌风台。项王事业不成，在弑义帝，于自刎时提醒之，笔下有风霜之气。

## 息浪庵夜坐别叔敦让木诸子

短棹携樽触浪过，将离莫问夜如何。最怜帆远浮天阔，始信江空得月多。隐隐钟声千佛唱，星星岸火一渔蓑。荒鸡促曙行人去，回首双峰护薜萝。

## 寄李厚庵学士

几年烽火断江春，万里無诸战垒新。一自蜡丸通帝座，始知岭峤有孤臣。山城跃马荆榛满，书剑临戎涕泪频。迢递九天优诏下，清宵回首忆枫宸。表其进蜡丸陈破耿逆之功，然蜡丸更得之友人也。时文贞未以理学名，故不之及。

## 大阅恭纪

銮舆晓出传宫漏，万乘春蒐控玉鞭。十二羽林雕辇后，三千犀甲幔城前。招摇色映长堤直，华盖香凝禁树妍。脱臂饥鹰霜距疾，嘶风彀骑雪花拳。龙鳞乍晃雲霄上，虎旅同趋日月边。褒鄂宗臣张左纛，薛岐帝胄领中权。衔枚受律连营肃，射柳分弓七札穿。鹭篥声中看队列，铙歌曲里促觞传。丁宁诸将投戈日，长忆先皇讲武年。驷介踏云还紫禁，六飞扶日下青天。威驰塞北名王垒，风靖滇南涨海烟。指顾销兵资庙略，两阶舞羽谱虞弦。中间警句，摸之有棱，应制中之指南也。七言长律本非正声，存之以备一格。

## 送邱曙戒前辈之武昌

猿声夹岸听斜阳，江树苍茫接故乡。却较长沙归路近，行吟何事怨潇湘。即「圣主恩深汉文帝」意，是为温柔敦厚之遗。

## 挽马章民年丈

东庐旧筑翠微间，望里烟霞日夕还。几度欲归归未得，空馀遗恨满青山。

辛苦中闺罢锦机，白头曾未识宫衣。可怜风雨寒灯梦，犹是书堂夜读归。

## 过金陵某将军营

六纛双旌隐画扉，月明霜白路人稀。燕归不识将军垒，犹认乌衣旧宅飞。飞入将军垒，更怜于百姓家矣，如此措语，最耐寻思。

叶映榴 字炳霞，江南上海人。顺治辛丑进士，官湖广参议道，死夏包子难，赠工部侍郎，谥忠节。

## 庚申夏至日起武威至张掖

武帝功成吏守边，伤心天末是居延。人家板屋风声里，思妇寒衣泪眼前。目断燕支愁见月，槎浮银汉渡经年。惭余不作征西将，药裹书囊信一鞭。

## 榆次道中

路出榆关西复西，荒原白草怪禽啼。经行百里无人迹，惟有秋风送马蹄。

孙蕙 字树百，山东淄川人。顺治辛丑进士，官给谏。著有笠阳诗草。○给谏为令安宜时，抚字心劳，领河务，上官谓苛令浚河，将中以非法，士民感愤，不呼而至者万馀人，负畚锸筑堤堰，两月之工，六昼夜成之，上官无以难也。士民绘图纪其事，志石中云尔。据此，可入循吏传中。

## 水口驿

危峡束急湍，怪状拥滩路。划然敞一门，石齿一一吐。春声响奔崖，人语出深树。竹屋高连云，户户层巅露。午峰接檐前，炊烟杂山雾。居者如穴鼠，出若翻孤鹜。作息烽火馀，星散屯野戍。邮传今复增，力役连朝暮。虽称阛阓民，无地谋生聚。岸侧见樵苏，十九无完裤。潜语问土居，苦役兼苦赋。海上未厌兵，天远谁可诉？民苦赋役，同于鼠鹜，欲排云叫阊阖，而天远难闻，惟存此心而已。

## 安宜行

安宜罹灾亦云酷，鱼龙竟夺农夫屋。千寻巨浪漫荒塍，落日西风闻野哭。水田一线才可耕，勘荒使者责长牧。征粮下令严催科，不管贫家卖黄犊。前年卖女叹伶仃，今年卖儿更孤独。阿妻阿母还佣人，岂但医疮与剜肉。牵牛出门牛不行，空腹哀鸣何觳觫！低头语牛牛且前，官税差完免鞭扑。我闻此语增叹吁，仰视皇天白日速。呜呼！贫家母妻子女无还期，谁能恋此卑官禄。儿女既卖，母妻佣人，牵牛不行，而空腹哀鸣，官长忍加鞭扑耶？无可奈何，付之自责而已。○「仰视皇天」句，全用杜诗，终不可训。

# 浚河行

黄河万里浪高举，贾让之谋世空许。璧马于今不效灵，风涛簸荡连楼橹。忆昔汉武通车书，朝臣建议开河渠。开元以后置仓舍，平分河渭称赢馀。汴宋营漕分四路，半作边储半国赋。斗门高堰筑堤城，历险逾滩计生聚。元人海运创伯颜，引汝绝济诚哉艰！明初海运旋亦废，会通始筑河淮间。年来漕渠失故道，百万金钱任侵冒。督河使者妄庸人，不解河防气桀奡。鞭挞小吏严程期，岂知畚锸皆疮痍。县令陈情不得达，自矜白简吾能持。柳下何曾畏三黜，百姓喧呼趋事疾。一夜荒城走万人，两月之工六日毕。安宜水涝原苦辛，力役谁复嗟劳人。犹幸三代直道存吾民。呜呼！犹幸三代直道存吾民。此给谏为河员时作也。

两月之工毕于六日，尚成浚筑耶！河防之坏，自昔已然，当日督河使者不知谁何，惜无由起而问之。

# 秦川怀古

内史新丰不可求，长陵王气已全收。千盘鸟道归隆凖，百战鸿沟割沐猴。风雨满天来渭北，麒麟遗冢自南丘。几经汗马劳诸将，紫塞黄榆起暮愁。

## 为姜勉中兄弟题谏草楼

杖血曾闻溅汉廷，孤忠旅望海云青。难回国步逃吴市，易了家缘问敬亭。失序雁鸿天漠漠，经时薇蕨雨冥冥。空馀十二封章在，梦绕铜驼几涕零。谏草楼诗成集，二章为最，以其无一字不典切也。结意尤微婉可思。

## 闻鼓山绝顶可望海外诸国欲登不果 自注：上有天风海涛亭，朱文公题。

共说鼓山高出群，半天峦翠昼氤氲。岛藏诸国晴时见，风卷洪涛静夜闻。未得肩舆随度鸟，何时蜡屐踏层云。晦翁亭子空相忆，绝顶松篁望不分。三四渔洋极赏。

## 于忠肃公祠

出狩天王竟北征，烽烟已逼凤凰城。有君定国真长策，奇货难居始罢兵。南内邀功争复辟，西曹枉杀患无名。最怜一事公遗恨，不使前星羽翼成。以宋和议之失对照，于公功在社稷，真再造矣。诗中有史，掷地当作金石声。

**吴　光** 字长庚，浙江归安人。顺治辛丑赐进士第二人，官翰林院编修。有南山堂集。

## 泊湘口二妃庙是潇湘二水会处

泛楫楚江曲，辍棹潇湘涯。天水互澄廓，矧逢清秋时。霜明沙渚净，露寒岸草滋。芳蘅被长薄，修篁映素漪。月华临夜空，青山窈多姿。帝子渺何许，娅娟远水湄。透靡回翠旌，仿佛骖文狸。苍梧白云去，洞庭丹枫衰。美人期不还，日落愁参差。睠彼湘竹吟，踌躇有馀悲。点缀九歌，自足远神远韵。

## 游招隐山六洞 自注：洞曰朝阳、夕阳、白雀、嘉莲、南华、北牖。

攀陟情忘疲，洞壑洵回邅。朝阳开霏微，夕景映澄鲜。菡萏不可见，白雀徒空传。窈窕北牖室，演漾南华泉。虚窦显向背，隐磴潜亘绵。蔽亏欺日月，藏纳杳云烟。削凿太华小，淡濒神岛连。偶然二仪创，遂夺万古妍。寓真赏非一，寻异怀屡迁。浩荡观物化，聊谢区中缘。作者五古胎源二谢，然自能造句，不徒得古人之形。

## 游虞山韶音洞 自注：在粤。

探奇寻古峤，巘窦临清濑。空谷响易奔，万窍咸竽籁。苔藓映崩壁，竹柏翳丛荟。冬夏鸣瑟商，昏旦变明霭。睠邈苍梧巡，透迟翠华迈。骖虬纷螔蜼，羽旂森晻蔼。揽袂南熏亭，天风动衣带。月皓清湘流，雲空九疑外，抗缅千载前，踌躇发深慨。

## 登昭州城楼即事

两江穿石壁，叠嶂倚孤城。舟向猿边下，人于鸟上行。岩幽谷雾暝，野旷戍烟平。薄暮楼笳发，栖栖旅客清。「千里江陵一日还」后，复得此奇险之句。

## 晴川楼

万古山楼对黄鹤，一身楚塞吟清秋。羲娥平向窗中过，江汉交回槛外流。深窟鼋鼍时隐见，盘涡鸥鹭静沉浮。祢衡李白今何处？日暮空悲芳草洲。江、汉交回的是此处，得此句，不嫌上句之泛。

王维坤 字幼舆，直隶长垣人。顺治辛丑进士。

## 寄慰乾一落第

当年交臂许雲龙，太息名高未易逢。我辈都非食肉相，古人常作酒家佣。三巴二月莺千啭，万里双鱼泪一封。何处相思不相见，梓江迢递剑门重。诸乾一，松江人，时幼舆在蜀中寄诗。

## 除夕

眼底年光尽，家人真不来。西川兵火后，无复望乡台。

（顺治朝科目止于辛丑，此下皆文人、才士、山林野老之诗。）

徐延寿 字存永，福建闽县人。有尺寸集。○存永兴公𤊹之子，钱牧斋序其诗，盛称许之。

## 燕子矶

冯夷吹浪啮山根，云树千重暗白门。故垒尚闻双燕语，空江曾见六龙奔。杨花暮雪行人路，杜宇春风古帝魂。扣枻中流频唤酒，客情难遣是黄昏。哀福王之出奔也。渐渐麦秀，于言中言外见之。

## 建州符山寺别楚黄樊山甫

共借僧寮一榻眠，离家愁说两经年。断云古驿过樵水，凉雨孤舟忆楚天。千里别情芳草外，五更残梦落花前。城南歌舞今消歇，又见关山月上弦。

新淦县拜周公瑾墓

水畔巴丘古县开，周郎祠宇傍泉台。霸图当日成何事？才士无年实可哀。荆楚干戈终古恨，小乔环珮几时来？天涯孤客逢寒食，特为停舟酹一杯。霸图不成，由公瑾之早没，哀之深矣。

褚篆　字苍书，江南长洲人。邑诸生。○苍书天爵自尊，淬砺古学，韩文懿公以父执敬礼之。康熙己巳圣祖南巡，召见于行在所，命书笺二幅，御书「海鹤风姿」赐之，时年已九十六矣，越岁卒。生平诗稿散佚，只存此篇。

归度仙霞岭

匹马劳劳苍翠间，千寻古栈度重关。天南气象开蛮府，岭上风云动越山。径走黄狐荒草合，村连红树夕阳殷。生民苦忆无家别，烟火萧条何日还？

赵士喆　字伯浚，山东诸城人。有观物斋集。○伯浚去家不归，著建文年谱。董樵目中无人，然师事之，可以觇其品矣。

五平咏怀

阳春风初和，驱车游皇州。平原明朝辉，层城如雲浮。高杨缘长川，丹霞栖琼楼。骊驹谁家郎？翩翩临清流。雕弓飞金丸，银鞍悬吴钩。从禽平陵东，还归倡家游。燕姬颜如花，琅玕为搔头。留君调新声，哀歌弹箜篌。清宵华灯张，辉煌罗衾裯。人生当为欢，谁能长忧愁。嗟嗟玄经儒，穷年无时休。创格，却极自然，不入游戏。

毛如瑜 字贵甫，山东阳信人。著有太瘦生稿。○贵甫曾挟策上书，为权幸阻抑而归，遂游五岳乃卒。

## 登北岳

恒岳嶙峋四望开，正逢春色气佳哉。风烟下瞰中原尽，形势遥从万里来。手接星辰依座近，身经虎豹扣关回。吾庐东岱登临旧，争长崔巍未易裁。

刘献廷 字继庄，广阳人。○继庄于天官、地理、农田、水利、刑名、钱谷以及兵阵刀槊之类，无所不能，韵语其馀事也。然豪气飚驰，逸情雲上，读其诗，可以想见其人。

## 怀古

古之兵皆农，农富兵亦强。古之士皆农，农朴士亦良。兵农一以分，甲胄无馀粮。士农一以分，耒耜无文章。分之则两伤，合之则一理。请语当途人，治乱实此始。经生家安能为此言，即此可以觇其抱负。

## 泛溪

白石何粼粼！清流自浘浘。信舟漾前溪，两岸饶蒲苇。日落秋风生，停桡吊山鬼。

## 题晖草斋

谁将堂上春，得比春日辉。日入光更出，亲老无重归。谁将人子心，得比庭前草。春风日日吹，草色年年好。从东野意翻进一层，诗到此才有关名教。

## 水仙操

天行海运旋宫音，万象回薄由人心。移情易性琴非琴，刺舟而去留深林，海水汩没鸟哀吟。余心悲兮无古今，援琴而歌泪淫淫。

## 赠张铁桥先生

我生燕山下，君住罗浮巅。相去万馀里，苍茫隔风烟。我年三十君七十，南溟绝塞谁通连？金阊忽相遇，会合非徒然。庞眉拄杖指天外，招我把臂谈重玄。我向空山抱幽独，三元厄运遭百六。耳闻沧海变桑田，长安夜听铜驼哭。南来踪迹访遗民，幸遇先生成信宿。先生腰下双青锋，闪烁跳跃如飞龙。自谓十年不曾试，宵光夜冷青芙蓉。延津神物有时合，为我一舞开心胸。君言当年不如愿，未必他年尝健饭。留挂丹房镇鬼魅，跨鹤吹笙从此变。先生画马非凡马，笔走房星自天下。世间骐骥总虚名，王良只向丹青写。写马君所易，写人君所难。清高深稳在闲概，驽骀蹩躠充衣冠。画马不画人，画鸟惟画鹰。宇内神俊姿，妙手恣飞腾。君自粤东来，探奇几千里。俊物与名山，收贮奚囊里。囊中五岳空嶙峋，忽逢佳士为写真。娄东顾子称同调，虎头龙性谁能驯？与君相对两无语，双眉不点人间尘。肯染春风旧花鸟，位置精神向三岛。我生不识顾雲臣，依稀错认丹霞老。自注：雲臣小像酷似丹霞澹翁。典型落落如晨星，万事悲凉付秋草。别君流离迁向越，眼底旌旗互明灭。夺我金庭第九天，翻飞只忆南华蝶。西湖重遇又经春，笈里烟霞别有神。还期遍走齐州地，同作天台采药人。铁桥名穆，善画鹰马，不苟赠人。两奇士相遇，必有倾吐肝膈芒角流露者，篇中飞腾变灭，如白云从风，去来无迹，青莲流派，安得不属此人。

## 留别张鸿伯兼怀张非文和韵

舟楫吾将老，诗书世所轻。谁知天下士，漂泊亦无成。放眼空今古，虚怀向友生。北归心已足，不复悔南征。一气鼓荡，律体最高。

## 题潜籁轩和韵

玉峰有高士，痛哭寿山陨。铁马夜千里，麻衣时一来。自注：昆山顾宁人先生每至军都，必主潜籁。自从丹旐返，不复草堂开。珍重遗编在，沉吟日几回。

## 赠行西上人

铁骑穿云旧拓边，大江归去浪连天。五更梦醒荒祠下，百战人酣绣佛前。风急雁行排远岫，秋高鹏影落寒烟。与君共望中原路，衰草离离倍黯然。应是战将而隐于僧者。

## 赠杨子西

我溯三湘问楚材，与君披写共登台。乾坤不肯留残照，海岳无从问劫灰。莫讶青萍通夜啸，何妨白雪满头来。纵横且说当年事，尊酒淋漓亦快哉！黯黯残照，何计留之，茫茫劫灰，何从问之，泉明饮酒课耕，乃乐天安分之常也。

## 卧病

风尘泉石两蹉跎，岁月催人委逝波。万事无成心力少，一生有几别离多。梦回弟妹依然失，病久交游谁更过。剩把新诗消永日，空床独坐强吟哦。古之伤心人乃有此言。

幽居

王孙学赋小山招，意气崚嶒耿未消。燕市酒酣闻击筑，吴关人去忆吹箫。功名梦醒玄驹国，卜筑门临白马潮。回首故园千里外，江乡随地老渔樵。一肚牢骚，借幽居发出，此岂幽居人语耶！

赠向语可

天半峨嵋落照边，汉川东与蜀江连。万金散尽犹存骨，一剑长留岂学仙。秋水欣逢东海若，马蹄难遇九方堙。穷途我自怜空手，洒泪相看大别前。

咏史

朝横而夕纵，志本在温饱。敝裘先自愧，何论妻与嫂。足以服季子之心。

匕首西入秦，生死在眉睫。秦政非齐桓，如何欲生劫。明人有论，已畅言之，此括于二十字中，尤见明快。

治国与治军，卧龙岂两事。陈寿亦何知，还问司马懿。扫得痛快，如此作诗，何妨议论。

## 王昭君二首

六奇已出陈平计，五饵曾闻贾谊言。敢惜妾身归异国，汉家长策在和番。咎在陈平、娄敬，此正论也。○元帝时匈奴已弱，帝不欲失信，非畏其强，此意诗家未曾道及。

汉主曾闻杀画师，画师何足定妍媸。宫中多少如花女，不嫁单于君不知。若故为自幸之辞，不怨深于怨矣。

## 题闺秀雪仪画嫦娥便面

素笺折叠涂雲母，黛笔清新画月娥。莫道绣奁无粉本，朝朝镜里看双螺。

喻　指　字非指，江西南昌人。

## 石城晤林茂之

泽国烽烟逐敝貂，秣陵人事更萧条。山头牧马无春草，城下东风有暮潮。白发逢君疑再世，清尊为我话前朝。天涯便欲相依隐，何处空岩著野樵。五六语不必求工而身分自见。一气清空，亦从杜诗中出，世人学杜者，但求形似，得其皮毛耳。

徐振芳 字大拙，山东安丘人。

## 海陵寄李子效

淡淡长河落日愁，美人芳讯到沧洲。犹龙久矣逃尘世，牵犊公然饮上流。赤水有珠归罔象，碧天无际泛虚舟。班荆拟在云深处，一醉青莲海岳楼。

张　杉 字南士，浙江山阴人。

## 蒲坂道中

峻坂长驱匹马过，春风吹客奈愁何？重华不返苍梧驾，孤竹空传采蕨歌。北望云中迷紫塞，西来天上泻黄河。幽怀故国归何处，此日征衣泪更多。

沈道映 字彦徇，江南华亭人。著有鸿迹轩稿。

## 讯鬑渊水西

幽人谷水耽高卧，江村长夏看雲坐。清梦心随鸥鹭慵，独醒迹向风尘左。草阁萧萧六月寒，穷探学海倾波澜。千秋自取性情足，一编歌哭来无端。与君成别忽已久，不向西郊频握手。闻道惊涛没钓矶，为问渔竿无恙否？

## 送霄客南还

聚首无多日，天涯袂忽挥。苦将游子泪，洒向故人衣。落日河流急，寒枫驿路稀。与君俱作客，争奈不同归。「游子泪」、「故人衣」，极平平语耳，合用之，顿传出至情，知诗人所贵点化，不专求新。

## 野泊

野渡夕维舟，寒潮正急流。雁声沙际月，帆影笛边楼。独客难为夜，孤心易感秋。百年同逝水，不尽古今愁。

## 登泖中潮音阁眺望有怀

峰头云气昼冥冥，蜡屐凭高试一停。湖面日翻荒岸白，海门天入乱山青。孤帆是处随渔网，长笛何人起鹭汀。谷水昆阴俱在眼，可怜二陆久凋零。

### 舟泊富林谒陈大樽先生墓

富林溪上一盘桓，墓道春阴泣汉官。未见丰祠传俎豆，空留皎日照衣冠。当年碧血青磷散，此地银涛白马寒。回首平陵松柏路，子规啼遍朔风酸。吊大樽先生，只传其精卫填海之节，而学术词章概从阙如，此立言得体处。

### 怀家雪峰

他乡苦忆病维摩，皂帽藜床岁月过。春到竹林无酒伴，悲来土室只高歌。柴桑甲子同元亮，笔冢风流继永和。谁共扁舟横铁笛，沧江闲理钓鱼蓑。

## 陆元辅

字翼王，江南嘉定人。○翼王为黄陶庵先生入室弟子，学术志行不愧师门，所为诗亦复相似，锺、谭习气不能染也。

### 送袁重其归吴门

青眼沧桑阅逝波，百年世事足悲歌。尊前故旧凋零半，乱后文章感慨多。鲈脍正堪淹客棹，骊驹无奈向关河。凭君一寄昌亭泪，江左风流更几何？自注：时闻叶圣野之讣。

九日侯砚德病起招寻王氏南园 自注：次老杜九日蓝田崔氏庄韵

干戈天地醉乡宽，令节招寻得暂欢。已喜高秋苏肺气，还愁短发落南冠。来宾白雁关河杳，无主黄花霜露寒。却忆先朝王相国，东篱采菊笑颜看。自注：南园为王文肃公种菊之处。

送文介石学博归滇南

滇客频年赋式微，今朝才见理征衣。三江日月孤臣老，六诏风烟万里归。山过碧鸡多戍鼓，星穷朱鸟近亲闱。好音为寄东来驿，莫道南天少雁飞。三诗值悲歌感慨之境，无志微噍杀之音，可以觇其所养。

陆宗潍 字维水，江南嘉定人。翼王侄。

维扬舟次遇乡人南归

忽听乡音唤阿蒙，月明桥畔此浮踪。乘君下水归帆便，寄我平安第一封。与「复恐匆匆说不尽，行人临发又开封」，同一天籁。

余思复　字不远，福建将乐县人。〇不远草书多从二王中出，予于京口屡见之，曾流寓于黄鹤山也，闻其非力不食，亦属志士。

赠别

江水悠悠江蓼红，江雲黯黯别离中。乾坤留眼观时变，湖海论心有客同。楚国谁能为玉泣，齐门何竟羡竽工。长安定有平安信，万里无忘寄朔风。

侯方域　字朝宗，河南商丘人。有壮悔堂集。〇朝宗以古文鸣，诗特其寄兴，识者比之皇甫持正、李习之、苏明允，最为惬当。

寄李舍人雯

金陵门外昔同游，归去衰迟有故丘。六季春城喧野雀，三山雲气黯江楼。嵇康辞吏非关懒，张翰思乡不为秋。最是月明照颜色，平芜烟雨使人愁。

冒　襄　字辟疆，江南如皋人。南渡时，用为推官，不就，以贡士终。有朴巢诗集。〇辟疆与宜兴陈定生、商丘侯朝宗矜名节，持正论，品覈执政，不少宽也。马、阮当国时，几罹于祸。后居水绘园，以友朋文酒为乐，远近高之。

## 寄吴梅村先生

盐官留滞叹蹉跎，遗老飘零事若何？万里烽烟横塞雁，五都荆棘没铜驼。遥瞻吴苑乡关隔，近接邗江涕泪多。闻道子山消息在，白头红豆只悲歌。

## 赠柳敬亭

忆昔孤军鄂渚秋，武昌城外战云愁。如今衰白谁相问，独对西风哭故侯。赠敬亭，并吊宁南，可作羽声歌之。

### 陆元泓

字秋玉，江南常熟人。○秋玉无家，图己像于水墨中，自称水墨中人。

## 过河北刘滕庵先生墓

曾云归去总天涯，三尺荒坟万古家。若个年年吊寒食，半瓢清酒滴桃花。

### 徐　波

字元歎，江南吴县人。○元歎少年任侠，后工诗，之楚中，交竟陵锺、谭二公，晚归老落木庵，以枯禅终。生平诗近锺、谭体，牧斋痛贬锺、谭，而于元歎独许之。

## 落花

花意寒欲去，登楼送所思。将分春雨恨，似与故人期。野水断村路，孤烟生竹篱。吾徒从此逝，忍见艳阳时。落花习径，以生新之笔涮除之，李义山「高阁客竟去」一首后，复见此诗。

金人瑞 字若采，江南吴县人。诸生。

## 愁

江水流春不当春，江花江草故愁人。开头捩舵汝何往，击鼓鸣桡皆不伦。巫峡猿啼真迸血，楚天朝雨最通神。老夫欲寄精诚去，凭仗高风达紫宸。此拟杜作，似夔州以后诗。

侯涵 字研德，江南嘉定人。

## 送别鹭宾感家朝宗往事

阊阖门边酒共倾，依依酬劝忽分征。却愁此别成南北，谁道他时隔死生。十载黄垆豪士骨，千秋青史党人名。白头太傅肠犹热，手把家书倍怆情。自注：出朝宗遗札，多隔世事。

刘逢源 字津逮，直隶曲周人。

## 郭泰

博带雍容七尺身，遨游郡国擅人伦。如何下士相模仿，只爱先生折角巾。

## 补锅匠

高隐昔传磨镜客，奇踪今见补锅人。若将姓字留天地，纵使巢由亦外臣。非薄巢、由，要见不留姓字为最高耳，必求其人以实之，毋乃凿乎？

### 吴兆宽

字弘人，江南吴江人。

## 寄怀小修弟

万里江涛接郢城，上游节钺坐论兵。风清鼓角秋开幕，月照旌旗夜勒营。海内功名多难日，天涯兄弟别离情。只今汉上烽烟满，慷慨中流忆祖生。

### 闵麟嗣

字宾连，江南歙县人。著有卧雪诗草。〇宾连喜游，踪迹几遍天下，所游皆有诗，而庐山一集，尤脍炙人口。缘未见全集，止录二篇。

## 空水阁

欲穷瀑水源，峡束忽无路。上有蛟龙居，下杂古今树。数石何渐渐，飞动令我惧。侧身入空冥，盘曲审跬步。阴森鬼搏人，日月如未曙。一阁踞其巅，青苍于此聚。山僧不常栖，终年白云住。双扉风为开，倚槛时一顾。晚来山雨晴，豁见湖光露。留连空明中，恍惚若有悟。起步得此，下信手写去，无不入妙。

## 玉渊潭

才过三峡桥，溪壑骇闻见。吁嗟此奇观，曲尽水之变。石忽不受水，水怒如激电。其势必斜飞，下与蛟龙战。渊深不敢窥，藓滑试一践。我有悠然心，六虚任周遍。对之神益闲，澒洞增馀眷。高歌扶杖归，习习风吹面。向游天台石梁，见瀑布激石，势怒回转，斜飞乱下，如万斛明珠，喷洒跳掷，时有语不敢轻吐。读此诗「石不受水」数言，恍置身石梁间也。

## 吴嘉纪

字宾贤，更字野人，江南泰州布衣。著有陋轩诗。○野人居泰州之安丰盐场，濒于海，刻苦成诗，人无知者。自周栎园侍郎盛称其诗，人争重之，由是陋轩之名与诸名家相埒。○渔洋诗以学问胜，运用典实而胸有炉冶，故多多益善，而不见痕迹。陋轩诗以性情胜，不须典实，而胸无渣滓，故语语真朴。而越见空灵。然终以无名位人，予持此论，而众人不以为然。然其诗具在，试平心易气读之，近人中有此孤怀高寄者否？

## 送吴眷西归长林

孟夏雨初霁，海村桑叶肥。小麦蔪蔪秀，雉来麦上飞。怅然远游子，顾盼思岩扉。十年困马足，四体悬鹑衣。世态已阅历，长策莫如归。蘖树无甘荫，冰壑无炎辉。从来高蹈士，不厌寒与饥。去去故山中，努力餐蕨薇。长林何处所？泉洁山秀峙。暖暖人烟际，灌木四五里。枝上老鸦多，春来各生子。子幼含哺劳，子大雌雄恃。恩勤虽已极，骨肉一巢里。此时垂白母，望远闾自倚。行路稍欲稀，夕阳半山紫。儿今远归来，无米亲亦喜。末语，非至性人谁能道出。

## 赠汪秋涧

秋涧九尺躯，双腕最有力。自称草野臣，提刀能杀贼。家破仇未报，亡命走江北。黄金买红袖，将身委声色。荒淫不得死，聊复弄笔墨。欧虞及颜柳，生气盈丈尺。时贤慕绝技，他乡且谋食。怀中一片心，到老无人识。秋涧奇人，惟此奇笔足以传之，末语终莫定为何等人，所以为妙。

## 哀羊裘为孙八赋

孙八壮年已白头，十年歌哭古扬州。囊底黄金散已尽，笥中存一羔羊裘。晨起雪霏霏，取裘覆儿女。亭午号朔风，儿持衣而翁。风声雪片夜满牖，殷勤自解护阿妇。裘之温暖诚足珍，不得众身为一身。吁嗟乎！长安天子非故人，羊裘冷落对邗水。他年姓字齐严光，今日饥寒累妻子。

## 一钱行赠林茂之

先生春秋八十五，芒鞋重踏扬州土。故交但有丘茔存，白杨摧尽留枯根。昔游倏过五十载，江山宛然人代改。满地干戈杜老贫，囊底徒馀一钱在。桃花李花三月天，同君扶杖上渔船。谁家酒舫可赊饮，一钱先与人传看。酒人睇视皆垂泪，乃是先朝万曆钱。桃花李花二语，偏写得兴高，游冶相似，而结意悲伤，传出麦秀渐渐之感，一篇主意全在此也。一裘、一钱，两篇是创格，亦是绝调。

## 朝雨下

朝雨下，田中水深没禾稼，饥禽聒聒啼桑柘。暮下雨，富儿漉酒聚俦侣，酒厚只愁身醉死。雨不休，暑天天与富家秋。檐溜淙淙凉四座，座中轻薄已披裘。雨益大，贫家未夕关门卧。前日昨日三日饿，至今门外无人过。

## 我昔三首效袁景文

我昔客途逢败兵，弦声旆影魂俱惊。残骑如狼散草莽，居人杂兔奔纵横。渔船贪利夜卖渡，金多方许载人去。暝色潜行曙则隐，口乾肠饥我能忍。

我昔携家亟逃难，海云漫漫昼昏晏。野空蹄响贼马近，我船欲速行转慢。须臾燔烧闾里红，风漂船入芦港中。芦叶菰叶蔽男妇，引衣掩塞啼儿口。

我昔兵过独还家，畦上髑髅多似瓜。空村无声鸡犬尽，篱菊自放霜中花。天南伯兄天北季，惊魂弃绝故园地。夜寒鬼语聚稍稍，细雨还闻九头鸟。效景文而体源出于杜老，全以质胜。

## 劝酒歌赠乔功偕

蜡梅开花酝香发，亲戚携觯造门闼。造门闼，来劝翁，念翁遁迹楚云东。皂帽布裙临大海，芦花蒲叶多清风。清风萧萧，尘起奈何？未若蚁浮鹦鹉螺。由来酒乡可避世，请翁听我劝酒歌。

烛花漾漾酒满瓢，雪飞入檐见酒消。瓢与杓，引翁尝，念翁辛苦容貌苍。汾河恒岳家乡远，吴树淮堤歌思长。长歌复短歌，古调清泠泠，不如浊醪注瓦瓶。由来醒者多智虑，劝翁一醉安性灵。

桑田变易城市改，翁家书卷年年在。东壁卷，西壁书，中间惟应置酒壶。莱衣芰裳膝前侍，伟节慈明天下无。门户须开，明月欲来，瓮中又漉新熟醅。有书有子愿已足，翁不痛饮胡为哉！三章音节剧佳。

## 僻壤

僻壤无春至，安知春已残。海云千里黑，塞雁一声寒。老去谋生拙，时危作客难。直西是乡路，日日出门看。

## 落叶

枝上曾几日，夜来秋已终。又随天地意，乱下户庭中。不静月斜处，偏惊头白翁。何须怨摇落，多事是春风。小小题传出天运自然，不怨霜露而怨春风，见盛之始，已伏衰之机也。小家但工刻画，粗得形似而已。

## 送周雪客游新安

三秋寻老友，千里去新安。地主云中侯，天都马上看。蓬生黄帝灶，鹤唳吕公滩。登眺须扶醉，深山瀑布寒。

## 挽鲍念斋 有序

念斋讳辉祖，父梦斗，乙酉客芜城。四月兵屠城，辉祖在宛陵，闻父讣，时方九岁，往芜城寻父尸不得，笥中得父敝衣抱归，岁时泣祀，奉母守节。母死，哀毁成疾，因卜地以敝衣置棺中，招父魂，同母厝于南梁。栽树左右，日夕攀树枝哀号洒泣。逾年死，闻者莫不悲之。

独遘伤心祸，应为早死人。魂招衣当骨，泪尽子随亲。孤稚遗天末，三棺客海滨。手栽原上树，叆叆野阴新。「魂招」十字，浑括全意。

## 新仆

语少身初贱，魂伤家骤离。饥寒今已免，力役竟忘疲。长者亲难浃，新名答尚疑。犹然是人子，过小莫轻笞。语语从新字起意，一结仁人之言，蔼然动听。

## 内人生日

潦倒丘园二十秋，亲炊葵藿慰余愁。绝无暇日临青镜，频过凶年到白头。海气荒凉门有燕，溪光摇荡屋如舟。不能沽酒持相祝，依旧归来向尔谋。三四写清贫之况，五六状濒海之景，末点化熟语，脱口生新，庄子所谓「有道妻子皆得佚乐」，可以想其高风焉。

## 玉勾斜

莫叹他乡死，君王也不归。年年野棠树，花在路傍飞。

# 清诗别裁集卷七

## 沈　磐

字石均，江南吴县人。诸生。○家石均家灵岩山下，名未甚著。杨维斗先生会文二株园，取冠众人，揭案珠明寺前，时学使者适岁试，亦取第一，目其文为一郡之冠。自是四方人士争欲识石均矣。表此轶事，见前辈持衡之当，能使人引重云。○七言近体如师子搏象，必用全力，不求工于一字一句之间，西堂尤太史目为大家。

### 陈靖献公祠

自注：名迪宣，洪武时礼部尚书，靖难兵入，不屈磔死。

强幹谋成祸乱纡，渔阳突骑竟长驱。运筹不少黄罗汉，坚壁难逢周亚夫。司马岂闻娴将略，秩宗何自绾兵符。宫车赴火君臣尽，一寸丹心逐鼎湖。叹齐、黄之无谋，而轶尚书之外，无能坚守者。

分茅蓟北控岩疆，鼙鼓谁教动范阳。自有长君图社稷，不劳叔父佐成王。丹心愿化千年碧，弱息难回百炼刚。自注：子六人俱被祸。缞绖何人轻慷慨，忠魂总赴白雲乡。

六月霜飞杀气中，收拏令下市朝空。生无面目湛三族，死念君王哭两宫。精贯白虹随落日，魂归丹陛起悲风。宛溪旧接秦淮口，呜咽流澌水不东。

## 采石矶望开平王战处

咫尺江陵王气浮，东南根本治扬州。关中早劝高皇定，河内先从世祖求。狐鼠依山还背水，将军破釜更沈舟。只今寂寞长干路，杨柳蒹葭满目愁。

## 金陵漫兴

崎岖一马驻江干，叔宝聊开南极天。骤见蛟龙失云雨，已知燕蓟下楼船。旌旗昼闪三山外，壁垒星沈五校前。藩镇望风争款附，故将鸣镝射中坚。此见小朝廷之无人也。倚托四镇，而二刘反戈，亡岌岌矣。○张天禄从刘良佐后射黄得功中喉，故有鸣镝射中坚句。

元老宜参帷幄筹，谁令分阃镇扬州。庙堂决胜全无策，宰相临戎岂自由。百战馀生终殉国，九原遗恨在同舟。至今呜咽邗沟水，遍绕芜城哭未休。此专闵史阁部之殉国，见孤忠无助也。

江表初开南国疆，衣冠不数旧貂珰。那堪蹭蹬随鸿鹄，岂有梧桐集凤皇。党锢十年虚反覆，兴亡千载重凄凉。繁华泯灭乌衣巷，怨恨分明石子冈。马、阮借党人之名，戕虐士类，所谓人之云亡，邦国殄瘁也。

万马临江拥健儿，上游诸将半横尸。凤城夜启宫车出，鹊观尘飞汉祚移。张象望旗惊鼓噪，褚渊受爵愧期颐。诸公好去乘时会，莫入商山赋紫芝。宫车奔窜，国祚烟消，诸公不为袁粲，愿为褚渊矣。孟津不足道，虞山能毋怍于中平！

## 蒋平阶 字大鸿，江南华亭人。

### 送罗梦章比部省亲还蜀

归心遥系武功天，巫峡春风万里船。锦水有桑堪养母，邛关何地可筹边。雲迷八阵愁鱼复，路转三巴泣杜鹃。自叹碧鸡词赋客，十年旌节竟空悬。

### 禹陵

撬辇逢尧祀，垂裳拜舜年。剖圭开日月，瘗玉镇山川。南幸游方豫，东巡驾不还。衣冠辞岳牧，剑舄步神仙。寝庙春常闭，宫车夜自悬。千秋明德远，万众寸心虔。海阔沧江外，星临斗柄前。金茎留晓露，碧殿锁青烟。魍魉犹留鼎，蛟龙想负船。秦碑荒草合，汉畤白云连。苍水书难得，玄狐箓可传。按图通百粤，泪尽九疑天。铺叙有伦，不蔓不竭，此长律体也。陈、杜、沈、宋素称擅长，元、白滔滔百韵，才有馀而律不严矣。作者队仗自然，浅深合度，犹可望见初唐。

## 送李分虎之滇黔

万里南中路，春风入五溪。地分铜柱北，山险桂林西。树酒尊堪泛，箄船棹自携。关梁庄跻设，碑字武乡题。水出滇池倒，天临瘴岭低。乌言通八部，绣面接诸黎。圣武初经略，征南振鼓鼙。三军持毕节，一战下和泥。荒服开州郡，穷边走寄鞮。阑干红罽入，歌舞白狼齐。汉使难重问，磨崖不可梯。乌蛮新幕府，属国旧朱提。君听南征曲，能令乡思迷。山深鹦鹉语，花老杜鹃啼。河外青蛉县，关前白马氐。还将碧鸡赋，迟尔到金闺。

## 李邺嗣

字杲堂，浙江鄞县人。诸生。〇平生以著书为事，著汉语、南朝续世说，语中寓笔削予夺，鄞人多师事之。诗品刊落凡庸，不肯一语犹人，浙人中独开生面者。

## 绣州孝女

女李氏，志在事亲，遂终身不嫁，年四十七。

远我父母，事人父母。谁无父母，谁有父母。一解。少慕事亲，十年不字。长慕事亲，终身不字。二解。谓我女子，谓我男子。宛然孝子，宛然处子。三解。有父子伦，无夫妇伦。婴儿子后，惟此一人。四解。暮雨梨花，年年寒食。麦粥一盂，父母之侧。五解。〇古音古节，作者所创，可以当古乐府读。

## 出乌石山后失道

习僻厌平阡，歧道入榛莽。窄足不肯回，牵拂坚初往。稍进不见天，竹叶大逾掌。隙处迷烟云，日脚不落壤。直躬碍枝干，渐伛安得仰。两袖竞翅张，冒棘先用颡。导者未识谁，后趾蹴前緉。人兽尽无音，但闻碎箨响。三里幸出丛，目光久矘䁳。始见樵子行，寸心翻惚恍。字字刻削，极苦乃得极甘，孟东野后，见此一人。

## 得杖

既出贺险尽，瞻前乃复陡。小憩对古松，支离类此叟。策足耻言疲，恐落仆夫后。山人指爪强，折竹等蒲柳。怜予进一茎，兹意感君厚。忽若当颠危，倚仗得奇友。山魈不敢争，空潭戏蚴蟉。翼足渐以轻，影逐孤云走。笑谓同行人，腾岳等培塿。承上一首来，诗格亦从苦得甘。

## 自大嵩上二十里至福泉精舍

舍舟上樵径，晴眺分纤毫。循涂凡屡盘，获奇随所遭。崩崖露云根，长风势渐饕。诸峦徐束体，始识身已高。在舆尚苦疲，何况舁者劳。斗上复稍垂，豁然辟林坳。老松得成鳞，岩土抽春毛。梵僧构幽栖，人龙同一巢。入门气得苏，豆笋罗山庖。到此惭浮名，徒为猿鸟嘲。「诸峦徐束体」四语，少陵手笔，亦是少陵心事。

## 囊雲大师山居

夫子翛然去，孤峰自辟门。地容方丈洁，天护草堂尊。风节千春见，行藏两世论。荒荒西日下，梵磬肃朝昏。「天护草堂尊」一语，卓绝，能当此者，宇内曾有几人？

彭孙贻　字仲谋，浙江海盐人。拔贡生。

## 螺川晤黄交侯共谈家难感愤书怀

干戈满地接山城，所在流亡苦甲兵。游子那堪天北望，孤舟应共雁南征。俱传栾布收彭越，相对黄公哭阮生。惆怅莫须论往事，岭猿已过第三声。

王猷定　字于一，江西南昌人。选贡生。著有四照堂集。○于一遭乱居广陵，以诗古文自负，书法亦在晋、唐之间。

## 螺川早发

月落秋山晓，城头鼓角停。长江流剩梦，孤棹拨残星。露湿鸥衣白，天光雁字青。苍茫回首望，海岳一孤亭。「大江流汉水，孤艇接残春」，渔洋赏费此度诗为十字千古，三四写舟行早发，亦复入神。

黄虞稷 字俞邰，晋江人。诸生。○俞邰以诸生召入修明史，食七品俸，当时以为盛事。

## 次林茂之先生八十自纪韵

八十才名遍九州，先朝遗老至今留。听谈旧事开元载，早识词人万曆秋。藜杖寻诗荒径外，松风坐客小楼头。乳山咫尺能招隐，我欲从之一溯游。

许友 字有介，福建侯官人。著有米友堂集。○钱蒙叟吾炙集称有介诗无句不妙，无字不妙，及读其所收，俱近浅率。今录二章，其七言一章，系诗观中采入者。

## 江行有饷予酒者

送酒荻花边，今宵醉晚烟。隔灯分夜话，曲枕学枯禅。暑气全归雨，潮痕半入天。芦中人不尽，结社在渔船。

## 送郑一作客

苔绣银刀佩古囊，鸡声勒马著衣裳。挥杯满目皆朋友，乱世逢场即故乡。断岸孤舟千里梦，晓天残月万家霜。悲予独自看花后，春柳深深冷草堂。

戴本孝　字务旃，江南和州人。布衣。著有前生馀生诗稿。○池北偶谈载，务旃性情高旷，在京师时，夜与友人谈华山之胜，晨起即襆被往游。新城赠诗所云「洛阳货畚无人识，五月骑驴入华山」是也。诗近平直，兹录其集汉、魏集陶数章。

## 汉魏集律

### 感怀

良时不再至，李陵。何乃太区区。无名。万事无穷极，阮籍。九州焉所如。曹植。忧心常惨戚，苏武。养志在冲虚。阮籍。愿化双黄鹄，无名。悠悠去故居。阮籍。

### 秋残

良时忽一过，阮瑀。白日半西山。王粲。哀彼寒霜厉，马明生。空令蕙草残。无名。微歌发皓齿，嵇康。时俗薄朱颜。曹植。奄若风吹烛，无名。人生一世间。徐干。

### 送别

远送新行客，孔融。中心摧且伤。徐幹。寒蝉鸣我侧，曹植。孤雁独南翔。曹丕。努力加餐饭，无名。随时爱景光。苏武。勉哉修令德，镏植。别后莫相忘。曹植。

律陶

赠野人

乐与数晨夕，区区诸老翁。贫居依稼穑，绕宅自嵩蓬。懒惰故无匹，箴规向已从。闲居三十载，乡里习其风。

课农

所营非近务，相命肆农耕。井灶有馀处，林园无俗情。酒能祛百态，菊为制颓龄。遂令介然分，不为好爵萦。

田家

少无适俗韵，甘以辞华轩。但道桑麻长，而无车马喧。服勤尽岁月，守拙归园田。终晓不能静，鸡鸣桑树颠。集陶胜于集汉、魏诸作，以陶有名句，汉、魏惟在气骨也。此章尤极自然。

### 茸山中田庐

素襟不可易，性本爱丘山。怀役不遑寐，躬耕非所叹。敝庐何必广，虚室有馀闲。岁月相从过，吾生梦寐间。

## 戴移孝

字无忝，江南和州人。布衣。〇无忝，务旃之弟，志行相似，诗品高于乃兄。

### 从军行

南山射猛虎，北海斩长蛟。生平一双手，出门随所遭。男儿丁乱离，安忍坐蓬蒿。可怜太平人，低头弄钱刀。草木同腐朽，乌知贤与豪。作丈夫语。

### 喜遇方三素伯于长干

北客南归数千里，闻君适过长干寺。牵衣入寺历讯之，扁舟又向吴淞水。君数贻我书，我未识君面。肠中宛转如车轮，长江漫漫不相见。江上水凫入户啼，衰烟断柳风凄凄。横江破巢不忍归，天涯谁是心相知。正欲拏舟渡江去，闻君复就长干路。君出南城我入城，千万人中恰相遇。城头戎马骄且嘶，与君同著妇人衣。侈言得志此何时，可怜头发如青丝。

酌酒寿君踞复起，郁郁锺山气还紫。莫遣腰下青芙蓉，化作双飞入江水。酒酣歌放不可休，记得昇州是蒋州。来朝同买钓竿去，矫矫万里随白鸥。历叙离合情事，曲折如话。「同著妇人衣」，为避乱也，用李密故实。

## 答人述先君旧事

莫道吴兴事，酸风刺骨寒。相知皆死别，无处问平安。故鬼千家哭，孤城百战难。当时衣上血，今日与谁看。无忝父名重，前朝推官，死难时，作绝命辞数章。

## 训子

已入愚公谷，甘为郑子真。儿孙犹汉腊，晋魏有秦人。读易无如损，遗安一味贫。更嫌名累汝，笔砚不须亲。损先难而后易，以遏欲为主，遗安以贫，真能遗安者也。前民训子语皆切实。

## 牧牛

吾道已沧洲，黄冠学牧牛。有书时挂角，作画笑笼头。短布逢长夜，逃名得上流。一声何处笛，吹尽古今愁。甯戚语、巢父事，运化自佳。

## 惜誓

万古刀钚赤手磨，休将剑术责荆轲。一门争死无完卵，三户偷生作楚歌。不信青蝇还赐吊，堪悲黄雀自投罗。行看沧海扬尘日，才见西山木石多。

### 曾传燦

字青藜，江西宁都人。著有止山集。〇青藜选本朝诗，名过日集，所选纯不胜杂，而人才略备，余于此窃有取焉。兄名畹，并以诗名，有双丁之目。

## 将立春同友郊外眺望

群动各有息，兹游成我闲。气交寒暖候，春到有无间。寒石自流水，夕阳多远山。离离林下屋，时见鸟飞还。

## 岁暮武陵别叶子九往京口

残腊无佳日，况当离别年。布帆从此去，江水正茫然。贫贱愁中路，风波乱后天。好将古今泪，寄与夕阳船。

### 萧　诗

字中素，江南松江人。〇中素隐于梓人中，人以工役之，往役受直；待以诗人，则行朋友之礼。古人卖浆侩牛之伍也。惜其诗未能多见。

## 答董子绍舒

南村有遗叟，寂寞居河滨。一褐常见肘，数椽聊寄身。所志在不苟，食力甘苦辛。闲来把鱼钩，终日无纤鳞。晴霞映眉宇，野火光磷磷。坐久发清啸，怡然全我真。于此颇有得，勿谓原思贫。诗即自道生平，「所志在不苟，食力甘苦辛」，得陶公语意。

**赵　潜** 字双白，福建漳浦人。有冷鸥堂集。

## 许九日以诗见访次韵

才独嵚嵚气混茫，喜君同调即同乡。荔支家国烟芜在，鼙鼓乾坤道路荒。江上偶然逢月旦，笛中容易恸山阳。自注：为石斋先生。何时欲发娄江棹，千树梅花寄八行。自注：问讯梅村先生。

## 呈梅村先生

娄水龙门未易亲，休官无过隐之贫。苍梧往事馀双泪，白首名山只一人。鸥鸟欲分高士席，梅花能伴苦吟身。投闲自是千秋计，落日寒江理钓缗。苍梧往事，梅村诗中时追念之，不似牧斋全不提起。

## 毛会建

字子霞，江南武进人。

### 回雁峰

山到衡阳尽，峰回雁影稀。更怜归路远，不忍更南飞。

## 董以宁

字文友，江南武进人。〇文友与陈太史其年、邹进士訏士并有才子之目，生平急友朋难，奋不顾身，亦豪士也。

### 行路难

君言羞与樊哙伍，君言李蔡何足数。岂知人生亦有命，天下贤豪贱如土。况闻长安路，行者亦太苦。君不见卫霍功名由女弟，窦田失意因杯酒。一日不得西京欢，公侯将相难白首。后人更忆华亭鹤，前人已叹东门狗。何如五陵侠少年，红缰白马黄金鞭。弹丸落处胡姬笑，日日滥醉春风前。

### 席上看弄丸歌

临淄即墨天下闻，斗鸡走狗纷如云。我来作客喜结纳，唇舌不减楼君卿。银花之脯八带鱼，主人邀我饮半醺。当筵少年击鼍鼓，更一少年袒臂舞。足下红锦靴，腰间五色组。手持一丸摩云端，一丸未落复一丸。双丸将落承以顶，须臾重入云中看。更出七丸在肘后，两手承蜩左复右。旁有少年拍手嗤，大言此技安足奇。摩顶至地身倒悬，以足弄丸目不施。七丸上下声相击，击声一依鼓为节。是时我醉不欲眠，纷纷罗袖屏前列。前一人弄丸，已如庄生所云矣，后少年以足弄丸，而目不加施，尤为幻中之幻。诗如史公作传，毫髮毕见，韵语中不意如此神奇。

## 渡淮

黄河经北徙，千里背淮流。远树烟中暝，荒城天际浮。人归二三月，南去一孤舟。何处王孙钓，伤心古渡头。读"荒城天际浮"五字，为淮人伤心，今更堤高于城矣。

## 酬邹眉雪山右见怀

入市吹箫一酒杯，十年漂泊孝廉才。苏君说赵谋方用，庾信辞梁赋转哀。家本谈天开稷馆，心伤落日望燕台。莲花万仞飞鸿过，何处空传归去来。

## 闺怨

流苏空系合欢床，夫婿长征妾断肠。留得当时临别泪，经年不忍浣衣裳。诗人写泪者多，无写到此者。

陈子升 字乔生，广东人。县诸生，以荐举官给事中。○乔生诗丽而有骨，原本义山，近代中可俪杨升庵。

## 昔昔盐

鸳鸯楼外乌欲栖，瑇瑁梁间燕吐泥。月晕圆随汉东蜯，天河倾向汝南鸡。万方仪态华灯出，一笑横陈翠帐低。愁见晓鸿征塞北，不知天将定辽西。

何嘉延 字奕美，浙江山阴人。

## 燕子楼

极目古徐州，斜阳睥睨愁。黄河闻改岸，红粉尚名楼。芳草长埋恨，悲风不待秋。尚书遗墓在，可有珮环游。地已变迁，楼名长在，一女子之贞，亦足不朽，可以风世矣。

张可度 字闟筏，江南江宁人。

## 庐山怀古

父居黄阁女崆峒，流水桃花石室中。无限炎威竟何在？成仙却让李腾空。自注 林甫女也。李白有送内之庐山访女道士李腾空诗。

### 沈钦圻

字得舆，江南长洲人。邑诸生，赠内阁学士，兼礼部侍郎。○后学周準填讳。○国初诗沿明季馀习，多宗竟陵，先大父往复陶、杜，自摅胸臆，未尝求工而自中绳削。陆起顽太仆谓锺、谭之风流毒天下，不能濡染，沈生大是豪杰之士。太仆，先大父师也，不轻许人，当时以为笃论。

## 春日招诸生

春风来融融，好花自为开。好鸟林间鸣，求友声喈喈。我心适无事，触物俱和谐。鸟尚求其群，人岂无同侪。花下设杯酒，愿与诸子偕。中心谅有得，各自抒我怀。元化本大公，何用分形骸。春风沂水，无非天趣。

## 生祠

虎丘七里塘，生祠何累累！榱栋高入云，丹雘纷陆离。连墙与接牖，屹然竖丰碑。下承以赑屃，上蟠以龙螭。华文表德行，大论抒猷为。某公居官日，曲折行其私。析利如秋秧，忘却民膏脂。文中颂清节，饮水迈伯夷。某公居官日，断狱无矜疑。五刑任喜怒，罔恤童与耆。文中颂仁爱，皋陶为士师。周览谀悦文，一例惭恧辞。旧有遗爱人，行政介且慈。行如打包僧，萧然去官时。士民走相送，各各涕涟洏。谁为建祠宇？惟留后人思。好官无生祠，墨吏有生祠。好官与墨吏，行人知不知。倾吐出之，如白傅秦中吟，辞气风骨，无一不肖。

## 除夕书事

匆匆岁欲尽，有客过我庐。云有急难事，强梁御诸途。一身惟赤手，何以还里闾。君能急人患，哀声为君呼。援手实我分，焉敢辞有无。所愧生计薄，末由足君须。倾橐赠之去，馈岁无留馀。恐乖家人意，欢颜对妻孥。妻孥知我心，笑言倍怡怡。依然偎榾柮，聊复换桃符。入夜四壁清，此心真晏如。

## 童奴石义托身于阮怀宁府中颇用事招家五弟衷赤往谓微官可得既至弟识乱徵时游倡楼示荒嬉不可用乃放归乍归而留都不复守矣喜其能识时自汙以免因赠以诗

都督满街走，职方贱如狗。自注：时童谣。此时乾坤入醉乡，君臣嬉戏同披猖。剪伐连枝折故剑，一网尽欲罹鸾凰。仆隶招邀吾弟去，人头畜鸣日相遇。寸心陡触大厦倾，厝火积薪难久驻。自荒于色耽倡楼，是乡足乐真温柔。香浓魄醉不知返，一笑似欲三年留。怀宁谓是妄男子，收拾行装子休矣。归来三月陪京亡，子婴奔窜绁于枳。沙虫猿鹤总消沈，大地旋看换涂轨。吾弟依然把耒耕，闲中常话小朝廷。从今永断冠缨梦，抱犊眠云无限情。

## 赠徐元歎 波

少年为侠客，万金散尽不少惜。中岁为诗人，远之楚泽哀灵均。归来慕隐者，脱弃浮荣如土苴。晚岁依空门，庵名落木归本根。我来访君荒山里，留客晚餐烹菊杞。夜寒襆被拥绳床，月满空堂疑积水。不是寻常话箭锋，生平披豁见心胸。卅年无限悲凉事，付与晨钟暮鼓中。

赠诗竟作元歎小传，起手八语，立格甚奇，一结蕴含可思。

## 秦良玉遗像

缨缨银胄垂红緌，裲裆耀日风前披。满月粉颊扬青眉，绣旗飘翻拥长铍。谁人结束整队伍，知是石砫女土司。英雄自古出巾帼，投石战场壮颜色。当年平靖奢崇明，一骑红装万人敌。手持长绳入贼陈，缚贼归来向空掷。思宗季年纷战争，勤王誓师万里行。至尊一语表英武，「桃花马上请长缨」。自注：思陵赐诗中句。后来献贼入巴蜀，龆龀不遗横杀戮。勤王兵残势穷蹙，子丧弟死一身独。连斩六贼力已殚，拔刀自刎身不辱。忠勇义烈兼有之，女中张许谁能续。即今遗像馀桓桓，摧激人间壮士肝。愿将效死沙场女，追配从军古木兰。千古奇人，诗亦极力写之。○明史谓良玉寿终于家，然先大父同时人，亦似有据，岂所云所闻异辞者耶？

## 梅

冰霜磨炼后，忽放几枝新。独立江山暮，能开天地春。自然空色相，谁与斗精神。野客闲相对，如逢世外人。脱尽窠臼，笼罩前人。

## 咏史

卧薪尝胆日，纵饮擘笺时。但识凭江险，而忘厝火危。一堂争洛蜀，四镇角熊罴。此日王夷甫，清言或未宜。

君臣鱼水合，半壁且游嬉。殿上黄幡绰，宫中郭顺时。还须求故剑，慎勿剪连枝。野老瞻乌意，茫然空尔思。此留都时事也。不止「从臣皆半醉，天子正无愁」矣。须求故剑，勿剪连枝，草野自存公论。

## 后咏史

江山何止割鸿沟，白马青丝尚未休。貂到续馀惟狗尾，侯当封处总羊头。不容党锢逃张俭，只许烟花选莫愁。况是龙蛇互相斗，元戎若个赋同仇。

东周东汉竟如何？消息传来岂尽讹。嬉戏无如李天下，诙谐合有镜新磨。摸金使者征求遍，指鹿元臣炀蔽多。江畔野人空怅望，恐教荆棘卧铜驼。连上二章，小朝廷之亡亟亟矣，可云诗史，讵止隶事之工。

### 重阳后二日同叶圣野襄补登高

如此河山著此人，登高触绪总伤神。有朋共洒新亭泪，无扇能遮庾亮尘。白雁唳时来绝塞，黄花开日过经旬。传闻消息君知否？世外巢由作凤麟。

### 闻钱蒙叟尚书辞世

真共麻姑阅海桑，俄看文曜掩寒芒。石城众只哀袁粲，南部名曾重范滂。已陨柳枝空有室，时河东君随死，所居名我闻室。未荒红豆尚留庄。史才天与因多寿，转使词人咎彼苍。原其曾为范滂，正惜其不为袁粲也。末以天付史才宽之，若回护，若不回护，工于讽谕。

## 送杨曰补南还

去年春尽同为客，此日君归又暮春。最是客中偏送远，况堪更送故乡人。四层曲折，一气传写，又脱口而出，略不雕琢，是唐人绝句品格。

梁逸 字逸民，江南昆山人。著有红叶村诗。○逸民人与诗俱不入时，叶文敏序而传之，卷中意味稍薄，而氛块俱消，翛然自远。

## 把酒桃花下

茅屋水声里，面面桃花红。深杯独浅酌，花落盈杯中。今日向花醉，明日枝头空。开落固有时，何用嗟春风。

## 泊舟古渡

渡头枫叶正飘零，驿外空传旧有亭。两岸云封千嶂白，五更霜落一灯青。涛声入枕愁先觉，寒气侵人酒易醒。莫向洞庭悲木叶，恐惊瑶瑟怨湘灵。

阮旻锡 字畴生，福建同安人。

## 还家

尽室遯江村，乍归未识路。却问路旁人，为指门前树。痴儿各长成，有弟亦同住。病妻久卧床，淹淹迫岁暮。独客苦思乡，还乡如客寓。二亲掩重泉，凄清感霜露。回首望禾江，旧庐杳无处。信宿不遑安，又复出门去。向于京口见无名氏诗，有「万里是乡家是客，三冬披葛夏披绵」句，写尽作客情事，读此诗尤觉黯然。

## 咏薇

微雨春舒叶，严霜岁植根。一拳沧海曲，千载首阳魂。叹世君臣薄，闻风草木尊。商周日已远，采罢亦何言。咏高节也。不脱不粘，得老杜咏物体。

## 七忠祠

遗庙凄凉落照馀，诸公抗节竟何如？可怜苦战平都督，不及临戎铁尚书。风雨孤城犹黯淡，河山故国已丘墟。峨眉亭上题诗客，千载伤心论革除。

## 陶　澂

字昭万，以生当季世，更字季，江南宝应人。著有湖边草堂、舟车等集。〇陶处士诗，英伟沈挚，感时伤乱之作，以诗为史，直欲上溯杜陵。〇萧樵字樵，莱阳人，与陶季皆以一字为字。

### 当垂老别

枪雲起西陲，阴翳纷四塞。地缺紫溟涨，天倾白日蚀。中原正格斗，东南括民力。宰相出筦兵，奔走不得息。江汉恃锁钥，矫矫虎而翼。尾大莫敢制，痈溃徒自戚。带甲十万人，秦越终异域。诸藩复流虐，淮泗苦毕弋。天子日深居，优诏还示德。侧闻京尹令，上奉司马檄。大募勇健儿，蹶张守隝壁。老夫年半百，须发尚黎黑。沃土弃蓬萧，诸男死锋镝。入为饥寒并，出为豺狼逼。不如事征战，横行寄胸臆。孤独饥寒，复为官长困逼，不如转战之冀幸于万一也。与少陵之「家乡既荡尽，远近理亦齐」同一用意。〇鲍明远有代古人题诗，当犹代也。

### 当新安吏

我生遘末造，天戒犹未央。连延三辅地，十岁九旱蝗。害气致晦蒙，妖星为欃枪。有时雨如血，疵疠见伯强。中原复凶饥，行者心尽伤。城郭渐芜塞，弱肉争豺狼。边境士易骄，脱巾呼癸庚。丝管敛且尽，国计何苍黄。守臣系安危，川决必有防。涓涓不能遏，泛滥日以长。蛾贼关西来，纵横入畿疆。诏纸下六郡，大义诚激昂。我亦良家子，戴履共一王。闻诏即自誓，肯复依旧乡。雄剑久挂壁，拂拭生辉光。持此报恩去，存殁惟沙场。

## 当石壕吏

结带事远方，六亲相决绝。明日疆埸人，今日尊酒别。远人语六亲，此行勿啼血。丈夫急国难，草莽亦臣节。中宵闻点兵，慷慨荷长戟。落月光亏蔽，泉流水呜咽。同行各有类，宛马蹄蹜铁。临敌愤欲前，贼势颇猖獗。至尊日西顾，屈指大献捷。嗟哉羊将狼，情事不可说。前日侦者至，愿即受羁绁。幕府为解颐，辕门尽欢悦。革面未旬日，仍复据其穴。全楚入刳屠，中州土崩裂。王孙罹婴祸，宰相实塞拙。悔罪独雉经，谁云是明哲。我本远戍人，顾此愤益切。进止莫敢议，吞声驻冰雪。流寇伪降旋叛，而枢臣刚愎自用，至全楚受屠，王孙被难，张献忠所云「借王以断杨嗣昌之头也」，计无复之，悔罪自经，而国事不可为矣。此种诗令读者可以论世。

## 当新婚别

忆昔妾未字，生小皆清门。相逢两无忌，比舍同六亲。十四年稍长，逡巡始畏人。十五值时难，风雨啼空村。十六今于归，媒妁无一存。前日府帖下，淮南大兴屯。王事不敢避，执殳行苦辛。君行在须臾，裀席难久温。君意岂独忍，奈此覆冒恩。黄巢犯东都，六宫如飘尘。至尊尚莫保，况乃惇穷身。裁缣作裲裆，密纻裹以纯。君情毋弃捐，妾有双泪痕。

## 将进酒

白日黯黯容易过，春风玉颜当奈何！君能忘忧我和歌，重倾迭酬金叵罗。臇凤脂，劈麟脯，炊珠羹，流玉醑。忧来填膺不能食，何如交欢及尔汝。君不闻闭关沉湎称达生，又不闻大呼狗窦千载名，人生不饮空独醒。

## 苦雨词

鄱江㳽㳽吹雨天，五月无禾成白田。桔槔虽具下力难，可怜来日无朝餐。辛勤终岁不得息，昨夜传闻羽书急。君不见东邻向壁哭未休，长男输役中男囚。

## 曹舍人寓斋闻捣衣作

广庭月白秋漫漫，主人有酒留客欢。谁家思妇罢织素，坐调清砧当夜阑。砧声断续露华湿，还闻门外莎鸡泣。同是天涯离索情，感时最有闺中急。力尽回房泪点多，遥怜此际蹙双蛾，西风入怀奈独何！

## 赠陈蔼公

往者曾读边令传，云是保定陈子作。才雄法赠有根柢，菁英满前气旁魄。我尝仿佛思其人，千里停云阻河朔。今年得遇恒山阳，斗酒论文慰萧索。忆余为客西复东，门前车辙无一同。高曾规矩久芜没，后人不识般倕工。君今著书已逾尺，况复身亲见兵革。一嚬一笑皆有由，岂是寻常老逢掖。莫言上策不见收，长安少年多彻侯。君才如此合贫贱，且醉醇酒吟清秋。君不见江河之势原东流。边令，米脂令边大绶也，曾发李自成祖茔，蔼公作传表之。

## 蛮触行

秋林湿尽土花碧，蜗牛延缘不逾尺。角中两大安如山，胡为相寻日相戹。东帝西帝齐与秦，当年自谓英雄人。一朝粘壁竟槁死，沛公出为汉天子。横览古今，何非蛮触，借齐秦以发其大凡。

## 陈思王墓

斜日下高树，秋风生细尘。可怜衰草地，犹是建安人。白屋更新主，青山结故邻。童童双桧在，风雨各千春。三四语为时所称。

## 题康郎湖忠臣庙壁

草昧龙争日，风云得武臣。乘时元赤帜，奋迹岂黄巾。羽檄绥南服，天垣动北辰。断蛇先谶楚，逐鹿后降秦。建业王居正，洪都战血新。旌旗迷过鸟，矢石骇潜鳞。借箸应无匹，焚舟若有神。阽危社稷重，仗节死生均。日月躔双璧，羌戎奠九垠。君恩五等锡，士气一朝伸。孙子圭璋在，春秋俎豆陈。白波吹浩瀁，苍瓦覆嶙峋。往事今为烈，羁人感自真。临流独横涕，萧瑟对秋旻。视李北地作较典切，兼有骨力，此种全从杜陵得来。

### 赵与梗 字楚材，福建龙溪人。有珠谷剩草。

## 九日杂咏

寒食吊之推，端阳悲郢客。如何重九日，不祀陶彭泽。

### 董阁 字隐僧，江南吴县人。

## 岁杪送青来游滇

远游当岁暮，为养反离亲。贫士千秋恨，依人万里身。丹崖盘鸟道，黑水暗龙津。嗟我犹羁旅，离筵倍怆神。

郁　植　字大本，号东堂，江南太仓人。诸生。○东堂八岁应试作五伦论，吴梅村祭酒见而奇之。既长，研穷古学，为王新城尚书赏识。康熙己未，以博学鸿辞荐，未应试卒。诗体裁盛唐，不落元和以下，读悲歌六章，可以见其生平。

乌夜啼

碧梧坠露惊秋早，罗帏猥转愁难晓。乳乌啼断井栏西，闺中一夜青丝老。只可闺中伴我愁，乌啼切莫向边州。卢龙碛里征人在，多恐闻时也白头。

猛虎行

猛虎突出势恒怒，不住深山踞当路。风高月黑闻啸声，四野行人尽回步。一虎之猛尚可当，群狐假窃牙爪张。岂无壮士欲手搏，出门四顾心彷徨。耽耽尔威谁养就，昔犹昏暮今白昼。瞑目从教凡兽惊，肥身那管饥民瘦。虎兮虎兮知惧无？灞陵亭下秋草枯。飞将猝发金仆姑，石犹饮羽况尔乎？比高青丘作发露几许矣，然近日猛虎力量更大，飞将军恐亦敛手。

## 韩侯钓台

王孙昔钓长淮流，钓竿一掷重瞳愁。赤龙得水上天去，鐘室酬功付刀锯。汉家青史两钓台，千秋独为韩侯哀。何如客星早归钓，一别东都更不来。两钓台意思陈矣，作者说来偏见其新。

## 悲歌

男儿三十尚贫贱，土室低头事笔砚。落魄恐遭厮养辱，苦吟畏被妻孥见。冬日不炉夏不扇，坐穿一榻破万卷。西行发策献至尊，致身不受将军荐。由来绛灌谗贾生，胡用若曹弄柔翰。齐门挟瑟嗟徒工，独立荒郊泪如霰。

我欲归种襄阳田，背依高山面大川。妇馌男耕自怡悦，伏龙雏凤相周旋。不尔亦是桃源仙，桑麻鸡犬别有天。谁知此乐难再得，商羊旱魃迭弄权。东邻输租鬻小女，石壕夜呼横索钱。西家老翁徒壁立，惟忍冻饿长安眠。

旁人劝作洛阳贾，鲜衣如云马如虎。大儿羽林充宿卫，小妇邯郸善歌舞。明珠白璧家盈箱，昼攫锱铢夜勾股。啧啧猗顿独何人，却笑黔娄徒自苦。吾曹意气耻阿堵，挥斥黄金贱如土，安能跼蹐屠沽伍。六章相连而下，古人篇法，起手甚健。

脱身从军向绝域，大食乌号悬两腋。部中不满五千骑，百战沙场尽辟易。尉佗系组明光宫，楼兰悬首长安陌。凯歌入关报天子，始信书生万人敌。一朝坐失幕府欢，缚下都船对刀笔。卫青天幸辄有功，李广数奇竟何益。

流沙北去弱水东，琅玕作树珠为宫。藐姑仙子冰雪容，导以翠节双青童。我欲从之问丹诀，直与天地同无终。秦王汉武皆英雄，楼船浩荡乘长风。狞龙吹水作山立，三千娇女沉渊中。骊山茂陵空白骨，不死之药何时逢？设想愈幻，愈幻愈妙。

学仙学剑两无成，为贾为农安足道。中心不羡黑头公，贫贱何妨邓禹笑。有琴耻向贵主弹，有门耻为丞相扫。流行坎止随所如，入世那能量枘凿。邺侯架上皆吾师，吾将终焉从吾好。此章总收，结穴在此。〇不步趋少陵七歌，而风骨神味自合。

## 观灯行

新年半月雨不歇，连巷春泥马蹄没。差池已过赏灯时，金尊玉管花空发。娄东刺史趁新晴，特促然灯照夜明。珠箔舞残初见月，红窗歌转乍闻莺。六街九陌灯光晓，海城今夜春生早。不是官衙恣宴游，为民预祝秋成好。对景翻教忆去年，此时听雨正高眠。华灯却掩春宵寂，谁道秋来更可怜。九月十月风雨恶，到处田畴尽萧索。卖男鬻舍仅供粮，那有馀钱更行乐？闻说言官特疏求，减租诏下可无愁。不辞彻夜笙歌沸，及此风光乐未休。乐事无多忧转续，书生迂愿何时足。乞取蟠螭玉九枝，携来遍照流亡屋。点缀太平，忽忆去年愁惨，波澜层叠，哀乐无端，末二语可云歌以当哭。

柬顾亭林先生

惊喜相看问阿翁，少年连袂各头童。家从十五年前别，身在三千里外同。且注虫鱼潜砚北，任教车马过墙东。乡关耆旧多萧索，阅历如公道未穷。

登州城南楼柬张庆馀

高城遥对暮云平，独客登临感慨生。附郭尚馀三户在，几家能办十年征。霜清废垒寒乌集，月黑孤村野烧明。寄语子山休作赋，江南风景倍伤神。

客晓

欹枕荒郊鸟乱啼，渐闻人语板桥西。愁边觅句天难晓，梦里还家路易迷。两岸茭芦千里雁，五更霜月一村鸡。吴侬到此肠先断，况复高城急鼓鼙。

## 读史偶感

兵压邯郸气欲吞，时危公子下监门。满堂珠履三千客，朱亥从来未受恩。与毛遂定纵同意。

勋名尽室少齐肩，翻为椒房受祸偏。万乘不能求一女，当年最有日䃅贤。霍氏功高，不及金之谨密，拈出两家，为千古鉴戒。

### 王　概　字安节，江南江宁人。

## 题画

湖干路僻无车马，葭菼苍苍凉到天。长日接䍦慵不著，草堂闲对鹭鸶眠。从渔洋诗话中采入。

### 徐　柯　字贯时，江南吴县人。○此文靖公次子、俟斋逸民弟也。始则风流跌宕，继归和光同尘。诗半入温柔乡语，与俟斋各行其是，岂所云「首阳为拙，柳下为工」耶？存诗二章，以志崖略。

## 早春园林感兴

已典春衣尽，还惊春色来。百花南向坼，一雁北飞回。浊酒从儿醉，轻罗任妇裁。平生萧瑟意，身世几悲哀。

## 欲雪限韵

惨淡庭松色，喧啾檐雀声。有苔封玉砌，无露到金茎。已厌浮云重，还看扬絮轻。应知陇上者，此际辍深耕。有寄小妇诗，中云：「香能损肺熏宜少，露渐沾花摘莫频。」一时传诵，摘录于此。

**文点** 字与也，江南吴县人。○与也先生为文肃公孙，隐居竹坞，城市罕见其迹，工写山水，不轻许人，有贵介多方求之。已写就矣，闻其人恋官职不顾堂上，即随手裂破，其耿介如此。

## 呈芸斋先生

天宝开元事已陈，风尘宇内老遗民。偶谈先世频挥涕，为破家园只负薪。训子八行文不灭，自注：忠介公家书。讼冤一疏血犹新。自注：芸斋为父讼冤血疏。衣冠古朴人谁识，认是林宗垫角巾。芸斋即忠介公冢子子佩先生也，一门忠孝，于赠答中，传写尽之，得立言之体。

## 渡江

青山如故人，江水似美酒。今日重相逢，把酒对良友。

## 题曹叔则照

古井心情不起澜，画图犹著晋衣冠。形容莫诮吟诗瘦，曾见铜仙泣露盘。

陈　珏　字比之，广东海阳人。

## 冬日同友人游南岩精舍留宿次达上上人韵

一路霜风落叶深，偶逢知己入空林。云停似欲依禅定，鹤立居然有道心。古洞灯微涵暝色，夕阳钟动出寒音。十年辛相浑闲事，聊与山僧和苦吟。

陆　进　字荩思，浙江馀杭人。

## 题宋高宗六字碑 自注：硃书传忠广孝之寺。

雲门野寺古禅关，片石峨峨烟霭间。一自翠华来胜地，常留宸翰纪名山。丹文不变千年色，碧藓难侵六字斑。堪笑花宫称广孝，君亲当日几时还？宋高不报父兄之仇，称臣称侄，其罪擢发难数矣。一结讥笑之中，严于鈇钺。

朱尔迈　字人远，浙江海宁人。○此亦王新城所赏识者，虽欠精警，而气体自不落小家。

## 葛洪丹井西寻唐顾逋翁读书台旧址

阴阴涧底花，落落岭头柏。苍苍云雾重，渺渺人家隔。相传葛稚川，烧丹此中宅。至今丹井间，红泉漱白石。石上台何高，栖迟合骚客。新藻洒芙蓉，英辞动金碧。千载人读书，余也忝后席。学仙仙未成，知音怀夙昔。独自抱琴来，慨焉终日夕。

## 铁陵庙

弱冠雅负奇，矢志凌云表。匹马佩弓刀，出自三关道。报恩功未酬，独立伤怀抱。归卧南山南，荒林迹如埽。更上铁陵关，往事尤悄悄。浮云卷大旗，落日耀空堡。嗟哉明武军！一往乱飞鸟。战血郁未消，化作山头草。枝枝带征魂，遗恨何时了？

### 韩纯玉

字子蘧，浙江归安人。著有蘧庐诗。〇子蘧系求仲子，求仲为汤霍林所累，不无失身之讥，子蘧终身抱憾，时时饮泣。

## 题李营丘风雪运粮图

自古尝称蜀道难，百步九折萦岩峦。何况严冬深雪里，寒氛晻霭逾千盘。前峰崒嵂矗天起，后峰连绵势未已。猿猱不度鸟不啼，悬崖无根谷无底。峨眉剑阁雲万重，扪参历井摩苍穹。蛟龙蟠拏古木偃，蝃蝀旎舵飞梁通。此时何处来徒众，运粮千里挽输重。仆夫股栗泥没胫，车轮欲摧马蹄冻。谁能画者李营丘，秋毫细晰天为愁。心神自与元气合，笔力直与造化侔。营丘本属唐宗系，邦家正值凌夷际。隆准王孙泣路隅，纥干冻雀遥飞去。天宝以降传乾符，车驾几度留戎都。汉阴馈饷骡背负，百官始得充朝餔。蜀道之难难若此！危途数困唐天子。当时写此非偶然，后来题者赵承旨。承旨亦是宋天潢，笔墨神妙真相当。徘徊叹赏最珍惜，似因弱宋悲残唐。唐郊宋社久荆杞，又曾再阅沧桑矣。书画还从世上传，乾坤旧事随流水。此卷经今八百年，卷中陵谷犹未迁。收藏印记亦屡易，令人对此情惘然。君不见自有书契来，陈迹悠悠皆可睹。空将哀乐感兴亡，凭吊环州一抔土。呜呼！岂必王孙心独苦。弱宋残唐，遥遥相应，见画与题画者无限经营苦心，不止笔墨之工也。人君尚德不尚俭意，于言外见之。

### 汉阳渡口作

汉阳窥鄂渚，夹岸走长虹。小艇双飞燕，中流五两风。一江分二郡，三国斗群雄。多少兴亡事，销沉向此中。自注：楚江小艇，一人掉两桨，名双飞燕。

### 玄墓山遇明孝廉徐昭法即别怆然有怀

邂逅逢君泪满襟，殷勤重话岁寒心。还元阁上秋风急，尹树堂前暮色侵。初服不随沧海变，高情长与白云深。暂时把臂还成别，欲访幽栖何处寻。自注：寺有还元阁、尹树堂，勿斋先生读书处。

## 魏际瑞

原名祥，字善伯，江西宁都人。○此叔子长兄也。魏氏兄弟工古文，韵语非其所长，伯子虽多败阙，然时有生气。韩侯钓台云：「曾说妇人偏只眼，空传霸主是重瞳。」赠人云：「天地有时馀尔我，英雄无主笑曹、刘。」可以见其气概。

### 诸葛公墓

定军山下柏蒙茸，旷古精诚在此中。三尺孤坟犹汉土，一生心事毕秋风。孙曹未灭成何世，天地无知丧此公。千载伤情惟杜宇，年年啼血树头红。「三顾频烦」、「两朝开济」，举其在生时言，此举其既没后言，立论各有所主。

### 金山

大江东下海门宽，万里奔流激箭湍。不信山从水底出，却疑身在画中看。龙窝灯火千株动，蜃气楼台一点寒。谁道风波不可涉，风波危处却平安。

### 江头别

白石山过紫石山，鸬鹚滩下鲤鱼滩。山山连接滩滩急，游子南还何日还！竹枝遗响。

王遵坦 字太平，山东益都人。随肃王平蜀，以军功得官，至四川巡抚。著愿学斋集。

## 雪浪滩

午枕不可竟，醒此惊湍声。堆雪耀昏夜，殷雷喧夏晴。譬诸磊落士，所鸣恒不平。笑彼清泠潭，泯泯含微明。

## 古镜

世间铜臭久尘埋，圆璧千年出洛街。晓步相随双凤珮，晚妆应照九鸾钗。微茫斑驳云生面，错落光明月入怀。最好琼楼伴仙子，素娥斜捧上瑶阶。玉溪生体。

胡介 字彦远，浙江钱塘人。有旅堂诗集。

## 吴梅村被徵入都

海外黄冠旧有期，难教遗老散清时。身随杞宋留文献，代阅商周重鼎彝。满地江湖伤白发，极天兵甲忆乌皮。重来簪笔承明殿，记得挥毫出每迟。

幕府征书日夜催，宫开碣石待君来。归心更度桑乾水，伏枥重登郭隗台。花萼春回新侍从，风雲气隐旧蓬莱。暮年诗赋江关重，输却城南十里梅。梅村之出，由于徵召，诗中特为表白。

一尊雨雪坐冥蒙，人在汪洋千顷中。老骥犹传空冀北，春鸿那得久江东。榛苓过眼成虚谷，禾黍关心拜故宫。我亦吹箫向燕市，从今敢自惜途穷。榛苓、禾黍，动以西方彼美、靡靡行迈之思。

碧海黄尘事有无，此来风雪满燕都。遗京节度新推毂，盛世朝廷倍重儒。花暗凤池思剑珮，春深虎观梦江湖。悲歌吾道非全泯，坐有荆高旧酒徒。余书梅村诗后云：「蓬莱宫里旧仙卿，自别青山悔远行。拟作栩阳离别赋，江南愁杀庾兰成。」恰如梅村身分，读此四章，尤觉用意微婉。

朱徽 字遂初，江西进贤人。

## 舟行雩都道中

春日既已暮，山溪水亦长。缘越殊未极，兹焉复理榜。川原霭回郁，触目纷万象。鸟啼山木暗，人语滩石响。雨外峰明灭，风前花偃仰。岫转失来踪，沙明得前朗。鱼跳碧潭中，猿引苍藤上。壁隙鬼神劖，石皴仙人掌。时或遇平旷，茅屋兀三两。予本倦游人，取次惬心赏。逢山拟便登，遇水欣长往。只此区中迹，已深霞外想。何时纵所如，悠然息尘鞅。

舒忠谠 字鲁直，江西新建人。

## 滁州遇避寇人过江

半夜频呼起，寒风送我行。英雄消马迹，天地感鸡声。垒破才添戍，村空又避兵。始知班定远，不肯作书生。

# 清诗别裁集卷八

## 屈绍隆

字介子，更名大均，一字翁山，广东番禺人。诸生。弃为僧，名今种，字一灵，后复为儒。著有翁山诗外。○缪天自云："诗有俚语，经顾宁人笔辄典；诗有庸语，入屈翁山手便超。"洵为定论。○翁山天分绝人，而又奔走塞垣，交结宇内奇士，故发而为诗，随所感触，自有不可一世之概，欲觅一磊落怪伟之人对之，艺林诸公竟罕其匹。○诗外中七言古以古律句互用，无浩气健笔举之，少一片清锵金石声也。七言律高浑兀奡，不事雕镂，五言律如天半朱霞，雲中白鹤，令人望而难即。大家逸品，兼擅厥长。

### 赠朱士稚

神虬乐泥蟠，鸿鹄安紫荆。飞腾亦何难，所贵忘吾形。子房久破产，一身如浮萍。英雄不失路，何以成功名。高歌送君酒，词采郁纵横。神仙尔何愚，犹未齐死生。明月在沧海，光华虚复盈。无怀千载忧，酣放聊沉冥。天地一尘垢，吾心独太清。「英雄不失路」二语，亦吊古，亦赠人，亦自道。

### 奈何帝歌

陈后主将亡国，锺山群鸟翔鸣，曰：奈何帝，奈何帝。

奈何帝，奈何帝，风流亡国亦足豪，美人相抱井中坠。可惜井中水不深，美人不死伤我心。泪痕化作胭脂痕，千秋漠漠苔花侵。苔花侵，美人墓在清溪阴。不死胭脂死清溪，可怜不作井中泥。国亡不恨恨惟此，山河不易一女子。竟说叔宝全无心肝，有何意味，妙以情语出之，使读者转见其可怜。

家园示弟妹

先人好种药，遗我神农书。与子理常业，参苓带雨锄。道从多病入，力是耦耕馀。莫叹生涯拙，韩康此隐居。

摄山秋夕作

秋林无静树，叶落鸟频惊。一夜疑风雨，不知山月生。松门开积翠，潭水入空明。渐觉天鸡晓，披衣念远征。天机自流，岂关人力。

木末亭拜方正学先生像

宗臣遗像在，对越孝陵云。周礼难为国，姬公竟负君。龙蛇迷旷野，日月在孤坟。莫问三杨事，忠良道各分。重臣之迁，叔父之墓，二语道尽，结意辞虽婉曲，意严斧钺，春秋之笔也。

## 灵谷探梅

几树傍朝阳，门名。犹承日月光。白头宫监在，攀折荐高皇，上苑樱桃尽，华林苜蓿长。春风空有意，先到独龙冈。

## 雲州秋望

白草黄羊外，空闻觱篥哀。遥寻苏武庙，不上李陵台。风助群鹰击，云随万马来。关前无数柳，一夜落龙堆。「风助」，助字有力，「云随万马来」，与谢茂秦「风生万马间」，各极其胜。

## 鲁连台

一笑无秦帝，飘然向澥东。谁能排大难，不屑计奇功。古戍三秋雁，高台万木风。从来天下士，只在布衣中。一起突兀，三四十字成句，五六写台，结语见自己抱负。一只字，不许他人共为天下士也。有胆，有力。

## 自白下至檇李与诸子约游山阴

最恨秦淮柳，长条复短条。秋风吹落叶，一夜别南朝。范蠡湖边客，相将荡画桡。言寻大禹穴，直渡浙江潮。一气神行，太白后无继起者，此种诗，正以不著圈点为高。

## 广昌

此地蜚狐塞，神京一线通。长城带天末，古戍接云中。马踏三秋雪，鹰呼万里风。河流声太苦，应为客途穷。

## 杜曲谒杜工部祠

城南韦杜潏川滨，工部千秋庙貌新。一代悲歌成国史，二南风化在诗人。少陵原上花含日，皇子陂前鸟弄春。稷契平生空自许，谁知词客有经纶。少陵诗史，人皆知之，原本二南，作者独拈出也。「词客有经纶」，只教房琯一节，朱子深许之。

## 人日衡阳舟中

人日雪霏霏，孤舟上翠微。帆随南岳转，雁背碧湘飞。知己惟长剑，还家复短衣。猿声如送客，薄暮更依依。

## 吊雪庵和尚

一叶离骚酒一杯，滩声空助故臣哀。金川自逐鱼衣去，玉殿谁教燕子来？一姓终怀亡国恨，三仁难得逊荒才。君臣泪滴袈裟湿，怅望台城日几回。

## 望晋恭王园

襟带河汾玉殿长，一朝弓剑委秋霜。将军死战哀宁武，帝子生降恨晋阳。马首关山空落日，城中歌吹动清商。悲风处处吹松柏，谁到并州不断肠。

## 蜀冈怀古和卓子任

玉槛珠帘总一丘，春魂多半在迷楼。蘼芜亦爱雷塘路，十月青青不肯秋。

## 陈恭尹

字元孝，广东顺德人。著有独漉堂诗。○广南三家，翁山擅长五律，药亭擅长七古，几无与抗行者，元孝自逊力量不及两家，而诸体兼善，七律尤矫矫不群，诗名鼎立，不虚也。向从明诗综入前代中，今考元孝之殇，在康熙中叶，仍三家并存。

## 日本刀歌

白日所出金铁流，铁之性刚金性柔。铸为宝刀能屈伸，屈以防身伸杀人。星飞电激光离合，日华四射曈曈湿。阴风夜半刮面来，百万愁魂鞘中泣。中原岁岁飞白羽，世人见刀皆不顾。为恩为怨知是谁，宝刀何罪逢君怒。为君昼盛威与仪，为君夜伏魍与魑。水中有蛟贯其颐，山中有虎抉其皮。以杀止杀天下仁，宝刀所愿从圣人。与药亭作用意各别，而尊崇中国指归略同，勿但赏其能作惊人语。

## 赠余鸿客

蜀犬不识日，群吠声狺狺。越人贱章甫，不以易文身。中原龙战二十载，万事反覆如朝昏。我行惊惧伏草莽，举国大笑为愚人。何来年少金陵子，肯道相思满人耳。三年觅我二樵间，一夕逢君五羊市。倾山倒海见胸臆，白日照耀肝肠里。羁贫无酒留君欢，对坐江楼饥不起。是时积雨江上晴，丹枫乱落寒蝉鸣。长风驾浪作丘壑，蜃楼海市相峥嵘。赵佗朽骨为黄土，陆贾诗书亦何补。朝台空有汉家名，浩叹今人不如古。今人古人间容发，举足之分邈燕越。眼前得丧等雲烟，身后是非悬日月。怪君茂龄怀抱奇，严君风义兼能诗。曾窥一二每心折，安得天马无龙驹。荒城气黑落日短，强为吾子停斯须。如君意气复何道，所愿故心终不渝。

## 柏舟行为区母陈太君赋

柏舟两髦犹可仪，陶婴黄鹄曾双飞。夫人为妇已头白，眼中未识君光辉。自言生长大夫女，经史胸襟炳如炬。父母有命儿有心，纵不言承已心许。心期颉颃同一林，天教殊绝同辰参。人生意气贵一诺，妾宁负天不负心。妾父有男妾有姊，君家大夫只一子。有妻于俗得孤立，无妻为殇终已矣。素车白马入君门，由来为义非为恩。身安分命甘若荠，半生衣枕无啼痕。当年十五今五十，嗣子成立皆有孙。呜呼！男儿陷胸绝脰死容易，就义从容人所畏。青闺冉冉盛年徂，寸心一矢终不渝。千金之剑赠墓树，至今谈者犹区区，何况赠以千金躯。乃知未仕报韩者，古今所以为丈夫。负天不负心，天指母氏，本共姜「母也天只」句，区大夫止一子，无妻不立后，则后绝矣。此陈太君能见大义处，诗中曲曲传出。

## 边草

勿论荣与悴，今古恨无穷。雪散烧痕上，青归战血中。天长垂大漠，地远后东风。独有明妃冢，年年似汉宫。「青归战血中」，五字惊人。

### 秋戍

汉皇犹自将，卒土敢言劳。共命惟良马，馀生托宝刀。侵霜秋柝冷，占气夜天高。未见功成日，还家已二毛。

### 蜀中

子规啼罢客天涯，蜀道如天古所嗟。诸葛威灵存八阵，汉朝终始在三巴。通牛峡路连云栈，如马瞿塘走浪花。拟酹昔贤鱼水地，海棠开遍野人家。王汉王于巴、蜀、汉中，汉于此兴，后主不能守蜀而汉亡矣。四语可与论古。

### 邺中

山河百战鼎终分，叹息漳南日暮云。乱世奸雄空复尔，一家词赋最怜君。铜台未散吹笙伎，石马先传出水文。七十二坟秋草遍，更无人表汉将军。表扬才华，褫夺奸魄，论最平允。

### 隋宫

縠洛通淮日夜流，渚荷宫树不曾秋。十年士女河边骨，一笑君王镜里头。月下虹蜺生水殿，天中丝管在迷楼。繁华往事邗沟外，风起杨花无那愁。

## 虎丘题壁

虎迹苍茫霸业沉，古时山色尚阴阴。半楼月影千家笛，万里天涯一夜砧。南国干戈征士泪，西风刀剪美人心。市中亦有吹箫客，乞食吴门秋又深。极熟题须一洗窠臼，此为得之。

## 送姜山上人游南岳

送师西去重低徊，曾上衡山绝顶来。夏帝碑芜虫篆遍，楚天峰断雁行回。灯前鬼芋穿沙出，雾后僧门凿雪开。正是到时二三月，上方明月下方雷。奇景得奇句写出。

## 发舟寄湛用喈锺裴仙湛天石

扶胥古渡水凄凄，雨后移舟望转迷。数口寄居秋草外，一身为客楚云西。家无兄弟依朋友，地夹河山畏鼓鼙。知己片言应不负，乱离妻女借提携。如面诉友朋，宛转关生，情文并至。

## 读秦纪

谤声易弭怨难除，秦法虽严亦甚疏。夜半桥边呼孺子，人间犹有未烧书。

董道权 字秦雄，浙江鄞县人。○秦雄诗工于言情，层出不穷，有长袖善舞之态。

## 雪中答李杲堂

鄮陵孝廉重然诺，约我今秋醉桑落。先人有友官并州，我欲从之客雁丘。高堂有母缺甘旨，负米何辞数千里。杲堂李子忧我闭门饥欲死，告以远行为色喜。酌我黄金罍，赠我青铜钱。低徊不忍别，此别须经年。袖君之钱醉我酒，城东城北频回首。归来儿女候柴门，笑指瓶中不盈斗。牵衣问我欲何之？今年丰熟仍苦饥。爷未出门共爷语，爷既出门啼向谁？示儿袖中钱，故人佐行李。移与易米薪，且以救妻子。量米数薪堪作数日食，买舟无资行不得。他日仍登李子堂，李子为我作歌声苍凉。曳履依然守蓬荜，得酒且与倾壶觞。昨夜雪花如掌大，草阁严寒只偃卧。午馀日色照西窗，起把君诗读几过。窗前冰雪消有时，故人颜色长相思。友人赠钱为远行资，乃归易薪米，仍守蓬荜，贫士实有此苦也。仍复登友人堂赋诗饮酒，绝无羞涩，犹见古人交道。

## 王麟友同宿客舍志感

广陵城中夜击柝，广陵城头啼乌鹊。尔我相逢语正繁，僮仆无情睡先著。微风忽起摇灯光，轻寒稍觉侵衣裳。鼓声坎坎下三四，解衣灭烛眠匡床。与君展转各无寐，细数年来不得志。为惜天涯此日身，转忆先人旧时事。君家曾祖大司空，清名文誉闻江东。神光两朝焚谏草，燕齐百郡铭河功。闻讣朝廷倍惆怅，特命春官予祭葬。卮酒分出天府浆，墓道筑就东园匠。此时万国来车书，至尊别殿梦华胥。潼关烽火起仓卒，延秋龙斗争欷歔。若翁司空冢孙子，自拜国恩心国耻。策马请监丞相军，守城遂同丞相死。此时君作怀中儿，何处寻来马革尸。今逾二十善词赋，蓼莪开卷徒伤悲。吾翁若翁交最好，吾翁贤书年独早。七篇屡下南宫第，一裘敝尽长安道。负囊簪笔越王台，角弓铁骑吴山来。白眼世上谁共语？散发江湖只自哀。闭门著易忘暮年，把酒读史呼苍天。嗟我三十尚失意，山高著述何时传？若翁游魂归未得，吾翁买土葬无力。相逢此地喜欲狂，相看今夜愁如织。披衣起坐闻荒鸡，欃枪在天明月低。客舍相遭，追述累世交谊，忽悲忽喜，百感茫茫，自是意动神随之候。

**任元祥** 字王谷，江南宜兴人。诸生。○王谷与陈其年善，时其年著声艺林，王谷规其诗有才无情，以仓卒取办为才，好何、李、雲间而不师杜老。持论如此，不独诗品之高，其直谅从可知矣。

## 善哉行

人生大难，车摧马烦。今日相对，皆当尽欢。一解。泛舟五湖，风波万端。上山采薇，虎视眈眈。二解。身受国恩，披发佯狂。愧无豫让，以报赵襄。三解。密雪闭门，饥寒苦侵。妻子相对，难与论心。四解。悲歌慷慨，惟有友朋。月落乌啼，旭日方升。五解。

## 寄侯朝宗

雪苑春阴度玉珂，大梁公子倚雕戈。市无朱亥经过少，客有於期慷慨多。落日千家翻白羽，桃花三月走黄河。风流江左遥相忆，潦倒尊前有放歌。可作羽声读。

侯开国　字大年，江南嘉定人。

## 吴条闻来自娄东同泛舟锦峰饮于瞿园小阁

乘兴同移书画船，名园步步许流连。松林碍日常疑雨，鸟道穿云欲上天。山势北来当小阁，湖波南望接平田。酒阑无限沧桑感，话著开元各泫然。

周在濬　字龙客，河南祥符人。著有撷山园诗。○龙客系栎园侍郎次子，继述家学，惟恐不力，时有苏瓌有子之目。

## 送屈翁山返岭南

先生奇绝处，直似李青莲。心爱飞仙术，诗多游侠篇。千金轻一诺，孤剑历三边。归隐罗浮顶，梅花伴醉眠。如遇翁山，并如遇太白。

## 将归青齐先送雲岩兄返大梁

太行南接黄河岸，一片帆开古汴州。欲去空劳亲串望，将归翻使弟兄愁。乱云碛里驱羸马，落日城边拥敝裘。叹息故园多难后，洪涛又报决商丘。

### 柳　文 字长在，四川遂宁人。

## 送施又黄还吴门

亲老游何远？长安羡尔归。西风悲落叶，征马恋斜晖。词赋无今古，烟霞少是非。渊明三径菊，留待护柴扉。

### 夏熙臣 字无易，湖广孝感人。

## 施州卫寄所亲

环卫皆君长，东南尽笮邛。流官乘小驷，蛮妇织花賨。刀剑生睚眦，衣冠列附庸。不烦司马檄，尺土亦王封。

**蒋　洼** 字曙来，江南吴县人。著有三径草堂稿，文文肃序之，今并散佚，录扇头所书一篇。

## 登岱

天门千丈立崔嵬，铁削双峰一径开。山界鲁齐盘地轴，禅隆秦汉剩仙台。黄河北绕青丘出，碧海东依紫塞回。欲倩卢敖九节杖，晴披阊阖望蓬莱。

**吴　炎** 字赤溟，江南吴江人。〇拟明乐府一卷，意欲追逐西涯，而中丞舌一章尤为矫矫。

## 中丞舌 悲练子宁也。

成王走，周公帝，一二三孤臣死不避。愿为良臣，良臣安可为；愿为忠臣，身亡赤族宁足悲。臣舌尚在天能嗤，臣舌虽割心难移。宫中尸，不可别；地上书，不可灭。金川玉屑留人间，何由独割中丞舌。

吴祖命 字邺衣，江南吴江人。

咏史

天禄高然太乙藜，玉堂东畔石渠西。君王读罢贤臣颂，偏遣王褒访碧鸡。讥不能用贤也。咏史诗自应以议论行之。

姚文焱 字彦昭，江南桐城人。著有楚游诗。

赤壁

天空木落石崔嵬，怀古凭轩倦眼开。山势欲奔吞浪住，江光不断抱城来。英雄气尽三分业，词客名高两赋才。只有文章传胜地，箫声鹤梦总尘埃。

吴绮 字薗次，江南江都人。由选贡生官湖州知府。著有林蕙堂集。○薗次守湖州，摘治豪猾，喜宾客，四方名流过从赋诗游宴无虚日，卒以是去官。梅村赠诗云："官如残梦短，客比乱山多。"可以想其风趣矣。

程益言邀饮虎丘酒楼

浙晴春色满渔汀，小憩黄舻画桨停。七里水环花市绿，一楼山向酒人青。绮罗堆里埋神剑，箫鼓声中老客星。一曲高歌情不浅，吴姬莫惜倒银瓶。三四语写山塘风景如画。

## 赠赵莼客

闽客浮家泖水湄，孤踪不许俗人知。春衣典尽缘沽酒，晨突无烟独爱诗。晞发未忘文信国，论心长忆郑当时。何来忽作思乡曲，撷采幽香绝妙词。

## 见人扇头是友沂绝句怆然和之

歌版当年出绛纱，绿腰红袖尽铅华。只今便面春风在，曾向章台拂柳花。

## 入署

平明初下紫宸班，锦署无营昼掩关。闲拂案尘思往事，一杯凉雪祭椒山。兵部有椒山题名，故祭之。

## 友人纳姬戏为催妆姬汪姓南人也

蛱蝶轻罗押蒜金，灯前小立倚瑶琴。桃花潭水儿家住，只问郎情深不深。

## 题画

怪石颓云势不平，西风卷出大江声。渔郎醉卧芦花里，笑指何人触浪行。

**黄　雲** 字仙裳，江南泰州人。著有悠然堂集。○仙裳负气慷慨，人以俗语俗事相嬲，辄谩骂之，群目为狂生。

## 江村春日

门前芳草路，春到有谁过？曙鸟喧寒樾，条风动绿波。性迂求世少，亲健得天多。莫讶将强仕，犹然隐涧阿。

## 经落帆亭是癸巳春与陈澹仙先生别处

故交十载散浮萍，槜李风烟此再经。今日独赍磨镜具，当时相送落帆亭。东门蚁酒春犹绿，南浦丝杨晚更青。只有寝园生宿草，鹧鸪啼处不堪听。

## 娄东修复前观察冯留仙先生祠宇

忆昔惊心丙子年，谁将只手独扶天。举朝半醉乌程酒，名士拚沉白马渊。党祸清时公又死，奸谋用后鼎俱迁。宁知宗社丘墟日，庙食东南肃几筵。明思宗朝，乌程温体仁当国，戕害善类，小人多附比之，社之所以屋也。三四为记实语。

梁溪舟宿闻吴歌

鸡唱烟中乱桨鸣，梦回酒醒未天明。江南风景雕残后，才听吴歌第一声。

宗元鼎 字定九，江南扬州人。著有芙蓉斋集。○定九爱洁，不减倪高士，为诗最重风调，而性情因之以出，非漫然语也。集中七言绝句，尤近中晚唐人。

早秋

我行初出郭，新月似蛾眉。几夕望舒圆，今复蟾兔亏。匪独此朝夕，百岁亦如斯。怀情不能寐，徘徊向中墀。侧闻草虫鸣，仰望繁星垂。人言秋漏长，已觉衡汉移。千念未夜息，万感与朝期。长卿恒有疾，子雲终何为。引领还踯躅，泪湿衣裳缁。

题郊居

茶灶声清响竹廊，小亭新构面横塘。渔夫晚唱烟生浦，桑妇迟归月满筐。一岭山花烧杜，宇，满池春雨浴鸳鸯。篱边犬吠何人过，不是诗僧是酒狂。

## 冬日过甘泉驿

记得当年来古驿，马鞭带雪系楼前。双柑香溅佳人手，半臂寒添酒客肩。忽见荒堤摧暮草，空伤衰榭没寒烟。风尘满目深惆怅，却望谁家寄醉眠。记得，忽见，上下半篇，自成章法。双柑一联，渔洋谓似才调集中语。

## 百尺楼

素袜翩翩月一钩，凌云风致想高楼。江南歌舞寻常事，便遣曹彬下蒋州。连下章用意遣词，神似玉溪绝句。

## 吴音曲

璧月庭花夜夜重，隋兵已断曲阿冲。丽华膝上能多记，偏忘床前告急封。

## 留邹讦士

新开兰蕙正芳菲，初到鲥鱼入馔肥。最好流光是三月，如何抛却渡江归？

潘　高　字孟升，江南金坛人。著有南村集。○南村诗古淡生新，绝无雕饰，而自然合度，金坛诗人无出其右者。○渔洋诗话谓「陈其年与予书，云有潘高者，贫而工诗，久别无可言者，止此一物奉献。潘有寒食一绝云：『黄鸦谷谷雨疏疏』」云云，今读其稿，格高者甚多，此篇止风调可听，恐非上乘。

## 初春有述

我生无他长，所耽惟种树。树中尤爱梅，为其能守素。守素有同心，相将老岩穴。花时犯清霜，坐到将残月。家园兴未足，寻梅过太湖。梅花如白雲，茫茫路欲无。入山不忍尽，下山元独宿。钟清何处寺，花隐谁家屋。愿言寄吾友，一枝折寒林。微物何足贡，将此岁寒心。能守素，守此岁寒心也。一篇大旨如此。

## 送友人之中州有怀同社并陈子其年

临觞送君发，正值榴花时。雨过风萧然，空江浪迟迟。行行君所经，冉冉予所历。若宿伊阳村，为望嵩山月。致我平生友，寄我一行书。相看成契阔，鬓发复何如？陈子未相识，相思亦已久。为我一问之，知有南村否？归云带雁飞，清霜点客衣。旦晚有题字，应报溪南扉。

## 忆幼子

少年会有役，辛苦何足言。四十今过二，向后多衰年。拨弃悠悠情，当从予所便。夜分偶感触，顾影心悁悁。忆我去冬时，种麦来溪田。小儿才五岁，叱叱扬耕鞭。随我至溪畔，背我弄溪泉。日暮徐来归，持锄趋我前。今春忽假馆，僻近西山偏。牵衣频送我，正傍溪田边。溪水亦活活，溪麦亦芊芊。自从别家来，岁月如流迁。麦今已可刈，儿今谁共怜。我意欲反棹，遇事苦迍邅。怀乡方伫立，东望惟云烟。慈爱至情，委曲传出，无心学陶，去陶公未远。

## 晚上焦山绝顶至暮归宿山庄

初日江荒荒，晓烟不可罢。稍行见青螺，渐次辨兰若。人行穿鹘巢，路窄盘石罅。逾时攀险绝，早已惊衰谢。树古岩就穿，楼高雲许藉。一尽巅崖趣，旋从别径下。落木响萧骚，寒潮势奔泻。欲归路非远，问渡风稍借。可怜江上月，先我在茅舍。酌酒劝影形，嗒然坐清夜。此首又近李颀、常建。○本朝五言古，李杲堂每首刻峭，潘南村每首清真，求参立者，或难其人。

## 古意

跨马塞北地，百战封一侯。钓鱼江南天，一竿占十洲。此事孰不知，大白为我浮。醉起唱

铜斗，此乐君知否？能存此乐，散人胜万户侯矣。〕

## 留别

水落溪田出，霜清下种时。烟中送人早，雨外到村迟。松隔谁家屋，花明是处篱。君今荷蓑者，吾亦在东菑。

## 寄梵川诸友

柳暗溪南路，柴门第几湾？人随春水远，鸟带夕阳还。绿过孤村雨，青浮隔县山。徘徊芳草意，不尽暮雲间。

## 杂感

阴山沙砾卷云飞，战罢秋风咽鼓鼙。陇上空归都护马，城南尽哭羽林妻。萧关明月悲笳动，辽海孤烟杂部齐。远戍议添新介胄，不知猎骑过安西。

## 秦淮晓渡

潮长波平岸，乌啼月满街。一声孤棹响，残梦落清淮。金陵诗社诸名流咸在，赋秦淮晓渡，争胜者多长篇累幅。南村曰：「我年老才竭，只二十字也。」出示众人，皆敛手服，甚有袖诗不出者。金坛虞东皋云。

### 春感

江水悠悠泛画桡，东风何处不魂销。春归万里无消息，又过垂杨旧板桥。

### 寒食

黄鸦谷谷雨疏疏，燕麦风轻上鮆鱼。记得去年寒食节，全家上冢泊船初。

## 恽日初

字仲升，江南武进人。

### 观王石谷画山水图歌

琴川王郎年正少，放笔往往称神妙。灵想寂与造化通，幽襟独写溪山照。看君得意时，意若旁无人，抽毫欲使群峰奔。踌躇顾盼久不下，素练忽破青山痕。谁剪罗浮烟，惊落华阴碧。势偃研北松，欲堕壁上石。冉冉岚气蒸，转目无留迹。营丘洪谷不可攀，人间久矣无青山。此时窥图发清赏，高兴半落云沙间。何处觅丹梯，何方种瑶草？烟霞四壁吾将老。

援琴待扫十丈绡，坐我云边弄仙岛。

**方膏茂** 字敦四，江南桐城人。

### 归家

此身拚永别，那意得生还。征骑才门外，喧声已户间。心含他日泪，眼认去时颜。啮臂知非梦，今朝真入关。喧声已户间，即少陵「邻人满墙头」意，工于脱化。

**张宸** 字青琱，江南华亭人。官部郎。〇汪钝翁序青琱诗，谓其长于台阁体，梅村先生推许之，然官不越郎署，年不及耄期，甚为惋惜。今阅其稿，工稳者偏在愁苦之言，故舍彼取此。

### 送张翼西驸马还京 自注：时贵主已薨。

昨岁星霜共尔行，今年杨柳又啼莺。漳河铜雀淹新雨，燕市金台赴晓旌。我醉但题鹦鹉赋，君归重惜凤凰声。妆楼翠幕春无数，憔悴人间孙子荆。

### 楚中秋思

日落长沙枫树红，断猿啼处暮云空。可知昨夜乡关梦，身在寒烟万点中。

**汪志道** 字觉先，浙江钱塘人。诸生。

## 杜茶村留饮书斋时有故宫人在座

浣花溪上话残春，诗句文章老更真。酒半一声河满子，不堪重见孟才人。 与钱尚书赠冬哥作同一凄惋，而此于遗民席上见之，其情更深。

**路鹤徵** 字湘舞，江南华亭人。

## 笼中鹦鹉

纵有云霄志，其如铩羽何！语言徒自巧，文采累人多。陇坂关河杳，雕笼岁月过。翠衿浑短尽，愁绝少陵歌。 文采累人，一篇主见。祢正平后，柳柳州、刘连州，皆其人也。故君子有取于夷白。

**王懋忠** 字思冈，江南娄县人。邑诸生。

## 和宋既庭顾茂伦刘西翰沈石均沧浪亭诗

烟外吴山数点青，寒波渺渺抱空亭。国门尚奉将军令，海徼方高处士星。岂悔邹枚惟作赋，何妨中伏且专经。临歧不作杨朱泣，渔父沧浪曲可听。 中四语酬赠四君子，而沧浪亭只于起讫见之，另成一体。○时圈域令未除，齐娄二门间，皆屯兵所，故三语及此，后巡抚韩公世琦奏请撤之。」

## 赠柳校书

一卷新词记啭莺，重来曲巷共逢迎。挑灯莫唱开元曲，花落江南涕泪横。与「岐王宅里」、「崔九堂前」之作，一种风神。

范　超 字同叔，江南上海人。

## 雪滩钓叟歌

雪滩钓叟人不识，持竿日坐滩头石。渭水遭逢事有无，英雄老作江湖客。问尔垂纶定几年，笑而不答鬓飘然。知君原乏求鱼志，击楫还吟秋水篇。垂虹桥门七十二，君家恰在桥边住。茅屋斜开白板扉，钓船横系枯杨树。日落沙头增暮寒，江天风雪正漫漫。朝来冻合无鱼钓，好脱蓑衣当酒钱。此为吴江顾茂伦作。

柴绍炳 字虎臣，浙江仁和人。○西泠十子诗选，虎臣与毛稚黄为主，悯诗教陵夷，而斟酌论次，以期力追渊雅也。虎臣诗营构精坚，时嫌过密，兹特取其清疏淡荡者。

## 酬昆陵刘庆雲湖上见赠

刘生才把臂，几载客钱塘。一见如相识，重游即故乡。春阴桑叶白，日暖柳花香。未遂湖山兴，高歌那断肠。桑叶非白，柳花无香，然古语云：「杏花盛，桑叶白。」太白云：「风吹柳花满店香。」诗人引用，皆有所本。

## 喜陆大景宣归河渚

征途几岁竭归来，庾信江南重可哀。春雨草连村市没，晓风花傍战场开。我思卖药仍无地，君定垂纶何处台？总是他乡成浪迹，故人相见且衔杯。

### 沈谦

字去矜，浙江仁和人。著有东江集。○朱竹垞云：「去矜少喜温、李，后乃循汉、魏之规矩，得初、盛之风致，其意贞而不滥，其声和而不流。」

## 引声歌

外极莽苍，内保精粹。至人不言，四时咸备。理不出身，道不在智。形体块然，神明所寄。虚心实腹，抱道守真。大化回薄，与仙者邻。运斡圆象，敷匝广轮。阴阳不害，庶得平均。可参予欲无言章及老子守其环中等意。

## 樵歌行

自注：祖望自号西山樵夫，尝以渔父词赠予，故有此答。

西山樵夫方壮年，手持樵斧西山边。朝向西山石上坐，暮向西山雲际眠。行人过者问樵夫，愿君共坐语斯须。美髯如戟好身手，虎狼不顾千金躯。深林杳杳白日落，请君且去住城郭。丰貂锦衣不识寒，肥肉美酒供大嚼。暂时俯仰谁复嗤？恐随霜露填沟壑。樵夫不答自微吟，东江渔者知我心。

## 送人之山东

君去游齐鲁，谁怜泣路隅？沙深埋马足，风利断人鬚。鼓棹河流隘，瞻云岳色孤。兰陵多美酒，愁绝更须沽。

## 晚眺

川原望不极，孤客自登台。落日大荒远，平沙秋雨来。青门生事渺，白石壮心哀。归思西风后，空怜作赋才。

## 送友人北上

嗟君此行役，把酒一沉吟。驱马河冰滑，听鸡夜雨深。鼓鼙孤客泪，书札故人心。念母归应早，天涯茀滞淫。

虞黄昊 字景明，浙江石门人。

## 杨柳枝辞

杨花如雪扑征衣，马上征夫苦忆归。曾向曲中回首望，而今真在路旁飞。清清浅浅，自足风神，此辞体也。

陆圻 字丽京，浙江钱塘人。○渔洋诗话谓丽京晚年远游不归，或云在岭南为僧，名今龙，而朱竹垞太史谓其入武当为道士，终莫能定也。总之，不知所终云。

## 七夕有感

万里晴云淡素秋，海天东望更生愁。黄姑鸩鹊通斜汉，明月婵娟照戍楼。剖核谁当来阿母，吹笙何路问浮丘？可怜携手阑干泪，空拟归来尚黑头。

## 九日

衰飒秋风朔气回，中原何地可登台？五湖极望层波渺，四野吹笳薄暮哀。江燕塞鸿纷自代，紫萸黄菊已徒开。最怜此日凭高处，短发萧萧照酒杯。

## 与歌者陈郎

落日横江老白蘋，同乡停问一相亲。未嫌李尉翻新曲，偏喜何戡是旧人。玉管漫吹秋月白，红牙曾按绮筵新。坐中恐有伤心客，莫唱伊凉水调频。

## 送朱生之秣陵

华馆张灯酒共斟，清霜朔雪昼阴阴。上方请剑高名著，广柳容人侠气深。醉后难忘公瑾曲，愁来独抱蔡邕琴。秦淮渡口花争发，莫负当年桃叶吟。应是侠士而为直臣者。

## 毛先舒

字稚黄，浙江仁和人。有东苑诗钞。○渔洋诗话：余喜毛稚黄西施绝句云：「别有深恩酬不得，对君歌舞背君啼。」此意未经前人道过。

## 孔北海融述志

炎炎当路客，奕奕朱门开。雄鸡无三号，冠盖纷沓来。志士大所营，漂漂穷无依。结根在累世，安能灼馀辉。历观古俊民，功成道何微！子牙尚阴谋，管仲器小哉！人生履国步，周道自我夷。猛虎扼其项，何况狐与狸。此身勤君父，安得慕夷齐。曲士矜一节，度外宁所希。宁为白玉碎，不为长伏雌。北海目中，直无曹瞒，经营国难，不慕夷齐，其素愿然也。宁玉碎而不为瓦全，故卒被祸。拟古诗，须设身处地为之。

## 裁衣曲

剪征衣，亲手作，君身长短何须度，肥瘦定然不如昨。新衣为君裁，旧泪为君落。还将铜斗细熨灼，莫使衣上沾猩红，君见泪痕不肯著。思路音节，近接青丘，远接文昌、仲初。

## 张　丹

一名纲生，字祖望，浙江钱塘人。有从野堂诗集。○此西泠十子中矫矫者，向共推其七律，而五古生辣结轖，终以此体擅长。

## 白竹村

路盘白竹村，崎岖探穷谷。居人八九家，林杪构破屋。下惟四柱立，亭亭不附木。仰视如鸟巢，夕暝梯云宿。楼动晚风吹，万竿如戛玉。已防虎豹害，复惧麋鹿触。我行多仿徨，不敢歧路哭。从者俱饥色，清潭聊手掬。吾语勿苦饥，餐松毛羽足。写竹屋荒陋如见。

## 涿州城

晓霜不在地，微白生牛背。遥望涿鹿城，巉然沙碛内。控䋤走其下，壁立皆土块。此地古范阳，甲兵天下最。侧耳闻啼饥，伤心自我辈。野狼遇人嗥，苍鹰攫雉碎。生涯底如此，浩叹兹行迈。天下之险，可使有饥民耶？谁谓山野人不留心经国。

## 晏城

小小古晏城，西对华不注。昔之晋郤克，逐马匝此处。我行实已懒，解鞍歇薄暮。鸱枭啸其群，老乌守枯树。不见古人迹，断碑委樵路。手摸苔藓痕，字句读未误。平仲之采地，缅然起思慕。奈何千载后，芜没如野戍！相望有远山，恐是齐朝儛。

## 登城西南隅次毛驰黄韵

野阔天高枫叶丹，凤凰城上倚楼看。苔深玉马秋逾静，露涩铜驼晓未乾。南浦云屯千骑台，西陵木落万家寒。愁来鼓角霜前动，莫听征鸿去渺漫。

**陆嘉淑** 字冰修，浙江海宁人。

## 芜城感旧

花影莺声句偶传，无端真得玉人怜。刘郎前度身犹在，杜牧三生事惘然。银烛夜阑分险韵，画栏春半响么弦。玉钩斜外伤魂处，落尽桃花叫杜鹃。

郭襄图 字皋旭，浙江平湖人。

## 赠鲍子韶即送别

看君心事欲凌云，客里悲歌日易曛。每笑成名皆竖子，翻因长揖重将军。焦桐未尽留知己，白凤时吞只卖文。忆向五羊同叱石，燕台相见又离群。

顾万祺 字庶其，江南吴江人。诸生。

## 斗鸡坡

红粉宫中小队齐，花痕凝碧草萋萋。一从孙武归山后，不教三军教斗鸡。武备不修意，借斗鸡想出，可云浚发巧心。

## 卢元昌

字文子，江南华亭人。诸生。○文子衡门两版。下帷著书，选定古文，不胫而走。为诗少欢娱之词，多愁苦之言，由生平遭际使然，而颂法常在少陵，故忧伤感愤，不知其然而然也。上海陈生龙岩为余述其梗概如此。

### 哭李在湄

汝书粘在壁，三载字依然。薄宦嗟无禄，投荒竟各天。老魂沾旅雪，客梦叫孤鸢。误汝真升斗，泉台恨肯捐。

薄宦天涯客，频年几个回。挑灯搜鬼录，把酒话泉台。后死青山在，馀生白发催。羊城李少府，丹旐早归来。第一章哭少府，此章痛逝者而行自念也。

### 北塘晚棹

悠悠北塘棹，落日转蓬科。留滞无安土，东南病把戈。江寒鱼罟静，月上虎踪多。去去勿复道，苍生可奈何？第五语，经所云「三星在罶」也。

### 沈友圣娄归述王维夏近况

鸡林今罢市，玄晏亦停披。天下书谁读？中原战未夷。干戈留短褐，贫贱养须眉。我有千秋业，嘐嘐杜甫知。

登吴六益藻野阁次韵

凭栏极望思苍茫，南北关山雁几行。万里故人偏海角，十年兄弟一匡床。欲谋土室真成狷，便哭穷途未是狂。爱尔灌园能乐志，楼前长种百株桑。故人海角，应指汉槎远戍。

群忠祠

徐海楼船卷土来，角声吹落暮云哀。将军卧鼓空城闭，国士搴旗战垒开。五尺汪童能破贼，三千瓦氏浪衔枚。自注：明世庙徵瓦氏兵御倭，甚暴。先朝祠宇还香火，萧瑟寒鸦夕景催。此死倭寇之乱者。

次韵酬楚中杨长公学博伊父曾殉甲申之难

先生本是关西子，不信而今我道穷。小草一官悲薄命，文章万卷哭秋风。萧萧涿鹿双蓬鬓，寂寂玄亭独老翁。相对话残嵇绍节，尊前泪滴夕阳红。

### 哭箕儿

举目伶仃欲断魂，汝生惟此藐孤存。翻教衰祖为严父，休道无儿幸有孙。白首未抛苦海累，黄昏孰问寝门温。床头零落残书卷，几度青灯屋漏痕。

## 胡渭生 字朏明，浙江德清人。

### 吴山观潮

扶桑东极水云昏，溟涨连天入海门。白鹭千群沙际影，青螺数点雪中痕。石当罗刹声偏走，风折西泠势益奔。徙倚伍胥祠下望，鸱夷信有未招魂。白鹭千群，用枚乘语意，青螺句，即苏诗所云「越山浑在浪花中」也。

## 吴殳 字修龄，江南昆山人。〇修龄著正钱录，又著围炉诗话，挥斥诸家，所为诗摹仿西昆，然重重襞积，獭祭而未归自然，与平日议论不相关照，所谓责人斯无难者也。存其佳者二章，以识大概。

### 秦

质子妖姬货可居，六王未毕已丘墟。鞭桥东去无灵药，骖乘西归有鲍鱼。黄犬泪中惭废立，白蛇醉里报驱除。当时早为秦非计，牧地为封食有馀。

蜀汉

季世唐虞只此时，泗亭天壤哲人违。三交城下波声急，五丈原头日色微。西国无烟生火井，东邻有女落蝶矶。不关锺邓能缘险，黄皓谯周尽识几。落蝶矶，落字未妥。

谭吉瑄 字舟石，浙江嘉兴人。

吊战场

祁连山下草，寂寞少人烟。魂魄千年后，还思渡酒泉。言故鬼犹不忘归也。前人以「可怜无定河边骨，犹是春闺梦里人」为善作苦语，此篇正复相似。

朱克生 字国桢，江南宝应人。太学生。著有秋厓集。○王渔洋赠诗云：「海内风骚调未孤，故人才笔妙珠湖。」即此可以想其诗品。

迟陈冰壑

非关长忆汝，舍汝欲谁亲？天地馀残腊，江湖剩几人。一杯驱岁月，斗室傲冬春。自有千年在，何须叹苦辛。一气直下，千钧笔力。

## 送陈子寿往河南

匹马游梁出帝乡，赠鞭重集酒炉旁。那堪旅舍逢离别，正值家园作战场。汴水月明沙雁过，蓟门霜动夜砧凉。伤心去住同摇落，不独悲秋泪满裳。分写河南、蓟北，而末以一语总承，格律甚细。

### 俞南史

字无殊，江南吴江人。诸生。○无殊，山人安期字羡长之子，羡长以博雅胜，无殊出以清空，父子各擅长也。

## 过顾茂伦村居

境以居人重，情因遇故深。酌泉偏爱淡，看竹共分阴。草木山中曆，桑麻世外心。闲吟忘永夜，明月照披襟。

### 黄九河

字天涛，江南泰州人。

## 北上于袁浦发家书

丈夫志四方，不受儿女羁。苟怀万里志，劳勚何足辞。昨发海陵城，今宿淮水湄。附书于送徒，援笔中心悲。亲亡两弟弱，支户惟中闺。水旱岁频仍，全家常苦饥。官租宜早办，西畴勤耘耔。幼弟学易荒，肃恭承明师。回首望螺山，先垄草离离。远行恋所生，贫贱无归期。苟能行直道，何惧路险巇。长安多亲旧，音驿日夜驰。纸短苦意长，挑灯重封题。欠伸启篷窗，月落村鸡啼。直写八行中语，归到恋所生，行直道，即所云「明发不寐，蛮陌可行」也。

王孙晋 字左公，江南宝应人。

### 南闽

久客欲归去，翻愁行路难。极天围万岭，平地落千滩。水立惊蛟斗，风腥哭虎残。悲歌烽火夕，流落恨儒冠。

韩 畕 字经正，直隶宛平人。著有天樵子集。〇朱太史竹垞序云：「石耕终身不娶，比之牧犊子。五言清稳，自足名家。」予转取其七言，以其情韵缠绵，尤足动人也。

### 夜

出门寒辉看向圆，清宵白云多在天。归人已绝四邻静，老树叶陨风凄然。门前即是寒溪路，坦步徐吟过古渡。长桥立久人不知，明月相随自来去。

九日登鸡鸣山

闻道东篱菊已黄，无因移向酒尊旁。西风忽起野烟暮，落叶乱飞山树苍。雁带寒声归渚急，江涵秋水与天长。浮云遮尽登高眼，不许愁人望故乡。

雨中送春

绿草疏篱映水滨，清溪寂寂四无邻。一帘细雨仍飞燕，几日残花又送春。多病翻愁今夜酒，伤心如别故乡人。明年寄迹知何处？早向天涯慰苦辛。第六语，非古之伤心人不能道。

王邦畿 字说作，广东番禺人。贡生。

春郊

闭门日以久，出郭尚鸣莺。为爱清溪色，春风百草生。雲低沧海树，潮上夕阳城。何处山中叟，犹闻伐木声。钱、刘遗韵。

过易水

地入幽州白日沈，寒云莽莽水阴阴。亦知匕首无成事，只重荆轲一片心。剑术之疏，中心之义，尽于十四字中矣。纲目书荆轲为盗，未为平允。

梅　磊　字杓司，江南宣城人。著有响山斋集。

秋日

秔稻朝初熟，荷花晚更香。萤飞过竹暗，牛饭就松凉。斯世多充隐，吾徒半醒狂。爱从田父饮，杂坐亦何妨。王渔洋见田家饭牛，中有所感，因赋「牛饭就松凉」句。

钱　曾　字遵王，江南常熟人。○遵王注牧斋诗集，固博闻士也。诗流易有馀，不求警策，得牧斋一体。

蝶

曲廊回处正斜曛，弄影随风自作群。曾恃粉衣欺艳雪，几缘香梦惹行云。斜穿帘幕深深见，飞过池塘故故分。送得南园花草尽，正教愁杀杜司勋。

梅村先生枉驾相访酒间商榷绥寇纪略有感赋此

迢然影事未能忘，郑重停车问草堂。借箸漫言山聚米，引杯兼笑海生桑。秦关鹿走当年火，吴苑乌啼此夜霜。指点旧京愁历历，为公枨触恨偏长。

湘灵先生移居诗

甲子迁讹昔梦中，维桑回首又春风。吟怀平卷三分月，儒行虚留一亩宫。莫讶孟郊家具少，翻嫌徐邈酒枪空。往时文彩吾能记，容易人间著此翁。

吴物荣 字慎庵，江南吴县人。诸生。著有锦峰樵稿。

山居

世事山居尽，衰年懒更加。鸟啼方梦觉，酒熟正梅花。天地容双鬓，渔樵共一家。溪边聊晚眺，倚杖数归鸦。三语「方」字，四语「正」字，不炼之炼，是为诗眼。

卓尔堪 字子任，江南江都人。〇子任系靖难忠臣讳敬之后，代传清白，壮岁南征闽逆，为右军前锋。又尝辑胜国逸民诗成集，文武并娴，远近争高其行。

源口

旌旗源口出，万马度沙头。山月开昏路，烽烟警素秋。前林围已破，断壑血能流。何日销征伐，春原看牧牛。

# 清诗别裁集卷九

黄 垍 字子厚，山东即墨人。康熙癸卯举人。著有夕霏亭诗。

## 短歌行

龙蟠于泥，蚖其肆之。虎处于柙，爪牙安施？委巷之犬，吠声如豹。厥仓之鼠，口厌粱稻。太行居后，孟门居前。佥夫之心，君子畏焉。方寸之中，乃有五岳。磊砢嵚嵜，五丁焉凿。精卫填海，愚公移山。为之在人，成之在天。

## 送屺公周邑侯南归

君从西郊来，旌旆光如电。父老遮道左，争欲识君面。君从西郊归，雪压荒丘树。独有春风发，送君千里路。不另下断语，而世态物情已尽于此。

严我斯 字就思，浙江归安人。康熙甲辰，赐进士第一人，官翰林学士。著有尺五堂诗删。

## 十峰草堂歌为钱础日作

九龙之山环九峰，一峰一态如一龙。兴云出雨气磅礴，鳞甲欲动凌苍空。别有一峰伏而起，神奇夭矫为龙尾。世人咫尺不知名，古来畸士都如此。中有草堂绕烟萝，峰峰回薄青嵯峨。左图右史安乐窝，猿啼鹤唳山之阿。草堂主人抱龙德，或潜或见人不识。时时掉臂弄云霞，往往歌声出金石。旷怀雅好游名山，往来齐鲁尽跻攀。有时夜半登日观，双骑白鹿青云间。去年把臂历山麓，清诗万首酒百斛。今年款段走长安，不使缁尘涴素服。手持尺幅字琳琅，乞我题诗寄草堂。予本风尘落拓者，青鞋布袜思徜徉。安得投簪寻泛宅，五湖之曲烟光白。与君拄杖听鸣泉，夜向松窗读周易。一起神来，以下便一笔扫去。

## 瞜水谣

瞜之水兮清且涟，使君堂上坐鸣弦。使君官庖食无肉，长须编篱种野簌。使君侵晨寒无衣，老婢当窗织布机。使君饥，民含哺。瞜之水兮清且漪，使君郊外多耕犁。使君寒，民五裤。升君之堂进君酒，有酒盈卮，有蔬盈豆，长老在前，稚子在后，俚语歌呼为君寿。清畏人知兮，何人勿知。吁嗟今之人兮，廉吏可为而不为。虽不明指使君为何人，然前后令瞜水者非陆清献公，不足当之也。结句有慨乎其言之。

## 闻砧曲

长安八月秋风起，长安门巷秋如水。闺中思妇罢鸣筝，一夜伤心千万里。前年荡子去从军，消息关山总不闻。黄龙塞上愁雲断，丹凤城边落叶纷。平沙猎猎吹枯草，碣石霜飞寒信早。铁衣银碛苦思家，红粉空房愁远道。乌啼哑哑风凄凄，日暮寒砧到处迷。玉箸暗随声断续，凉蟾故逐影高低。青漆楼头雁初度，天寒梦断金微路。龙堆战士几人还，马革游魂竟何处？城西一带素车归，白骨沙场半是非。昨夜深闺犹记忆，开箱还捣旧征衣。

## 送絜庵家少司农致政归里

朝衣初脱拜君恩，归去田园喜尚存。七泽云深秋放艇，九嵕花发夜开尊。毋劳清梦惊鱼钥，剩有闲身到鹿门。只恐熙时问遗老，不容瓢笠住江村。

周　弘　字子重，江南无锡人。康熙甲辰赐进士第三人，官侍读学士。

## 道旁叹

三月四月麦未熟，饿夫扶携领官粟。得粟村墟起爨烟，嫠妇何为道旁哭。自言幼本名闺姝，父母衣我红罗襦。十七嫁作儒家妇，足迹不出门中枢。夫亡十指难糊口，连岁凶荒斛升斗。县帖纷纷催乐输，大儿枵腹披枷杻。小儿呱呱怀抱中，身死奚恤愁儿从。昨闻诏书发粟赈，匍匐哀告含羞容。安得有钱买胥吏，赈籍无名长官詈。踯躅中路不得归，以此悲伤洒血泪。我闻斯语愁心神，彼司牧者独何人。方看嫠妇泣东陌，又听悲怨来西邻。赈荒之弊，自昔而然，安得采风者陈之黼座。

## 己未二月二日午门听宣岳州大捷遇雪恭纪

荆南奏凯达神京，晓辟天阊瑞雪明。朱鹭铙歌翻郢曲，玉龙银甲洒春城。貂裘尚忆军前赐，鹅鸭曾喧夜半声。自此江湖空战垒，丰年有象课深耕。奏捷遇雪，语语合写。

## 湖南诸路大捷和宝坻杜相国韵

覆巢残孽剟遗雏，坦腹绯衣合谶符。士行高牙麋子国，岳侯奇捷洞庭湖。烽烟一夜天兵扫，汤火频年我后苏。橘渚枫洲初战定，关山片月笛中孤。

## 张　英

字敦复，江南桐城人。康熙丁未进士，官至大学士，谥文端。著有存诚堂诗集。〇本朝应制诗共推文端，入词馆者，奉为枕中秘，而风格性灵不系此也。特取高旷数篇，以著公之风概。

## 拟古田家诗

柴门拥溪水，溪响无朝昏。农夫荷锄倦，独倚秋树根。顾我田畴好，念我桑麻繁。脉脉不能语，感兹风雨恩。风雨岁时熟，古俗今犹存。遥指烟生处，亲戚满前村。稚子驱鸡犬，夜来忘闭门。何以酬清时？努力从田园。

昔爱诵豳风，亦常歌小雅。桑柘栖鸡豚，结庐在中野。春菑方扶犁，秋禾倏盈把。野老乐时和，高枕瓜棚下。田家老瓦盆，新醪月中泻。击鼓赛先农，调瑟娱方社。何必桃花源，此境足潇洒。风尘久误人，我岂悠悠者。

新晴土膏动，原上春草生。陂塘引硐壑，活活春水鸣。桑阴悦好鸟，布谷时一声。夜来饱饭牛，朝来从耦耕。耦耕一畦毕，淡泊心无营。偶然召邻叟，索取壶觞倾。高谈视天壤，把酒欢平生。面无忧喜色，胸无宠辱情。始知於陵子，灌园逃公卿。

感风雨恩，忘宠辱念，寻常田父有此襟抱耶？题云拟古田家诗，公之寄托，盖在陶处士一流人矣。

## 读汉书

壮哉霍子孟，易置多英风。离席按剑时，发议惊群公。走马杜鄠间，曾孙方困穷。手挈天子玺，授之咸阳宫。海枯石可烂，孰能訾其功。珠襦黄金匣，甫葬茂陵东。狐鸣尚冠里，妻子烟尘空。秺侯杀弄儿，累世亢其宗。子孟庇阿显，九族罹悯凶。割爱与殉私，延促霄壤同。臣术惟敬慎，庶几保厥终。博陆、秺侯功业悬殊，而一则身后族诛，一则赏延于世，由殉私与割爱异也。指出敬慎以昭臣道，事君者其知所法诫焉。

### 读元道州贼退示官吏诗慨然有作

我爱元次山，诗篇独简质。短章如长谣，仁心自洋溢。至欲委符节，甘心就鱼麦。昔人志康济，岂云耽暇逸。置身君民间，无能澹忧恤。汗颜拖长绅，不如腰带铚。贤哲耻旷官，斯义久萧瑟。谁无湖畔山，浩歌抚遗帙。次山之欲归老江湖，非耽高隐，为不能救时恤民，不得已而甘就鱼麦也。康济之心，特为表出，近日司牧者尚敬闻此言。

### 严陵江

千嶂桐庐道，清风几溯洄。不知天子贵，犹是故人来。垂钓本无意，披裘亦浪猜。翻嫌人好事，高筑子陵台。王贞白诗后，赋严陵者，俱落坑堑，此篇不着议论，笼罩一切，可以追踪古人。

### 赠螺浮黄门次龚合肥韵

十年霜雪老黄门，抗疏群知国体尊。嶽鹿折来真有胆，山龙补处自无痕。漫言盘错昭臣节，偏向风尘识主恩。亲见闾阎凋敝甚，郑图还与绘千村。

曹禾 字颂嘉，江南江阴人。康熙甲辰进士，己未召试博学鸿词，官至国子祭酒。○余识其孙全伦，清门零落矣。既全伦旋没，访其诗不能多得，为之怃然。

## 秋夜述怀

空林叶槭槭，野犬声狺狺。徬徨忽四顾，中夜感古人。鸿蒙讵不乐，乌用施经纶！才贤既当权，造化辞苦辛。雷雨亦待治，雲物非空陈。自有济世功，千古劳其身。牵犊者谁子，高蹈遗斯民。君子出而用世，则造化以权付之，欲不劳其身不可得也。千古圣贤心事，昭然若揭。

## 送友人还金陵

屑瑟秋风送客装，萧条木落更神伤。满天欲雪尊虚酒，昨夜初寒雁叫霜。马足远冲黄叶路，吟声徐入白鸥乡。江南景物关情甚，烟雨秦淮梦里长。

劳之辨 字书升，浙江石门人。康熙甲辰进士，官至副都御史。著有静观堂诗。

## 眺玄武湖歌

鸡鸣十庙衰草多，谌公遗塔高嵯峨。远望大江千里之雪浪，近俯晴湖万顷之烟波。湖形北向称玄武，锦缆楼船斗歌舞。结绮临春迹已空，惟有澄泓一片无今古。闻说龙蟠王气真，徐常伟伐图麒麟。共球受日归天府，户册登馀藏水滨。周遭沆漭中台榭，瀺灂游鱼通港汊。仁民爱物本相兼，罟于渊者罚无赦。自注：明初置黄册于其中，禁人游玩。兔葵燕麦摇春风，细柳新蒲发故丛。鸳瓦已销金碧外，渔歌时起荻芦中。自古盛衰如转烛，六朝兴废同棋局。君不见锺山陵树来樵牧，射生收得银牌鹿。今古盛衰之感，借题发出，见有德易以兴，无德易以亡也。

**赵士麟** 字玉峰，云南河阳人。康熙甲辰进士，官至吏部侍郎。○云南远隔万里，风诗难采，少宰诗亦不多见，故所收止此。

## 过安庄至镇宁

带绾轻裘上偃坡，栖霞尚近郁嵯峨。名通上国由庄峤，威镇诸侯自伏波。溪谷至今多瘴疠，人烟到处杂藤萝。为欣气候如秋杪，华盖桥西试一过。

## 黔阳怀古

罗施声教阻遐方，汉置牂牁达夜郎。天入炎荒时苦雨，途经冷驿夜无霜。马鞍观侧藏云坞，铜鼓山头祀竹王。千古犹思丞相泽，祠堂松柏自苍苍。

盛符升 字珍示，江南昆山人。康熙甲辰进士，官御史。著有诚斋诗集。○侍御少从夏考功彝仲游，与云间诸先哲相切磨。既出王新城尚书门，所诣益进。徐司寇健庵评其诗，谓原本少陵，诗外别有事在，非溢分语。

## 河上杂言

久矣悲鸿燕，谁堪问麦秋。飘零随远道，涕泪入孤舟。璧马年年事，河淮处处忧。却怜长算少，民命倚阳侯。民倚波臣为命，不堪问矣，尔时已然。

## 同阮亭先生遥和李侍郎读水经注忆洞庭韵

闻说巴陵倚洞庭，君山如画见图经。岷峨雪尽寒潭碧，雲梦波连湖草青。九派微茫看楚泽，数峰仿佛拥湘灵。知君回首曾游处，远思萧然入杳冥。

## 中秋岱顶即事

身入云端云下垂，风雷南去日西驰。青霓断续斜阳外，碧海澄鲜子夜时。天柱独晴依上界，冰轮乍满半秋期。茫茫俯视皆尘雾，一片空明对玉池。

## 昌平山行有作

望帝何年泣草莱，漫留抔土锦山隈。恨馀亡国悲英主，礼备兴朝慰夜台。自注：顺治初建陵、置祠，有加礼。雲暗苍梧千古痛，月沈湘浦二妃哀。神归石室传青史，龙驭长依风雨来。自注：思陵在锦屏山，亦称锦壁山，或称鹿马山，即田妃墓。○思陵以英敏勤政亡国，古史所无，章皇帝为之建陵置祠，尤旷典也。诗中表出，得扬颂本朝之体。

## 金陵怀古

重向南邦忆少年，宫门仿佛戍楼边。长陵松径来樵子，后苑湖阴宿钓船。故国几堪歌玉树，行人犹自怨金川。却怜山色依然在，灵谷苍凉倚断烟。人知有明南渡亡于荒嬉，不知金川门之入，国脉早伤也，此更推本言之。

## 南征

太白秋明井鬼旁，兵占早已在炎荒。养成岁月营三窟，嵎负西南擅一方。莫遣金沙留蜀汉，岂容清浪接湖湘。由来制胜资全策，铜柱依然缅水阳。时尚逆有连结吴逆之势，颈联虑及之，非寻常经生家语。

## 洛阳怀古

风雨当年卜帝乡，土中还倚上游强。涧瀍合处开双阙，河洛分来会北邙。何地南宫临逝水，谁家西苑带斜阳。山川不共兴亡异，天外嵩高对渺茫。

## 冬日渡彭蠡过庐山下

几经湓浦惜幽寻，重向宫亭望远岑。云卧石门思北涧，花开莲社忆东林。三人一笑谁宾主，五老千秋自古今。惆怅吾衰劳梦想，几人游迹未销沉。

刘梁嵩 字玉少，江南江都人。康熙甲辰进士。

## 天险阁

旋折初惊大壑雷，凌空复上剧崔嵬。白云无际疑天尽，翠巘何年倚剑开。一路水从汾曲合，千层山抱雁门回。中原地势经西折，眺览重增庾信哀。

## 方殿元

字蒙章，广东番禺人。康熙甲辰进士，官知郯城、江宁县，著有九谷集。○九谷著环书，自成一子，欲究天人窍奥，馀事乃作诗人也。然高华伉爽，依傍一空，品不在岭南三家下。

### 庐山玉渊

高峰入青冥，中断忽云树。屏风九叠间，飞泉半空注。奔腾过万山，至此陡欲住。惮赫侔雷霆，一旦失凭怒。有似千古愤，投入静者虑。两崖青翠映，空色交相寓。淡淡与天空，冥冥写秋素。窈窕散馀波，疑作江汉雨。幽光留人心，不觉白日暮。皎月上澄潭，此身在何处。极形奔泉陡住，比之填胸愤怒，忽入达士静观，古今辞人，未开此口。

### 褒斜道

褒斜道，三载烽烟令人老。嵯峨云栈四百里，其下黑龙江中水。北走三秦南走蜀，长蛇猛虎盘深谷。张良一烧不可测，顾盼从容得秦鹿。诸葛艰难数出师，大星夜落三军哭。英雄成败且有数，况乃区区一狐兔。黄尘澒洞入秦川，风雪关山劳远戍。铁马回头望陇山，断肠家过秦川路。更有子午与黄金，十里百折伤人心。悬崖峭壁日月黑，使尔战魂招不得。此为窃据者言，见英雄尚难成功，况狐鼠辈耶？警诫乱臣，可补剑阁铭之缺。

## 章贡舟中作歌六首

空谷号风呼雨入，四山水落千滩急。百丈逶迤不上船，石角飞湍何岌岌。徒御当餐投七箸，榜人憔悴衣裳湿。乱世天心不可知，归路迢迢百忧集。

风高白日沈西麓，未到常程不敢宿。残月惨淡落战场，新鬼啾啾为谁哭？孤舟怆恍不得力，远趁前山两三屋。五更豺虎声欲稀，寡妇哀哀叹孤独。

喜却小山留我后，倏在我前若驰骤。千折百折舟子疲，我左须臾还我右。日色归心不相及，坐见羲车坠岩岫。天昏月黑风怒号，猛虎长蛇两相斗。写尽江行陡折，蛇虎纵横，读者亦不寒而栗。

水浅泷高围万岭，五年烽火行人静。孤舟独宿黄茅中，狐狸踯躅豺狼猛。四村盗贼横剽劫，长年三老交相警。儿曹痴小不知愁，鼾睡阑干呼不醒。即「众雏烂漫睡，唤起沾盘餐」意，正以形客子之警畏也。

江窄风移万山石，中天无云炎日赤。百口艰难买两舟，雨汗相挥不能食。南望青峰更千叠，渺渺征途何时息。不见人家寄山窟，我独何为叹于役！

梦里梅关眼中血，今夜分明在秋月。峰峦憔悴兵戈后，惨淡烟霞写离别。去日板舆素辆返，魂兮归来悄难说。有弟有弟亦夭折，使我肝肠横断绝！六章如读老杜短歌，在遭逢，在性情，不在形模之似。

## 秋夜长

凄凄者风，胡不自东，不自南，不自北，吹我井上双梧桐。梧桐昨夜飘孤叶，夫婿从军入穷发。两地相思不相见，愁云共掩关山月。飞鸿不我顾，海燕辞巢去。空房蟋蟀鸣，长夜漫漫谁与语？缄情含泪向天诉，苍苍无云复无雨，西有牵牛东织女。起四句本汉乐府法，「古调俗不乐，正声君自知」。

## 爱妾换马

喷日嘶风红叱拨，目似火齐汗似血。屈膝金屏出美人，邯郸下蔡皆称绝。英雄有事在烽烟，红粉生离未足怜。愿将妾织鸳鸯锦，裁作银鞍满月鞯。

## 答城中友人见讯之作

不到春城五六年，年来生事有谁传？两株陶氏门前柳，一半颜生郭外田。黄鸟风边行乐酒，桃花浪里钓鱼船。翻嫌扬子无佳兴，独坐空亭草太玄。佳句妙在不加追琢。

## 征怨

怯把金钱卜，春残不道归。昨宵看月晕，帐触几重围。古意古音。

吴元龙 字长人，江南华亭人。康熙甲辰进士，官翰林，改工部郎中，己未召试博学鸿词，擢翰林院侍讲。著有问月堂诗钞。

## 赐缎绢恭纪

为郎冰署客，亦得荷恩私。恐负缁衣好，惭无黄绢词。称身安且吉，出笥卷还披。机杼需民力，艰难二月丝。上六语稳顺写题，一结乃见作手。

## 九日偕贵阳诸使君东山登高得初字

万里登高日，千峰纵目初。天长迷近远，云合失崎岖。边徼蛮歌起，荒城落木疏。乡心付征雁，可许达音书。起步似出唐人手。

## 钱芳标

字葆馚，江南华亭人。康熙丙午举人，官中书舍人。〇云间诗派，陈黄门后，以古淡整饬为宗，舍人绮丽而不佻，骀宕而有则，诗格又为一变矣。

### 击鲜行

吾乡城郭沧溟畔，亲故朝朝击鲜宴。乐事濠梁未足夸，嘉名丙穴无劳羡。沪渎滩平斥卤多，主人结网胜熬波。苍茫直下冯夷窟，烟雨常闻欸乃歌。河豚贩后芦芽出，春潮蹴岸春云热。筐覆吴趋窖里冰，刀飞少妇厨中雪。已道鲥鱼色似银，况兼石首烂金鳞。曲米渍成鲟枕脆，豉羹调出鳎腴新。此时鱼税充公府，津市鸣桡复挝鼓。浅筏轻刀弄水儿，高樯巨舶开洋贾。别有泥沙困豫且，脂膏然炬骨专车。牵髻力费千夫蹶，曝腊家分半载储。揭来岛屿孙卢扰，斥堠传烽接三泖。都护旌旗只戒严，渔郎罺罟空施巧。萧萧戍角满汀洲，丽罶寒星炯不收。无复钓鳌陈水犗，惟看驱马散沙鸥。海错经年不到眼，充牣临渊那供馔。一片才沾食指腥，百镪早破中人产。舍人颇颔滞燕台，比目王馀赋强裁。张掾秋风频怅望，冯生弹铗未归来。挑灯与客论终夕，语罢沧桑感畴昔。下箸谁消易水樽，解钱且换滦河鲫。近喜波臣静不扬，东南早晚撤边防。盘餐饱饫故园味，醉卧溪梅野竹傍。时多市海鲜而破家者，篇中反覆言之，与钝翁鳇鱼篇意同，而各自成格。

## 长椿寺病马行

招提二马一马病，腕折蹄长气犹劲。伏枥虽虚千里心，脱韁翻适长林性。人言此马初买时，射堂迩孔蹀躞驰。双瞳夹镜耳批竹，青丝为络黄金羁。孟门坂峻羊肠滑，骏足蹷蹪一朝蹶。昔夸金埒云满身，今同洮水冰伤骨。负盐驾鼓力不任，豢养却依支道林。天晴放饮井泉白，春晚卧嘶园草深。君不见长安城中千万骑，飞尘蹴天光照地。长鞭短策无不施，齿老旋随敝帷弃。又不见将军铁驷来渥洼，东行沧海西流沙。苜蓿虽衔不遑食，功成鹊印归虎牙。何如此马辞骖服，纵病还同塞翁福。身闲早得华山归，害去讵劳襄野牧。乃知不材造物怜，豫章见斫樗散全。无用之用世罕识，达哉庄叟何其贤！此舍人自写照也。即「此木以不材全其天年」意，写来不落臼窠，总由用笔之妙。

## 清明偕锺宛兄展墓有感

往事苍凉不可论，伤心絮酒拜松门。三千里外孤儿泪，二十年来国士恩。华表日斜巢鹤返，土花春绣石麟存。殷勤幸接连枝会，漂泊天涯有弟兄。

### 缪彤

字歌起，江南长洲人。康熙丁未，赐进士第一人，官侍讲。

## 送医士方际泰归茅山

卖药长安市，超然寄一身。摺驴偏识路，破袜不生尘。入世性情古，还乡面目真。自惭留滞客，对尔叹劳薪。
万族罹氛祲，颙颙待此人。戍兵屯戊己，望雨急庚辛。汤火心徒切，君臣剂有神。能将上池水，尽与济生民。
茅山称最胜，结屋傍嶙峋。白鹊常为伴，黄精得养神。松云凉梦寐，僮仆使麏麢。曾读宋清传，犹嫌未绝尘。医人与医国夹写，何等胸次。

## 假归南下欲游五台山

排空历历五高台，想像先教眼界开。客路风光随马去，家乡树色渡江来。探奇亦自安禅味，济胜须谁作赋才。莫道上方钟磬杳，此身今已出尘埃。写假归之乐，得见家乡树色也，偏云树色渡江来，工于著句。

## 渡江

凉月漾中流，金山隐隐浮。尚馀残醉在，和梦到扬州。只清晓渡江耳，写得浑然无迹，末五字何减唐人声口。

## 东台望海峰

层层峭石拥高台，就里藤萝百道开。身在云中天水合，更于何处见蓬莱？

### 张玉裁 字礼存，江南丹徒人。康熙丁未，赐进士第二人，官翰林编修。

## 七夕立秋

旅榻当筵卧，西风拂小栏。秋从今夕到，月向异乡看。有巧输人乞，因贫得梦安。曝衣问僮仆，预戒早霜寒。结意七夕立秋双到。

## 忆橘

朱实垂垂叶尚青，故山千树未凋零。相思不隔长淮水，一夜乡心落洞庭。

### 董讷 字兹重，山东平原人。康熙丁未，赐进士第三人，官至江南总督、兵部尚书。著有柳材集。○康熙二十五年，河臣靳议兴屯，误用屯田丞于宣、骆龙友二人，先屯涸田，次及水田，次及草地，渐及坟墓皆屯矣。无藉之辈，所领牛种为赌博资。新屯日增，民地日削，佃逃田荒，无从诉理。公总督江南，奏请罢之。罪于、骆丞，尽还民田，一时欢呼载道。即此一端，公之生平可知矣。

## 兴化道中

漭沆连沧海，风吹一叶轻。村从波际出，草逼浪痕生。地阔无山影，天空有雁鸣。最怜釜底处，何日奏平成？

### 魏麐徵

字苍石，江南溧阳人。康熙丁未进士，官翰林，出为邵武太守。有石屋诗钞。

## 短歌行和杜韵

自注：戏赠阌乡秦少府。

寒日影黄云半白，天涯莽莽未归客。边隅何日可罢兵，几处转输瘁邦伯。羽林夜发秦关道，共言河陇居民好。甲骑经过悉备餐，喜看蹴踏天山倒。

## 捕蝗

捕蝗捕蝗人簇簇，蝗飞蔽天引其族。扬旗击鼓乱敲钲，奔走如狂沸山谷。炎肌雨汗肠雷鸣，取蝗一斗当斗粟。幸不入境驱邻封，彼亦天民忍遭酷。谁云蝗多不食苗？苗食垂尽到草木。复闻修德能弭灾，非止蝗生宜早扑。

### 蛮子朝

拟白。

蛮子朝，澎湖内附平红毛。占城诸国尽输贡，西洋人已联官曹。琉璃泛海七日迅，册使曾颁新敕印。世子就学陪臣从，赐得衣冠供馔盛。复有安南久臣服，黎氏王封莫氏蹙。往年遣使与讲和，分疆各守漓江曲。百蛮接踵梯航趋，奇貌诡饰累译殊。我愿殿绘豳风诗，不绘唐时王会图。归重修德服远，此一章结穴处也。与前一章用意略同。

## 送儿彪之沅江

我已无亲侍，儿行又远亲。萧疏千里外，去住一家贫。水阔风帆健，霜高候雁新。沅兰芳可佩，极目楚江滨。少陵「令节成我老，他时见汝心」，起十字同此笔墨。

## 于忠肃祠

当年天子已蒙尘，中外安危寄此身。首建一言存社稷，独鸣孤掌定君臣。丹心纵死还如铁，碧血长埋未化磷。千载湖山留正气，不须涕泪洒松筠。不填故实，不着泛语，是作家手段。

## 人棠驿叠韵

人到棠阴忆古溪，春烟芳草驿亭西。海滨仙客骑黄鹤，天末孤臣访碧鸡。道路但留残碣在，自注：地多德政碑。风流谁许岘山齐。几看卧辙攀辕处，半是鸠形鹄面啼。

## 量移曲靖叠韵

闻道滇行过五溪，炎荒万里夜郎西。峰回铁锁沉金马，路入篁林隐竹鸡。青草烟中菰米烂，黄茅瘴里稻花齐。侧身南望愁堪绝，况复猿声万壑啼。

**汪懋麟** 字季用，江南江都人。康熙丁未进士，官刑部主事。著有百尺梧桐阁集。○比部师法韩、苏两家，故才情横溢。归田后，留心经学，皮毛剥落矣，因未见晚年作，故仍取才华绚烂之篇。

## 元夜禁中观放烟火歌

明月如轮碾金殿，蒙蒙玉露垂深院。万里高天无片云，凤凰城阙分明见。此时禁庭人影稀，但听铜龙下银箭。忽然天乐来九霄，耳边仿佛闻箫韶。步辇从容出复道，华灯的皪明春宵。赭黄盘龙覆御榻，羽林排列皆腾骁。便殿前头竿百丈，彩绳高系青天上。银花火树齐开张，珠斗明星尽奔放。金鹅赤凤无不有，玉女仙人各奇状。云中宝塔何嵯峨！海上蜃楼起烟浪。更有奇花次第悬，千枝堕地生金莲。火山吞吐走日月，急如万弩离箭弦。爆竹声中作霹雳，又如铁马攻战相回旋。夜静笙歌转清彻，两傍侍臣时叫绝。一回花放乐一阕，此曲人间岂能窃？何意书生按拍听，果然妙舞霓裳月。羽骑传呼催返驾，钟鼓楼前已三下。飘若浮云风雨过，万点灯花一时谢。独倚危栏似梦中，月影沉沉转台榭。起从元夜说入，是禁中元夜，龙楼凤阙、玉露金波、分明如见。以下详述烟火，跌荡淋漓，极才人之能事。○壬申元夜，潜蒙恩赐观御园烟火，尽二鼓始归，目中所见，恰如诗中所述。明晨上命赓和上元灯词八章，才力薄弱，视比部大篇远逊矣。披阅长歌，附记于此。

## 玉叔观察招陪龚大宗伯西樵阮亭诸先生集寓园泛舟观剧达曙作歌

白日当天春昼遥，落花如雪纷飘飘。蜜蜂蝴蝶各上下，鸣鸠乳燕何矜骄！方塘流水绿于染，细草如发沿溪桥。宋侯好奇复好客，一舟新驾双兰桡。中流荡漾发丝竹，琉璃破碎波光摇。北方老不识舟楫，观者夹岸争欢嚣。自客京师少水戏，身轻忽喜乘春潮。夕阳回柁上陂岸，画堂官烛青烟烧。金壶美酝堆碧色，玉盘春鮆生红臕。梨园法部奏新曲，龟年贺老同招邀。酒阑感激党人事，永康阉寺真鸱枭。元礼孟博意气尽，楷模之誉空名标。衰世诛杀总善类，法吏那得逢皋陶。宋侯当日苦蜂螫，悲秋谑浪皆无聊。今复秉节按蛮郡，束马秦栈车连镳。欢乐几时怅离别，磊块直用千杯浇。羽声惨惨曲且止，秦宫急换翻六幺。细拨阮咸唱明月，罗衣醉卧氍毹娇。谁能无情听忘倦，城头银箭催终宵。乐府中应演阉人害正事，故发此慨叹。时观察亦几蹈不测，赖圣明曲宥之也。精神团聚在此。

## 河水决

黄河冲决淮河荡，白马湖中千尺浪。淮阳城郭雲气中，远近田庐水光上。人行九陌皆流水，螺蚌纷纷满城市。筑岸防堤急索夫，里中徭役齐追呼。富家出钱贫出力，触热忍饥不得食。十日筑成五尺土，明日崩开十丈五。

## 题顾符真画

昭阳顾生画楼观，绛阙瑶房生白雲。如螘宫人三百六，丰神都似李将军。此诗渔洋诗话中赏之。

### 颜光敏

字修来，山东曲阜人。康熙丁未进士，官吏部考功郎中。著有乐圃集。○时辇下称诗有十子之目，田公纶霞、宋公牧仲、曹公颂嘉、汪公季用、王公幼华、谢公千仞、曹公升六、丁公澹汝、叶公井叔，考功其一也。诗品端厚正大，不轻佻，不板滞，于十子中为雅音。

## 白云峰

三峰信灵造，巍巍司寇冠。磊砢不尽泄，蚴蟉复北盘。结空出瑶几，前对香炉寒。大道望如发，豁然见长安。我行采山荪，葱蒨被冈峦。秋色何时来？万里霜林丹。三川富陈迹，八水无停澜。玉女怅不顾，目断双青鸾。磊砢十字，写尽造化之奇，老杜入蜀诗中，每每有此。

## 青柯坪

我从华阴来，秋怀苦凄怆。一登十八盘，嗒焉如尽丧。手拂岫幌开云关，峰峦变灭无停状。狸狌啸雨猿昼啼，咫尺但愁失归向。苍藤羃历穿危栈，高下冥迷那得辨。石棱涧道仅数寻，渭水秦山几回转。举头忽讶青天开，垣屋鳞鳞缀晴巘。长松挂壁森蓬藋，细雾缘扉袅烟篆。吁嗟青柯坪！壮观真崔巍！三峰高造天，于我何有哉？安得巨灵咆哮重擘裂，二十八潭倾帝台。手挽铁船入天汉，仰攀十丈莲花开。回头却笑羡门子，坐看东海生黄埃。后半放笔为之，苍郁雄快，遂成伟观。

## 斗鹑行

高堂邃宇人罕过，锦囊高挂珊瑚柯。乍闻人响轩勇气，空中跳踯常傞傞。何来宾从皆秃袖，入门豪气声欢呵。服膺拳拳疑印绶，朝餐废箸犹摩挲。三尺宝床正中设，郑锦齐缕金盘陁。两鹑出囊已脱手，盛怒似欲寻干戈。朱目绀趾岂得辨，疾如激水旋双涡。注目良久三叹息，为官为私理则那。戕伐固皆尔俦类，崇朝百胜何足多？磔毛啄血供一笑，谁当与尔同痒疴。瞥然一败竟菹醢，争如朱鹭传铙歌。田中偃鼠饫草实，自注：月令「田鼠化为鴽」，即鹑也。徐行不避虞人罗。乃知羽翼反为累，呜呼奈此微生何！为同类戕害者戒，后言田鼠无用，虞人置之，见变化之转足累身也，用意微矣。

## 送宋观察荔裳之蜀

三闾昔日沉沅湘，楚臣憭栗长悲凉。兰台巫岫类谲谏，翻令千载讥淫荒。片言立朝岂易得，何况秉节来天阊。怪君天刑谁与解，倏为霖雨周雍梁。忆昔含香坐藤院，公然白眼轻张汤。一朝受辱处囊槛，狱吏嫚侮如驱羊。拘絷反成好游癖，南穷涨海西河湟。今年被诏按巴蜀，龙墀乍见须眉苍。巴蜀年来成鬼国，蚕丛鱼凫重辟疆。颇闻中丞贡嘉穗，九茎岂得盈千箱。猰貐磨牙近城市，驺虞垂首眠通庄。神禹泣罪只辇下，穷陬无计逃桁杨。使君冠佩望鱼雅，万人祖送纷琳琅。子规昼啼岩谷静，木棉花落旌旗香。万事夷险如转烛，天公好生民寿康。皋陶庙里袭长夜，凄风苦雨君无忘。自注：荔裳有祭皋陶剧。○巴、蜀几成鬼国，而中丞乃贡九茎嘉穗，猰貐磨牙，驺虞垂首，刑罚不平可知矣。望观察明恕活人，得古人赠言之意。

## 洛阳

城阙萧森望洛阳，西来瀍涧水汤汤。千山紫翠朝中岳，万古歌钟对北邙。故国何人凭险阻，皇天有意阅沧桑。可怜贾傅今祠庙，吴楚苍生几战场。

## 潼关

连山觅路纵横断，粉堞当空结构牢。万里河流蒲坂动，九天秋色岳莲高。燕齐无计挠秦帝，关陇频闻唱董逃。设险当年隶畿辅，庙谟亲见紫宸劳。

## 望华山

潼关西上见嵯峨，路入雲台佳气多。万壑深松寒白日，三峰积雪照黄河。天鸡晓彻扶桑涌，石马宵鸣翠辇过。拟向青冥销永夏，莲花玉井竟如何？七言近体。俱在北地、信阳之间。

## 京口

十里荒烟接岸青，金焦疑对两浮萍。连山北断江楼出，潮水东还海气腥。机杼并愁鲛室尽，鼓鼙空向鹭门停。归舟拟雪苍生泪，只恐君王不忍听。

## 昭君曲

一辞宫阙出秦关，长得丹青识旧颜。为报君王休爱惜，汉家征戍几人还！悲悯征人，用意忠厚。

## 送朱锡鬯之济南 在抚军署。

携手河桥怅去尘，历山遥望柳条春。讼庭尚有南冠客，自注：时亭林以诏狱在济南。莫向燕台思故人。

## 乔　莱

字石林，江南宝应人。康熙丁未进士，己未召试博学鸿词，官翰林院侍读。○闻先生诗稿极富，曾与赋草并行，兹独得其使粤一集，故所收从略。

## 确山道中

中州天下腹，厥田异斥卤。如何南汝间，千里馀旷土。道询九十翁，涕出语未吐。流寇昔煽乱，中原竞鼙鼓。杀戮兼流亡，千百存三五。村落略有人，城市屋可数。荒山相经亘，白日仗弓弩。余谓殊不然，汝等逢圣主。赐租吏发粟，修文已偃武。牛种亦易致，旱涝非所苦。休养四十年，胡不治场圃。老翁泪纵横，斯理公未睹。户少徭益繁，民贫吏如虎。居者不可留，缺者讵可补。如欲起疮痍，嗷嗷望卓鲁。闻言三叹息，谁其任州府。设为问答，古乐府体。用意乃次山春陵行之遗。

## 过高邮

万里渡潇湘，洞庭一苇驾。不图返故乡，苍茫与之亚。崩奔万雷鸣，漭沆一川泻。浩浩无陵谷，汤汤兼冬夏。孩稚饱虺蛇，鹅鸭栖桑柘。舴艋妇子巢，场圃鱼龙舍。买薪须论斤，卖儿不计价。古人贵防川，蚁穴严一罅。如何村落间？众流汇其下。耕凿计已休，畚锸役未罢。死者长已矣，壮者不得暇。哀哉此苍生，谁将奇祸嫁。极形水患，读至「卖儿不计价」，几同声一哭矣。谁司行水，能辞其咎耶？

## 过应山县吊杨忠烈公

鸣呼！有明神宗之季国阢陧，光宗继之更短折。维时先生官给事，顾命乃与大臣列。防微肩巨定大计，选侍移宫一朝决。再起中丞赴双阙，大柄已被阉人窃。乾儿义孙满庙廊，二十四罪愤所切。赤县争高宦者祠，彤庭遍染中丞血。讵有娄贼杨大洪？舍人宁死心如铁。或言汉之厨顾洁其名，唐之牛李营其穴。宋之洛蜀明东林，党祸纷纷蹈覆辙。封疆已被门户误，遂讥先生太激烈。我谓此言殊不然，藉口保身附明哲。假使当年稍媕婀，张禹孔光更何别？君子岂能误国家，目为党人正气绝。呜呼！正气绝，国乃灭。媕婀之徒每持明哲保身之说，以备责直臣，正气所以丧也。此等诗关系名节不小。○予过忠烈公祠，作诗吊之，中云：「人之云亡邦国瘁，明社沉沦等儿戏，只有孤臣一片心，地下可诉高皇帝。」读乔公诗，偶然节录。

## 下滩

湘南三月湘水生，驰波跳沫空江鸣。硆砑乱石亘江面，险如瞿塘滟滪谁能撄？我闻就下水之性，岂乐与石相排争。清流何为辄暴怒，鼎沸势欲苍厓倾。其如滩石太崄巇，横排曲扼真难平。笆竿之船薄如纸，左旋右折中流行。柁师自许识趋避，到此亦觉心魂惊。十里五里在俄顷，回头不见丹峰横。一滩才过一滩至，到耳总作奔雷声。纵然赋命果穷薄，毋乃太视波澜轻。

## 湘口

雁叫猿啼不可闻，零陵风雨正纷纷。三岩明灭潇湘合，二水潆洄楚粤分。纵目好看灵岳树，落帆犹带隐山雲。探幽更向愚溪去，野性偏宜鸥鹭群。

方象瑛 字渭仁，浙江遂安人。康熙丁未进士，己未召试博学鸿词，官翰林院编修。著有健松斋诗集。

## 龙洞背

神龙穿石飞，洞壑昼常晦。人乃捷于龙，盘旋出龙背。蹑衣入重云，势与风雨会。危崖千万状，不知始何代。突兀浮图高，纵横屏障大。鳞鬣树千章，泉流吐飞沫。下注不测溪，沉沉气冥昧。倘燃牛渚犀，百灵宛然在。羌山多灵奇，策名此为最。何必御风行，旷然天地外。

## 七盘关

鸡头关前七盘岭，蚓曲蛇蟠才见顶。氐中又复度七盘，诘屈纡回势相引。层崖邃谷路转通，拾级忽见云霞空。却怪顶触前人趾，不知举膝当心胸。宁心息魄诧奇绝，万里山川风气别。一关中断陇蜀分，羌笛渝歌乍相接。遥望川巴万点明，白云紫雾还纵横。鳞鳞仿佛峨眉雪，不知何处锦官城。北望京华南望越，怀人两地情偏切。今朝身入大荒西，凉风古驿中秋月。昔游平靖关，关顶为荆州、豫州分界处，曾作诗记之，篇中「一关中断」二语，服其辞之能达，羌笛承陇，渝歌承蜀，尤见脉理之细。

## 望雪山

自注：在咸州，距会城二百馀里，晓起登楼望之，九峰皆白。

未是峨眉境，何来入座看。蛮中晴亦雪，徼外暑偏寒。云散千峰白，霜凝万壑丹。鳞鳞望不尽，指点是松潘。

## 陈玉璂

字赓明，江南武进人。康熙丁未进士，官中书舍人。○舍人于天文、地理、礼乐、兵农、河渠诸务，无不讲求，宾客杂集，应酬不倦，暇则成诗，旬日之间，动至盈寸，远近目为才人。

## 闻董文友已在山东

竟作十年别，何无一纸书。传闻在东鲁，早晚下南徐。客久才逾老，思深梦转疏。灵光遗殿在，问尔赋何如？眉眼最近，而眼不见眉，即思深梦疏之谓。

## 同友登京口避风馆高阁望江题壁

衮衮登楼兴，披襟坐上头。果知天地大，不尽古今愁。孤塔烟中断，诸峰波面浮。凭栏一长啸，明月夜横秋。

## 落叶

木叶惊微脱，相看惜故枝。一秋今古梦，万树别离思。入水飘无定，随风下每迟。始知天地意，摇落总无私。离形写意，便觉超然，一结所见尤大。

## 兴济寄怀家兄其年

同君击楫大江干，共把离尊未忍乾。一自风涛愁里听，真怜兄弟别时难。雲连沧海鸿边度，月落滹沱马上看。尔在家乡定回首，几时书札到长安？

傅昂霄 字龙翰，江南吴县人。康熙己酉举人。〇吴中诗人无道及龙翰者，然即此三篇，非浸淫唐贤者不能。

## 饮马长城窟

君不见长城之北青海边，平沙直上黄云天，沙中白骨堆何年？阴山九月风怒号，风吹戍火连云高。云中五原军出幕，左贤右贤心胆落，军中大将闻姓霍。鼓声如雷笳声死，冒围脱走天骄子。烽烟一扫万里秋，汉家天子恩未酬，男儿何用言封侯。太白蚀月旄头没，归来饮马长城窟。

凉州词

九月霜高塞草腓，征鸿无数向南飞。深闺莫道秋砧冷，夜夜寒光满铁衣。温柔敦厚，可与唐贤绝句并读。

江行

白雲明月漾微澜，空外秋声落远滩。燕子矶头中夜起，一天星斗大江寒。

徐乾学 字原一，江南昆山人。康熙庚戌，赐进士第三人，官至刑部尚书。著有憺园集。○昆山顾亭林先生融贯古今，学人非诗人也，而其诗醇雅可传。尚书为亭林外甥，熟于朝章国故之大，盈廷议礼，必折衷焉。及发言为诗，亦复诸体惬当，艺林谓酷似其舅，信然。

感遇

汲水辨渑淄，染丝别黑白。古人倾盖间，流品先已择。寸心苟相投，薄躯非所惜。宝剑解赠君，出入耀光泽。分手去路衢，万里无间隔。结交不须多，噂沓亦何益。宁闻管鲍家，堂有珠履客？

## 陇山歌送许天玉之官新安

陇山高高陇水流，陇西六月如清秋。萧关朝那近北地，酒泉张掖连凉州。诸葛战争馀故垒，隗嚣宫殿成荒丘。绣衣按部求名马，都护行营擢锦裘。数声羌笛落梅怨，一曲秦筝边月愁。许侯分符万里去，晓发青门拥驺御。虞诩成名在此时，王尊叱驭看前路。京华故人折杨柳，欲行不行日渐暮。我歌为作陇山词，目极轮台乌飞处。高、岑风格，步趋者罕，此故在燕歌行、胡笳歌之间。

## 北征

置酒旗亭畔，风吹杨白花。愁深同汶水，道远指京华。乍听悲笳起，回看落照斜。庭闱千里梦，怜我滞天涯。

两弟分南北，鸰原心事违。稚圭方夜读，曼倩复朝饥。月向吴宫照，云依蓟坂飞。并怜梁苑客，漂泊未能归。

汴水金堤险，黄沙拨暮云。戈铤终未息，筚篥不堪闻。万井惊狐火，千村散马群。夷门衰草畔，酹酒信陵坟。

金舆帝子去，朱戟故宫存。麋鹿穿陵寝，鱼龙入殿门。连云艮岳迥，落日大河奔。老监曾骖乘，凄凉说旧恩。此指流贼决卞水灌城后事也。帝子已没，朱邸空存，不胜亡国之感。

行指荡阴泽，遥思嵇侍中。一泓水自碧，千载血犹红。玉座春吹雨，灵旗夜起风。英英岳忠武，庙貌对城东。

程婴存祀义，豫让报恩心。此地昔人没，千年沣水深。花明开驿道，苔老积碑阴。我独何为者？天涯寄苦吟。

潋滟金沟溢，青葱玉树寒。几回思碣石，三度向长安。入市碎琴易，依人弹铗难。异乡逢令弟，华发共惊看。怀古思亲，百端交集，每章立意，杜老秦川杂诗之格。

## 怀汉槎在狱

吴郎才笔胜诸昆，多难方知狱吏尊。谁为解骖存国士，可怜一饭困王孙。蝉吟织室秋声静，剑没丰城夜气昏。闻道龙沙方议谴，圣朝解网有新恩。第五语，用骆丞在狱咏蝉事。

## 怀友人远戍

边城日日听鸣笳，极目辰韩道路赊。三袭貂裘犹未暖，一生雪窖便为家。晨看军府飞金镝，暮向溪山引犊车。千载管宁传皂帽，难从辽海问生涯。

已甘罪谴戍荒溪，又发家人习鼓鼙。孟博暂能随老母，子卿犹得见生妻。鹡鸰原上闻猿啸，鸡鹿山前听马嘶。梦里依稀归故国，千重关隘眼终迷。此怀吴汉槎远戍，「子卿犹得见生妻」，望其生还也。后果如其言。

## 送万季野南还

霜花醁酒送君还，邸舍相依十载间。惯对卷编常病眼，与谈忠孝即开颜。折衷三礼宗王郑，泚笔千秋续马班。薄笨独驱惊岁暮，冻云寒雪满江关。

## 请告得旨留别诸公

萧萧白发滞长安，此日都亭拟挂冠。入世艰虞忧履虎，当门芳馥怕锄兰。一官鸡肋中情淡，万卷牛腰远道难。最是君恩如海岳，禁庭回首涕汍澜。时柄政者欲中之以法，圣主许其带书局还山，如司马文正公修资治通鉴之例，受恩感激，乃作是诗。

## 张鹏翮

字运青，四川遂宁人。康熙庚戌进士，官至大学士，谥文端。

## 旅夜书怀

分水驿连古万州，烽烟无际黄云愁。三军不作刀环梦，一夜钲声绕戍楼。

王 掞 字藻儒，江南太仓人。康熙庚戌进士，官至大学士。著有西田集。

## 虹友兄斋同汉槎夜话

海内争传季子名，相逢执手喜还惊。廿年塞外空归梦，一夕灯前似隔生。铁岭风沙销战骨，金河笳鼓驻雄兵。知君具有凌雲笔，得藉陈汤返汉京。此汉槎赦归后事。

## 望岱

山色周遭信马蹄，岱宗高峙绝攀跻。巃嵸未许儿孙并，崱屴浑疑星汉齐。风定天门悬日月，雨收石角挂虹霓。他年定拟穷游屐，秦观峰头倚醉题。

王士祜 字子侧，山东新城人。康熙庚戌进士。著有古钵集。〇计甫草云：「子侧为西樵之弟，阮亭之兄，才堪颉颃，而西樵、阮亭早发，声望先布，不必视为蜂腰也。」

## 和李退翁侍郎读水经注兼忆洞庭之作

相思何处折芳馨，望断黄陵旧日亭。自注：水经注：湘水又北径黄陵亭西。秋水依稀闻落叶，楚天仿佛见扬灵。洲边子戍三春绿，楼外君山一带青。太息雲中君在否？不堪重问道元经。

## 渡扬子江

长江不尽来荆蜀，天堑平分控五州。地近沉舟悲战伐，人从击楫想风流。波开雲日诸峰出，浪涌鱼龙夹岸浮。况值丹枫摇落尽，三山缥缈欲忘忧。有吞雲梦摇五岳之概，如此方许作渡江诗。

孟亮揆 字绎来，江南长洲人。康熙庚戌进士，官翰林侍讲学士。

## 渡黄河和大司农韵

秋水轻帆忆此过，故园一卧任蹉跎。江山乱后重为客，蒲柳新时又渡河。茅屋几家晨爨少，桃花三月晚潮多。十年筑舍空民力，忍听劳劳鸿雁歌。

## 于忠肃墓

曾从青史吊孤忠，今见荒丘岳墓东。冤血九原应化碧，阴磷千载自沉红。有君已定还銮策，不杀难邀复辟功。意欲岂殊三字狱，英雄遗恨总相同。徐、石实忠肃罪，谓其意欲召外藩也。「意欲」二字，与莫须有三字正复相类，一经拈出，旧事顿新。

李振裕 字维饶，江西吉水人。康熙庚戌进士，官至户部尚书。有白石山房诗稿。

## 祠阙里雅 有序

皇上文德武烈，震扬域外，海隅宴安，民有礼乐弦诵之习，蒸蒸向风，乃循览徭俗，还过阙里，以太牢祀孔子，礼仪致敬，赉予有加。臣躬逢大典，欢忭踊跃，不揣固陋，窃效唐臣柳宗元雅体，咏歌盛事，为祠阙里雅一篇，谨拜手稽首以献。

太山岩岩，遐迩具瞻。登封受命，上帝是监。钟灵岱岳，笃生尼父。大道昭明，炳然终古。一章 于皇时清，继天立极。累洽重熙，与民休息。苞蘖既除，干戈永戢。偃武觌文，风行四国。二章 岁维甲子，历起上元。翠华南指，旌轩八屯。秩祀东岳，礼举柴燔。觏临日观，旁瞩天门。三章 泰山之阳，曲阜之宅。万乘回銮，里门是式。奕奕本支，恭迎清跸。升堂陟降，祀典攸秩。四章 轩县铗矣！乐具奏矣！尊罍既陈，缛礼侑矣！俎孔硕矣！天子献之。豆孔庶矣！天子荐之。五章 祝史有辞，我皇黼藻。曰万世师，揭此显号。华盖九斿，爰饰于庙。姬公孟子，亦越奠告。六章 皇曰噫嘻，相予肆祀。济济臣工，诜诜胄子。布席横经，披陈奥旨。圜桥肃听，晬容有喜。七章 陟彼泉林，厥流孔滮。维兹桧文，厥枝孔虬。万年不凋，圣人所树。皇心愉愉，爰记爰赋。八章 帝恩优渥，零露瀼瀼。流根润叶，受祉无疆。匪曰赉之，孔氏之光。斯文丕显，邦家之庆。九章 泗水汤汤，孔林苍苍。文草灵蓍，辇路之旁。樵苏有禁，旧不逾顷。今也廓之，数兼常等。十章 奎画有炜，垂象神宫。取彼琬琰，是琢是砻。丰碑百尺，崒嵂在东。历年亿万，与岱比崇。十一章 维山有岱，维天有汉，皇德是峻，帝文是焕。大道彰矣！治化翔矣！日月星辰，庆重光矣！十二章 ○视圣人与奏凯告成功不同，彼取古奥，此取和平也。古奥近韩，和平近柳，作者最得体裁。

## 赵申乔

字慎旃，江南武进人。康熙庚戌进士，官至户部尚书，谥恭毅。○恭毅生平清直，具见此诗。

### 庚辰仲冬内召感赋呈祖道诸君

七载投闲学灌园，君恩未报滞丘樊。忽逢徵召来南国，拟谢亲朋赴北辕。差信有生遵正轨，只惭无术救黎元。诸公祖饯箴予阙，黾勉匡时望进言。

## 许孙荃

字四山，江南合肥人。康熙庚戌进士，官翰林院侍讲、陕西学使。○激昂悲壮，多燕、秦之声。

出门

出门必春初，入室必冬暮。岂无儿女情，终岁不暇顾。挥手从此辞，夕阳渺烟树。作客苦况，全在两必字形出。

五丈原次大复韵

荒原淡斜日，古戍黯层阴。五丈空留迹，三分不死心。地随营垒没，星与阵云沉。薄暮秋风急，如闻梁甫吟。

潼关

百二初经得大观，严关高峙碧云端。两边峡束黄河去，万仞根连太华蟠。天险西来凌绝巘，地形北折巩长安。如今圣德能怀远，犹作当时要处看。与「两戒中分蟠太华，孤城百折走黄河」，几于鲁、卫，一结得设险守国之意。

武功春日谒后稷祠

当时教稼先先圣，万世黎民定阻饥。词客古今瞻庙貌，村农伏腊走轩墀。郃封麦秀垂垂遍，禹甸氓歌处处随。文德配天真不忝，独从含哺有馀思。起手如高峰坠石，循行数墨家，那能办此。

万里

万里驱车亦壮哉！西征咫尺是轮台。无边晴雪天山出，不断风云北极来。关到玉门中土尽，槎浮博望使星回。犹看定远封侯道，却忆嫖姚佐汉才。

庄浪趋张掖

酒泉张掖近天山，大漠风云指顾间。莫道行边人万里，最西还有玉门关。

# 清诗别裁集卷十

## 叶燮

字星期，江南吴江人。康熙庚戌进士，知宝应县。著有已畦集。○先生论诗，一曰生，一曰新，一曰深，凡一切庸熟陈旧浮浅语须扫而空之。今观其集中诸作，意必钩元，语必独造，宁不谐俗，不肯随俗，戛戛于诸名家中，能拔戟自成一队者。○先生初寓吴时，吴中称诗者多宗范、陆，究所猎者，范、陆之皮毛，几于千手雷同矣。先生著原诗内外篇四卷，力破其非，吴人士始多訾謷之，先生没，后人转多从其言者。王新城司寇致书，谓其「独立起衰」，应非漫许。

### 采柳谣

去年采东乡，今年采西乡。东西两乡柳，采之尽斧戕。河堤决无时，需扫如山冈。高柳无遗槎，柳种才成秧。大府昨下檄，催督肩相望。境内柳已空，越境有严防。无已及他木，槐榆枫栎樟。违材式不程，李难代桃僵。百金缚一扫，千夫提其纲。投之沧渊中，厥声匽沸汤。河伯鼓赫怒，飘如马脱缰。哀哉累膏血，一掷剜肉偿。何虑千百扫，往往归茫洋。吾欲叩九关，好生德之常。缅彼至治世，大海无波扬。

## 湖天霜

湖天湛然清，盛夏飞严霜。霜严结阴惨，白日沈荒凉。厉鬼啾啾鸣，行路闻心伤。埋冤尔为何，毅魄非国殇。生为蚩蚩民，安分柔且良。真盗失伏辜，渔人罹祸殃。杀人不抵死，袖手反代偿。有耳非不闻，有眼讵失芒。一人爱功名，片语进斧戕。邈矣三宥仁，孰察五过章。一朝四百指，骈首堆荒冈。湖水自终古，流恨徒汤汤。寄语司牧者，杀人宜慎详。杀四十人以全一人官爵，古酷吏中有此毒螫乎？天道好还，必不使之保首领留种类也。读至后半，炎月中恐亦肌肤起粟。

## 度大庾岭

千里连峰亘，纡回出万寻。险分南服界，雄见越王心。鸿雁谋何苦，熊罴气转深。高松阴夹路，风过助长吟。三四语沈雄苍郁。

## 送王阮亭宫詹祭海还朝

使节天边转，韩碑读罢还。挹泉酾主眷，探袖出民艰。帆没依依树，装轻个个山。南枝留不住，高咏过重关。「探袖出民艰」，不以颂而以规。

瘗璧恭成事，祠坛异碧鸡。蛮方留雅乐，玉陛返桓圭。激水从天上，扶桑向使西。圣朝严俎豆，到日拜封题。

寻山

二月花争发，寻山一径冥。峰回常抱影，云断半衔青。柳露沿溪屋，人归隔岭亭。桑榆留晚照，尚及渡前汀。

京口作

朔风动地大江鸣，犹说南徐北府兵。铁锁几人筹异代，布衣终古悔成名。江山无限渔樵计，木叶频惊关塞情。试上高楼凭四望，不禁泪下愧平生。七言律入手难得龙跳虎卧之笔，得此以下便如破竹。

嘉兴陈用亶招同秋嶽先生暨诸同学集尚友堂限微字

酒杯数去此风微，赖有同心款夜扉。上客独存天宝旧，佳辰长叹永和稀。一尊绿影如求友，千里莼丝不厌肥。庭际残红将次尽，碧梧翠竹转芳菲。

中秋后同人集用亶尚友堂忆五年前秋嶽先生有此集限微字韻兴怀怆然仍限前韻

风雨从吾款旧扉，也知荃杜采应稀。敦槃衰鬓惊难再，花月欢场渐欲微。晚药侵阶秋得气，倦萤入户冷无依。缘堤衰柳吾怜汝，约略年华两并非。追旧集，感暮年，借倦萤衰柳以写苍凉之况，为之黯然。

括苍道中

萧然倦策度重峦，绝壁摩天傍斗看。游子伤心悲九折，美人遥睇隔千盘。啼鹃花信他乡到，瘦马衫痕落照寒。不断乱云投北去，生憎回首望长干。三四经险地，怀良友也。瘦马衫痕一语，写尽孤客远行之况。

集吴天章传清堂感旧限红字

廿载销沉各老翁，江乡旧馆酹残红。忽惊灰劫馀芳砌，自注：堂为前辈旧居，四十年前，曾随先人集此。重怆山阳拭槁桐。行路真难拚病废，闲情渐遣藉途穷。深秋已过繁霜雪，苦忆茫茫衰草中。

## 同人夜坐康贻任斋限人字

意外相逢是故人，衰颜烛影话重新。花残几易罗含宅，燕到重沾杜甫巾。无处避愁应择地，有山送老不嫌贫。吾家二妙欣相慰，懒向沧江再问津。总无一语平直，极眼前事，一经点化，顿使生新。

## 石门郁曾发游秦归赋赠兼示胡圆表徐导柏

十载惊沙积晓装，龙钟短策倦游梁。饥来惯逐长榆月，老去重沾绝塞霜。登岳何人携谢朓，入门无女问中郎。曾发归时丧女。江波淮浪摧肝日，话比秦川路更长。去去空山学道装，难忘情处在河梁。劳生岁月官桥柳，终古人琴断坂霜。自注：故人徐次璆。水咽陇头留苦调，花然巷口映诸郎。自注：圆表昆弟子侄二十馀人。秦宫汉殿秋原上，饱赠书生一枕长。劳生岁月，以官桥柳况之，终古人琴，以断坂霜拟之，身世友朋之感，几于字字欲泪。

## 与赵书年话旧追忆其尊人山子

隔世荀陈隔日情，朱颜皓首两心惊。文章涕泪仍声价，冰雪关河竟死生。自注：癸卯冬，予与山子计甫草北行，两兄并物故五年矣。重睹风标堪和鹤，自怜衰老续鸣莺。庭梧竹影难忘夕，怕见城西暮色横。自注：山子故居。

## 叠韵答学山侄

处世应师田子方，马迁货殖计宁长？东西鸿爪皆空点，今古蛾眉不易防。漂泊未归元亮宅，支离合老管宁床。生涯陇畔驱黄犊，焚砚何心赋补亡。

## 同徐方虎张步青赵湛卿登永嘉江心寺浮图

鹫宫突兀傍银河，界破青冥一雁过。名士登高双泪下，故人回首万峰多。新传蜃海销兵甲，若个鱼矶卧薜萝。尺五去天知不远，凭君才调问如何？登高睇远时，每多身世之感，无情人不知也。五六锋燧已销，薜萝难卧，望有情者出而用世，应为同游者言之。

## 杨花

小蛮腰瘦不胜情，断粉飘云殢舞裀。莫使漫天飞不住，楼中尚有未归人。恐其伤思妇心也。视「春日凝妆」之作，更觉微婉。

## 题平湖沈客子燕京春咏后

残杯忽忆帝城春，曾逐轻蹄十九人。淮上黄芦江上雪，凭君说是赏花辰。

## 梅花开到九分

亚枝低拂碧窗纱，镂月烘霞日日加。祝汝一分留作伴，可怜处士已无家。从九分著意，不忍卒读。

## 客发苕溪

客心如水水如愁，容易归帆趁疾流。忽讶船窗送吴语，故山月已挂船头。初归家时，实有此景，比「忽惊乡树出，渐觉熟人多」更妙。

## 卢道悦

字喜臣，山东德州人。康熙庚戌进士，官两知襄武、缑氏县。著有公馀漫草。〇班史称循吏以文章饰吏治，作者以吏治为文章，诗中所云，皆从忧勤廉惠中出也，勿徒于对偶声律间求之。

## 阻风

陆行无风波，偶嫌路纡折。中心希所求，水程较直截。鼓棹正中流，陡遇风威捩。日行十馀里，毋乃所望缺。欲速适为累，悔不从迂拙。迎面挂席来，疾行飞鸟灭。帆樯非不同，迟速何殊绝？长年前致词，前程难预决。万事贵顺天，人力徒劳竭。明日风势回，迟速又更迭。乃知天下事，安分自怡悦。寄语山中人，待时养明哲。即阻风一事中，传出乐天安命、遵养时晦之学，诗如此乃不徒作。

### 寄时斋弟

百孔千疮体，医来尚带瘢。清贫林下稳，迂拙宦途难。有泪洒荒野，无才事上官。感君相念切，聊用报平安。五六语包括任延一传。

### 偶感再和时斋韵

中夜扪心候，无妨对泬寥。难舒单父肘，耻学楚宫腰。君并陈情李，时斋以母老求终养。予惭归去陶。鹪鹩栖未稳，岂敢慕冲霄？「耻学楚宫腰」，即上一首「无才事上官」也。

### 迎春

律转鸿钧佳气同，肩摩毂击乐融融。不须迎向东郊去，春在千门万户中。

### 顾贞观

字华峰，江南无锡人。康熙壬子举人，官中书。著有积书岩集。○梁汾临没时，自选诗一卷，授门人杜云川太史，云川付梓人以传，不满四十篇，皆味在酸咸外者。前辈嗜古淡不自足如此。

#### 雨止缱塘书舍抵暮无一人过桥上者

山浅雨亦深，烟光暮如积。窅然清池上，暂与尘土隔。倚杖玩浮沤，凭阑数归翼。无生复奚灭，有动随所息。磬响时一来，怀哉岩岫客。愿言依此境，共对香灯夕。一尘不起，语可证禅。

#### 春夜大雪念储氾雲宿舟中诗成黯然兼寄应雲皆人兄弟

百里非远涉，忽嗟行路难。蓬窗半夜冻，积雪摧樯竿。念子拥衾坐，知余抚枕叹。吴中文翰侣，公宴方极欢。暖响迷玉漏，晶辉莹珠盘。谁持一尊酒，慰此孤舟寒。前路逢二谢，客愁应少宽。平生倦水宿，历历惊风湍。

#### 开先漱玉亭

壁立双芙蓉，正临无底谷。谁挥修月斧，尽削银河曲。倒洒万斛珠，翻飞千寻玉。有龙蟠其下，喧极眠更熟。纵横题石字，但见莓苔绿。洗钵注军持，馀生此焉足。

## 灌园

不自量筋力，求为人灌园。意惟营一食，迹若避群喧。谁遗五色芝，服之诧腾骞。奈非尘埃种，移莳安得蕃。还将理菜畦，膏泽资泉源。黾勉试操作，编篱复插援。早韭和露茁，晚菘凌霜翻。但从采掇便，未觉烹饪烦。心形诚苦疲，既饱亦轩轩。向读神农书，近闻老圃言。飞骞未能，安分谋食，陶公心事如见。

## 夜闻梵音

一灯山牖出，隔竹露光泫。坐听香台人，法华中夜转。清泉漱寒玉，细入吴音软。嚼蜡况横陈，凡襟何时遣。去左司未远。

## 秋晓登沧浪亭呈宋中丞

初日上东南，林亭空宿翳。草香珠露重，的皪侵衣袂。唱杳曲池菱，吟馀小山桂。犹闻遗翰墨，但惜沉碑碣。望古情已深，怀贤感亦系。由来澹荡人，别作流传计。翕艳贱原尝，虚徐狎庄惠。谁陪飞盖游，属和高文丽。咏沧浪亭者，俱仿苏、梅体，此以淡寂行之，春花明媚，忽遇山矾，独殊风格。

### 赠吴园次太守时侨居吴门

烟月扬州不可住，金阊亭下牵船处。风流海内几知名，却傍江潭惜枯树。壮心无计得消磨，千叠蛮笺十斛螺。鸳鸯翡翠长相守，其奈缠绵旧事何！旧事追趋青琐闼，承恩独给尚书札。玉箱珍重贮填词，梦里西风生白发。武皇仙去已多年，老伴文明绣佛前。第一莫孤琴酒兴，夜分高宴日高眠。

## 韩菼

字元少，江南长洲人。康熙癸丑赐进士第一人，官至礼部尚书，补谥文懿。著有有怀堂集。○公于经义有起衰之功，奉敕撰述及一切碑版之文，足以润色鸿业，左右史乘，数韵语者，不及公也，而德人之言自足风雅，读者勿第求之词句之间。

### 赠江南巡抚汤潜庵先生

于皇启运，惟良应期。云出山川，灵雨乃施。于潜于跃，致身惟时。从容讲幄，道以言资。俾赞大政，谋谟孔嘉。帝瞻四方，念我民依。畴若绥怀，维汝予材。往奠南服，往抚朕师。此言公以道事君，明良一德，命其抚绥南服也。

时惟霜月，戒途惟吉。别殿宠行，大官赐食。何以衣之？温貂重袭。何以乘之？小环金厄。巽命以中，莫匪民极。顿首青蒲，臣职是力。臣学孔孟，羞管商术。翯翯之思，惠此南国。此言陛辞宠行也。学孔孟，羞管、商，表公生平学术。

短车一乘，具少于车。敬谢供张，敢烦薪刍。我马既羸，我仆亦痡。莫或宁处，将此简书。吴侬迟公，自今有家叶。悄悄独营，揽辔踟蹰。此言公简从轻装，敬奉简书。而吴民望之同于望岁也。

螟蟊食禾，拔根及心。飞鸮食葚，怀我好音。嗟尔司牧，下民是侵。素丝惟染，官阙谁箴？其则不远，公即砭针。无愧生平，敬影与衾。此望属吏化积习，归廉洁，以公为准则也。

稽古扬州，田惟下下。矧我勾吴，文身而裸。有明战争，天降之祸。厥赋未贞，王道为颇。印给四方，日炙其锞。脂膏既竭，下民卒瘅。剜肉流血，敲骨及髁。千秋我公，哀此鳏寡。盍绘流民？盍谒灵琐？公诚动天，庶几报可。此言三吴浮赋，民不能堪，愿公之为民请命也。后屡疏陈请，格于部议，乃止。

眷彼嘉谷，实生其莠。爱有止水，当门置韭。宿猾弗除，愿民谁牖？其众可容，其魁宜取。如木斯拔，如雏斯乳。仁者必勇，公维其有。此言除莠民以安愿民也。止水置韭，用庞参访任光事。

烹鱼苦碎，治民苦烦。调急弦绝，汲多水浑。五方殊风，莫返黄轩。去其太甚，不在高论。钩距不设，鼠雀无喧。若其性天，起化之源。此言除弊，去其太甚，无烦苛察也。若其性天，即使自得之之意。

奕世歌思，厥有文襄。端毅宽静，忠介清刚。我公嶽嶽，为儒者宗。体立用行，攸兼其长。神动渊默，罔不在中。若尝膏之，岂惟我邦。伫公报政，倚公辩章。吴侬敢私，以福万方。此言抚吴大臣，推周文襄忱、王端毅恕、海忠介瑞，而冀公之追步前哲也。此种立言，得吉甫赠人之体，诗亦穆如清风。

## 抵里门述怀

葵藿倾太阳，杂县避钟鼓。心迹若未并，宜适各有所。嗟余谬朝恩，惭如腹背羽。忧思日以痒，衰疾欿而窳。陈力敢赖宠，自免幸报可。江湖皆日月，梦寐临君父。惴惴持小心，宁间出与处。归来蓬藋荒，故基馀环堵。点检旧巾箱，静便深稽古。舍傍有数畦，颇能学老圃。名山无卜筑，兴至撷芳杜。未暇谋儿孙，何处谒公府？弱植恐化茅，高鸟不啄腐。市朝我无营，焉敢累乡土？

## 送砺岩洗马移家石公山次悔庵韵

乍脱朝衫赋遂初，青螺一点卜幽居。菜根咬得当何肉，虫篆窥来半禹书。吞却五湖无蒂芥，联将三益有樵渔。此时风月从吟弄，幸惠新诗并起予。石公近包山，包山，藏禹书处。

## 挽田间先生诗

跳身党祸出乡关，辛苦书生戎马间。已分妻孥成死别，宁知丧乱复生还。孱王骀骆穷年恨，故土莺花镇日间。一亩荒凉乾净地，千秋恐染泪痕斑。先生配死于乱兵，故有第三语。

长揖诸公折角巾，头衔不屈旧词臣。三千上客曾倾坐，百尺高楼好置身。自下羊昙华屋泪，自注：谓立斋师。每安杜甫草堂贫。灵床寂寞琴弦断，絮酒南州只一人。自注：谓健庵师。

## 被命修一统志先师司寇公完书也感而有作

澹荡江湖玉局随，苦心作者调谁知？户庭直欲包山海，义例频烦托寓卮。穷尽异书多逸事，得来妙解折群疑。最怜乐善通怀处，尝许门人赞一辞。

青螺一点故依然，草舍荒烟客可怜。万里张骞曾凿空，九州邹衍欲谈天。人从生死原轻散，笔到山川不易笺。惟有无情芳草绿，犹铺书带旧堂前。

踏红重到碧山堂，叹息音容未渺茫。佳句壁间枯落墨，小松阶下惨成行。少孙敢附龙门末，后郑常依马帐旁。犹是旧游风月地，孤灯夜雨照凄凉。俱从门人续修用意，缠绵悱恻，令人增师弟之重。

## 暮春唐解元墓下作

中丞当代振词源，吊古凭将风雅论。自昔唐衢惟解哭，只今宋玉与招魂。人归黄土三生石，时过清明一酒樽。更辟桃花旧兰若，钟声敲月伴黄昏。时宋商丘中丞新葺唐解元墓，故从中丞说入，其实墓在横塘，商丘所葺，在桃花坞，乃解元读书处也。唐衢正说，宋玉借说，不得以不类议之。

### 王鸿绪

字季友，江南华亭人。康熙癸丑，赐进士第二人，官至工部尚书。著有横云山人诗稿。〇不及见全稿；所录皆未贵显时作。

## 归来

长铗归来日，貂裘欲敝时。吾亲怜久客，扶杖喜相持。款款谈征路，依依问旧知。自朝还至暮，尽室慰离思。

吾母倚闾久，风尘望早归。惊看游子面，为浣去时衣。岩笋经冬出，慈乌向晚飞。白华堪志养，不必羡甘肥。缝衣，送游子也。浣衣，游子归也。旧事翻新，只转换间耳。

## 赠萧芷崖

小筑幽居碧草扃，云溪淡淡水泠泠。风流雅托梓人传，丘壑应垂处士星。岩菊有情堪独把，江篱无怨为谁醒？高山更入朱弦调，可许巢由洗耳听。芷崖托于梓人，实逸民也。司空赠诗，比于泉明、正则，近日卿大夫无此下士风矣。

## 夜

霜风瑟瑟动窗纱，故国音书旅雁赊。永夜闻砧难入梦，他乡见月易思家。干戈且喜人无恙，蒲柳应怜鬓有华。独愧圣朝容弃物，未辞簪绂问桑麻。善学少陵，不在形似。

## 闺思

抱得朱丝琴，临风弹别鹤。愁如江潮生，不共江潮落。崔国辅小诗，原本子夜读曲，作者近之。

## 采莲歌

采采江水滨，荷花照脸新。莫愁西日晚，明月解留人。

## 宫词

霜净金阶冷，虫吟绮阁秋。嫦娥明镜里，亦自伴人愁。

徐倬　字方虎，浙江德清人。康熙癸丑进士，官翰林院侍读，后家居，加礼部侍郎。著有蘋村集。○蘋村归田已十馀年矣，恭遇圣祖南巡，进呈全唐诗录百卷，特加卿贰。且年跻大耋，子列六卿，真盛世幸人也。诗亦如弹丸脱手，绝异郊、岛寒瘦之习。

### 咏水碓

睦州晓放船，江流益清浏。水石相抨击，湍雪蛟龙走。居民置风轮，随波转枢纽。沙石广场圃，比栉列杵臼。但看椎声落，不见谁举手。精凿脱糠秕，安闲到子妇。搰搰抱瓮劳，拙哉汉阴叟。机巧厌桔槔，斯言诚然否？圣人前民用，神智皆自有。愚民偶得之，役使河伯久。但苦梁鸿贫，何处觅升斗。一结换意，不脱不胶。

### 骡车谣

车铎忙，替戾冈。骡转毂，尾秃速。路崎岖，声独漉。嗟尔车中人，何不还家抱黄犊？宝剑金玉装，少年骏马驮。车中坐老叟，面皱鬓又皤。骡兮骡兮负汝何？簸之扬之非黎魮，颠之倒之裂裳衣。骡因刍豆辛苦为。劳人草草将安之？人与尔骡计总非。鸡初喔，乌再啼，北斗阑干月沉西。满地冰霜骡足动，踏破千家万家梦。奇警句，以无意得之。

捶马勿伤面，捶骡勿伤背。伤背乌啄疮，后日难重载。八口安食骡奔波，骡若不行谁能那！为语役夫爱尔骡。爱及物力，仁人之言。

## 采莲曲

溪女盈盈朝浣纱，单衫玉腕荡舟斜，含情含怨折荷华。折荷华，遗所思，望不来，吹参差。音节声口，宛然齐、梁。

## 月

木落川原净，霜清乌鹊寒。可怜官舍月，强作故园看。老鹳捎雲末，饥鼯走夜阑。朔风偏太苦，吹彻角声残。官舍见月，忽念家园，此云「强作故园看」，前人无道及者。以下推开，不复粘滞，是浣花翁家数。

## 闻蛩

乡国三千里，寒蛩总一声。遥知闺阁内，共此别离情。响入秋砧细，愁先朔雁鸣。银灯何太苦，起坐到天明。一气直下，盛唐人有此高格。

## 舟中杂感

高秋一叶下梧桐，有客扬帆夕照中。多病百年兼恨别，依人千里自途穷。沧江白露鱼龙夜，冷月黄沙草木风。老去休思空冀北，曰归终拟侩墙东。计欲依人，无有不途穷者，此阅历有得之言。

雀啄黄花满眼蒿，雁连云影下空濠。投人自贱隋明月，无褐空思秦复陶。碣石寒砧催玉露，广陵秋树接银涛。应知雨雪前途盛，岁暮谁怜左伯桃。

## 项王祠

莫问鸿沟事若何，独留祠宇枕黄河。故乡香火情何限，三户英雄气已多。零落绣衣生土藓，欹斜骏马络藤萝。到今吞岸涛声壮，呜咽如闻垓下歌。绣衣骏马，何等豪气，而以生土藓、络藤萝缀之，英灵有知，应亦哑然失笑。

## 健庵太史招集黑龙潭小楼限龙字

小阁凭阑眺远峰，青天一抹露芙蓉。尘封古殿多栖鸽，木落空潭稳卧龙。玉局自今归大雅，酒枪依旧属吾宗。斜阳宫阙参差近，五色云深闭九重。

## 禾中赠曾庭闻

庾信飘零似转蓬，江关词赋老逾工。客程半在青山里，壮志全消白社中。尚有匡床分上下，曾无破屋住西东。鸳鸯湖畔轻携手，孤负桃花烂漫红。破屋句，念其弟青藜无家，不能如二陆之同居也。

## 湖上赠夏卤均

青丝一骑出长安，明圣湖头把钓竿。花柳坐催名士老，湖山约与酒人看。好凭酬唱东西屋，莫妒声名大小冠。昨夜新诗欺白雪，雪儿歌罢不胜寒。

## 酬章雲李寄怀之作

一夜西风朔雁号，故交书札念同袍。短人豪气三条烛，把尔新诗八月涛。过眼浮云随燕雀，多情明月下蓬蒿。凭君宦达还须早，世路由来重佩刀。

李基和　字协万，江南丹徒人。康熙癸丑进士。著有梅崖诗意。

## 登代郡城晚眺

西风落日声飕飕，风吹沙起边人愁。黄云片片下溪谷，雁门木叶零清秋。飞狐句注老鹏窟，健儿习射来山头。嗟哉紫塞古来险，颇牧为将人安忧。忽然酸风射眸子，回看战骨多荒丘。归鸦几点过城去，夜昏鼓角鸣谯楼。

## 过鹤汀侍读斋观董文敏画

晓雨初晴烟未收，江云一带引轻舟。模糊认得南徐树，不到家山十六秋。因观画，陡触家山，才异泛然题画。

## 柳絮

孤负当年咏雪人，沾泥糁径总成尘。却怜一样风吹去，偏是飞花堕锦茵。

## 戊寅中秋初度月下作

光寒于水连天接，色白如霜满地铺。谁画雁门今夜里，山川别样贮冰壶。自注：金魏道元中秋诗："桂子知经几寒暑？冰壶别是一山川。"

徐元梦 字善长，辽阳人。康熙癸丑进士，官至大学士，谥文定。

送随羲文出塞

君到居庸北，应怜一雁回。沙平疑地尽，山豁讶天开。落日重关闭，秋风万马来。勉旃从此役，莫上望乡台。闵其劳苦，勉以公忠，四章不脱此意，风骨不肯落开、宝以后。

两出居庸塞，怜君当苦辛。风沙随去马，雨雪滞行人。地阔军民少，天寒部落贫。须知柔远意，率土尽王臣。

登三屯镇城楼寓目

雉堞连山起，登临亦壮哉！一声南雁去，万里北风来。苔没前朝碣，云寒上将台。兴亡无限意，尚想济时才。

送友人出使塞外

许国才年少，胡为绝塞行？一身凭汉节，匹马出长城。月色侵裘冷，霜花拂剑明。燕然何处所？石上自题名。

## 成德

（字容若，辽阳人。康熙癸丑进士，丙辰殿试，官侍卫。著有通志堂集。〇侍卫生长华阀，淡于荣利，书史友生外，无他好也。诗情飘忽要眇，断肠人远，伤心事多，年之不永，即于韵语中知之。）

### 卢子谅时兴

代谢感时序，迭微叹日月。慭彼䴘鴂鸣，忍此众芳歇。林园无鲜蕊，原野飞陨叶。王孙伤岁暮，志士励穷节。劲莛矗惊飚，贞松翠霜雪。昂昂泽中雉，矫矫鞲上鹰。物性不可渝，人宁不如物。努力崇明义，岂为威武屈。（砥砺志节，传出子谅心事。）

### 送荪友

人生何如不相识，君老江南我燕北。何如相逢不相合，更无别恨横胸臆。留君不住我心苦，横门骊歌泪如雨。君行四月草萋萋，柳花桃花半委泥。江流浩淼江月堕，此时君亦应思我。我今落拓何所止，一事无成已如此。平生纵有英雄血，无由一溅荆江水。荆江日落阵云低，横戈跃马今何时？忽忆去年风雨夜，与君展卷论王霸。君今偃仰九龙间，吾欲从兹事耕稼。芙蓉湖上芙蓉花，秋风未落如朝霞。君如载酒须尽醉，醉来不复忧天涯。（酣嬉淋漓，一起警绝，深情人转作无情语也。

## 再送施尊师归穹窿

紫府追随结愿深，日归行色乍骎骎。秋风落叶吹飞舄，夜月横江照鼓琴。历劫升沈宁有意，孤云去住亦无心。贞元朝士谁相待？桃观重来试一寻。

## 山海关

雄关阻塞戴灵鳌，控制卢龙胜百牢。山界万重横翠黛，海当三面涌银涛。哀笳带月传声切，早雁迎秋度影高。旧是六师开险处，待陪巡幸扈星旄。

## 柳枝词

马卿苦忆红泥阁，我亦伤心碧树村。病骨沈绵词客死，更谁攀折与招魂？自注：「绿杨天半红泥阁，朱槿风前翠袖人。」亡友马孝廉雲翎柳枝词。

池上闲房碧树围，帘纹如縠上斜晖。生憎飞絮吹难定，一出红窗便不归。因柳絮而念征人，人所同也，此妙在未曾说破。

## 邵璸

字柯亭，直隶大兴人。康熙乙卯举人，官昌邑知县。

### 春日杂兴之一

春风不媚俗，一例到闲门。新树移邻圃，青衫染酒痕。世情浮宦拙，吾道布衣尊。尽日雠书卷，藜床坐觉温。

此任广文时作。

### 九月十五夜中庭闲步作

钟传人定月华明，渐觉新寒夜气清。露重似宜添羽帔，树疏何处著秋声？一灯旧雨乡园梦，残夜西风独客情。身世不从詹尹卜，流行坎止足吾生。

### 芙蓉

曾从楚客赋兰茳，喜见风翻赤玉幢。欲采名花遗良友，还凭远梦落秋江。盘承雨露珠无算，茎并鸳鸯蒂自双。此日仙城谁作主？凝眸遥望凭红窗。

押三江韵中，不著一客气字，便是到家。六语本杜诗，添入鸳鸯二字，倍觉鲜妍。

## 题画

青山一角夕阳衔，隔断喧嚣境不凡。有客空亭闲眺远，桃花春水送轻帆。佳景自得佳句。

**彭定求** 字访濂，江南长洲人。康熙丙辰，赐进士第一人，官翰林院侍讲。著有南畇诗稿。○先生遇忠义事，必表以砺人心风俗，故见于诗者，多觥觥嶽嶽之言。

### 故阁部史公开幕维扬城溃殉难相传葬衣冠于梅花岭下过而哀之

极目层城古战场，忠魂飘荡恨茫茫。军中空道临裴度，都下无由仗李纲。碧血久从衰草没，白云遥带古梅香。吾来暗洒三升泪，仿佛灵旗下大荒。开府扬州而无权，异于晋公之奉命视师统率诸军也。任马、阮而疏阁部，与宋高之任汪、黄斥李纲相类，比例典切，乃见本领。

### 望日谒文山先生祠时于中丞方议重修用杜诗蜀相原韵

信国孤忠汗简寻，荒祠凭吊剧萧森。旌旗曾壮吴疆色，丝竹空埋鲁壁音。自注：祠为长洲旧学。斜谷出师原比烈，睢阳仗节本同心。榱崩栋折劳兴复，瞻拜遗容一振襟。比以忠武、睢阳，恰如分量。

## 五人墓

偶泛蓬舠绕郭来，摩挲墓碣久徘徊。重看俎豆登乡社，尚想干掫捍党魁。白刃争撄千载烈，青云并附九京哀。萧萧松柏凌秋爽、遗臭生祠安在哉！自注：墓为毛抚建魏逆生祠处。

## 汤阴谒岳忠武故里庙像

忠武乡闾驻辙过，柏阴森列更摩挲。辞家壮志凭孤剑，报国先声震两河。北窖攀髯魂正远，西泠埋骨泪偏多。天倾宋社殊难问，可奈乾坤澒洞何！

## 过淇县怀同年高振声给事

给事名遐昌，以参劾大憝系狱，久之得释，被劾者旋伏辜。今给事方村居，余以未及往晤为怅。

杏林追数旧游人，屹立朝阳一直臣。苦节偏能撄虎穴，孤忠肯惮拂龙鳞。藁街授首天刑速，郿坞燃脐国典伸。今日淇西容隐遁，停云冉冉感参辰。

## 胡会恩

字孟纶，浙江德清人。康熙丙辰，赐进士第二人，官刑部侍郎。著有清芬堂集。○侍郎不以诗鸣，然含宫咀商，天然明丽，其品自贵。

## 湖口行

青青石锺山，凛凛湖口关。浔阳汇彭蠡，九派奔潺湲。东南估客度江津，湖口新关愁杀人。乌篷艇子大于叶，朝去昏还两算缗。江边怪石如刀戟，冲涛触船船寸坼。谁能冒险瞬息停，一任当关恣抑勒。正税还兼杂税供，杂税何曾入大农。一自新关移使者，棹歌声断月明中。此种诗，观人风者应采之。

## 书京江先生南苑诗后

御沟杨柳参差碧，夹道宫槐吹绿雪。六飞初幸玉泉回，南苑春芜驻仙跸。帐殿凉飔五月寒，晾鹰台畔簇雕鞍。至尊乙夜开经幄，中使星驰召讲官。曲江学士蓬山彦，著作承明侍清宴。每依石室展牙签，频直彤闱听银箭。当今天子擅圣神，一游一豫行时巡。上林兽簿不足问，石渠典籍时相亲。属车载书三十乘，特简儒士随八骏。先生奉诏有殊恩，郊原寓目多名胜。拳毛蹀躞沙路香，平明珥笔紫荷囊。致君一卷虞书在，卿云复旦赓陶唐。霏微铜鹤炉烟细，丹陛从容传圣意。天苞地符世莫窥，河洛千秋未宣秘。俄传銮辂下离宫，羽林七萃依苍龙。竞识相如参侍从，千群组练一章缝。归来振笔诗千首，云霞洒翰蛟螭走。鸾尾淋漓进尚方，岐阳石鼓同不朽。休风盛事载瑶编，不数横汾宴镐年。愿将茂草虞箴颂，谱入熏风和舜弦。此纪文端公侍直南苑时事也。表主臣之一德，扬文藻之清华，末语颂箴兼至，悠扬婉转，可诵可弦。

## 珠江杂咏

我爱珠江好，风光入岭偏。帆飞蝌斗水，杖倚鹧鸪天。穗石仙踪古，花田粉泽妍。扶胥望不极，身在海云边。

我爱珠江好，天南接大洋。山家蠔壁峙，海市蜑帆扬。酒杂槟榔醉，茶匀茉莉香。最宜新雨后，炎暑变清凉。

我爱珠江好，骈罗杂卉多。丛篁迷涩勒，异果熟波罗。火米生黎贡，蕉纨细马驮。木兰新艇子，溪女唱蛮歌。

我爱珠江好，清娱事事幽。名香散东莞，佳砚采端州。水驿梅花晚，山村荔子秋。新来解蛮语，倚树听钩辀。杂入广南风物，鲜妍软顺，不求工而自工。

## 题张蘧若侍御疏稿

太阿持节甫，酿祸实熹宗。谁使貂珰魄，犹存马鬣封。青山无秽骨，劲柏有霜容。我读西台疏，清威彻九重。侍御名瑗，祁门人。疏请削逆奄魏忠贤墓，时论共快之。○魏奄死后墓犹几埒陵寝，碑称「完吾公」，乾儿义孙列名其末，皆宰臣卿贰也。侍御奏后，得旨发而平之，以木石充永定河工用，详春明梦馀录中。

## 金陵

建业曾传半壁安，秦淮呜咽暮涛寒。六朝寂寞青山在，十庙阴沈画壁残。禾黍故墟屯铁马，烟花南部失雕阑。隔江玉树歌声断，更有哀弦向月弹。

## 吴门值钱饮光惠诗赋答

南国灵光尚巍然，孤云踪迹老龙眠。诗名海内推尊宿，道貌尘中讶散仙。前代清流端礼石，荒江甲子义熙年。他时若问遗民录，桑海苍凉姓字传。前明为党人，本朝为高士，总以遗民概之。

## 秋晓

铜街列炬簇鸣驺，倦客中宵揽敝裘。晓柝尚严人语静，寒星欲没露花流。宫鸦影散金门曙，朔雁声传碣石秋。扰扰缁尘惊岁晚，江湖迢递引羁愁。

## 都中四时歌 存秋一首。

霜黄草白雁声多，南苑旌旗万乘过。落日秋原飞俊鹘，晾鹰台畔击天鹅。

## 苏州送春词

画屧苍苔陌上踪，一春心事怨吴侬。晓风欲倩游丝绾，愁杀寒山寺里钟。「未到晓钟犹是春」，故愁听寒山寺钟也。点入寒山，乃切吴地。

## 翁叔元

字宝林，江南常熟人。康熙丙辰，赐进士第三人，官至刑部尚书。

## 病中杂述

迩来有微疾，遂得身闲居。隐几发清思，且复亲诗书。夜阑不成寐，落月明前除。渐觉万虑捐，往往见太虚。多恐疾良已，此念又复初。「多病道心生」，亲历其境者能言之，结意自警。

我初亦何为？无端在陶冶。我身既非真，况乃名氏假。因复被虚声，从人置高下。微生属醯鸡，世事付野马。浮云与电光，于我何有者？此意即道心生之验。

## 下第出都途中偶成

孤踪寂寞与时违，匹马荒郊趁落晖。有影自随还对语，无家可老尚思归。花当寒谷先秋落，雁叫空江带雪飞。弃妇可怜身已去，向人犹整嫁时衣。壬子、丙辰中间只隔一科，而下第诗比「气味如中酒，情怀似别人」更甚，笃于科名，不觉言之流露也。

## 闻官军收八闽

三年转战苦苍生，禁旅传餐满市城。窦氏已来关右表，令公犹典朔方兵。却看星象书含誉，自注：司天奏含誉星见。应有花名赐太平。自注：宋仁宗时，蜀地贡名卉，赐名太平花。愿得临边诸将帅，许教陇亩事春耕。

### 陈锡嘏 字介眉，浙江鄞县人。康熙丙辰进士，官翰林院编修。著有兼山堂集。

## 赋得长安一片月

谁领高秋意，当头片月看。碧空云自淡，金掌露初漙。柝起街声静，砧鸣夜色寒。清辉应万里，不独照长安。

## 送汤西崖归西泠

马蹄经岁踏京华，忽逐征鸿去路赊。何物关心归思急，孤山开遍早梅花。

### 王项龄

字颛士，江南华亭人。康熙丙辰进士，己未召试博学鸿词，官至大学士，谥文恭。有世恩堂诗。

## 魏忠贤衣冠墓

熹宗之朝阉寺乱，不数弘恭与石显。门下谁非谒者儿，朝中半作貂珰犬。吁嗟气势真回天，茄花委鬼相钩连。杨左诸贤一网尽，镇抚狱底尸骈肩。门生天子差仿佛，张父赵母何憯然！纷纷祠额遍寰宇，赐茔特敕营生前。将作起冢同祈连，罘罳门阀逾董贤。一朝冰山忽倾倒，凶骨不得归三泉。摩挲碧雲旧碑碣，忠贤姓氏犹高揭。侯览当时既伏诛，衣冠谁使留空穴？安得雷火一夜仆此碑，更倩龙湫之水洗膻羯，山灵面目还清洁。此诗成于张侍御奏请削平之前，故望水火烧除洗涤之。

## 读史有感

授钺勤王日夜闻，麒麟高设待殊勋。湘东漫说擒侯景，项羽徒能杀冠军。甲士虫沙麾下变，美人丝竹帐前纷。书生空有忧时泪，洒向东风到夕曛。此责诸将之不尽力也。

## 喜湖南诸路大捷和学士李容斋前辈韵

降旗千片禀君船，妖妇春澄梦泽天。百粤风烟通马援，八公草木走苻坚。帝心自切平吴后，庙算真成下濑先。从此蛮方歌大定，竹筇蒟酱贡年年。

筹边屹屹建高楼，两岸灰飞赤壁舟。首恶暂稽军鼓衅，遗俘难免槛车幽。早擒孟获趋滇水，急断卢循入广州。万里长江消坼堠，直从楚尾至吴头。

## 送李天生归养

廿年高隐为承欢，诏趣蒲轮却聘难。圣主爱才非强志，大儒报国岂须官。邹枚词赋清时重，黄绮风流异代看。遥想綵衣归拜舞，朝恩家庆话团栾。以养母急于辞官，尽子职即以报君恩也。立言有体。

### 张榕端

字朴园，河南磁州人。康熙丙辰进士，官至礼部侍郎。

## 登岱

寰中群岳震为尊，到此真穷造化根。晓日铜钲升海国，长河衣带挂天门。下方雷雨晴空见，上界星辰静夜扪。九点青烟俱在掌，不须更拟上昆仑。

## 王吉武

字宪尹，江南太仓人。康熙丙辰进士，官绍兴太守。著有冰庵集。○先生莅官，能化民成俗，归里后，依然老诸生，喜引掖后学，有荐之者，奉旨征召，坚辞之，以上寿终。

### 重修六贤祠成展祭作

自注：黄忠端公讳尊素、倪文贞公讳元璐、施忠介公讳邦曜、周文忠公讳凤翔、刘忠正公讳宗周、祁忠敏公讳彪佳，皆越人，明季殉难。

乾坤有倾折，凭谁奠苍黄？成仁取义间，得争日月光。末世务苟活，横流决堤防。不有数君子，何以扶颓纲？明季丁否运，妇寺纷蜩螗。群贤共愤争，杌陧正气扬。暨暨有黄公，请剑击貂珰。糜烂北寺狱，冤血流圜墙。逮乎思陵末，大盗剧披猖。京城竟瓦解，宫阙屯豺狼。倪周并词臣，就义何慨慷！赋诗整冠带，引脰遂绝吭。共志有中丞，仰药裂肺肠。云车驾风马，同日从君王。维时刘与祁，解组各归乡。号咷义旗举，自矢百炼钢。未几沉荒晏，南都复沦亡。两公竟致命，先后归帝旁。一甘绝勺饮，僵饿追首阳。一起赴清波，怀石同沉湘。区区於越地，山川灵气翔。凛凛得数公，劲草卓秋霜。平生所树立，理学兼文章。末路更完节，浩然还旻苍。圣朝重褒忠，祝典载辉煌。守土风教责，表扬分所当。立庙傍黉宫，六贤共烝尝。昨秋大风雨，摧我西庑廊。周垣半倾圮，不能庇堂皇。率先亟修筑，勿使沙砾荒。榱桷新丹艧，木门饰仓琅。登堂荐苹藻，肃然对冠裳。即事有枨触，沾襟涕浪浪。畴无君亲恩，俯仰默感伤。表忠烈诗贵峻整，不尚奇倔，叙述六贤，详略分合，各见笔法，韵语中合传体。

## 读史杂感

锦不可为冠，稻不可为虀。物虽负美质，适用那得齐。束发事柔翰，怀抱献金闺。溲勃各有长，投之在良医。外吏尚幹局，锐者可剸犀。资力天所禀，不在古与稽。清庙鸾铃刀，漫然试割鸡。用才或相违，不如委沟溪。樊笼羁逸翮，盐车困霜蹄。自昔有不遭，何为叹颠跻？冰庵不愿伍刀笔筐箧之徒，故借咏古以自况。

## 钓台谒严先生祠

钓台突兀千山里，钓竿独拂桐江水。藏名遁迹山水间，为有故人作天子。眼底不知赤伏符，意中安有侯司徒。京华笔札非所惯，自笑故态犹狂奴。銮舆朝临只高卧，伸脚无端惊帝座。中兴将相列宿明，不若江湖客星大。千秋片石何嶙峋，遗庙江边榱桷新。左方右谢同缝掖，自注：方雄飞、谢皋羽。且喜不染簪缨尘。行人系棹孤亭下，瞻拜高风心独写。纷纷名利独何为？堪叹征帆往来者。不着议论，自高。

## 许由瓢

瓢挂树，一叶轻。风吹濩落夜有声，不若弃之梦亦清。天下非大瓢非细，身外之物总为累。不可以律有天下而不与之心，然巢、许心事，尽此二语中。

## 刘参军锸

伯伦沉酣，万古转睫。解醒五斗，随身一锸。块然土木，委化从之。杳杳冥冥，天方醉时。末语形出典午之昏，四字抵什伯言。

## 郭汾阳胄

令公来，敌垒开，免胄直进胸无猜。花门错愕拜马首，遽前谯让执其手。指天为誓酹杯酒，愿击吐蕃赎厥咎。此时神策观军容，方建大议幸河中。回纥入寇时，鱼朝恩操白刃宣言于朝，劝车驾幸河中，刘给事抗言争之，乃止。

## 李临淮靴中刀

大将不能辱于贼，靴中置刀雪一尺。自拚热血战场倾，不令众死身独生。大旗连贴鼓声陡，前锋小却命取首。突骑陷坚壮士吼，河阳破贼兽散走，幸无监军掣其肘。一掣其肘，九节度败于相州矣，唐时大弊，于此指出。

## 破龙洞

法雷夜响沧江底，铁井怒裂毒龙尾。空山石破真珠喷，一夜化作莲花水。潺潺万壑听琴声，野花落涧春香生。清寒自是泻石髓，霜液岂染蛟涎腥。火鬐电鬣从天下，至今寒泉尚馀赭。千年松老褪苍鳞，犹似蜿蜒神物化。山僧晚汲风满衣，洗钵贮得真龙归。胆瓶插花佛前供，雷雨还从钵内飞。奇杰矣，却非长吉派。

## 高层雲

字谡苑，江南华亭人。康熙丙辰进士，官至太常卿。著有改虫斋诗。

## 送周紫海游华岳

巨灵擘连山，洪河乃东落。峻嶒豁双华，高天擢莲萼。千峰列儿孙，供伏类卑弱。少昊扬金精，元气郁磅礴。古来避世士，长啸此岩壑。济时心孔殷，神化特假托。我观陈图南，壮志小寥廓。苍生本无与，何为堕驴嚎。龙蜕邈千祀，继者仍寂寞。青齐得周子，有道耽藜藿。不谓犹龙姿，养晦同屈蠖。长风吹孤云，飘然向京洛。揽秋啸俦侣，携手城南郭。言将寻玉井，侧帽裹芒屩。到日想跻攀，翠栈飞猱玃。箭括通一门，烟霞任挥霍。仰首问寥天，愿偕玉女博。凌空笑退之，尔何有馀愕。济时心事，托之神仙，李邺侯其尤著者，陈图南亦然，邺侯显而图南隐耳，明眼人能见及之。

## 瞿唐

连山接巴东，地险势复壮。谁辟鸿濛开，插天列青嶂。滟滪立江门，突兀献奇状。摩挲两铁柱，越历几兴丧。惊涛奔紫崖，鱼龙不敢傍。众山自回合，前行欲何向。初疑水际穷，忽转天心旷。恍如出甑底，沸釜掀层浪。赤甲与白盐，开阖似屏障。丹黄苍翠间，日色相摩荡。割据慨当年，雄长不相让。流览卧龙图，英姿迥堪尚。探奇自兹始，弥觉心神王。

## 韶阳道中

浈源出大庾，厥势颇奔放。况遭峡石束，郁怒不可状。南流汇武水，有助气益壮。上疑建瓴泻，下乏砥柱障。崖石蹙巑岏，滩陇斗涛浪。既叹溯流险，复经暑雨涨。湍急工倍劳，风弱帆空扬。更当岩峦削，却苦牵挽妨。翠壁千篙攒，岁久石受创。自注：崖壁间篙痕深三四寸者，不可胜数。前林日欲颓，暮色欻凄怆。圻堠倚荒茅，孤槎庶可傍。极拟杜陵，虽未入神，已能超俗。

## 故园

故园渺何处？延眺独伤神。亲老久为客，囊空长傍人。泪兼花作雨，愁似草逢春。何日还桑梓，商歌原宪贫。

## 叶舒崇

字元礼，江南吴江人。康熙丙辰进士，官中书舍人。

### 荷兰国进千里马歌

皇帝御宇之六载，负扆致政归彤墀。大开明堂治六服，万国会同车马驰。海波不扬通远道，纷纷重译来京畿。九州之外荷兰国，人物窈停言兜离。一朝稽颡表忱悃，骅骝作贡称珍奇。雄姿逸态世罕有，奔腾千里犹嫌迟。骄嘶自许邀宠眷，不惮跋涉经险巇。牵来独立玉阶下，遂令凡马皆惊疑。姬王讵必重八骏，汉帝安用遣贰师。那知至尊方偃武，端拱南面垂裳衣。诏谓圉人归厩下，予以衔勒聊鞿羁。鸾旗在前属车后，朕乘此马将安之。圣朝岂复畜奇兽？留兹用慰遐方思。留其马而不以服乘，并得柔远人不贵异物之旨，但作应制体者，不解如此立言。

### 秋日杂感

把酒高歌行路难，每从日下望长安。霜侵黄菊人俱瘦，露下红兰梦亦寒。海内友朋惭命驾，异乡兄弟劝加餐。不堪白眼伤时客，犹是逢人效鼠肝。

北风千里痛离觞，一去长沙自古伤。幸有文章能报主，何妨魑魅喜投荒。惊心白璧三年泪，回首黄金五月霜。闻道吴江佳句在，上书今已赦邹阳。

### 金陵有感

狂来不减步兵愁，行尽清溪古渡头。极目群山还绕郭，感时双鬓怯登楼。桓伊邀笛人谁在？谢傅围棋墅尚留。俯仰只言天堑险，白鸥红蓼满汀洲。

## 许承家

字师六，江南江都人。康熙丙辰进士。

### 赠杜于皇七十

寂寞台城北，高吟不厌贫。六朝三径草，两代一诗人。天地经时老，关河到处贫。举杯论往事，先世有遗民。「两代一诗人」，倾倒极矣。遗老如于皇，尚恐未副此语。

汪　霦　字东川，浙江钱塘人。康熙丙辰进士。后召试博学鸿词，官至户部侍郎。

## 同陈骠骑携妓西郊射猎

小队出重城，红妆结驷行。英雄偏好色，女子亦知兵。马上琵琶奏，军中铙吹鸣。诸公但驰猎，吾最爱秦声。英爽棱棱，必此诗才称此题。

## 大梁柬友

星文三尺剑，霜刃十年痕。自是无知己，非关不报恩。风悲朱亥里，日落信陵门。凭尔一相问，今谁古道存？

# 清诗别裁集卷十一

**毛奇龄** 字大可，浙江萧山人。康熙己未召试博学鸿词，官翰林院检讨。著有西河诗集。〇西河湛深经学，著述等身，在国朝可称多文为富者，惟攻击朱子，不遗馀力，至镌书若干卷，以示旗鼓，所以不得为醇儒，艺林惜之。〇诗学规模唐人，时专尚宋体，故多起而议之者，然学唐而能自出新意，不同于规孟贲之目，画西施之貌者也，视采剥宋人皮毛者，高下可以道里计耶？

## 打虎儿行

禹州民朱儿救父打虎，史使君廷桂奖劳之，予识之禹署。

打虎儿，乃在汴梁之禹州，禹州城外朱家楼。小儿十一随父耕，深林有虎斑毛成。飀飀黑风吹草根，乘风攫人谁敢撄？小儿不识虎，疑是狐与狸。陡然见虎衔父肢，咆哮草际风来吹。儿啼向风不得父，把杙打虎截虎路。三尺童子五尺杙，凭空击去著虎臆。虎惊顾儿舍父逸，深林丰草皆无色。禹州太守呼小儿，予之以帛饱以糜。予时在署识儿面，披发跳掷真儿嬉。问儿打虎虎何似？举手张牙作虎势。假虎隐幔恐小儿，小儿惊避力不支。当时见虎得无怖，此事我亦昧其故。禹州太守省得知，是时小儿知有父。男儿七尺纵复横，争名攫利万里行。高堂存没总不问，那肯舍命恋所生？我所思，打虎儿。正说小儿之忘身救父，易于平直，得「假虎隐幔恐小儿」一衬，则小儿之至性愈出，见此时小儿知有父不知有虎也。此诗有关名教，西河集中尤为拔萃之作。○「深林丰草皆无色」七字，抵他人可数十言。

## 杨将军美人试马请歌

将军航头载美人，春行晚泊横江滨。斜阳堕地草场阔，酒酣欲试红麒麟。美人常服双袴褶，青锦鸦𫅅紫丝结。蝉鬓当风卷似雲，马毛散汗吹如血。金钱压口玉袜肤，马前细立秦罗敷。见人羞上还将堕，壮士惊前不敢扶。调鞍整辔坐不定，忽见桃花满春径。将军似妒九华鞯，在傍休视双金镫。明霞片片争绕林，红光落处桃花深。回头失却真珠琭，春草苍茫何处寻？「壮士惊前不敢扶」，此时犹未上马也。调鞍整辔以后，华鞯起将军之妒，金镫断旁人之窥，不言美人而美人在焉，可谓入神之笔。

## 钱编修所藏司马相如玉印歌

汉庭司马梁园客，早岁为郎晚驰驿。因慕邯郸旧相贤，借取高名注属籍。当时原有摹玺书，大者砻石小琢玗。螭首龟膊总衔带，碧文绿籀皆施朱。相传解玉刻小记，四角中央构名字。擞使填将喻蜀文，酒徒印作当垆契。于今相隔几千年，不虞此物留人间。土衣苔绣半斑驳，银钩玉筋还新鲜。截肪径寸覆玦纽，何必黄金大如斗。钱郎得此真罕希，每与秘书通系肘。会当天子好古文，相如已是同时人。尚书给札令缮赋，落笔殿前如有神。遂登著作入金马，名在何须更相假。对策姑令董相先，容才久为廉颇下。长安秋尽寒欲来，驱车一上昭王台。酒间出示争把玩，令我怀古生徘徊。前人意气不长在，况复微文等光怪。何物精灵护此符，历劫千秋不曾坏。龙门遗册懒未收，图书堆垛能生愁。我今欲借文园篆，一惹桃花纸上油。天子好古文以下，俱咏钱编修，却处处与司马双关，巧心浚发。

诏观西洋国所进狮子因获遍阅虎圈诸兽敬制长句纪事和高阳相公

古皇慎德开四译，内被绥侯外蛮貊。贡物区为王会文，共球载在宾庭册。河鏐吠翟献上方，兜离偞俫陈明堂。三灵既应百神洽，般般之兽皆翱翔。康熙戊午十七载，神武声名播遥海。五畤从教白泽来，千门真见黄龙采。鸦翎习习负矢飞，鸡斯之乘归林支。诸方执贽俨相列，东渐溟渤流沙西。于中有国名古里，曾渡澜沧作海市。鱼眼看波射水红，鲛丝织浪翻云紫。地当申未产兽雄，金精杰出毛群中。衔绦饰组献天子，裁贝作章辞礼恭。从容槛致射熊馆，不为珍禽为怀远。虎落时看接上林，鹰房秋到移南苑。廷臣侍从欲赋诗，皇恩有诏徐观之。圆目昂鼻有筋力，悬星掣电无雄雌。独怜彨发未卷曲，曳尾绁绁若散丝。衣被欲成鞠色见，牙龈不使钩形施。尔时群槛狎诸兽，木垒枪樊列前囿。熊罴避路不敢当，虎豹攀栏有时吼。青鸾赤雀相对栖，豪猪野马争游嬉。张昭见此不动色，朱亥在傍何所思？闻之有熊狩旸谷，获得狻猊比牛畜。汉时安息亦献斯，形似麒麟但无角。从兹郊祀播乐章，射乌格鹿非寻常。铙吹已陈朱鹭曲，徵歌还及白狼王。何如储待未完缉，诏遣求贤共来集。东堂甫布网罗成，西域刚逢旅獒入。招摇乍启禁籞开，白麟有对皆奇才。请看太保卷阿赋，恍见文王灵囿来。依题布置，而遍阅诸兽中，仍以狮子作主，此分宾主识轻重也。一结尤得应制体。

## 朔方

天校神兵罢朔方，双鞬不复挂渔阳。三秋白草缘关断，万里黄河入塞长。铁柱分标滇外戍，金书异姓汉中王。从军久负匡时略，愁见边关到夜郎。

## 送人之耒阳

湖北湖南水尽浮，杜鹃啼歇过衡州。几重高峡穿天下，万里平江入汉流。念母徐生终去魏，思乡王粲故依刘。少陵古墓依然在，酹酒荒原无限愁。

## 钱唐逢故人

西泠咫尺是天涯，喜汝从予江上槎。两度陶朱思返越，百年张俭竟无家。乡关恨届钻榆节，里巷羞乘广柳车。壮士不还仍远去，江东兄弟漫咨嗟。应是避祸出亡而不归者，玩四语六语自见。

## 少年

少年仗剑出关中，羽卫新招六郡雄。久许报恩逾聂政，平时饮酒笑秦宫。鸡鸣晓日黄河动，雁阵秋阴紫塞空。当日枌榆迁欲尽，愁君驰马过新丰。一结为少年危之，应是负气任侠同于郭解者。

## 禹庙

夏王四载告成功，别禅苗山起閟宫。玉帛千秋新祼荐，衣冠万国旧来同。金书瘗井封泥紫，窆石悬花映篆红。一自百川归海后，长留风雨在江东。

## 谒嵩岳

太室开天表，崇丘奠土中。主名高四域，受秩比三公。日月环区宅，阴阳割涬蒙。歌崧扬峻极，望祀体昭融。华盖标方璼，金壶启上宫。翕河承汉禅，卜洛载周工。别观翔修鹤，层城倚大熊。藏书凭玉女，过涧遇青童。洞闭能围雪，梯长恍御风。群山咸拱岳，万岁自呼嵩。槐弟封峣爵，菖羊采少翁。浮丘闲驾羽，子晋妙吹箫。石酒龙精白，岩花凤首红。烟霏春渺渺，水滴午濛濛。虚壑涵深矿，空梁拔断虹。天关应再辟，帝座俨相通。险塞分河内，灵祇屈岱东。神京怀旧服，终古赖攸同。典重肃穆。

## 览镜词

渐觉铅华尽，谁怜憔悴新。与余同下泪，只有镜中人。其实无一同心人也，然道来曲而有味。

## 吊姜贞毅诗

曾披阊阖扣天关，垂死孤臣未赐环。遗命一棺何处葬？宣州城外敬亭山。直书其事，忠义自见。

## 长门怨

玉殿金缸晚色新，殿前少使绣麒麟。夜来恐索长门锦，要赐平阳歌舞人。自注：汉内职有少使之号。○刬出新意，发露尽矣。若唐人为之，便有多少含蓄。

## 秦淮老人

秦淮高阁拟临春，中有仙翁鬓似银。话到陪京行乐处，尚疑身是太平人。明处乱离之后，偏云尚疑身际太平，词弥曲意弥悲矣。

## 赠柳生

流落人间柳敬亭，消除豪气鬓星星。江南多少前朝事，说与人间不忍听。

## 除夕作

旅馆椒花红欲然，椒盘愁向客中传。如何才听金鸡唱，便唤今宵是客年。人人能道者，却未有人道及，新故之感，凡事类然，不独除夕也。

**李因笃** 字子德，陕西富平人。康熙己未以布衣召试博学鸿词，官翰林院检讨。著有寿祺堂诗。○子德先生邃于经学，顾宁人先生推重之，以公卿荐召试，当时所称四布衣之一也。授官后，即以母老辞，不许，表三上，乃许，情词恳恻，比李令伯之陈情则又过之。圣主之仁，人子之孝，宇内共称，不止羡其鸿轩凤举也。诗品似李北地之宗杜陵，骨榦有馀，而神韵或未副焉。兹录其兼可采者，著之卷中。

## 纪别 自注：将往雁门。

置酒岁云暮，北堂淡寒晖。饥乌相与鸣，朔风厉重闱。老母闵游子，欲言先歔欷。不问何日行，先问何时归。遥遥计往路，历历询征衣。提身慎自防，兼量寒与饥。长跪闻母言，铭心毋敢违。病妻勉下床，相视首蓬飞。谓我当行迈，有泪且勿挥。弟从母侧来，再拜投一斝。征驹鸣前庭，担负已出野。仆夫前致辞，冉冉西日下。要当慷慨去，不觉泪如泻。兄言勤门户，弟言慎车马。小子复牵衣，歧路含百虑。不知行何方，强欲偕我御。念当远乖离，何忍挥之去。悲哉游子吟！斯须哀乐具。中怀如悬旌，摇摇不得住。依依天属亲，抚事愧童孺。三章不外一真字。

## 题世胄都指挥使崔公汝明像

高皇养士三百秋，卫帅食恩等通侯。铭钟书帛列上第，金罇玉案罗群羞。一朝河上度欃氛，虎啸崤函不忍闻。赤帜无色鼓声死，婴城惟有崔将军。将军开国世家子，轻裘缓带谈经史。吹篪时过大司农，自注：公兄抑庵尚书。北斗西豪俱在此。昭阳之冬月无阳，野斗豺虎色玄黄。决眦不知有锋刃，疾呼白日生冰霜。臣矢已穷力战久，侧身誓天不相负。已拚先溅侍中血，宁料如生元帅首。纷纷侍卫尽同朝，今何蕤蕤昔何骄！朝行出攻暮不返，岁寒松柏乃后凋。后来传疑未传信，壶祠蠋墓无人问。长留遗像天地间，勇者成仁懦者奋。崔系婴城战死者，后无人表白，故于遗像中表之，此等诗大有关系。

## 登代州白人岩因饮孙园

高仞悬孤嶂，双厓划一门。好人多在野，春水自依村。雨走空天角，松藏老石根。危梯攀古洞，仿佛说桃源。为野外人生色，「春水自依村」五字，天然佳景，不在镂刻。只觉前厓好，何人并结庐。鹫岩光倚薄，香阁静含虚。法境清凉外，人烟战伐馀。因声寄莲社，吾志在山居。

## 雨

积潦乘秋见，鸣蠁满地生。薄言风有隧，遑卹雨无正。河北多艰食，天南未解兵。十年留滞尽，乡国意纵横。经语作对，流连光景者不解道。

## 秋兴客长安作 此秦中故长安也。

长安四代提封地，指顾中原据上游。乱水遥分飞雪幕，清歌旧识采莲舟。园陵翠柏填薪市，帝子朱门起战楼。转饷江天频告瘁，南方征调几时休？

三川北拱帝城开，古殿阴移万树哀。地老黄蒿通作柱，霜侵白骨半生苔。临城猎骑橐弓入，带郭渔舟击棹回。近说西羌诸部劲，秋深牧马过边来。

终南太华古林垌，更使长河绕户庭。日落夕曛三辅紫，云开秋色五陵青。门空光禄群游榻，自注：文少卿太青。院冷尚书旧讲经。自注：冯宗伯少墟。何处笛翻杨柳夜，故园风雨忆飘零。

西来宛马络青丝，万炬围城罢猎时。黍遍故宫秋自满，鸿号中泽暮何之？浮云回首悲关塞，返照经心望崦嵫。一滞双洲情不惬，蒹葭摇落好谁思。

曲江池水已成墟，江岸篱花傍客车。采地纵观周召邑，沧波高枕汉唐渠。村春寥落斜阳里，野哭分明旧创馀。咫尺杜陵连郑谷，抚时怀古一踌躇。诸咏作于秦中受创以后，帝子伤残，故家凋谢，羌、戎沓至，野哭时闻，律体中变雅也。杜诗诸将、秋兴是其本原。

## 边上

萧关城堞望中分，鹿苑干戈道上闻。野霁卷芦吹白日，霜清驱马下黄雲。征西尽撤三千戍，镇朔遥归十万军。谁抱遗弓攀鹤表，赐冠空满鵔鸃群。

## 得傅徵君山信

河汾文献未全空，蛊上乾初有是公。不卜同舟瞻郭泰，徒知中论拟王通。芳期虚汛春来鸟，剧饮犹传雪后鸿。他日荜门相候处，下车应拜采桑翁。以不事王侯重之，中写得信，末订过从，极见篇法次第。

## 潼关

云薄关河紫气长，帝枢曾此撼严疆。河经百二开天地，华枕西南锁雍梁。戍火忽移函谷月，征车多带灞亭霜。旧京萧索垂千载，飞挽何由接巨航。

## 望岳

太华三峰列峻屏，晴霄飞翠下空溟。晓云东抱关河紫，秋色西来天地青。玉女盆中寒落黛，仙人掌上接明星。乱馀林壑饶遗客，缥缈幽栖赋采苓。

## 尤侗

字展成，江南长洲人。康熙己未召试博学鸿辞，官翰林院检讨。家居后，加侍讲。著有西堂诗集。○先生所著西堂杂俎传入禁中，章皇帝称为真才子。后入翰林时，圣祖称为老名士。位虽不尊，天下羡其荣遇，比于李青莲云。○西堂少岁时，专尚才情，诗近温、李。归田以后，仿白乐天，流于太易，虽街谈巷议入韵语中，远近或以游戏视之，比于王凤洲之评唐伯虎，不知四十至六十时诗，开阖动荡，轩昂顿挫，实从盛唐诸公中出也。咏明史乐府一卷，尤为神来之作。今选中所收，皆铮铮有声者，使艺苑人见之，共识西堂面目。

### 胡蓝狱

去年杀韩信，今年醢彭越。徐常幸前死，诸公宁望活？丞相戮，将军诛，缺望恣肆固有迹，坐以谋反疑有无，罪止及身或收孥。杀胡党，杀蓝党，数十万人保无枉？文武军民打一网。一斗粟，一座城，一条龙，一连鹰，革左塌回何纷纷，得非此辈之冤魂！缺望、恣肆二语，胡、蓝之定案也。罪宜及身，连坐者至万数，毋乃滥刑乎？一斗粟以下，皆流贼名。城鹰，庚蒸通韵，纷魂，文元通韵，四韵各自通不相通也。

### 歌七章

九灵山人泛东海，麦秀黍离歌慷慨。席帽山人隐吴门，残山剩水声常吞。二子不仕亦不死，惟有子中所为极难耳。江西复，广东破，变姓名，北山卧。弃妻子，浮江湘，足已折，身难藏，使者来，引鸩觞，辞亲友，歌七章。歌七章，悲元亡。呜呼！元亡乃有文天祥。九灵山人戴良、席帽山人王逢皆元遗民。伯颜子中，西域人，曾收复建昌，出使广东。广东已破，乃变姓名，携鸩自随。后有强之出者，子中曰："我死晚矣。"饮鸩而死。读末语，子中至今未死。

## 南陈北李

南京有一陈，太学无弃人。北京有一李，太学多端士。李先生，讲五经，公侯环坐听鹿鸣。桥门荷校辱非刑，诸生举幢呼阙廷，会昌上奏太后惊。陈先生，考绩至，手书四箴返金币，招之不往守吾志。危哉履虎幸不噬，两贤道同命则异。君不见西市将杀薛夫子，灶下老仆哭不止。通首是合传体，起用军中一韩一范句法。陈名敬宗，李名时勉，皆国子祭酒，为王振所恶者，李至荷校，陈未加刑，故曰道同命异也。末以振欲杀薛文清，因厨下老仆哭泣而止，转出一事作结，便不平直。

## 王先生

太皇太后女尧舜，宫嫔加刃诛王振。不见高皇竖铁牌，内官不许干朝政？振乎毁牌太纵横，天子亦呼王先生。先生一开口，天子下殿走。蒙尘事可哀，夺门名亦丑。横尸百万谁首戎？天子犹念先生功。诏取沈香雕小像，巍峨寺额称旌忠。英宗复辟后，思王振，复其官，刻木为像，招魂葬之，祀智化寺，赐额旌忠，此事真不可解也。国朝祠像犹存，乾隆七年，御史沈廷芳疏请毁像及其碑文，人共快之。

## 北狩

大明天子雲端坐，谁人推向沙场堕。穹儿帐外黄龙卧，赤光笼罩望如火。也先耶？伯颜耶？大同赛刊耶？今日宰牛，明日宰马。大妇唱歌，小妻洗斝。风吹草低，橐驼盈野。送君还归，群呼者者。君不见周骊山鲁鹳鹆，青衣行酒怀愍辱，五国城中徽钦哭。全用本事成文，音节极古。「者者」，然词也。

## 对山救我

刘家老公性烈火，满朝公卿锒铛锁。磨刀将杀李崆峒，惟有对山能救我。对山慨应真吾事，骑马上门谒中贵。今日何好风，吹得状元至。老公倒屣小珰跪，焚香把酒劝公醉。醉公酒，我不辞，我一言，公三思。力士肯为太白屈，此事非公谁能之？老公笑请先生坐，当为狂生免其祸。解衣脱帽为公舞，餔糟啜醨无不可。明年天子诛老公，朝里交章荐崆峒。可怜对山罢官去，一身零落污泥中。对山救我李北地，谁救对山康武功？且呼少年共豪饮，手弹琵琶曲未终。琵琶嘈嘈弦何急，声声似诉负情依。即以当日情事语言组织成诗，得史汉叙事体。

## 铁夫人

武皇南巡臣拜杖，良人系狱妾心丧。妾家儿女本无知，焚香吁天诚有之。逻骑缚来坐咒诅，夫妇牵连入圜土。妾今有身不任刑，惟拚一死谢夫君。情辞慷慨相决绝，法吏满堂谁忍闻。一旦天恩并放归，都人夹道尽沾衣。还将前日香重爇，长祝君王罢六飞。林大辂谏武宗南巡，下狱，妻黄氏吁天祈免，缇骑以咒诅告，并逮入狱，主者危辞怵黄，黄不承，惟求速死。后得释，夫妇偕出狱，都人曰：「此铁夫人也。」

## 新都叹

新都才人官玉局，入朝手撼天门哭。相公之子状元郎，杖血淋漓投永昌。永昌市上拥诸妓，簪花涂粉双丫髻。白绫新裓綵毫光，酒酣起舞龙蛇字。蛮童笑杀老颠狂，万里云南作醉乡。相思独有深闺妇，盼断金鸡下夜郎。以黄夫人寄诗语作结，倍觉黯然。

## 河套冤

严夏两家鸡相斗，曾铣仇鸾袒左右。严鸡方胜夏鸡孤，铣欲劾鸾何为乎？套未复，身先死。朝玺书，暮西市。将军横尸何足言，宰相骈首宁无冤。君莫哭，君不见金牌召后风波狱。京师市语，呼江西人为鸡，故有起句。一结大为桂州、石塘生色。

## 臣夫表

臣夫在狱十六年，家有老亲八十九。臣妻置妾未相见，旅舍凄凉誓同守。欲归则弃夫，欲留则违舅。弃夫断饘粥，违舅阙箕帚。臣愿代系狱，放夫暂回首。生当还囹圄，死得瘗陇亩。此疏不忍读，读之血盈斗。弥留始解网，覆盆既已久。呜呼！夫忠臣，妻烈妇，可与苏张三不朽。沈錬劾严嵩，系狱共十六年，妻张上书求代，不许。后一年，始释。夏言妻苏、杨继盛妻张亦俱上书代夫，故并及之。诗中全点染疏言，此种本事，西堂所独。

## 吊南塘

副将军，在南郡，杀倭全用鸳鸯阵。大将军，在蓟门，阅兵争跳龙虎屯。结发从戎无不可，筹边更重北门锁。万里长城背朔方，伏波只看飞鸢堕。江陵已没二华亡，倚剑悲歌古战场。白袷角巾归第日，路人谁识戚南塘？惟有白头旧部曲，西风落日叹烧荒。张江陵当国，谭纶为总制，戚继光为蓟镇，得以保全。江陵与纶先后没，戚移镇岭南，旋罢官矣。二华，纶字也，部将陈第作烧荒行以悲之。

## 嘒鸾火

贵妃方辞坤宁去，选侍旋向乾清住。封后封妃许不许，手提哥儿咄咄语。防微杜渐争移宫，专制垂帘事不同。先皇末命犹在耳，嘒鸾一火何匆匆！雉经入井传闻异，保全母子无他意。宫闱骨肉贵调停，难将国事行家事。诸君莫争郑与李，奉圣夫人又至矣。此言李选侍居乾清宫，杨涟争之，乃移宫也。首以郑贵妃引入，末结到客氏之蛊惑，一语言下凛然。

## 赵高传

委鬼当头坐，茄花满地红。赵娆曹节私相通，老祖太太配公公。月华门前车斗风，涿州道上马游龙。内操挝鼓鸣刀弓，犴狴流血朝班空。祠堂昭德兼崇功，乾儿义子多如虫。读史至此惟三叹，殆哉岌岌将作难！满朝弹章君不见，中宫独看赵高传。委鬼，谓魏忠贤，茄花，谓客氏，北音读客为茄。老祖太太，群小称客氏也。熹宗见张后观书，问何书？曰：「赵高传。」忠贤闻而恶之，屡欲倾陷。

## 思陵痛

思陵在位十七载，四海分崩成瓦解。去年失楚今失秦，大梁水决武昌焚。虎豹九关谁与守，三军倒戈百姓走。君王仗剑死煤山，母后宫中殉玉環。桐棺一寸道旁置，故老行人多掩涕。入庙应呼十四皇，儿家何罪致天亡？新鬼号咷旧鬼哭，钟簴惨裂灯无光。高勿哀，文勿怒，自古兴亡有天数，顺处得来顺处去。君不见宋家遗骨瘗冬青，昌平郁郁松楸树。明得天下于元顺帝，李自成僭号，亦曰顺。末归美本朝，得立言之体。○李西涯咏史乐府，王凤洲病其太涉议论，既又称为奇旨创造，名语叠出，而以规模古格者为西子之颦，邯郸之步，是初议之而终许之也。西堂明史乐府虽宗其体格，而音节古奥，别白是非，审断功罪，则又过之，诚天地间别开一种文字也。元本百章，今录十四章尤矫矫者。

## 民谣

急丈田，长洲县。田几何？百馀万。奉部文，一年限。朝廷丈田除浮粮，浮粮若除须补亡。下跨河水上山冈，菜畦菱荡都抵当。插旗四角周中央，男奔女走群憧惶。上官督县令，县令责里正，里正不识弓尺寸，转雇狙狯代持筹，长短方圆一手定。一手定，一手更。私田缩，官田盈。移重挪轻无不有，田主瞠眼不敢争。县家覆丈岂能遍，但取溢额可考成。急丈田，限一年。官比票，吏索钱。官田未见增什一，民钱已闻费万千。君不见一县图书七百四十一，日造黄册堆积高于山。用常言俚语入诗，转近古乐府，胸次具有造化炉也。此种笔墨，又在元、白、张、王之外。

## 蓟州小病

及予回马首，犹尔滞渔阳。一病家千里，孤灯泪万行。道涂横枳棘，天地日冰霜。苦忆柴门卧，山妻检药囊。

## 送曾道扶司李汉中

江陵驿路满梅花，计日连雲出谷斜。大丙山高环二华，五丁峡远接三巴。蒲鞭宽厚随羌俗，骢马威仪近汉家。更上陈仓怀古迹，武侯残壁起悲笳。音节高亮，七子中近李沧溟。

## 别长安

只合渔樵老此身，底须辛苦入风尘。一官未许因人热，十口翻成为仕贫。阊阖天高逢鬼谒，江湘地远逐孤臣。非关圣世簪缨短，为有青山待逸民。

朅来吊古望高台，台上黄金真可哀。一代贤良卜式传，千秋流涕贾生才，狺狺多口何为者？衮衮诸公安在哉！燕市遨游今不见，吴门变姓且归来。吊古中直抒怀抱，一肚皮不合时宜。

〇中有数字系晚年改本手授者。

十年踪迹漫劳劳，风雨周游有敝袍。短棹独临沧海阔，单车直上太行高。穷途恸哭谁哀阮，荒径欣奔自拟陶。且待向平婚嫁毕，指挥五岳属吾曹。

不如归去不如归，归去来兮知昨非。千里壮心天马下，一朝适意野鸥飞。焚书并瘗珊瑚笔，解绂先裁薜荔衣。犹有吴钩抛未得，酒酣常舞钓鱼矶。

葑水城南一草堂，莳花修竹自幽芳。老妻酿秫藏盈斗，儿子摊书读几行。有客日来谈鬼魅，先生夜梦见羲皇。出门莫向长安笑，曾在长安望故乡。先生去官，由任北平司李时擅责强暴旗人，为当路所抑，与渊明之归去来各别也。故诗中忽而恬退，忽而感慨，激壮苍凉，时时流露，读者几于拂袖起舞。

## 题韩蕲王庙

忠武勋名百战回，西湖跨蹇且衔杯。英雄短气莫须有，明哲保身归去来。夜月灵旗摇铁瓮，秋风石马上琴台。千年遗庙还香火，杜宇冬青正可哀。蕲王末路至托为浮屠以自免，为功臣者亦危矣。莫须有、归去来，一岳一韩，天然队仗。

## 生日志感

半百年过意不如，自注：倒用杜句。看雲藜杖倚荒庐。平生最拙惟谋食，一事差强已废书。萧瑟江关哀庾信，飘摇风树泣皋鱼。何当燕市寻屠狗，洒洒荒天吊望诸。每于结处用力，故通体俱振。

## 登天宁浮屠绝顶望海

兴至超然到上头，凭虚萧瑟见高秋。诸天冥冥人非想，大地茫茫我亦愁。俯听苍蝇喧万瓦，遥看白马走中流。海神未许探幽窟，倏忽风烟起蜃楼。有此胸襟，有此笔力，才不负此题。视东坡泛海诗，前贤未必不逊后人。

## 闻鹧鸪

鹧鸪声里夕阳西，陌上征人首尽低。遍地关山行不得，为谁辛苦尽情啼。行不得意，人所同知，此更翻进一层，便觉百端交集。

**陈维崧** 字其年，江南宜兴人。康熙己未，以诸生召试博学鸿辞，官翰林院检讨。著有湖海集。〇陈检讨四六及词，宇内称许，而诗品古今体皆极擅场，尤在四六与词之上，从前人无品评者，故特表之。〇检讨年四十馀，尚为诸生，有日者谓之曰：「君过五十，必入翰林。」梅杓司赠诗有「朝来日者桥边过，为许功名似马周」句，后果然。事见池北偶谈。

## 早发望亭

水宿弭旅情，挂席愆宾饯。泄雲映寒涘，绪风扇轻艑。暝增梁溪深，霁觉胥台缅。棹歌写风波，群动互辗转。沙鸨伫空明，江菼覆清浅。红泉雨后流，白露草间泫。周览虽言烦，幽默亦云阐。远望姑苏城，绮罗若在眼。舞基想馀粉，歌梁痗遗啭。餐霞趣未慰，折麻务堪践。寄谢区中缘，扬舲恣婉娈。谢公风格。

## 刘逸民隐如

昔余丙申岁，读书长洲县。章华宋大夫，自注：宋右之德宜。相与共笔砚。夹河幽巷绕，入市清溪漩。风物本芳嘉，追随悉英彦。刘悦宋家邻，尤与陈生善，流连说生平，跌宕多顾盼。君也性温慎，十步必缱绻。及其感慨时，焱然闪岩电。酷爱湖海集，搜录日不倦。虿尾与银钩，错落铺黄绢。吴城七月秋，别我赴京甸。同门八九人，联袂临流饯。君时醉起舞，长袖风中卷。赠以珊瑚鞭，饰以黄金钿。莫矜红颜好，宫中妒娇面。莫言白璧完，连城轻自眩。运至慕荣华，愁来忆贫贱。刘生方策名，欻遭贤关变。是时盛苞苴，富人工汲援。铜山砉然开，中有集贤院。乌倮作主司，郑白联翩荐。谁令黔娄生，误厕时流选。昆冈一旦焚，玉石何由见？刘生恬淡人，竟受谗言煽。白月照圜扉，不是昭阳殿。凄凄范蔚宗，恻恻书团扇。戍君玄菟郡，插君白羽箭。君躯绝短小，何以能征战？君身非金石，何以堪忧怨？刘琨绕指柔，夙昔曾百炼。江东西风起，蓴鲈可以膳。待君君不来，泪下如流霰。逸民才人，亦中丁酉北闱，与汉槎诸人同戍口外者。后被盗，夫妇皆遇害，尤可伤也。诗中闵其矜才众妒，致白璧受玷，为连城自眩者痛下针砭，岂独为逸民一人。

## 酬许元锡

嘉隆以后论文笔，天下健者陈华亭。梅村先生住娄上，斟酌元化追精灵。忆昔我生十四五，初生黄犊健如虎。华亭叹我骨格奇，教我歌诗作乐府。二十以外出入愁，飘然竟从梅村游。先生呼我老龙子，半醉披我赤霜裘。此生阑入铜驼路，可怜老作江南赋。头上不畏咸阳王，眼前只认丁都护。晚交许子怀抱开，看尔不合长悲哀。手提一诗来赠我，十幅错落红玫瑰。我年三十馀，清狂爱儿戏。旁人见我笑不休，安知我有填膺事。日间击鼓夜击鲜，行乐安得千万年。何肯龌龊学章句，三日新妇殊可怜。许子赠诗逾一月，念欲报之久不发。昨宵饱看冒家灯，一寸管城老龙渴。掀髯狂作许生歌，食纸春蚕响不歇。明朝归客正扬舲，海色苍茫青更青。嵚嵚历落，写自己怀抱，言下并见许子，一结阕然。

## 赠李研斋太史

人云蜀道如青天，君家乃在青天上。蚕丛鸟道不得归，一度思归一惆怅。去年石头城，道遇李谪仙。手持白玉麈，囊乏青铜钱。一言称意百不愁，邀我直上秦淮之酒楼。城南杨花白如雪，一一乱扑胡姬裘。笑谓金陵姬，何似巫山女？十年枉作剑阁铭，白盐赤甲奈何许！昔住锦官城，乐事不可当，木棉花发处，斜对碧鸡坊。桃笙赍布居民卖，蒟酱江鱼过客尝。此时二月粉水香，巴僮巴女发浩唱。赕钱夜市成都酒，歈歌春赛武都王。别来旧事心茫茫，传闻李特屠残疆。卧龙跃马竟谁是？天彭井络空苍凉。前者百丈船，牵过锺山郭。忽见三巴人，欻然万金落。诸葛祠堂尽棘榛，谯周子弟俱俘掠。当时婉娈直铜龙，都堂香药掖门松。自从丧乱著芒屩，飘零已复成吴侬。一身虽在不自保，何况盗贼多于蜂。瞿唐恶浪千万重，念之只复愁心胸。安能吹我落天外，蹲鸱饱作西川农。语君且饮勿愀怆，眼前万事太卤莽。故里新年栈道开，官军已缚邛笮长。

太史蜀人，逆藩之乱，侨寓金陵不得归，故作诗慰之。中间跌荡飞扬，波平浪起，得青莲逸气。○赕钱，蛮中以钱赎罪也。

## 钱塘浴马行

杭州八月秋风早，极目江头皆白草。凤山门前铁骑横，花马营中水泉好。阿谁黄须称奚官，白靴毳帐红罽袄。是日牵来一万匹，云锦连天色杲杲。钱塘江渚多菰蒲，晴江空翠微卷舒。嬉游尽向此间去，边儿十岁名花奴。忽闻一声吹觱篥，千群争放桃花驹。红泉骀宕自然丽，丹鬃灭没何其都？一匹娇嘶一匹啮，十匹骄矜汗流血。须臾五花浮满江，万顷寒涛蹴飞雪。龙堂少女神悄绝，雾鬣烟蹄半明灭。少焉不动齐徜徉，江流欲静江雲凉。极浦湘娥鼓文瑟，中流江妾拖红裳。此时观者倾城国，中有军人泪沾臆。自言十五隶金吾，滁阳苑马亲承直。犹见先皇校猎时，金风初到万年枝。青骢细食雕胡饭，翠拨轻笼杨柳丝。天育忽逢沧海变，从此麒麟罢欢宴。苜蓿翻栽太液池，骅骝直上昭阳殿。紫台青海日从征，马上琵琶塞上情。温泉十载无消息，忍唱钱塘浴马行。用意全在后半，新故之感，无限悲凉，末一语转合钱塘，如见神龙掉尾。

## 得桐城方尔止先生书感赋兼怀密之先生

鲤鱼风打江潮利，五月荆州估船至。船载沙门宝月师，附得枞阳故人字。我家垩庐同鸡栖，负薪昼夜孤儿啼。开函伸纸未及半，申胡觱栗声酸嘶。书亦不能读，泪亦不能止。忆昔芳华十五时，与君同作金陵子。金陵九门门九重，白靴校尉如游龙。贱子文名杨德祖，先君风表郭林宗。三千宾客遨游遍，流兔飞英谁不羡。家伎新传张敞眉，游童暗认王珉扇。桐山诸子尽江萧，侨寓家家朱雀桥。风暖侯家春击鼓，月明戚里夜吹箫。樱桃小幄沉香火，杨柳藏乌门不锁。密约呼鹰出每迟，私邀盘马期常左。此日清流气绝尘，此时修竹弹文新。诸王已见愁签帅，郡国还闻捕党人。阿童江上军船动，毳帐连天驰绣鞚。一载昭阳恨已经，两朝太学知何用？怜我袁家一慭孙，拾橡萧萧归墓门。君不见孙郎战没周郎老，自注：孙郎，克咸，周郎，农父。龙眠前辈独君好。君家尚有始兴公，卧看祇园生白草。写两家盛时，极文酒宴游之乐，而小朝廷之荒嬉，马、阮之丑正恶直，至于如此，危亡立见矣。故家零落，前辈尚存，结到密之先生，铿然而止，章法绝佳。

## 顾尚书家御香歌

猎猎朔风翻毳帐，营门紫马屹相向。陈生醉拗珊瑚鞭，蹀躞闲行朱雀桁。顾家望近尺五天，顾家父子真好贤。开门揖客客竟入，留客不惜青铜钱。玉缸泼酒酒初压，秦筝促柱弹银甲。绿鬟小史意致闲，却爱微红添宝鸭。陈生此时闻妙香，欲言不言神茫茫。心知此香世间少，得非迷迭兼都梁。主人重取兰膏爇，此香旧事还能说。忆昔初赐长安街，金瓯天下犹无缺。至尊桂殿日斋居，千首青词锦不如。绿章夜上龙颜喜，第一勋名顾尚书。嵯峨紫塞榆关道，白雁黄沙风浩浩。万马奔腾夜有声，三关萧瑟春无盗。尚书辛苦镇居延，络绎黄封赐日边。非关小物君恩重，为许名香国史传。镂金小盒宫门出，中涓一骑红尘疾。亲题万颗小金丸，犹是昭阳内人笔。只今沧海已成田，留得天香几百年。拢来绮袖人谁问，熏罢银篝味不全。白杨已老尚书墓，世间万事都非故。主人语罢客亦愁，留客牵衣客不住。君不见客衣零落讵堪论，半渍香痕半泪痕。忍看天宝年间物，我亦东吴少保孙。迤逦而来，转出御香，见尚书当日得君之专。沧桑以后，万事都非，故物犹存，感慨系之。然尚书以青词得幸，亦非正人，中藏有微词在。

## 寄黄黎洲先生求为先人志墓

熹宗之朝盗窃柄，国事稠浊由诸阉。刊章告密满天下，劫火烈烈昆冈炎。忠端骨鲠置牢户，少保强项遭髡钳。三朝要典乱白黑，尔曹病热徒狂谵。膺滂之后爱名节，翁与吾父均酸醎。忠泉出井流不涸，孝笋拔地天能参。东都坛坫立名字，西园邸阁纷袿襜。怀宁乱赞老逾怒，矫尾直拂钟山岩。我师秋浦魁垒士，便树颐颏张须髯。一呼袒裼暴猛兽，笔阵霍若霜锋铦。妖么得志逞报复，一网尽矣心所甘。王师南下明社屋，人头畜鸣尽夷歼。四十年来市朝换，曜灵急景奔惊帆。崇文门外党碑倒，沙石磨治苔纹嵌。平生先子胶漆友，半作黄叶经秋芟。晨星落落只翁在，开元轶事馀谁谙？先朝钩党有本末，冰玉硌礐秋阳暹。今人往往咎过激，毋乃丑正从讥谭。呜呼吾父没已久，墓门郁郁愁松杉。累翁一片道旁碣，请放健笔为雕镵。写两家世谊，而两朝朝局一一罗列，此绝有关系之诗。

## 忆贵池吴师

当代论兵会，谁人可擅场？刘琨归朔北，孙策入丹阳。一诺轻车骑，千言破混茫。灵旗如仿佛，毅魄想飞扬。师即吴次尾也。负党人之魁，怀填海之志，读此诗，想见其人。

## 将归留别练塘诸子

游子衣边雪，慈亲地下心。都将苴杖泪，并作苦寒吟。此意复谁识？当歌难自禁。劳君霜夜弹，莫打失巢禽。失巢禽，喻己为无母儿也。从至性流出，恻恻动人。

## 捧读石斋黄公所撰先少保神道碑赋此追感

周侯池畔树苍苍，遗碣岧峣屹此乡。哀诔南朝颜特进，碑铭东汉蔡中郎。千秋定论归青史，一夜悲风起白杨。此日踌躇肠欲断，漳南高冢亦昏黄。时石斋先生已授命，故追忆之。

## 喜汉槎入关和健庵先生原韵

当时彩笔撼江关，数子声名天地间。讵料文章遭贝锦，偏教冰雪炼朱颜。廿年苦语三更尽，万里流人二月还。不信娥眉真见赎，感恩我亦泪潺湲。

### 秋日怀幔亭先生

百二山河极望残，一门群从尽南冠。谁怜鹦鹉笼中语，大有琵琶塞上弹。寂寞金鸡双阙迴，飘零石马七陵寒。锒铛夜宿昭阳殿，疑作西宫月影看。自注：先生系处，即南国大内。

秋色苍茫上佩刀，故人消息梦魂劳。石城剧报收袁粲，鲁国惊闻捕孔褒。雪窖羝羊双涕泪，锦官杜宇一悲号。好凭万骑平南将，急趁江风挂战袍。首章系狱，次章遣戍，无可奈何，望其平寇以赎罪也。通体警策，无一懈句懈字，那得不传。

### 送张若水出关 自注：若水，稚恭先生子也。

祖母秦州父锦州，卢家少妇又邗沟。百年骨肉抛三地，万死悲哀并九秋。欲赠愧无银络索，将离怕听钿箜篌。汉庭早晚流人赦，望尔归鞭度陇头。白傅一家三处 乃处常之时，此当罹罪出关，剧可悲也。一起直下四语，千钧笔力。

### 别紫雲

二度牵衣送我行，并州才唱泪纵横。生憎一片江南月，不是离筵不肯明。

赠歌者陈郎

天涯踪迹半旗亭，谱遍龟兹不忍听。怜尔少年非失意，逢人也唱雨霖铃。

严绳孙 字荪友，江南无锡人。康熙己未召试博学鸿辞，官翰林院检讨，迁中允。著有秋水集。○召试日，以目疾，止成省耕八韵诗，已不录，上素重其名，同授官。

发维扬

轻舫春流上，烟光净客衣。岸知缘海阔，山自渡江稀。细路花将尽，空村燕不飞。浮家吾自可，白首共渔矶。写尽渡江后一路风景，不著繁华明丽，诗品故高。

春后

九春觞咏等闲过，犹染霜毫写永和。困懒莺花经眼失，衰迟风雨不情多。城隅绿水空丝管，天上青云足网罗。不似柳阴溪上去，自横艇子卧渔蓑。

烟雨渡江

京江春树隔芊绵，咫尺神灵意惘然。青壁近迷山寺雨，绿蓑遥入海门烟。江鱼水阔难通市，石燕风多不避船。我欲燃犀照幽渚，梦魂犹自怯潺湲。

### 吴王井

银床玉甃总成尘，不及军持汲尚频。试看一泓清未已，铅华先老沼吴人。比美人黄土意蕴藉几许。

**庞　垲** 字雪崖，直隶任丘人。康熙己未召试博学鸿辞，官翰林院检讨，后出为建宁太守。

### 喜闻大军收复川中

天险那能恃，先声斩剑关。投戈填野水，穷寇哭空山。风猎军旗动，雲连甲仗殷。将军须努力，直取夜郎还。末望其直取吴逆也。

**汪　楫** 字舟次，江南仪徵籍，休宁人。康熙己未召试博学鸿辞，官至福建布政使。有悔斋集。○悔斋出使琉球，宰臣以下俱有赠言，归撰中山铅华志以备参考。

### 怀曾庭闻

有客吴江来，传君忽为僧。不信温泉中，一朝结为冰。十年骑蹇马，一气何骁腾！马蹄踏白骨，月照光崚嶒。上书虽不报，谁谓君无能。激昂遂出世，夫岂忧缴矰？呜呼壮士肝，永夜为摧崩。

## 铁尚书歌 自注：东昌城下作。

铁尚书，铁不如。东昌城门朝大开，齐呼万岁声如雷。燕王跃马及门限，霹雳飞空下悬板。不断王头断马头，鼠窜猱惊箭满眼。王怒发炮城摧崩，健儿争把蜇弧登。炼石丸泥难作计，一纸公然出埤堄。万夫辟易不敢前，大书太祖高皇帝。黑夜斫营日坚守，能使英雄还北走。呜呼神器天所与，一木只手能龃龉？铮铮谁比铁尚书，呜呼尚书铁不如！叙东昌战事，毛发欲动，读去凛凛有生气。

## 刘考功公瑊见示夏峰老人书卷属题长歌

夏峰老人双眸空，论交只许刘考功。长安只字不肯入，尺素突出开心胸。上言日读数行书，衰老以此酬苍穹。下言刘君世所望，不为韩富非英雄。虚堂披对正六月，满天赤日来清风。老笔生硬转妩媚，直欲处处藏其锋。良马识途恶荆棘，苍鹰愿击愁樊笼。江河日下事日变，世无鲁叟谁弥缝？我闻刘君昔偕隐，携琴荷锸惊老农。尽散家产别亲串，逝将食力深山中。若使至今不一出，人间安用双赤松？待汝他日济时了，把酒问汝将安从？

## 赠别澹公

出世翻多事，生平竟若何？批鳞真给谏，托钵是头陀。老骥当风立，冥鸿踏雪过。总无虚岁月，何用补蹉跎。

## 欢喜亭同玉明上人观雲海

山与云俱没，凭高安所望？人初入混沌，天不改青苍。抚掌通樵路，飞棉变客装。松风响何处？涧水下鄱阳。予于庚午春游黄山，雨后亲见此景，故知三四语之妙。

## 香炉峰

奇峰真拔地，一镂正当门。天近无栖鸟，藤枯有挂猿。白雲浮暮霭，紫气隐朝暾。铁屋何年构，风雷万古存。自注：峰顶有铁屋，传闻风雷移上云。

## 黯淡滩

滩急不闻呼，千军转辘轳。神工较分寸，鬼伯待须臾。曲折凭孤棹，安危仗一夫。会看浮万斛，大海射天吴。传写过滩之险，字字惊心怵魄。

出五虎门同石来次前使萧给事韵

长年掀柁倚高楼，万里潮迎万斛舟。浪打白头都是雪，衣添六月忽如秋。苍茫不觉千山远，混沌真堪一气浮。最爱乘风同快马，漫将喘月笑吴牛。对结是结语，令读者不觉其对，此法从少陵出。

长史郑弘良以王命请余画像留国中口占答之

岂是中朝第一流，偶持龙节拂麟洲。大名那得齐诸葛，遗像何劳比益州。稍喜文章堪报国，谁凭骨相取封侯。灵台一片真难状，多谢传神顾虎头。东坡赠子由出使契丹云：「单于若问君家世，莫道中朝第一人。」起句盖用之也。通体不亢不卑，何等身分。

# 清诗别裁集卷十二

## 朱彝尊

字锡鬯，浙江秀水人。明太傅讳国祚曾孙。康熙己未，以布衣召试博学鸿辞，官翰林院检讨。著有曝书亭集。○竹垞先生生平好古，自经史子集及金石碑版，下至竹木虫鱼诸类，无不一一考索，纂述如经义考、日下旧闻、诗综、词综其最著者，又尝集唐诗为填词，名蕃锦，疑出鬼工，几于人力不与。顾宁人先生不肯多让人，亦以博雅称许之。○初官翰林时，召入南书房，有用上官大夫术谮之者，旋落职，然竹垞初不以官位重也。○集中诗不分唐、宋界限，故各体具备，然予所录者，仍以唐体为归。

### 雁门关

白登雁门道，骋望勾注巅。山冈郁参错，石栈纷钩连。度岭风渐生，入关寒凛然。层冰如玉龙，万丈悬蜿蜒。飞光一相射，我马忽不前。抗迹怀古人，千载多豪贤。郅都守长城，烽火静居延。刘琨发广莫，吟啸扶风篇。时来英雄奋，事去陵谷迁。古人不可期，劳歌为谁宣？嗷嗷中泽鸿，聆我慷慨言。「时来英雄奋」顶郅都，「事去陵谷迁」顶刘琨，有此二语，方见结束。

### 大孤山

两孤去百里，宛在中流半。匪独形胜殊，气亦变昏旦。天梯鬼斧开，庙火神鸦散。昭昭云月辉，历历明星烂。空水既澄鲜，浮光亦陵乱。飘飘御泠风，恍惚度银汉。未有归与情，空深逝者叹。

## 罗浮屈五过访

春风蝴蝶飞，绿草南园遍。知是麻姑五色裙，罗浮山下曾相见。开门一笑逢故人，远来问我桃花津。若非绿玉杖，定跨黄麒麟。不然出入京洛一万里，何为布素无缁尘。相知乐莫乐，不用金箱图五岳。况今天地多战争，赤城华顶风烟惊。山阴道士不得见，四明狂客谁相迎。由拳城南春可惜，竹石如山水千尺。从此扁舟范蠡湖，长歌来往裴休宅。

罗浮蝶云是麻姑裙所化，屈子南粤人，故借景引入，见诗人托兴之妙。素衣不化缁，状其立品之高。

## 送林佳玑还莆田

高楼置酒觞今夕，愁听骊歌送行客。摇落深知羁旅情，飘零况是云山隔。林生磊落无等伦，凤雏骥子谁能驯？一朝慷慨辞乡里，几载饥寒傍路人。平生崔嵬好奇服，流离耻作穷途哭。往往诗歌泣鬼神，时时谈笑惊流俗。林生林生骨相奇，昂藏不异并州儿。看君富贵当自有，不合憔悴留天涯。高秋别我闽中去，行李萧条惨徒御。客舍清江万里船，乡心红叶千山树。九里湖边倚翠屏，谷城山下俯清泠。寒风江路兼山路，落日长亭更短亭。嗟予分手天南远，惆怅河桥送君返。远客休辞行路难，高堂应念还家晚。

## 将之永嘉曹侍郎饯予江上吴客韦二丈为弹长亭之曲并吹笛送行歌以赠韦即送其出塞

韦郎旧隶羽林籍，曾向营门教吹笛。不听吴中白雪音，定呼邺下黄须客。平原相见转相亲，置酒夸君座上宾。下若尊罍朝未罄，东山丝竹夜还陈。闲来坐我花间奏，玉洞飞泉响岩溜。古调多传关马词，新声似出康王授。问我东行到海壖，日斜江上惨离筵。还将北雁南飞曲，催送钱塘楚客船。船人擂鼓津头泊，红叶千山富春郭。忽作边秋出塞声，江枫岸柳纷纷落。哀弦促管不堪听，宾御闻之亦涕零。挂席远移严子濑，看山直上谢公亭。闻君欲问雲中戍，雪消饮马长城去。广武营中折柳时，黄瓜阜上题书处。司农旧是出群才，此日征西幕府开。试向尊前歌一曲，梅花飞遍李陵台。平调中忽作变徵之声，此高、岑体，与李、杜之鱼龙百变者又自各别。○侍郎送行，是主，韦二在席，是客，篇中客多于主，而结处转送韦二，又以客为主矣。作法甚变。

## 逢姜给事 埰。

黄门先生官左掖，力欲拔山气辟易。虎豹天关闭九重，孤臣血肉徒狼籍。东莱蜃市易沉沦，南国相逢泪满巾。青鞵布袜江湖外，谁念当时折槛人？叙长篇于八句中，犹书家之缩本也。少陵短歌如「娄公不语宋公语，尚忆先皇容直臣」之类，往往有之。

## 玉带生歌

玉带生，文信国所遗砚也，予见之吴下，既摹其铭而装池之，且为之歌曰：

玉带生，吾语汝。汝产自端州，汝来自横浦。幸免事降表佥名谢道清，亦不识大都承旨赵孟頫。能令信公喜，辟汝置幕府。当年文墨宾，代汝一一数。参军谁？谢皋羽。寮佐谁？邓中甫。弟子谁？王炎午。独汝形躯短小，风貌朴古，步不能趋，口不能语。既无鸜之鹆之活眼睛，兼少犀纹彪纹好眉妩。赖有忠信存，波涛孰敢侮。是时丞相气尚豪，可怜一舟之外无尺土，共汝草檄飞书意良苦。四十四字铭厥背，爱汝心坚刚不吐。自从转战屡丧师，天之所坏不可支。惊心柴市日，慷慨且诵临终诗，疾风蓬勃扬沙时。传有十义士，表以石塔藏公尸，生也亡命何所之。或云西台上，唏发一叟涕涟洏。手击竹如意，生时亦相随。冬青成阴陵骨朽，百年踪迹人莫知。会稽张思廉，逢生赋长句。抱遗老人阁笔看，七客寮中敢嗔怒。吾今遇汝沧浪亭，漆匣初开紫衣露。海桑陵谷又经三百秋，以手摩挲尚如故。洗汝池上之寒泉，漂汝林端之霏雾。俾汝留传天地间，忠魂墨气常凝聚。小小一砚，传出信国之忠，皋羽之义，其实相随皋羽，乃想像语也。一结砚与信国双收，是何神勇。

## 旱

水潦江淮久，今年复旱荒。翻风无石燕，蔽野有飞蝗。桎梏徭屠钓，橧巢迫死亡。虚烦乘传使，曾发海陵仓。

## 送曹侍郎溶备兵大同

榆关萧瑟二庭空，堠火平安九塞通。往日连师惊朔漠，只今市马互西东。黄河天上三城戍，画角霜前万里风。知有冯唐论将略，不令魏尚久雲中。此章以下俱近李北地，应是中年之作。晚岁俱归流易矣。愚取先生七律中年者居多。

## 宣府镇

高城西北控燕都，吹角清秋落日孤。尚忆武皇巡玉塞，亲从镇国剖金符。宫槐御柳今萧瑟，虎槛鹰坊旧有无。边事百年虚想像，谁夸天险塞飞狐。

## 南镇

稽山形胜郁岧峣，南镇封坛世代遥。绝壁暗愁风雨至，阴崖深护鬼神朝。雲雷古洞藏金简，灯火春祠奏玉箫。千载六陵馀剑舄，帝乡魂断不堪招。

## 题南昌铁柱观

丹甍缥缈丽层城，铁柱纵横炼紫清。阴洞蛟龙晴有气，虚堂神鬼昼无声。游人自爱登高赋，仙吏仍兼济物情。雷雨忽愁天外至，江湖元在地中行。

## 雲中至日

去岁山川缙雲岭，今年雨雪白登台。可怜日至长为客，何意天涯数举杯。城晚角声通雁塞，关寒马色上龙堆。故园望断江村里，愁说梅花细细开。学北地高入杜陵，通首一气，能以大力负之而趋。

## 土木堡

平芜一篑狼山下，九月驱车白雾昏。到眼关河成故迹，伤心土木但空屯。元戎苦战翻回跸，诸将论功首夺门。倘遣金缯和社稷，祠官谁奉裕陵园？裕陵反国由于不主和议，而群奸以夺门论功，忠臣受戮，真千古不平事也。怀古诗须还出正论。

## 谒大禹陵

夏后巡游地，茅峰会计时。双圭开日月，四载集輴欙。国有防风戮，书仍宛委披。贡金三品入，执帛万方随。相古洪流割，钦承帝曰咨。寸阴轻尺璧，昆命有元龟。自授庚辰籍，宁论癸甲期。清都留玉女，恶浪鏁支祁。荒度功攸赖，平成理自宜。神奸魑魅屏，典则子孙贻。明德由来远，升遐亦在兹。丘林无改列，弓剑只同悲。回首辞群后，伤心隔九疑。鸟耘千亩遍，龙负一舟移。断草山阿井，空亭岳麓碑。芒芒怀旧迹，肃肃礼荒祠。黄屋神如在，桐棺记有之。筵谁包橘柚，隧或守熊罴。共讶梅梁失，因探窆石遗。揭来凭吊处，拜手独陈辞。长律四章，议论正大，格律工整，俱能步武少陵。

## 岳忠武王墓

宋室偏安日，真忘帝业艰。但愁诸将在，不计两宫还。鄂国英雄士，淮阴伯仲间。策名先部曲，薄伐自江关。赤县期全复，黄河渡几湾。龙庭生马角，雪窖视刀镮。城下盟何急？师中诏已颁。盈庭尊狱吏，囊木谢朝班。相狡妻兼煽，和成主愈孱。长城隳道济，大勇丧成覸。旧井银瓶失，高坟石虎闲。铭功存版碣，铸像列顽奸。旷世心犹感，经过泪独潸。传闻从父老，流恨满湖山。朔骑频来牧，南枝尚可攀。墓门人寂寞，江树鸟绵蛮。宿草经时绿，秋花满目斑。依然潭水月，终古照潺湲。

「生马角」、「视刀镮」，见二帝归国有日，而甘为城下之盟，自坏长城，小朝廷可胜耻耶？前路明云「但愁诸将在，不计两宫还」，见杀戮忠臣，固由秦桧，而主之者实高宗也。春秋之意必诛首罪，信夫！

## 谒刘文成公祠

草昧经纶日，英雄战斗年。真人淮泗起，王气斗牛躔。命世生良弼，卑栖役大贤。一官曾簿尉，千里正戈鋋。记室依袁绍，飞书谢鲁连。神鹰思饱掣，威凤必高骞。汉祖除秦法，周王卜渭畋。庙堂才不易，束帛礼宜先。遂有君臣契，能令帷幄专。南征频克敌，北伐旋摧坚。王会收三统，军谋出万全。河山分带砺，冠盖俨神仙。未辟留侯谷，长辞范蠡船。麒麟当日画，竹帛后时编。一自丘陵改，重愁岁月迁。隆中犹故宅，绵上少封田。旧俗还祠庙，清歌入管弦。黄金遗像蚀，铁券几人传。古瓦鼯鼪落，荒庭桧柏圆。蛛丝虚寝罥，鸟迹断碑眠。想像阴符策，沉吟宝剑篇。前贤馀事业，后死尚迍邅。去去辞枌梓，栖栖到海壖。空林多雨雪，哀角满山川。玉帐无遗术，苍生久倒悬。凭留一黄石，相待谷城边。起与「当代麒麟阁，何人第一功」，同一气概，必如此才能镇压通体。中间叙完题意，抚躬自伤，隐然有圯下自命之想。

## 于忠肃公祠

昔在狼山下，军书犯近坰。六师轻朔漠，万骑失雷霆。土木尘常满，龙蛇岁不宁。豆田沙浩浩，黍谷路冥冥。济世须元老，长材总四溟。从容持国计，指顾悉兵形。瑕吕安群议，刘琨表外廷。嗣王仍历数，高庙有神灵。既罢金缯款，无烦白马刑。北辕旋翠辇，南内启朱扃。命已甘刀镬，功真溢鼎铭。春秋隆代祀，俎豆肃维馨。一自轺车至，难期堠火停。遗墟愁战伐，大树日飘零。碧草空祠长，黄鹂过客听。霜钟沉晓月，风牖绕明星。卞壶谁修墓？巫阳数降庭。谶还思雨帝，碑或堕江亭。远水澄湖碧，流云暗壑青。千年华表鹤，哀怨此重经。四章末路，俱叙自己凭吊，各能用意，略不犯复。

## 潘耒

字次耕，江南吴江人。康熙己未，以布衣召试博学鸿辞，官翰林院检讨。著有遂初堂集。○稼堂先生笃于师门，少师徐俟斋、顾亭林两先生，俟斋没，周恤及其孤孙，务俾得所。刻亭林日知录及诗文集，又以未及刻肇域志为憾，盖此书关天下利病，卷帙繁富，非大有力不能刻也。此谊犹近古人。○诗笔直达所见，浩气空行，韵语可作古文读，而登临怀古诸作，尤为光焰腾上，一时名流，几罕与俪者。

## 卦山

卦山交山阳，孤峰独崔嵬。下眺一气中，棱棱露岩崖。森如六爻列，错若诸卦排。我来正雪霁，寒空无纤埃。群峰皎练明，万柏攒疑苔。远见介山巅，干霄白皑皑。近瞩交城城，微茫辨楼台。文峪下西溪，汾川自往来。连山走黄河，屏扆却抱回。谁言万家县，形势亦壮哉！守险在良牧，济世须雄才。利铁锢穷岩，健马嘶风哀。刘渊亦可人，石匣为之开。苍天不可问，浩歌舒远怀。偶然登临，兴怀守险，安得仅以词人目之。

## 河堤

良医视病人，察脉审其证。悉病所从来，治之药乃应。浊河本北流，清淮自南亘。河徙忽夺淮，淮弱而河盛。一石八斗泥，壅碍入海径。倒灌淮上流，湖淤可涉胫。埂堰始冲决，淮南受其病。塞决固治标，要须遂其性。下流无路行，东遏必西进。疮平毒未消，堡闭盗犹横。旁观方忧危，当局莫予圣。

治河近称善，吾宗老司空。讳季驯。河徙时未久，淮流尚争雄。海口虽停沙，可以水力冲。淮主河乃客，主壮客不攻。用清以刷浊，当年策诚工。淮今仅一线，河涨犹难容。淤沙积成土，不浚焉得通？古方治今病，和缓技亦穷。疏瀹费虽多，尺寸皆有功。堤成倘蚁漏，金钱掷波中。治河要领，二诗已见大意，总贵通海口以准刷黄也。今两者皆慎，而望安澜奏绩，必不可得矣。河堤使者宜书此诗于座右。

## 天都峰

黄山百千峰，兹何独称长。大巧不炫奇，尊严故无两。中天开帝廷，万灵此朝飨。肃穆垂冕旒，森严排甲仗。梯空一万重，拔地九千丈。烟雲升及腰，日月行在掌。群山自言尊，对之失气象。譬如见真人，群雄自头抢。苍苍百里外，孤标已瞻仰。即之如可亲，攀之莫能上。石阙望峩峩，天桥瞩朗朗。载肉无由升，徒然结遐想。天都为群峰之尊，以其最高，且直上无欹斜也。予尝有句云：「四面总换形，不改性正直，无心拔众上，众自莫敢敌」，自谓得山之性情，读先生诗，更觉笼罩一切。

## 碧雲寺

自注：寺旁有魏忠贤祠甚宏壮。

香台俯鸿蒙，群山四环卫。龙宫豁然开，楼观涌空际。丹霞夹飞甍，珠树荫密砌。峥嵘神鬼工，照耀金碧气。壮观何能尔？创此自中贵。坡陀山头冢，规模更闳丽。黄肠隧道封，玉鱼便房闭。丹青俨祠宇，特敕蒙葬祭。丰碑刻鸿文，历历元宰制。行人不能读，识者发叹忾。中官古来有，扫除职微细。念其犬马勤，帷盖斯可瘗。奈何滥恩私，王章亵奴隶。官号借台司，封土同带砺。所以蓄神奸，毒焰流海澨。燃脐未快心，谁令此埋胔。苍凉金粟堆，寝殿非昔制。兹何尚巍然，石门锁松桂。谁能手斧柯，千春扫氛翳。刑馀之人，假以事权，未有不偾国事者。痛切言之，而有望于扫氛翳之人，后果有如其言者。详见于瑁湖相公诗后。

## 韶州至清远道中杂诗

浈阳峡百里，两崖状如门。江流日漱啮，崩剥露危根。空中颐霤削，骨立龙虎蹲。孤舟出其下，凛然凄心魂。石戴万篙眼，壁萦千牵痕。溯流行良难，下峡如星奔。滩急波易驶，林深景常昏。奇峰递迎送，百千互卑尊。或肖天榜挂，或疑铁骑屯。心赏不暇接，目眩难具论。古来投荒人，郁结声长吞。壮观有如此，何必非君恩？末为投荒者慰，即「九死南荒吾不恨」意。

## 韩蕲王墓碑歌

灵岩山前冢累累，荒烟野蔓不足悲。巨石崚嶒戛松际，旁人云是韩王碑。韩王蜕去五百载，当年英名至今在。弯弓夜月射奔鲸，拔剑寒沙清瀚海。一朝雄姿为枯骨，麒麟高冢营山窟。黄肠便房天府出，守冢万家拜百笏。岁久但见蒿与藜，豺狼入穴狐兔啼。惟留一片石，千古灵岩西。灵岩峰高入雲霓，韩王勋名与之齐。惟王勋名震千古，手奠坤维揭天柱。挥日之戈射潮弩，半壁江山留宋土。可怜后此竟何人，忍使铜仙泪如雨。梅花落尽梨花开，游人络绎灵岩来。但上琴台寻响屧，何人山麓披蒿莱？碑高三丈字如掌，帝制鸿文盛褒奖。纵使碑刓墓尽平，盖世功名在天壤。君不见钱塘饮马江不流，凤山宫阙为荒丘。张王秦相墓何在？六陵萧飒冬青愁。

「纵使碑刓墓尽平」二语，摸之有棱，便觉平调皆振。

## 汴河行为方中丞欧馀作

汴河之上河如弓，汴河之下河如龙。弓行千里正一曲，龙性变化无常踪。神禹凿九河，放著渤海中。千五百年尚一决，大伾不北而趋东。遂令梁泗间，至今朝陆暮壑无终穷。杀湍捧土谅非策，排沙漉海难施功。河渠之书一寸纸，蜩螗万喙听者聋。提纲挈目示要领，客邸幸见中丞公。中丞勋绩高当代，保障之功汴河最。汴城万里初为鱼，河北金堤又横溃。公也捧节来治河，赤手与塞滔天波。指挥人徒三十万，北河柳尽南河柯。大帚如山小如堞，一浪不敌冲风过。晨餐掬泥土，夕眠枕盘涡。以身为石发为草，乃感帝力鞭鼋鼍。荆隆口闭神马塞，汴河南北重蚕麻。岂知功高定遭忌，讴吟翻促弹章至。旋闻东郡罢王尊，那得通侯赏延世。自尔长揖还东山，角巾啸傲江湖间。弈秋敛手向棋局，坐看黑白纷斑澜。昨闻清口决，又报漕河干。高堰塞复漏，归仁筑未完。胸中热血不可呕，相逢当路只缄口。丁宁翻向芒鞖客，画笏川原尽纡直。淮泗之间皆土山，眼前此意无人识。自注：方云：一石水而八斗泥，河日南徙，南中地亦日高，淮、徐间遍地皆水，实遍地皆山也。养痈裹创愁内蚀，不病河南病河北。负薪沉璧徒区区，疏不成疏塞非塞。吁嗟天意难可知，劝君且尽金屈卮。淮黄清浊乱已久，南土岂合偏疮痍。复禹旧迹理亦得，灾黎百万将安之？吁嗟天意难可知！且为公歌汴河诗，洗眼坐待河清时。下流不泄，上流日高，宜汴、泗、淮、徐间民常为鱼也。绩劳者斥，而任事者比于养痈流毒，何时已耶？惟听之天意而已。

## 赠杜于皇

男儿无家复无国，六合飘然一孤客。客行落落云出岑，其去无迹来无心。山水佳处便淹泊，偶然相逢不可寻。黄冈豪士世无偶，胸吞雲梦者八九。神鹰铩翮不能飞，丹霄碧海将安归？三十年来泛江舸，大块无尘能著我。商山须眉大泽裘，游戏人间无不可。往年访友扬州城，州人喧呼看岁星。如云冠盖趋门庭，先生酣眠醉不醒。醒来洗眼焦山青，金焦如螺意不快，一叶翩然下江濑。青丘方壶不可期，白龙赤鲤遥相待。我亦汗漫之遐方，束发结交多老苍。惟翁差池未识面，江雲关树空相望。锡山叶脱蠡湖朗，散步禅房见筇杖。怪来避地已经年，笑我劳劳逐尘鞅。昆明劫火方洞然，老鳌抃山波接天。土偶桃人莫相笑，久客会有还山年。先生无事但宴眠，大瓢满酌清泠泉。君不见君家杜陵丧家者，茅屋秋风泪盈把，挥泪高歌洗兵马。是畸人，是豪士，是诗老，而归于遗民，奔放顿挫，有千金战马注波蓦涧之奇，一结尤见神勇。

## 烈士行赠赵义庵

义庵，汴宋裔孙也，为人精悍勤敏，京口顾侍御奇重之，侍御以事见法，义庵独身入都，经纪其丧，脱两孤于厄，有古烈士风，余与侍御弟交旧，因识义庵，今秋重遇之金阊，悲其老大运蹇，而高节罕有闻于世，遂为歌以叙之：

宝刀削葵马守户，当今烈士贱如土。举头不识赵王孙，空向陈编吊婴杵。王孙二十逢乱离，才高胆盛无人知。江东顾荣目如电，一豹贱却千羊皮。玳簪珠履正杂沓，王孙落落无他奇。邛崃坂上高车覆，御史门前乌夜哭。三千上客散如星，义故儿郎抱头伏。可怜端正骑羊子，鞭笞蹴蹋奚官里。白楸三寸无人收，骨肉苍黄窜荆杞。王孙此时气拂雲，赤手直入磨牙群。陈容甘共臧洪死，刁脂不畏曹瞒嗔。精诚贯日智略凑，抱还孤儿如有神。潜藏抚护麟种存，丁宁莫遣家人闻。沉吟此事廿寒暑，中郎坟土蒿如柱。王孙落魄尚关河，失路骍骝老无主。昔年遇君清淮流，今春遇君燕市头。苦言奔驰不称意，一官束体如赘旒。苏台何意仍相值，短鬓尊前泪双滴。瓠瓜在地根在天，黄杨一闰一回厄。吁嗟万事如惊波，翻雲覆雨何其多！褚渊封侯袁粲死，如君岂得辞轗轲？萧萧凉雨胥江暮，题诗别有伤神处。江头不见酒家佣，瀚海羝羊何日乳？ 起用兴体，见眼前义士不能识别，而徒凭吊古人为可慨也。中叙其秉心之诚，赴义之勇，机智之密，而终于落魄不遇，将归泯没，能毋抑郁于中耶？此种诗当羽声慷慨歌之。

## 登五老峰最高顶

我浮鄱湖望五老，万仞秀出天中间。云气蒙笼乍开合，恍疑蓬阆难跻攀。岂意今朝策藤杖，逍遥遍踏五峰上。寒空啸裂碧玻璃，大地山河收寸掌。南康军城一叶浮，扬澜左蠡横天流。白沙赤岸错如绮，烟林点点天南州。天公妒我尽远景，故遣飞云夺峰顶。如轮如席掠面来，万象斯须不留影。乘云我欲之帝廷，稍为匡君鸣不平。兹山何者让衡霍，不岳不镇谁使令？一笑颠仙扶我住，世上空名了无据。餐霞吸露快即休，多口无遭帝阍怒。 先生为多口所憎，故尔落职，末路随所感触，借以抒写，空灵变幻，实处皆虚。

## 华峰顶

昆仑之脉从天来，散作岳镇千琼瑰。帝怒东南势倾削，特耸一柱名天台。天台环周五百里，金翅擘翼龙分胎。峰峦一一插霄汉，涧瀑处处奔虹雷。华顶最高透天顶，万八千丈青崔嵬。乘云御风或可上，我忽到之亦神哉！游氛豁尽日当午，洞视八表无纤埃。南溟东海白一杯，括苍雁宕青数堆。千峰簇簇莲花开，中峰端严一莲台。华藏世界宛如此，醯鸡不识良可哀。渺茫夸阆苑，荒忽求蓬莱。何如天台灵异在人境，劫火不到无三灾。神泉自流，琪树不栽，弥山药草，满谷丹材，应真隐显混樵牧，飞仙游戏同婴孩。羲之乏灵骨，太白非仙才。已住神山却归去，空馀石屋寒苍苔。我已梦觉墙根槐，安能更逐鱼龙豗。径须习定栖峰顶，饱看沧桑三百回。

文章最重起手，如张说作姚崇碑，起手八柱擎天数语也。题得昆仑之脉从天来二语，下便纵横说去，无不中节。中一段眺望山海，状出天台如莲华之形，而华顶又如莲台，真是兴酣落笔，予尝登其顶，愈知此诗之佳。

## 荔支盆

荔支盆，来三山，枝头壅土生根难。荔支盆，上建浦，冲波峻滩挽舟苦，短篷愁日复愁雨。荔支盆，过仙霞，千夫肩荷百吏遮，汗流骨出愁鞭挝。从此浮江溯河去，严程昼夜不停住。焦枯颠顿十存五，寥落猩红缀孤树。蓬莱宫中掩露尝，冰丸入口流琼浆。宁知一丸数金值，百旬劳扰千村忙。大臣事君自有礼，忠孝不在养口体。争新作俑彼何人，绎骚烦费无穷已。不贵异物惟吾皇，勤求民隐恒如伤。谁能上书罢贡献，令人千载思唐羌。东坡「洛阳相公忠孝家，可怜亦进姚黄花」，犹属婉讽，此正襟而谈，归美君上，而望臣下之陈书，尤为得体。

## 金山

万古标形胜，中江一柱尊。水分天作堑，地坼海为门。钟磬来波面，蛟龙聚塔根。蕲王血战处，坠马有惊魂。张祜金山诗一结不振极矣，此真神完气足。

## 峡江

峡江山对锁，不觉有江来。船向羊肠出，城临虎穴开。烧畬穿岭急，水碓拨雲回。客鬓先秋白，何烦一叶催。一起峡中形势写尽，此下直如破竹。

## 赠钱饮光

蹀血生还万里天，土床树屋尚依然。笺馀易象研朱细，踏遍雲山著屐便。久矣泥涂书亥字，凄其衰白感丁年。谁怜灵武麻鞋叟，老向空山拜杜鹃。钱先生一生学问志节，悉为传出，「亥字」、「丁年」，脱胎飞卿，而工力亦可相敌。

## 经姜给谏墓作

青峰一曲抱愁云，中有先朝谏议坟。往日儿童识邹浩，到今野老哭刘蕡。山头树屋称残卒，地下戎衣见故君。埋骨便为干净土，丰碑华表漫纷纷。给谏临没曰：「我奉先帝命，遣戍来此，殓我当以戎衣。」其子从之。

## 二姜先生祠 自注：给谏埰、行人垓。

轼辙齐名世早知，百年忠义系人思。忠传折槛排奸日，义想衔刀伏阙时。两地青磷埋宿草，一山红树妥新祠。吴门野老多相识，雪涕争看幼妇碑。

## 白雪楼

百尺高眠四海空，沧溟文坫夙称雄。生平娄水埙篪应，死耐虞山玉石攻。盛世才华容傲睨，达人官爵谢牢笼。清严标格依稀在，华鹊苍寒落水中。四语耐攻，攻而不尽破也，犹刘随州「五言长城，秦系攻之」之意，若二袁、锺、谭竟不耐攻矣。于此见下字之妙。

## 登嵩山绝顶

不辞触热上嵩巅，欲遣双眸尽八埏。翠岭千重包楚塞，黄河一线下秦川。长安远隔浮云外，乡国微分匹练边。清啸一声鸾鹤应，随风飘去落何天。声彻层霄，高于王、李登岱诸作。

## 吴圣玉归自辽左志喜

梦想流人紫塞边，每依雁候祝南旋。不图真有珠还日，始信非无羝乳年。人痛嵇康罹横夭，天哀李燮予生全。乡音无改容颜肖，破涕应知慰九泉。

数行墨牒只身归，叹息家园事总非。门巷雕残馀燕垒，亲朋零落半鹑衣。难寻手泽书千卷，且拜荒阡树十围。野老村童争拥看，乌头能白世间稀。

## 赠屈翁山

燕山晋塞早凭陵，老去丘园自枕肱。奉母安期蒲九节，著书弘景阁三层。琴心久歇辞谣诼，龙性初驯避弋矰。终竟才人须学道，才华减处道缘增。果能敛才学道，则无身后之浮言矣。赠人以言，正应尔尔。

## 浴日亭

孤亭临望尽重溟，天水相摩不断青。日跃半洋皆紫电，潮来大地一浮萍。鹏游世界原空阔，蜃吐楼台自杳冥。何必褰裳慕蓬岛？当知此地即珠庭。

## 羊城杂咏 录一

历山尚住宋遗民，文陆当年事苦辛。穷海不春犹正朔，孤航无主自君臣。忠魂郁作潮头怒，浩气蒸成蜃阙新。异代流风多感激，草间时有纳肝人。吊文、陆而并及明末诸忠，捶字结响，掷地当作金石声。

## 广武

盖世英雄项与刘，曹奸马谲实堪羞。阮生一掬西风泪，不为前朝楚汉流。嗣宗含蕴意为作者道出，知人论世，正须如此。

## 天柱峰僧饷黄独

黄独分来瓦铫边，香于紫芋大于拳。笑他懒瓒浑闲事，误却长源三十年。借煨芋事比例，巧于立言，诗人之心，比似春蚕作茧。

徐　釚　字电发，江南吴江人。康熙己未召试博学鸿辞，授翰林院检讨。著有南州草堂诗。○虹亭先生为龚端毅赏识。端毅临没，谓梁真定曰：「负才如徐君，可使之不成名耶？」于此见前辈之爱才，而虹亭之见重于端毅，实有使之心折者也。生平填词极工，晚岁成本事诗，远地购求，比于洛阳纸贵。

## 送方尔止还金陵

尔从霅水来，片帆不肯住。乘风夜过洞庭西，芦花瑟瑟满寒渚。渚清沙白今送君，朔风旅雁高入云。官司捉船船户避，津吏前头不敢行。问君归思一何切，笑指征衣已百结。旅馆朝来花正繁，客愁今去柳堪折。双桨随君送君去，莫忘江城离别处。遥指金陵宫阙旁，蒋山夜火乌栖树。住意尽而不尽。

## 落花篇

洛阳城外花如绮，洛阳城内歌钟起。一夜东风吹满枝，片片花飞逐江水。江水春流暮转深，江干日暖生紫蘋。参差碧树波光里，荡漾红潮愁杀人。忆昔郊原全盛日，芳菲千里春如织。香车翠幰掩红妆，宝勒金羁跨紫陌。陌上游丝争绕树，娇莺乳燕纷相度。桃李蹊成白日斜，棠梨院锁黄昏暮。谁料繁华类转蓬，纷纷堕紫又飘红。杜鹃血染胭脂里，蛱蝶魂迷芳草中。叹息年光空自好，玉颜零落凭谁保？花谢花开无尽期，委地飘阶不须扫。别有佳人敛翠眉，翩翩衫袖泪双垂。明年依旧花争发，开落庭前知为谁？春花开谢，岁以为常，而芳华一去不复返矣。比唐人意转觉婉约可思。

### 晚发京口

溯回泱漭忽闻鸡，风饱江帆叶叶齐。瓜步晓钟寒雨歇，楚天浓树湿烟迷。已从击楫悲荒垒，更想沉舟听鼓鼙。回首瓮城山色远，惊涛犹在海门西。

### 古意

欢从京口来，侬向秦淮住。一夜暮潮生，分离不知处。与「君家住何处」一章，同一声口。

### 十八滩

万壑千峰送客舟，槎牙怪石水交流。岭猿莫更啼深树，只听滩声已白头。极写滩声之可畏，中夹入岭猿一语，则险恶愈出，此加一倍法也。

## 李澄中

字渭清，山东诸城人。康熙己未召试博学鸿辞，官至侍读。著有渔村集。

## 题丁野鹤先生鱼龙卷

何人怀此跋浪情，下笔快写沧洲鲸。世间万事难自料，为龙为蝼须臾成。荇藻交戛细如缕，小鱼琐屑何足数。中流忽断烟波开，乾坤冥冥杂风雨。此时海裂天吴愁，沧江倒立昆仑浮。中有赤鲤闪光彩，金鳞逆水声飕飕。仿佛疑听洪涛风，细观又似蓬莱宫。星海下注积石远，黄河上溯龙门通。鳣鲔昂藏不知量，鼓鬣摇鬐亦争上。可怜鱼服苦束缚，拨刺泥沙色惆怅。赤鲤力猛陡一穿，双角突出雷火缠。半身未化露鱼尾，半身已入天门烟。呜呼龙变不可测！画工具有神明力。云行雨施遍八极，涸鲋蹄涔泪沾臆。通体精采，一结如读感士不遇赋。

## 涿州

闻说蚩尤雾，轩辕此地过。德衰开战伐，功定纪山河。锁钥孤城壮，风沙落日多。太平畿辅近，深夜有笙歌。

## 晚抵襄阳

樯上一乌啼，灯明两岸齐。星垂古岘口，月照大江西。地险分南北，时平罢鼓鼙。儿童清夜里，还唱白铜鞮。

### 登太华寺大悲阁望滇池作

香台高拥万山平，无数烟云绕涧生。杯底岚光浮太华，檐前秋色挂昆明。空馀战垒悲戎马，似有霜风动石鲸。我醉欲留归路晚，满湖鸥鹭棹歌声。三语是登，四语是望。

### 沅州山中闻鹧鸪

空山雨气散新秋，匹马王程不少留。怪尔声声行不得，七千里外过沅州。

**徐嘉炎** 字胜力，浙江嘉兴人。康熙己未召试博学鸿辞，官至内阁学士。著有抱经斋集。

### 丁巳新秋宴集李客部园亭送李南枝分符之武林

水精帘卷夜光浮，莲叶田田梧叶愁。燕市离筵南浦月，吴山归路驿亭秋。客星已见双辞阙，乡梦还惊独倚楼。醉踏轩辕台畔草，丁香可解结绸缪？

**陆棻** 字义山，浙江平湖人。康熙己未召试博学鸿辞，官至内阁学士。著有雅坪集。

## 都门人日送高念祖南归

燕市同为客，君归我尚留。凄凉鹦鹉赋，憔悴鹔鹴裘。春酒销微禄，乡园托远愁。寄言同学者，心事愧林丘。

## 自丰城抵万安江水大涨

春江灌潦水，百堵没沧洲。釜已游鱼鳖，涯难辨马牛。橹声来木杪，帆影度城楼。双剑沉何处，清宵起暮愁。杜诗写江涨未曾及此。

### 丘象随 字季贞，江南山阳人。康熙己未召试博学鸿辞，官洗马。

## 怀张虞山琼州

何处望琼州，中原地尽头。蛮烟山万点，海雾蜃千楼。身世乾坤失，生涯日夜浮。更堪烽火急，消息断高秋。

## 赠程穆倩

病后相逢邗水涯，岁寒雪压客庐斜。纵然淡尽人间事，又写青山过酒家。以画易酒，韵事也，得上句一衬，则倍形其韵矣。诗须如此用笔。

钱金甫 字越江，江南上海人。康熙己未进士，召试博学鸿辞，官翰林院编修。

## 赠魏惟度

梦断春明号隐沦，闽江清浅好垂纶。偶停司马游梁骑，暂作嵩山采药人。种树书成闲课仆，卖文钱到便留宾。侧身天地蘧庐似，卜筑何须问四邻。人间乐事，无过于此，何必沉溺于春明梦中耶？

倪粲 字闇公，江南江宁人。康熙己未召试博学鸿辞，官翰林院检讨。

## 送乔文衣之剑州

渝峡远通涪万水，嘉陵险接阆中山。分符刺史初行部，旧语参军正解蛮。橦布芋田征税薄，青松白鹤讼庭闲。他年更奏殊方绩，应在文翁伯仲间。

袁佑 字杜少，直隶东明人。康熙己未召试博学鸿辞，官翰林院编修。

## 月夜游秋水桥岸

藕花短短苇花齐，渔艇秋烟草阁西。出寺溪雲随意远，过桥山月趁人低。与谁相对惟孤鹤，何处寻僧信杖藜。砧杵不闻千户静，萧萧城阙夜乌啼。

## 玉阶怨

玉阶无人行，徘徊玉阶侧。皎皎明月辉，照见妾颜色。未尝言怨，令人言外思之。

### 高　咏

字阮怀，江南宣城人。康熙己未召试博学鸿辞，官翰林院检讨。著有遗山堂诗。

## 临江中秋同诸公慧力寺泛舟回遂集愚楼玩月分体各赋

丁丁莲漏秋宵短，银屏华烛明高馆。瑶席清尊坐不迟，芳洲画楫归何缓。入窗花雾香蓊蒙，珠帘四角垂玲珑。桂花扶疏玉除冷，菡萏披折金塘空。千家罗幕兰灯淡，明月正过寒江东。群山寂寂锁苍翠，碧汉金波光泻地。挥杯夜醉使君楼，题诗晚出城南寺。美人接座气堂堂，麒麟腰裒争腾骧。雄剑鞘钟烁紫电，北斗挂户森长芒。二十五声何太早？胡床坐啸重倾倒。朱栋华榱倚半空，凤丝雁柱愁清晓。霓裳仙子归海宫，沾衣凉露回天风。桃笙醉卧不知处，东方叠浪朝霞红。结处得「东方渐高奈乐何」意。

## 宿青溪

青溪独宿处，远火出江波。醒酒思残梦，归渔闻夜歌。月斜人语定，舟晓棹声多。九子烟霄外，劳生只暂过。三四传出孤舟夜宿之神。

## 游青原山寺

青原山半寺，积雨长苔痕。路转遥闻水，峰回直到门。云林清磬落，岩屋影堂存。欲问无生偈，孤云起石根。

## 过谢皋羽墓

许剑曾传此地游，丰碑遗墓尚荒丘。龙髯堕海三宫泪，马鬣封山万古愁。处士宅边寒雨夜，严陵滩下暮江流。当年恸哭声如在，听罢西台桧柏秋。西台恸哭，为文丞相也。故有第三句，墓在钓台旁，近方干故宅，故颈联及之。

## 归舟作

江上群山拥髻螺，楚王台畔榜人歌。白蘋风里暮愁重，红藕香中秋梦多。渔火夜残收别浦，水禽月出叫寒莎。频年踯躅孤舟客，回首平生空逝波。

范必英 初名云威，字秋涛，江南长洲人。顺治丁酉举人，康熙己未召试博学鸿辞，官翰林院检讨。

## 诸将

无诸台上英风起，千载重来顾盼雄。父子河山兼两越，弟兄花烛盛中宫。雕旗铁阵参云黑，龙马珠江浴日红。回首伏波铜柱远，军威更在挹娄东。此耿氏未谋逆以前诗也。宠荣至此，而遥应吴逆以为声援，其不旋踵而扑灭也，宜哉！

十年羁旅田横客，仗剑功成茅土分。环海尽为新属国，归朝即拜后将军。御刀龙雀光如水，宫锦葡萄色似云。金殿谢恩旋出镇，雅歌还得奉南薰。

冯勖 字方寅，江南长洲人。康熙己未召试博学鸿辞，官翰林院检讨。

## 十二辰诗赠昆山支逸人

小儿磔鼠称老吏，贱士食牛成国器。虎头书生亦不羁，浪把兔毫轻掷地。支公种松鳞作龙，冥心浑忘蛇与风。马鞍山前钓秋水，无人知是羊裘翁。眼见猕猴画麟阁，又闻群鸡戏孤鹤。蝇营狗苟一笑中，廿年稳卧野猪峰。题近于纤，然古人已创为之，点入十二辰，一归自然，若有神助。

## 沈庄樗幽居

杨柳塘东更向东，绿蒲红蓼各成丛。三家村口少人过，独木桥边有路通。老屋短垣披薜荔，主人长日注鱼虫。客来仿佛桃源内，鸡黍为欢话古风。此太史赠先大夫者，写景属辞，如读缶鸣集中长句。诗成四十年矣。每一披读，情事宛然。

**王　昊** 字惟夏，江南太仓人。康熙己未召试博学鸿辞，以年老授官正字回籍。著有硕园集。○硕园系凤洲司寇之后，娄东十子中，尤铮铮有声。

## 兵船行

阵云压城日光白，羽檄纷驰骑充斥。飓风昨夜起鲛宫，斗舰千群复何益？忆昔军兴催造船，吴民髓竭无金钱。刺史流汗县令哭，老农含血遭笞鞭。一朝连烽迷海道，帆樯如山倏然倒。旗鼓虚张杨僕营，艨艟已入田横岛。沙溪十里飞黄埃，人家门户昼不开。横刀跃马满街市，海船方去官军来。君不见军中健儿不羞走，尽是幽并好身手。十村九村无人烟，不扫鲸鲵扫鸡狗。造船累民，为清海氛也。乃遇寇退避，复扫村民，兵船之祸烈于寇矣。吴野人有造船匠一篇，应纪一时之事。

## 日本双刀歌为子存叔赋

鸊鹈之膏双干将，灯下拂拭生神光。青蛇赤蛟欲隐跃，忽令四座惊寒霜。雀环色黄犀靶黑，积铁传来海东国。风胡欧冶知何人？却带千年战场色。娄城斗气非模糊，雄者不飞雌不呼。床头夜夜肯相守，吾家大阮频摩挲。男儿意气自奇突，试脱儒衫舞回鹘。莫借他人去报仇，尊前且伴封侯骨。

## 久客

久客长如梦，危魂辄易惊。关河全杀气，鸿雁自秋声。愁病兼人鬼，亲朋隔死生。何堪寒夜雨，独坐忆围城。

## 黄州杜于皇兵阻客娄赋此慰之

满眼黄尘厌甲兵，更怜楚国滞归程。凉窗雨歇鸿初急，古寺钟残月倍明。作客岂宜逢乱世，离家谁道又危城。莫将庾信江南泪，一夜平添白发生。连前久客一首，系明社初屋时作。

## 杂感

直北长河日夜流，宣房遗迹总堪愁。黄旗万舸喧淮口，白马千家哭汴州。筑岸已迁都水使，转筹谁是富民侯？可怜璧马虚沉处，不救南方赤地忧。此言汴河冲决，而江以南转忧旱也。

雲旗金甲驻沙滩，横海楼船旧筑坛。王濬举帆风正急，孙恩归岛水犹寒。由来北府屯原重，自古长江守独难。浮玉山头兵十万，帐中好把阵图看。此为海寇郑氏破朱方趋金陵而作。

极天烽火倦登楼，兵甲遥传控上游。绝徼赵佗新属国，雄藩刘表旧封侯。湘潭浴马千营晓，彭蠡吹笳万帐秋。回首古来龙战地，不堪江左望荆州。此为逆藩连兵，荆、襄未靖而作。○事非一时，岂诗固随时而作，后以杂感名之者耶？

**邓汉仪** 字孝威，江南泰州人。康熙己未召试博学鸿辞，以年老授官正字回籍。○孝威与国初诸前哲游，洽闻广见，所选诗观共四集，虽未脱酬应，然亦足备后人采择，尝度大庾岭有句云：「人马盘空细，烟岚返照浓。」新城王公赏之。

## 平淮西碑

雪夜功成罢鼓鼙，昌黎碑版照淮西。文章何意开谗妒，妇女偏能混品题。易代磨崖争日月，当年奋笔扫鲸鲵。只今苍碣斜阳外，频见游人驻马蹄。李愬妻唐安公主谓碑文归功裴度，诉于帝，命仆其碑，诏段文昌重撰立碑，其实段叙愬功，转不如昌黎之明也。后宋代陈晌毁段碑，仍立韩碑，千古快事。

## 枕烟亭听白三琵琶

寒日林园尊酒陈，琵琶急响似西秦。赤眉铜马千秋恨，谱入鹍弦最感人。

北极诸陵黯落晖，南朝流水照青衣。都将写入霓裳里，弹向空园雪乱飞。自注：时正雨雪。

白狼山下白三郎，酒后偏能说战场。飒飒悲风飘瓦砾，座间人似到昆阳。

天宝传头竟属谁？四条弦子断肠时。蛮靴窄袖当垆女，今日公然识段师。盗贼纵横，沧桑变易，俱于琵琶中弹出，与落花时逢李龟年相似，所感深矣。

## 题息夫人庙

楚宫慵扫黛眉新，只自无言对暮春。千古艰难惟一死，伤心岂独息夫人。其用意处，须于言外领取。

孙枝蔚 字豹人，陕西三原人。康熙己未召试博学鸿辞，以年老授官正字回籍。著有溉堂集。〇溉堂诗辞气近粗，然自有真意，称其人品之高。近有秦人，胸无典籍，好为大言，至云作诗先洗去李、杜俗调，庸妄如此，而人群然信之，云远胜豹人，不可解也。录溉堂诗附记于此。

## 览古

房琯隐陆浑，矫矫负令誉。天下为己任，高谈颇有馀。一朝将重兵，车战竟何如？所恃楫与秩，岂知皆竖儒。哀哉四万人，流血成沟渠。名士苦无用，万古成欷歔。有愧诸葛公，不轻出茅庐。

## 田家杂兴次储光羲韵

娶妻非齐姜，置田非膏腴。结交非平原，或牧或樵渔。亲戚不我嗤，还复羡幽居。厨中办鸡黍，前溪漉虾鱼。相期风雨候，早更过吾庐。得巢雀相贺，得食鹿相呼。与尔共乡县，时来倾此壶。得巢二语，比而兼兴。

野人常在野，鸟兽颇相关。嗷嗷叹众雀，求食何时闲。慨然念羲农，不生此世间。鼙鼓声不休，群盗满南山。衣食起干戈，世路多险艰。仁义那可恃？清净良难攀。莫言庄与老，不如孔与颜。人心险艰，圣贤亦难化之，转念及老、庄之清净，作者无可如何之辞也。因众雀求食中有感触，此赋而兼兴。

猎骑过青山，追逐良自乐。朝出长安城，晚投咸阳郭。笑谓田家儿，止知夸收获。乾坤方用武，人命轻鸟雀。养贼二十年，无人收河洛。空有长弓箭，不射欃枪落。大言竟何益，此辈真轻薄。用储韵而自抒寄托。储诗村朴，此诗感慨，储作于乱离以前，此作于乱离以后也。

## 马食禾 代田家。

禾黍正油油，何人放马上陇头。碧眼虬须使我愁，向前长跪泪双流。租吏坐我堂，声高气正扬。县官早纳粟，不待禾登场。愿约马客至舍下，今朝为吏办酒浆。马客来，租吏去。早知马客能逐吏，马食禾尽不须虑。恐马客去而吏又至矣，奈何！

## 同友陪吴园次登多景楼时园次赴湖州任

出城送客共跻攀，万里烟云杳霭间。天下江山如此少，古来冠盖几人闲。潮头日午添帆影，楼角风微散酒颜。五马临行重回首，知君鱼鸟最相关。

## 游焦山

风起中流浪打船，秦人失色海云边。也知赋命原穷薄，尚欲西归太华眠。翻用东坡「性命穷薄轻江潭」句，各有其妙。

傅　山　字青主，山西阳曲人，康熙己未召试博学鸿辞，未应试授职，不就归。○徵君归后，变姓名为公之佗，诗卷零落，只存一篇，以志梗概。

## 送友之秦中

尔去褒斜道，秦关兵尚多。难堪儿女意，其奈鼓鼙何？战地惊鸿雁，秋闺怨骆驼。愿闻边火息，归计莫蹉跎。

盛　枫　字丹山，浙江秀水人。康熙辛酉举人，官吉州学正。

## 盆花

木性本条达，山翁乃多事。三春截附枝，屈作回蟠势。蜿蜒蛟龙形，扶疏岩壑意。小萼试嫣红，清阴播苍翠。携出白云来，朱门特珍异。售之以兼金，闲庭巧位置。叠石增磊砢，铺苔蔚鳞次。嘉招来上客，宴赏共嬉戏。讵知荄干薄，未久倏憔悴。始信矫揉力，托根非其地。供人耳目玩，终惭栋梁器。芸生各因依，长养视所寄。赋质谅亦齐，岂乏干霄志。遭逢既错误，培覆从其类。试看千寻松，直干无柔媚。屈折求媚，岂栋梁之材乎？通幅比体，使人言外思之，主意在一结。

## 白洋河阻风

大河流日夜，噫气北风号。雾影鼋鱼市，寒威缩马毛。客程千里倦，酒价一时高。欲作憎腾计，终宵聒怒涛。刻写风寒，不留馀力。

## 黔阳

云压万峰低，秋江晚树迷。篮舆凌木杪，驿路挂城西。有客停孤馆，无鸢下五溪。萧萧楼外雨，愁绝听寒鸡。

## 咏燕

落日亭亭向夕低，画梁不见一双栖。侍儿今夜搴珠箔，归路红楼莫遣迷。

陈王猷　字良可，广东海阳人。康熙辛酉举人，官连州学正。

由方丈右转上海山门 自注：海山门，丹霞山最高处，缘铁索乃可上。

飞楼倚嵚岑，环回觉路塞。四望穷跻攀，斗绝石痕辟。窥天刚半线，拔地乃千尺。鬼斧凿何年，俨有巨灵跖。雕鹗息羽翰，猱玃罕踪迹。当兹敛形神，直上缓登陟。铁絙右钩梯，手腕参足力。左顾窅然深，顽洞燻以黑。纳趾踵外垂，高尻面内迫。神人御风行，中道尚栖息。自注：崖中有御风亭。况在尘世间，宁有次仲翮。我幸及其巅，置身高岩峉。出险凭虚无，茫然荡心魄。苍茫似杜，镂刻近韩。

# 清诗别裁集卷十三

## 赵执信

字伸符，山东益都人。康熙己未进士，官左春坊左赞善。○赞善以宴饮观剧去官，时年尚未壮也。高才被放，纵情于酒，酣嬉淋漓，嫚骂四座，借以发其抑郁不平之概，君子可以谅其志焉。○生平服虞山冯氏定远，称私淑弟子，而于渔洋王氏，著谈龙录以贬之，然责人斯无难，未必服渔洋之心也。诗品奔放有馀，不取蕴酿，兹所录者半属观海集中之作，馀略见云。

### 弃妇词

两姓无端合，亦复无故分。昔时鸳鸯翼，今日东西云。浮云本随风，妾心自不同。君心剧无定，见弃如枯蓬。出门拜姑嫜，十走一回顾。心伤双履迹，一一来时路。留妾明月珠，新人为耳珰。不恨夺妍宠，犹得依君旁。宝镜守故奁，上有君家尘。持将不忍拂，旧意托相亲。此生一以毕，中怀何日宣？愿得金光草，与君驻长年。得贞臣去国心事，令人徘徊赏之。

### 彭蠡湖

颢气中流转，烟光四周遭。层波碧离离，秋色寒滔滔。泠然乘风游，托身任毫毛。仰观天垂象，旁见林露梢。山移舟向背，目荡心飘摇。北望千帆走，灿若组𬙋交。五老雲外笑，人世心魂劳。明当接匡君，举手为我招。「山移舟向背」五字足抵一篇游记，觉「帆随湘转，望衡九面」，语犹繁也。

## 泛海言怀

忽登万斛舟，如蹑长鲸背。寄身入无涯，旷览乾坤态。潮动风色遒，棹急雲光碎。潜通元气游，迥出人境外。千山相簸荡，六合欲横溃。顿觉丧我吾。何知齐小大。幼安漂泊久，谢傅襟情在。谁发小海讴，回帆引雄概。「潜随元气游」十字，应补木玄虚之缺。

## 无风泝江崇朝十里忽得午风快然成咏

欲知舟上泷，譬若鱼升木。因循日高舂，跌宕水一曲。欹岸黄叶林，时露参差屋。遥数天末山，苦恋篷际目。何来快哉风，径为鼓帆腹。有如绝尘马，或是避弦鹿。奔雲乱鹅鹳，碎浪喧琴筑。列堠争送迎，顾揖不暇瞩。榜人啸闲逸，余亦谢拘束。通塞自有时，结念毋欲速。主意在末二句，能息人躁进之心。

## 行十八滩中

滩行日百转，转转山四围。寒流中屈曲，郁怒不自持。秋凛肃杀气，陆发龙蛇机。回风地底来，雹雨皆倒飞。乱石势腾攫，狞恶各异姿。似嗔舟船逼，列阵前相追。篙师工避就，色授颐指挥。蓄力争毫发，险途生坦夷。游子阅奔峭，惊定翻耽奇。秋雲摇水壁，杉木森下窥。弄波情无极，棹月愿犹违。夕阳驻西岭，为我延清辉。极险后写出清夷景象。

## 平度州道中望东北诸山

秋风吹倦客，缥缈凌紫霞。赤松仙人要我去，为驾白鹿青龙车。羽轮飘飞不自制，始计已失秦琅邪。大劳小劳远相待，云外如鸟遭笼笯。明霞碧落杳梦寐，玉女有爪羞搔爬。北行度胶水，惟见尘与沙。晴岚百里豁心目，高望一点青于鸦。众山肩随出，戢戢木末争槎丫。天柱孤标倚萧爽，下笑两髻鲁始髽。东莱泰岱列，首屈不敢加。譬人名既成，无事相矜夸。大泽东来独雄杰，森然列仗排高牙。云峰飞瀑落千尺，烟光蜃气无由遮。台阁嵯峨布空曲，浮金炫碧生谽谺。我今矫首意惝恍，况于抗策穷幽遐。人生能几何？引领白日斜。海山有约易错遻，此中便可终来家。形容东莱、泰岱，累幅难尽，此以撇为点，工于避就。

## 雪晴过海上适海市见之罘下自亭午至晡快睹有述时十月十日

今晨雪乍晴，寒日升扶桑。出门邀河伯，东向同茫洋。昨日之罘山，紫翠点水如鸳鸯。未至二三里，见人欲飞翔。坐来忽复不相识，回峰叠嶂皆摧藏。赫然烟霭中，城郭连帆樯。疑是秦楼船，归来阅千霜。又疑瑶宫与贝阙，神山倒影沧流长。飞仙骖虎豹，晃漾凌波光。招招不得语，目极天苍黄。同游竞指是海市，对之使我神扬扬。岁序闭冰雪，鱼龙走颠僵。非时出瑰丽，此遇超寻常。当年苏夫子，雄姿自炫惊海王。惭予本凡才，未敢纵笔相颉颃。不请亦得睹，失喜欲发狂。巨川细流两无拒，信知大海真难量。准拟还家诧乡党，讵肯此地辞杯觞。天穷人阨总莫问，微尘大地俱荒唐。客散境变灭，半山还夕阳。醉归却听暮潮上，浩浩天风吹面凉。中空写海市，后以一语点出，作法甚变，末翻用苏公语，见大地如尘，天穷人弃俱勿问也，可以想其胸次。

## 人日韩江归兴

春寒晴压空江水，山翠云光荡船尾。篙师挝鼓作回帆，万里还家从此始。人日他乡人别离，郊原新绿已参差。遥怜沙渚多阳雁，肯向东风更退飞。

## 中秋与南村泛舟石湖望月

王郎与我能无愁，客中放棹寻清秋。清秋了知在何许？且远城市辞歌讴。胥江水洗天宇净，片帆轻驶如星流。横塘西去见山影，苍翠豁露霜烟收。楞伽灵岩两迎揖，此中安得无夷犹？湖光一曲萦我舟，与子呼酒相劝酬，以湖为酒恣拍浮。须臾湖月忽晃漾，照映天上白玉楼。须眉萧飒风飕飕，飘然疑坠海外洲，却视人世真蜉蝣。我已一身随落叶，子亦一官成赘疣，不见吴越俱荒丘。鱼城酒城何处求？伍胥种蠡同浮沤。惟有石湖湖上月，曾照石湖居士游。西施溪畔馀温柔，座中微笑寒花羞。子既醉矣我未休，回帆挝急不可留。夙昔中秋有此不？令我却忆西湖头。一涌而出，服其气盛。

## 中秋夜与泾阳刘西谷编修吴山对月

东见千里江，西见十里湖。寒光歘合离，荡此秋月孤。吴山秀接天，月出当其前。登高莽四顾，清辉满人间。远心忽飞扬，南北同一圆。我乘白鼋越沧海，君亦赤鲤辞秦川。忆昔燕市别，九十度盈缺。宁知来此地，复共今夜月。雄城百万家，歌吹方阗咽。邈然山颠客，一笑两幽绝。明日扁舟江上风，思君独在湖山中。

## 赴登州留别康海

微雨牵行色，离觞且对君。预愁见何日，不惜手轻分。远海高于岸，空烟聚作雲。来朝倚仙阁，吟望背斜曛。五六境奇语奇，空烟五字，尤入微妙。

## 寄朱竹垞检讨村居

江村水树澹秋烟，不见幽人思悄然。往接簪裾三殿侧，近联踪迹五湖前。老为莺脰渔翁长，闲上鸥夷估客船。各有弹文留日下，他时谁作旧闻传。自注：竹垞昔著日下旧闻。○七言律少首尾完善者，传其佳句云：「客舍三千两鸡狗，岛人五百一头颅。」刻意求新，终非雅音也，故宁取和平之作。

## 村舍

乱峰重叠水横斜，村舍依稀在若耶。垂老渐能分菽麦，全家合得住烟霞。扶衰地有君臣药，劝酒庭馀姊妹花。雨玩山姿晴对月，莫辞闲淡送生涯。此寓居吴中南园时作。

## 寄洪昉思

垂堂高坐本难安，身外鸿毛掷一官。独抱焦桐俯流水，哀音还为董庭兰。昉思成长生殿传奇，于国卹时演之，宫赞在座，御史弹劾去官，事后以诗寄之，但比之董庭兰，未免视为门下士也。

## 咏江岸拒霜花

霜裛风翻袅袅枝，可怜闲淡与霜宜。江妃无语空含睇，妒杀天寒独倚时。

李孚青 字丹壑，江南合肥人。文定公天馥子。康熙己未进士，官翰林院编修。著有野香亭集。○丹壑十六岁馆选，人以黑头公目之，惜未四十辞世，故流传诗篇绝少。

## 雍丘晚行

亭亭落日马蹄忙，两岸荆榛过外黄。岚气渐逢迷草木，烟村又见下牛羊。郑当时去谁留驿，范史雲贫尚有乡。惆怅昔贤遗迹杳，青山无尽路茫茫。

## 秋日自遣

金风萧瑟满怀春，篱豆花开逐番新。旧业已荒犹嗜酒，秋阳虽热不侵人。郑家婢妾如师弟，梁氏夫妻似主宾。我是海边息机者，任他门外急蹄轮。家庭之乐无逾于此，陆剑南每有此种名句。

## 稻孙楼

拜石人何在？孤城气逼秋。郊原禾黍尽，愁上稻孙楼。此米元章楼也。无禾黍岁，偏上稻孙楼，触目生愁矣。

## 早秋送宋又宜由太原归里

酒场吟地五年同，忽饯青门往事空。三叠歌残人不见，秋风吹泪古雲中。自是唐人神韵。

### 王材任

字子重，湖广黄冈人。康熙己未进士，官佥都御史。著有西涧诗钞。〇西涧早负盛名，去官后，自楚入吴，买钱牧斋拂水山庄居之，以诗自娱。晚岁困甚，晏如也。诗品杂唐、宋间，时有警句。

## 和李梅谷选君赠别韵

去岁乘轺出井陉，今朝策蹇返江宁。须沾巴雪添新白，鬓点吴霜失旧青。旅梦都迷南北路，归程细数短长亭。从今不复看除目，手把神农耒耜经。

## 鲁港夜泊

沙岸维舟近柳条，坐看浅水忽生潮。江湖夜静逾空阔，星斗风来欲动摇。月下望乡双泪落，天涯多病一身遥。鸡豚社饮应难与，独倚船窗尽酒瓢。「星随平野阔，月涌大江流」，写尽江夜景象，此故工于脱胎，而星斗风摇，则又杜陵未道者。

## 追忆梁益旧游

梁州秋叶落纷纷，沮水西来沔水分。斜去遥知南郑路，道傍曾拜武侯坟。长藤婉婉缠秦树，寒雨昏昏湿栈云。邻近墓门谁勒石？征西尚有马将军。

## 黄河

黄河万里来天上，积石龙门道路赊。已是秋风回瓠子，更怜春雨涨桃花。怒涛高压千金堰，急溜初回八月槎。三策至今思贾让，金钱那可委泥沙？

## 南昌即事

章江依旧抱城流，枫叶芦花瑟瑟秋。南浦闲雲迎故客，西山暮雨送孤舟。一千里外新蓬鬓，四十年前旧酒楼。自注：予十五即有南昌之游。莫上滕王高阁望，不堪楚尾与吴头。

## 沈朝初

字洪生，江南长洲人。康熙己未进士，官至翰林院侍讲学士。著有不遮山阁诗钞。

### 过塘西

苏堤踏遍上吴航，萍末风生暮色黄。帆影带归湖墅月，衣裾留得芰荷香。采菱船过波纹碎，脱网鱼跳水气凉。行到小桥深柳处，人家烟火似横塘。三四语顶苏堤踏遍归，造意造句在韦庄罗隐之间。

### 春兴

归来安稳卧烟萝，花信风柔春渐过。满径白云人迹少，一帘红雨鸟声多。闲来垂钓常忘饵，病后慵书不换鹅。除却浮家更无事，办装先去买青蓑。垂钓忘饵，书不换鹅，可以想其高品。

### 收复汉中恭纪

鱼贯悬崖邓艾军，衔枚一夜度连云。巴渝从此俱安席，莫待相如谕蜀文。司隶章临市不惊，铙歌声里庆昇平。只今蒟酱仍通贡，合挽银河洗甲兵。

## 梅庚

字耦长，江南宣城人。康熙辛酉举人。

同愚山少参维饶孝廉即席送位白归皖

倚棹数归程，亲交次第行。独怜江月苦，偏向别筵明。背郭鱼龙气，先秋蟋蟀鸣。还家仍客路，更傍石头城。

落梅

背城花坞得春迟，冻雀衔残尚未知。闻说绿珠殊绝世，我来偏见坠楼时。不写题面，专写题意，自是绝世风神。

彭宁求 字文洽，江南长洲人。康熙壬戌赐进士第三人，官翰林院侍讲。

拟古

静躁殊轨途，人性安可矫。天既赋吾拙，何用逐机巧。始进苟不正，晚节何由保。所以达人心，立身忌草草。受恩惟恐多，入仕亦戒早。俯仰怀古人，守贞以为宝。此即瞻庭先生言志之诗，生平进退，允符斯语，年命不永，未展素抱，朝野共惋惜之。

### 送大兄南还

重到承明半载馀，匆匆襆被返衡庐。营巢每笑逢秋燕，纵壑真同避钓鱼。三径春风侍童冠，一帘花雨润琴书。故乡自足林泉趣，最荷君恩许遂初。

## 金德嘉

字会公，湖广广济人。康熙壬戌进士第一，官翰林院检讨。

### 得张师石书却寄

杜门久与故人违，忽有音书到竹扉。过眼物华双鸟翼，惊心风雨一牛衣。春云江树黄泥坂，秋水渔灯赤鼻矶。日暮狂歌当浊酒，不禁西望思依依。

## 许汝霖

字时庵，浙江海宁人。康熙壬戌进士，官至礼部尚书。著有德星堂集。

### 赠汤宗伯潜庵先生

豫州天中央，文星木躔角。灵山拔嵩少，德水交伊洛。郁为人文区，名贤代有作。煌煌二程子，千载振绝学。后来渐榛芜，斯道孰开拓？先生出旷世，日朗萤火熠。蕴蓄富渊源，发挥启橐籥。本根秋实茂，藻采春华落。图报只辞章，中怀谅已薄。初登蕊珠榜，遂入石渠阁。朝廷爱人才，破例展猷略。分藩试敭历，江右专锁钥。蔚州老司寇，许予必斟酌。谓公真清廉，才品并卓荦。荐扬大臣事，彼此两不怍。适当时右文，设科召鸿博。公仍归禁院，献赋卑五柞。衡文来两浙，悉剖荆山璞。还朝品弥高，比岱长群岳。东南资重镇，宵旰切民瘼。简在抚吴中，民望胥踊跃。吴俗久奢靡，正气日以剥。大端示镇静，积习还淳樸。新图郑侠绘，淫祀怀英削。百事具规模，群情奉绳约。久困渐以苏，病夫遇良药。九重念旧臣，内召藉启沃。衮衣行有日，里巷惊以愕。哄樵出山野，商旅阗城郭。卧辙肩相摩，攀辕趾交错。公去国本端，公留一方乐。计大无曲狥，眷隆有深托。天子建文华，东宫开讲幄。岩岩师傅席，醇儒孰公若。礼仪视举止，恭谨愈盘躩。崇阶领秩宗，三礼兼典乐。生平稽古力，蒙此雨露渥。忆余旧识公，回首事犹昨。初从魏公坐，相见获酬酢。公貌谦而和，公怀端且恪。始知贤达意，宁静必淡泊。仪型俨在兹，小鸟随鸑鷟。拜献忝后尘，发蒙仰先觉。近闻婞婀辈，丑正忌磊落。蝇营玉可点，火燎金欲烁。明良既相遇，众女任谣诼。愿公笃忠贞，襟怀等寥廓。他时明农归，悠然卧岩壑。

叙公之生平，杜老八哀诗体也。末述众小之丑正恶直，而以他日明农望之，公之不容其身已先见矣。久而论定，白黑昭然，彼谮人者，亦何益哉！

## 送杨自西少司马终养归里

铜柱留名纪壮猷，翩然綵服放扁舟。两朝养望储黄发，八座辞荣奉白头。客久谁无归里梦，官高偏忘倚门忧。先生爱日情何限，手苇陔兰进膳羞。官高不能养亲，恋职有之，畏惧亦有之，然能哀切陈情，圣朝无有不谅其孝思者。王介甫云：「古人一日养，不以三公换。」居官者盍思其言。

## 送张侍御归里

孤忠原不问升沉，正气棱棱自古今。已见黄扉传谏草，何妨青海解朝簪。一鸣终落凭城胆，三黜宁忘报国心。从此归田把锄耒，涂泥终荷主恩深。上章教孝，此章劝忠，立言自应尔尔。

### 史　夔

字胄司，江南溧阳人。康熙壬戌进士，官至詹事府詹事。〇宫詹公诗当时不必有赫赫名，然迄今读之，意足韵流，无一闲句闲字，得唐贤之三昧者也。台阁而不涉应酬，山林而不入寒瘦，足觇诗品。

## 长干曲

妾家长干住，嫁与里中儿。愿同比翼鸟，生死恒相随。岂知别离苦，郎作襄阳贾。昨夜邻船开，寄书与郎去。大堤花正飞，歌舞醉芳菲。但言估客乐，谁劝不如归。郎如白石郎，妾似青溪女。花落板桥南，年年长独处。何日下江潮，相迎皂荚桥。还忧风浪苦，中道滞归桡。怨而不怒，是为雅音。

## 合涧桥步月

门闭乱山高，月出万象杳。揽衣步岩际，俯视群木杪。霜黄树色暗，地白人影小。湖光远蒙蒙，巢鹤近了了。猿啼晚更急，虎迹寒觉少。还归冷泉亭，坐待山月晓。诗思清入骨。

## 飞来峰

众壑递隐现，一峰独亭亭。怪石炼五色，神功开六丁。秀骨琢天巧，孤根辟地灵。花萼破空翠，剑戟攒高青。气若逼星斗，势欲凌沧溟。三竺共偃仰，两高斗珑玲。木生不假土，泉出还无形。倒垂万菡萏，侧走千雷霆。鸟径不崱屴，鬼工太峥嵘。万象归窈窕，百灵入晶荧。洞门閟雨色，石扇罗秋屏。松雪夜了了，阳光昼冥冥。花坞乱枫木，水泉鸣茯苓。自注：山有枫木坞、茯苓泉。伏虎卫佛法，老猿守丹经。我欲问宝诀，归来炼黄宁。极意刻画，读者如置身灵鹫峰间。

## 发京邑

靡靡即长道，承命发华辀。寒风吹易水，凉月渡芦沟。河梁霁暮色，驱车登古丘。西望九折坂，南顾江河流。江河多风涛，道路阻且修。欲济川无梁，引领心怀忧。厉揭古有训，慷慨怀前修。慎风波，履正轨，言中言外均有之。

## 陶靖节故里

渊明居柴桑，日与庐山对。云何诗百篇，未尝道只字。乃知作诗者，适然与兴会。譬如日陶然，饮酒非本意。又如日鼓琴，无弦更高致。想见胸次间，纤尘无障碍。门柳故萧疏，篱菊亦蕉萃。徘徊墟里烟，慨焉发长喟。诗以兴会成，道尽诗人意趣，而以意不在酒、意不在琴证之，陶诗须如此读，陶公人品须如此观。

## 无锡望惠山

九峰天半落，一棹夕阳过。客为游山盛，船因载水多，溪边高士宅，月下榜人歌。好趁樵风便，轻船采芰荷。船因载水多，眼前语，却人不解道。

## 弘济寺

戍削寒侵袂，谽谺树隐门。石头依法座，佛足上江痕。山浅容舟入，潮平汲水浑。鸡鹊如有意，飞近水边村。佛足五字奇警，似岑嘉州。

## 高邮

三十六陂秋，孤城水上浮。鱼龙尊窟宅，鸿雁叫汀洲。苔没高沙馆，潮平甲仗楼。片帆何处泊，身世一轻鸥。

## 淮安

西风下淮泗，潮落见三洲。台没空垂钓，诗成独倚楼。带刀馀旧俗，闻笛感新秋。寂寞山中桂，谁怜景物幽。赵嘏，山阳人，故有倚楼闻笛之语，带刀用淮阴侯传。

## 凤凰山吊宋故宫

天目千年王气摧，海门三日打潮回。繁华欲尽红羊换，歌舞方酣白雁来。山鬼夕阳迷古路，铜驼阴雨泣苍苔。当时不悟兴亡理，错怨西湖是祸胎。「红羊换劫年」，见张翥诗，「白雁来」，当时童谣，兆伯颜来也。

### 涿鹿道中望西山

红尘雨洗净秋烟，黛色嶙峋夕照前。七月早归彭蠡雁，一山横断太行天。乘槎兴已江湖外，捧日心犹霄汉边。策马高原频怅望，蓟门云树尚依然。

### 赠李解元鹗君

领袖词场二十年，姓名还向榜头传。高才不肯居人下，畏路休教占福先。一瓮白云邀月醉，半床黄叶拥秋眠。把君诗卷巡檐读，转觉飞腾让后贤。求占福先，必入畏路，老成勗后生之语，高才者正宜书绅。

### 横江词

落日临沧观，西风扬子津。峭帆何处泊，愁杀渡江人。

### 采莲曲

拨棹里湖去，连堤种芰荷。折来与郎嗅，香比外湖多。

## 林处士墓

四壁垣衣绝点尘，茶经酒谱各横陈。茂陵封禅无遗稿，始信文章到老醇。自注：范文正公赠林君复诗：「风俗因君厚，文章到老醇。」

## 塞下曲

明月中天秋气清，令严刁斗最分明。前山夜半雕翎响，知是官军射虎行。易落唐人臼科，此能生新。

### 冯廷櫆

字大木，山东德州人。康熙壬戌进士，官中书舍人。○舍人性孤介，不入大僚之门，官闲无事，惟枕藉书卷，所为诗清警绝俗，咏古尤佳，山左中尤矫矫者。

## 论史

赫赫四公子，贤豪胥笼盖。宾客久寂寥，馀烈犹未艾。匹夫尚轻侠，气焰通中外。遂使法网张，豪杰蒙系逮。关东郭解亡，济南瞯氏败。庶姓甘屏息，富民徙关塞。大狱忽频兴，奸人弄机械。浇风炽一时，遗祸流异代。伤哉王迹熄！版籍久破坏。世族业摧残，细民究何赖。根本终动摇，有国当深戒。尚侠之风起于四公子，而流为朱家、郭解之徒，以至迁徙关塞，非生民之福，亦非国家之福也。归本于王迹之熄，见四民安业，必无此弊，真拔本塞源之论。

## 铁犀行

武都怒特西入水，空舲野牛蹑空起。逆潮蹴踏沔江滨，夜吼霜天犹掉尾。惊涛下撼鼋鼍宫，腥风促浪打沙觜。群鱼跳波鲛人避，一见凛然慑生气。乖龙恃势不受降，鳞间出火光射地。老牛斗酣两角折，兀然不动化为铁。风剥雨蚀三千年，垂胡犹带战时血。即今江水白于银，潮平岸稳沙无痕。渔舠一叶飞夏口，龙骧千斛奔荆门。篙工舵师坐收值，岂知铁犀与有力。事往功成那可说，倒卧寒江千尺雪。只是控驭水势，近于压胜者，前路故作奇崛，使人目眩心骇，少陵石犀行以正出之，此以奇出之，故应各擅其胜。

## 黄鹄矶

沔江骇浪流淙淙，夹岸屹立双芙蓉。黄鹄高峙郡城角，倒插石壁当其冲。上戴万古神仙宅，下蹋千尺蛟龙宫。我客江郊百无事，独著双屐携长筇。斜日惨淡山径黑，穷秋萧瑟枫林红。缘崖历磴到绝顶，危楼突兀临三重。森然魄动当槛立，参旗斗柄摇虚空。俯看长江一带耳，翻疑天堑难为功。回身欲倚江阁坐，四窗白雾寒蒙蒙。神仙有无堕荒邈，英雄割据空遗踪。冠古才人零落尽，感时五岳排胸中。山雨初来楼角暗，蹑级欲下心忡忡。凭高放眼一长望，茫茫八极雲而风。此登矶上黄鹤楼作也。予典湖北试，尝登此楼，时八窗洞开，大风翻江，江水起立，楼空似欲飞去，曾作诗记之，读此诗，如重经其地，但诗中未说到风耳。

## 荆卿故里

一卷舆图计已粗，单车竟入虎狼都。纵然意气倾燕市，岂有功名到酒徒。空向夫人求匕首，谁令竖子把头颅。南来曾过邯郸道，试问人知剑术无？不独剑术之疏，直咎行刺之失策，此是正论。

## 岁暮书怀

我生渐与老为邻，虚负须眉著此身。范叔漫言天下士，杜陵空望眼中人。萧条白发鸡豚社，辛苦金门虮虱臣。自分支离本无用，不须弹铗怨沉沦。想见作者胸中无事，目中无人。

## 谒诸葛公祠

坏垣欹径野花幽，肃肃灵祠祀武侯。红饭一盂村赛晚，黄桑千树庙门秋。壁间画妓遗巾帼，山下征人役马牛。太息高麾游渭上，谁教天末大星流。点染本事，极见自然。

## 张华宅

水没方城蔓草肥，司空旧第满斜晖。人亡劫火群书散，屋老秋风一剑飞。广武勋名怜寂寞，式乾谏事记依稀。如何少日鹪鹩赋，却到封侯不解归。怜其不能退休，所以受祸。

周金然 字广庵，江南华亭人。康熙壬戌进士，官左春坊左中允。著有娱辉、东观、奚囊诸集。

## 咏史

今年拜少翁，明岁封栾大，孰谓无神仙？有时见海外。文成食马肝，五利亦诛死，孰谓有神仙？禁方举妄耳。殢骨非仙才，仙才安在哉？大钧布群物，修短一胚胎。至人独不朽，不朽非形骸。世上岂有仙人耶？汉武亦有梦醒时也，但至人之不朽者安在？试寻求之。

## 和陶饮酒

种苗荒东皋，种豆芜南山。勤勤苦终岁，篝车乃空言。安得休粮方，借以保馀年。不如营一醉，此方竟谁传？「我思醉乡人，乃在天地外」，此林子羽语也。倘遇其人，可以往求此方。东方仕代农，柴桑农代仕。饥冻非不切，矫厉重违己。食粟以养肥，食薇以养耻。章绶亦何荣？徒取耀闾里。学道三十年，奄忽逼暮纪。穷达洵有命，消息随坎止。万变了不疑，大钧吾所恃。陶公乐天知命，而工夫自忧勤惕厉始，作者能体会之。

## 度九龙山

已辞潭柘山，更问他山路。山僧知我僻好奇，导入山中险绝处。阴壑埋云虎豹愁，披榛觅径如有求。侧身牵攀不可上，上者股栗神惝恍。一峰历尽喘未苏，前峰又复摧忧虞。我生筋力能几多，诸艰历试胡为乎？樵子寻常不肯至，矧乃倦客冥搜强好事。磴危路滑行恐坠，徒旅微闻杂嗟喟。忽来片岫平如掌，相呼藉草狂歌赏。斯时四望觉身高，下视群山离立皆儿曹。白云冉冉腾山坳，便欲乘向阊阖随逍遥。恨不携将惊人句，搔首问天天亦怖。却望居庸鸟道回，茫茫绝塞风烟开。燕昭遗烈安在哉！渔阳豪杰多蒿莱。古今代谢复何有，惟有兹山突兀无衰朽。呼取驴背酒一瓢，酹我山神劝我友。须臾雨过卷衣凉，薄醉都忘山路长。前于后喁满空谷，山下人疑啸凤凰。

## 王九龄

字子武，江南华亭人。康熙壬戌进士，官至都御史。著有蓴香诗稿。

### 窃禄

窃禄成何补，经年柏府居。无声惭仗马，有泪对刑书。救世人难跂，携锄愿复虚。白头滥朱绂，中夜独踌躇。不负心语，为佥宪法司者，谁肯言之。

### 忆沈乐存侍御

万乘昔临边，千军骋玉鞭。抗章亲伏地，叩马欲回天。难挽穷荒驾，终蒙圣主怜。索居追鲠节，好语汗青传。

### 题旅店

晓觉茅檐片月低，依稀乡国梦中迷。世间何物催人老，半是鸡声半马蹄。余年老后，转尝此境，读是诗为之惘然。

## 尤珍

字谨庸，江南长洲人。康熙壬戌进士，官右春坊右赞善。著有沧湄诗钞。〇沧湄先生心平气和，每作一诗，字字求安，有讥弹之者，应时改定，近人中无此谦抑矣。少宗唐人，归田后，改弦，尝有句云：「宗唐祧宋吾何敢，前有东坡后放翁。」晚岁自悔，仍归于唐，如出游者之反故乡也。所作沧湄札记中道作诗甘苦极详。

## 遣兴

春风吹庭树，渐见绿叶生。众鸟引雏出，翩翩飞且鸣。鹍鹏及雀蛤，物类善变更。惟人独不化，感叹谁能平。万事天所命，达观息群营。思游五岳遍，入海登蓬瀛。浩荡乘天风，吾将从此行。渐近自然，去陶公不远。

## 东轩遣兴

顾此明月下，慨然思古人。古人不得见，世远久失真。独留诗书在，千载如有神。诵读思尚友，风期遥可亲。毋为守章句，兀兀徒苦辛。

## 简郑山启

闭关屏人事，悠然习琴书。春色从天来，梅花发庭除。眷言同心友，音尘一何疏。道里岂云远，咫尺东西居。日暮方停云，好风吹敝庐。中庭望明月，伫立空踟蹰。张籍学古淡，作者近之。

## 题磨崖碑

有客示我磨崖碑，一幅之广径丈围。观者动色共叹赏，高文大字何瑰奇。忆昔天宝禄山叛，长驱铁骑蹂京畿。至尊仓皇出奔蜀，太子灵武誓六师。祸乱方殷以权济，苟不帝制众志离。乃践大位命诸将，收东西京不逾时。奉迎还宫就尊养，尧禅舜让两得之。漫叟夙推老文学，濡毫撰述中兴碑。鲁公笔力有神助，大书深刻青山陲。其后上皇在西内，张李交煽思倾危。奠定社稷诚大孝，何乃晚节晨昏亏？碑铭当日纪盛事，惟有扬颂无微词。题碑后者为涪翁，其诗未免多刺讥。读书论世志未逮，摩挲古迹空嗟咨。灵武即位为逆，将奔天下于安、史为正耶？肃宗之失在西内不朝，不在即位也。涪翁议论深刻，而牧斋钱氏比之杨广之篡逆，深文太甚矣。篇中表禅让之两得，讥末节之有污，最为平允，而笔力亦复矫然。

## 采石矶

李白昔醉酒，曾游采石矶。矶流一何急，弄月不知归。山树色犹古，江涛声未稀。我来怀胜迹，惆怅对清晖。一笔挥洒，人力不与。

## 寄家信

落日苍然远，浮云天际翔。潮声何处发，今夜宿江乡。有客归吴会，封题寄八行。明朝渡江去，烟水正茫茫。笔力与前一首同，此种风格本于青莲，明人中徐昌穀亦时有之。

### 邺都怀古

风流佳丽魏王都，忆昔雄豪创霸图。邺苑人空花自落，铜台伎散鸟争呼。五官事业埋荒陇，七子才名付酒壚。惟有漳河东逝水，年年春涨浴飞凫。

## 吴苑

字鳞潭，江南歙县人。康熙壬戌进士，官至国子祭酒。著有北墅山人诗。○司成性仁孝，读阳城责诸生归养语曰：「吾人师也，身教之谓何？」即日陈情归，弟兄侍养，天伦之乐可知矣。读到家一章，令人神往，馀亦皆和平啴缓之音。

### 夜坐

花影忽移知月上，树梢微动觉风吹。不看北斗天边近，只道家园夜坐时。

### 自观音岩过老人峰至天门

奇峰渐延瞩，策杖穷登顿。独怪夏已深，亭午露犹泫。悬崖若广厦，少憩慰劳倦。情为艰险移，目因应接眩。琪花不知名，古苔讵忍践。高磴穿林顶，坠石横涧面。移徙雷雨夕，云有蛟龙战。再上老人峰，伛偻青松畔。独居宾师位，不与群峰乱。豁然天门开，云端双阙见。阊阖通呼吸，象纬可攀援。衣裾尽飘扬，御风泠然善。何必生羽翰，始遂游仙愿。原本谢公，写老人峰二语，能为山灵生色。

## 望后海诸峰

寻山兴难已，理策出烟寺。晴岚漾朝光，薄雾散空吹。荒涂没人径，一石一天地。环海千万峰，劫初作儿戏。盼左兴难尽，睐右赏不置。坠岸千仞青，嵌空一天翠。平生见名山，履险身忘悸。独此奇无穷，瞠目不敢视。时造奇语，令人惊绝。

## 到家

巷竹猗猗垂，山桂亭亭覆。入门拜慈亲，白发颜微瘦。薄宦十馀年，欢爱类稚幼。款款问中朝，不私及堂构。娇儿发垂额，及归尽婚媾。阖门孙暗窥，兹客曾未觏。忆昔少年时，老屋埙篪奏。树下共嬉游，兄先弟随后。树今已成围，山石还如旧。拟采南陔兰，相偕饰容臭。匪敢赋闲居，献母南山寿。可参我徂东山第三章、老杜羌村第一章，而情事各别，读者忠孝之心，油然兴起。

## 峨眉山月歌送许时庵使蜀

我闻峨眉山，插天青嶙峋。上有太古雪未化，不知天地冬与春。高悬更有秋空月，雪上清辉尤皎洁。光耀磊落之奇人，西汉马卿宋轼辙。况君秋水点双瞳，九天衔命下蚕丛。清无遗照同山月，毕献珠光锦水中。

宋荦 字牧仲，河南商丘人。官至吏部尚书。著有绵津诗钞。〇商丘公官部曹时，列十子诗选中，抚吴时，有渔洋绵津合刻。又尝选江左十五子诗，以提唱后学，固风雅之总持也。所作诗，古体主奔放，近体主生新，意在规仿东坡，时宗之者，非苏不学矣。兹所录者，俱近唐贤诸作，公晚年订定，意或转在是与！

## 苏门徵君孙锺元先生

吾道有攸属，徵君儒者宗。椒山共里闬，少多烈士风。孝廉举弱冠，怀抱凌苍穹。倾身救杨左，高义等华嵩。更入贤相幕，谈笑筹兵戎。晚值沧桑变，俯首简册中。苏门山水窟，诛茅寄遐踪。生徒环讲席，一代开群蒙。百泉阐妙旨，濂洛渊源同。岂学鸾凤啸，聊以卧云峰。屡徵不一起，鲁斋有愧容。伊余景行切，千里思扶筇。虽托弟子列，恨未接犹龙。霄拜短札，薄劣荷陶熔。迄今二十载，太行仰巃嵷。朱弦失遗调，叹息抚焦桐。作诗明向往，滔滔水流东。前为义人，后归理学，身亲实践之士，非空谈道术者也。汤文正师事之，诗亦列传体制。

## 和子湘春雪后夜坐效韦左司

梅花半将开，媚此雪后月。空亭耐春寒，坐到昏钟歇。池光明檐楹，鹤唳激林樾。幽人默相对，诗思清到骨。清到骨三字，自评其诗。公集中以此种为上。

## 莲花洞

嵯峨莲花峰，中有莲花洞。扑人蝙蝠飞，沾袂烟岚重。斜阳倚洞门，清啸山猿共。

## 赠太仆卿高公挽诗 高名天爵，以建昌守殉难闽中。

乌石峰高穴貙虎，赤狐跳踉黄狨舞。血牙窗炙气益粗，红帕抹首锦缠股。妖氛一夜连汀漳，盱黎城边波沸汤。太守弓刀夜乘障，不识真卿作何状。七尺誓与孤城俱，变生肘腋谁周防。去声。呜呼南八真男儿，壮士隐忍欲有为。不成死耳肯作贼，衔须茹刃甘如饴。玺书褒忠主恩厚，汗青焯焯行不朽。颜舌段笏今有无？杏山铁汉建昌守。

## 吴汉槎归自塞外邀同王阮亭祭酒毛会侯大令钱介维小集作歌以赠用东坡海市诗韵

塞外长白横长空，吴君廿载冰霜中。岂意玉关得生入，云霄重望蓬莱宫。哀笳听罢鬓毛改，纵横老笔偏能工。鱼皮之衣捕貂鼠，曾披榛莽寻黄龙。甫草计东。寓书感生别，题诗惨绝梅村翁。归来两公已宿草，惟君怀抱犹豪雄。时平好献大礼赋，少陵遇合无终穷。相逢一笑快今日，俯仰况复当春融。谈诗命酒皆老辈，何惜倾倒玻璃锺。楛矢石砮夸创见，君之所得亦已丰。夜阑醉眼望天汉，恍惚鸭绿磨青铜。世间万事一海市，且看梅萼开春风。

数月来闻汪钝翁王勤中恽正叔刘山尉相继谢世洒泪赋此

远道频传薤露歌，人琴此日奈愁何？宋中耆旧伤心尽，吴下风流逝水多。尘箧只怜馀翰墨，荒坟欲拜阻关河。黄昏铃阁题诗处，忍见空梁夜月过。

读高念东先生琼花观诗因怀广陵旧游即席联句 同念东先生、施愚山、王阮亭、谢方山。

琼花何意也愁人，念东。且遣当杯酒入唇。万事扬州成旧梦，愚山。三生杜牧失前身。念东。雷塘萤火犹侵夜，牧仲。官阁寒梅待放春。阮亭。吟罢新诗转惆怅，愚山。二分明月竹西尘。方山。

乌江

落日乌江系小船，拔山气势想当年。一间古庙荒烟外，野鼠衔髭上几筵。即「一间茅屋祭昭王意。

## 邯郸道上

邯郸道上起秋声，古木荒祠野潦清。多少往来名利客，满身尘土拜卢生。

## 访叶已畦不值

别浦幽幽境愈奇，春风篮轝尔何之？小山丛桂清阴下，想见苍茫独立时。神韵自远。

### 高士奇

字澹人，浙江钱唐人。钦赐翰林，官至詹事府詹事。著有扈驾、归田等集。○宫詹长于应制，故还山后诗，亦以应制体行之。卷中采录，特近于疏散者。

## 题卢徵君嵩山草堂图

神鬐在水不入獱，仙禽在野不受笼。达人泥土视轩冕，林峦刬迹偕洪蒙。嵩山徵君巢许踪，高柯百尺龙门桐。召拜谏官卧不起，草堂僻径临茏苁。岩姿壑籁有神会，自写不假丹青工。墨痕迥出浓淡外，绝境直与虚无通。手书十志字健劲，藤枝薤叶纷相蒙。在昔右丞妙诗画，辋川旧本留清风。徵君绝艺亦兼擅，蓝田少室将无同。弘农好古惬真赏，跋尾小印蟠丝红。笔法独启元祐派，胚浑坡老兼涪翁。开运下迄淳熙代，五阅丁未雲流空。神物不随陵谷变，浩叹者谁周益公。庆元到今复几世，暗中呵护烦苍穹。自注：五代杨少师凝式跋中止书丁未岁前七月，宋周益公必大跋，以为丁未乃石晋开运四年。是岁汉祖起于太原，复称天福七年，又闰七月，故曰前七月。自开运丁未至宋淳熙已历五丁未，周益公跋于庆元己未，盖宁宗五年也。黯然之光久愈发，何啻宝玉摇晴虹。我在修门昔曾见，爱此叠巘藏玲珑。归田五载亲抱瓮，柘湖拓地芟蒿蓬。石廊洞户颇幽雅，十指愧未娴皴烘。重来那免猿鹤怨，故园青碧孤芳丛。雲烟一卷快入手，槐根欹枕游高嵩。因披画而作梦游也。

## 天马行

蒲梢天马本无种，渥洼水落神龙涌。旋风八尺雪花飞，玉削双蹄高耳竦。千里万里才须臾，津津细汗流红珠。天生此马岂无意，要与皇路供驰驱。瀚海遥遥难自致，绝域荒沙身暂寄。骄嘶圆月蹴层冰，阊阖门前思一试。我皇神武古绝伦，犁庭扫穴来西巡。庬头迸落狐鼠窜，阵前夺得生麒麟。太仆牵来当帐殿，将士尽惊光若练。宝鞍金勒绣障泥，猛气骁腾掣飞电。横行到处势莫当，塞门面缚看来王。功成偃武海宇泰，会须归放华山阳。

送孙恺似孝廉

沁园词客旧知名，曾在杨花渡口行。佳句已传箕子国，归心又向阖闾城。白蘋风细扁舟稳，青桂香浓小苑清。吾亦有庐江上好，秋来鲈鲙不胜情。恺似曾使高丽采诗，故有第三句。

吴兴祚　字伯成，辽东清河籍，旧本浙江山阴人。官至大司马。著有留村诗稿。

电白县观海

扬帆同纵辔，咫尺辨沧溟。沙向日边暖，春从岛外青。鲸鲵今不见，楼橹昔曾经。海若知王化，年年效百灵。

舟次浔州

行尽粤东路，粤西又一天。是山皆瘴气，无树不蛮烟。幻语闻獠洞，歌声出蜑船。遐荒风景异，化俗倚前贤。连上章总制两广时作。

谢重辉　字方山，山东德州人。官刑部郎中。著有杏村诗。○比部学陶公，未极自然，而旨趣已高，摆脱尘坌，真朴处殊近储太祝。渔洋谓「去肤存骨，去枝叶，存老干，真赏甚稀，存之箧中，以待元次山、杜清碧其人，定相赏于弦指之外」，倾倒至矣。

### 觇土

洛居三十载，田事久生疏。今日值农祥，荷锸出吾庐。阳回散馀沍，土膏脉发初。活活野泉响，暧暧林光舒。缅维少壮时，终拨力有馀。于今双鬓改，未垦先踌躇。欲省躬耕劳，又虑廪空虚。先王省风土，布施遍里闾。此政久已息，周览多荒芜。安得还古昔，家家恒裕如。

玩末段，志在家给人足，岂徒老于农事者。

### 东皋

投种须及时，大率谷雨前。良农知时节，夙驾来中田。仓庚鸣向我，翔集立南阡。似谓耕耨苦，劝我暂息肩。浮云从北来，细雨润前川。富足虽未期，饱食庶终年。

### 桑

我昔闻诸葛，园林遍种桑。吾宅才五亩，墙下亦成行。不爱椹子垂，爱此远枝扬。浓阴日夕佳，常在吾庐旁。五岳老难游，对此可徜徉。鸣鸠忽高飞，三嗅入斜阳。

## 萱草

老去恒内省，不惧兼不忧。闲种萱草花，时得览芳柔。晓看迎露放，暮看逐风收。才兹旦暮间，已如四运周。孰云忘忧草，遇目转添愁。不如忘形骸，任彼岁月流。四运犹旦暮，即百年犹四运也。感伤实多。末又付修短于大造，而任天以游，则又进于达观之识矣。

## 适野

适野听鸣禽，轻装冒朝旭。怡然接春晖，遂纵千里目。迢迢东皋田，葱葱北林木。黄鸟忽中出，交交相追逐。侧耳慰好音，轻风吹初服。回顾田舍人，农书老犹读。无怪沮溺辈，经年事耕牧。我欲叩其端，白云掩茅屋。

## 春来

春来何所事？依然耽琴书。亲昵稀来往，人事欣无馀。我身既暇懒，我性日益疏。时从池上酌，往往临清渠。春山到眼前，好风遍庭除。碧柳渐覆井，苍松郁不舒。时鸟解人怜，相向各自如。因之坐松下，日暮倾一壶。淡然无意，自足品流，此境最是难到。

## 过大木宅有感

风掩蓬门旧宅荒，就中何处最凄凉？停车不见吟红药，驻马惟看种白杨。栋宇雕残嗟向秀，图书零落感文昌。可怜满箧雕龙赋，未得生前动汉皇。大木终于舍人，故才名虽高，无由达之当宁，去相如、子雲远矣，所感在此。

## 孔传铎

字振路，袭封衍圣公。著有申椒集。

### 半塘吊五人墓

直是歼凶阉，千秋气共伸。由来殉义客，何必读书人。胜国山河改，巍坟俎豆新。三良空惴惴，殊让尔精神。只十字，已为五人吐气。

### 秋日杂咏

玉露萧森万壑幽，凄清天气独登楼。三更鹤唳惊回梦，万户砧声送到愁。但使诗书充腹笥，莫悲身世似传邮。浮生几个成闲坐，且向花间判酒筹。

## 山中

山居尽日无膏沐，侍女牵萝补茅屋。芳草春时深闭门，月明自伴梅花宿。

### 孔尚任 字季重，山东曲阜县人。官户部郎中。

## 红桥

红桥垂柳袅烟村，隋代风流今尚存。酒旆时遮看竹路，画船多系种花门。曾逢粉黛当筵舞，未许笙歌避吏尊。可惜同游无小杜，扑襟丝雨总销魂。名句可采。

## 忆昔

忆昔春宵傍父兄，故园风景乍承平。城门吏放深更钥，楼下人听上界笙。珠履贪游从雪溉，花灯不息任天明。谁知此夜来为客，渔火江村照独行。东塘风流自赏，即演桃花扇剧者。读此二诗，想象其人于酒旗歌扇之间。

### 丁炜 字雁水，福建德化人。官按察使。

## 卧病酬林澹亭

轻寒腰带减，窗竹渐离披。未得高眠早，常愁退食迟。青山秋后梦，黄叶雨中诗。酒熟东篱下，君闲可预期。

贾岛峪

青山名傍古人存，贾岛穷居有故村。客舍无烟成独叹，秋风落叶向谁论？十霜几堕并州泪，万里空归蜀道魂。烟月石楼寒寂寂，夜深疑叩老僧门。通体点化长江诗，便不浮泛。

新淦舟行

城下空江向北流，虔州西上正悠悠。柳边过雨鹭窥网，花外夕阳人倚楼。渔笛数声愁欲剧，篷窗孤枕梦偏幽。一川烟景频来往，每对青山忆旧游。人倚楼一层，夕阳一层，花外又一层，层折而略无痕迹，所以可贵。

吴秉谦 字鸣贞，辽东清河人。

过庐陵观战场有感

庐陵昔日建和门，风鹤惊心故垒存。白骨未销春战血，青磷空聚夜归魂。断烟匹马迷荒寺，落日寒鸦返暮村。回首赣江三楚外，十年往事总难论。

孙元恒 字子常，福建永春人。官汉州知州。

## 瞿塘

白帝荒城带雨昏，瞿塘高浪挟雷奔。双崖积铁封三峡，众水排山争一门。鱼腹浦悬鱼鸟阵，虎须滩变虎狼村。卧龙跃马空回首，壮士当关几并吞。状险峻之势，补少陵所未言。

江闿 字辰六，江南歙县人。官解州知州。著有河汾集。

## 喜吴天章至自蒲坂

相违冰雪后，相对两萧然。有榻留徐穉，无钱与郑虔。更深重话旧，烛剪欲忘眠。不识千秋后，诗篇若个传。

## 哭外舅吴兴公先生 三首之一

解组归来日下帷，拈毫辄与古人期。诗方范陆差相亚，词拟周秦更勿疑。乏食耻炊同舍釜，罢官孰寄草堂赀。侍儿也为先生惜，满腹牢骚不合时。梅村形其好客轻官，就初去官时言之。

此形其甘贫厉节，不合时宜，就已去官后言之。

## 戴梓

字文开，浙江仁和人。佐康亲王平三逆有功，王假以监军道职。后因能诗，圣祖命直南书房。刚直不阿，受其挫者共掎摭之，诏徙沈阳。诗挺劲有力，谪戍后尤佳。

### 烽台晚眺

独立俯荒丘，清笳殷戍楼。万山环塞险，一海抱天流。白骨何年战，黄雲终古愁。凭高无限感，霜月满征裘。

### 出狱口占

已解桁杨困，旋增离别伤。遥凭南去雁，不死慰高堂。

### 逢子先上人

乡语忽惊闻，相看是故人。龙庭二十载，不识故园春。三诗风骨，皆不落贞元以下。

## 孙宝侗

字仲愚，山东益都人。官都察院经历。著有惇裕堂集。

## 移寓

萧然襆被浉江头，高馆移居更上楼。宅是谢公开宛上，人如王粲在荆州。西陵松柏三春树，南部烟花五夜游。但使群公能爱客，凭阑看尽越山秋。

# 清诗别裁集卷十四

## 周筼

字青士，浙江秀水人。著有采山堂诗。○青士隐于市，然能穿穴古今，尤工韵语。朱竹垞太史极推许之，尝纪其轶事。有郡丞行署，与周为邻。周吟诵彻夜，丞闻其声，亦达旦不寐，恚甚，遣吏勾捉，将扑抶，有士夫救援，得不辱。至今秀水人犹津津道之。

### 七歌集句

长吟遣愁，悲歌当哭，我思古人，实获我心。集七歌。

十年失路谁知己，扰扰尘中犹未已。恒饥稚子色凄凉，病仆呻吟呼不起。当年意气不肯平，昨日论交竟谁是？呜呼一歌兮歌已哀，石田茅屋荒苍苔。

园中有枣行人食，忍能对面为盗贼。有时长叹独移时，安知我有不平色。秋风落叶闭重门，白发如丝叹何益。呜呼二歌兮歌始放，江客不堪频北望。

意中索莫与先异，春草青青新覆地。年年岁岁一床书，不忍见之益愁思。愁心反覆梦难成，天寒雁度堪垂泪。呜呼三歌兮歌三发，中天夜久高明月。

北风微雨虚堂秋，昨日之日不可留。四时不得一日乐，朝夕催人自白头。仰天大笑出门去，安得行叹复坐愁。呜呼四歌兮歌四奏，伤心不忍问耆旧。

世情付与东流水，穷巷苍苔绝知己。岩扉松径长寂寥，东园几树桃花死。愧尔东西南北人，欲向何门跋珠履？呜呼五歌兮歌正长，雌龙怨吟寒水光。

世人结交须黄金，郢中白雪且莫吟。桃花欲开不自觉，千里春色伤人心。眼前好恶那能定，隔叶黄鹂空好音。呜呼六歌兮歌思迟，一沉一浮会有时。

天寒野阴风景暮，落日疏钟小槐雨。寂寂寥寥扬子居，惟有幽人自来去。何用年年空读书，井底看星梦中语。呜呼七歌兮悄终曲，空庭细雨莓苔绿。以己意驱遣成语，故无凑集之痕。第七句仍用杜陵原本，因无可集也。存此以备诗中一格。

## 怀张考夫

契阔张夫子，平生实典型。立言惟布粟，为政在家庭。上下论千古，东西有二铭。闲阶带草色，几日又青青。老杜「吾宗老孙子」一章，熔入十字中，犹书家之有缩本。

## 送查三容携家入楚便往滇中

念尔携妻子，图书共一船。此行将万里，为别动经年。春草迷江渚，秋风落瘴烟。故人崔李在，相望碧鸡前。

俞玚 字犀月，江南吴江人。○犀月精心猎古。秀野顾太史选元诗初集两人共商榷者也。评点文选、杜诗，流传吴下。诗稿无从寻觅，故所收止此。

## 田居

仕宦非吾分，力农恒苦饥。闭门多感怀，出门又何之。散虑南林下，徘徊傍清池。芳春二三月，草木含华滋。泽兰被幽渚，桑柘低柔枝。轻风扬微熏，坐久不知疲。遥见荷锄者，行行向东菑。良时既云尔，人事亦有宜。会须各努力，勤惰当自知。行思耦耕计，无令悔失时。归来陌头路，草露方沾衣。

顾有孝 字茂伦，江南吴江人。县学生。○茂伦居钓雪滩，以选诗为事，唐律及本朝近体，皆有选本。诗稿亦未及见。

## 寄赠沈留侯偕小阮北上

春风杨柳拂行舟，有美联翩共远游。入洛陆机新作赋，依刘王粲故多愁。旧京珠履三千客，荒冢冬青一十秋。湖上好山无恙在，独持卮酒对群鸥。

顾　樵　字樵水，江南吴江人。○樵水工画，亦有诗名。

## 秋夜柬顾茂伦

秋声无深浅，深浅在人心。但使闻者悲，不辨鸣者音。月落林影翻，夜半惊栖禽。入秋畏梦短，起坐还披襟。遇物悲在昔，事往情更深。安知来日愁，追念不及今。我有万种恨，并入秋风吟。哀乐境所遇，岂必雍门琴。境无哀乐，惟在所感，起十字道尽。

周　肇　字子俶，江南太仓人。著有东冈集。○梅村选娄东十子诗，十子为周肇子俶、顾湄伊人、王揆端士、许旭九日、黄与坚庭表、王撰异公、王摅虹友、王昊惟夏、王忭怿民、王曜升次谷。一时风流文采，称极盛焉。

## 赠陆翼王

君是左徒门下士，竭来相对哭途穷。遗孤衰粲累囚日，亡命王成赁保中。书馆三馀淹夜雨，客颜一瘦怯秋风。结交世上黄金满，四海何曾识此公。翼王为黄陶庵高弟，当日有保全遗孤事，故专及之。

## 病中元夕有感

梦入京华怪独醒，孤舟病客鬓星星。逢年漫愧天人策，涉世宁谙长短经。秃笔卖文差可活，庸医乞药总无灵。上元灯火萧条甚，才说宣和已泪零。

顾　湄　字伊人，江南太仓人。著有水乡集。○伊人系麟士长子，克承经学。梅村称为麟士有子。

## 感怀

石城笳鼓不堪听，烈士天涯散晓星。伏阙陈东还痛哭，登楼王粲独飘零。奔涛夜立鱼龙怒，战血春回草木腥。莫说长江限南北，建康原是小朝廷。福王时，马、阮秉政，诛戮名流，长江不守。作者感慨言之，知小朝廷之必亡也。

## 阅江楼

万里长江一望收，高皇亲建阅江楼。雲开蓬岛星河曙，月出卢龙天地秋。碧草自生宫寝路，青山仍绕帝王州。凭君莫问当年事，禾黍同归六代愁。楼在师子山，又名卢龙山。明高皇有诗，又命宋濂作记。

许　旭　字九日，江南太仓人。著有秋水集。

## 淮雲寺

石径斜开路几层，扶筇携屐共攀登。花逢九日思兄弟，病阻文园念友朋。南渡白雲悲古寺，西风黄叶哭昭陵。三年遥触伤心泪，欲讯沧洲愧未能。

## 过废园有感

落日苍茫满客心，无端兴废愧登临。到公死后空存石，谢傅亡来久废琴。一代词人归蔓草，百年名苑化祇林。芙蓉金粟知何处，野水瀰瀰自古今。

## 过弘济寺

中流遥见雁飞斜，一水苍苍起暮鸦。崖罅插江悬栈阁，洞门凿石走平沙。几年北望成荒戍，忆昔南巡待翠华。乘兴独来寻藓壁，空阶开遍海棠花。悬栈阁一言，能状难写之景。

王　撰　字异公，江南太仓人。著有三馀集。

## 哭外舅鹿城顾大宗伯　自注：丙戌死难温州江心寺。

闽岭衣冠拥殿墀，偏安犹见汉威仪。驱车海峤看传檄，拜表江关始出师。万里弓刀空报主，一船棺椁仅从儿。灵旗夜雨归何处，指点文山异代祠。自注：寺有文丞相祠，宗伯致命，恰在其地。

## 赠杜于皇

忆自分携历变更，访君曾过石头城。人惊夔府贫来句，世重樊川乱后名。此地溪山千里梦，今宵尊酒廿年情。西陵放棹乘秋涨，好待荒郊泛月明。

王　抃　字怿民，江南太仓人。

## 送友还蜀中

山塘绿酒浮芳菲，杨花作团如雪飞。花前沽酒送君别，别泪簌簌沾我衣。兰桡欲发鼍鼓急，感君握手须臾立。把盏长歌曲未终，月光如水须眉湿。君今掉头万里行，萦纡蜀道多不平。石镜铜梁连剑阁，况复江山阻甲兵。愿君努力长途去，旧住岷江发源处。岷山雪消岷水清，望见锦官城里树。锦城花落更愁人，杜宇啼残滟滪春。武侯庙下苔如绣，先主祠前草似茵。君不见辽东华表归来鹤，城郭人民尽非昨。回首江南千万重，梦里寒鸡村月落。应是乱后还蜀，流贼虽平，人民未靖，送者多悲歌感慨之音。

## 扬州次梅村师韵

牙门置酒宴公卿，锦纛雕鞍命北征。缚袴健儿谁转战，借箸策士总虚名。百年洛蜀关时运，六代烟花兆甲兵。击楫中流无限恨，夜阑欹枕听江声。福王南渡时事，阁部分镇，庙堂水火，四镇交争，丧亡之兆显然，而彼昏不知，诗人所以叹也。

王　摅　字虹友，江南太仓人。著有芦中集。〇太原王氏昆季多才，不啻过江王、谢，而芦中一集尤为矫矫。

## 谒睢阳庙

禄山陷两京，唐室势如沸。玄元庙一哭，义声震天地。誓死守孤城，非云事必济。自覆潼关师，乘舆久奔避。贼议图江淮，凭兹一旅制。不然鼓而南，谁断其右臂。惜乎四百战，食尽终颠踬。城陷逾三日，援师镐始至。杀贼虽无成，藉以卫神器。从此朔方兵，收京功乃遂。赫赫精忠祠，允宜祀百世。黄巾遍郊坰，明季遭倾毁。吕侯还旧观，匪曰穷奇丽。偶客梁宋间，抠衣拜阶陛。冕旒坐中央，左右南雷侍。动我忠义心，一消疲苶气。剔藓读残碑，岘山同堕泪。力表其蔽遮江、淮之功，发挥昌黎意，尤为透切。

## 黄海歌

我所居兮在海滨，未登高丘望远海。行入深山尽是山，银台金阙瞻安在？昨投汤院雨翻盆，电激雷轰众壑奔。兹山雨后当铺海，旋因观海登天门。天门削成去天尺，历尽危梯上绝壁。弥勒龛中一宿留，晓起白雲千里积。非烟非雾铺虚空，时为车盖时为龙。诸峰没趾渐及顶，初由肤寸弥寰中。天吴仿佛舞其下，万里无际连苍穹。是时罡风吹蓬蓬，听如击鼓冯夷宫。更疑射蛟海水赤，一轮照曜扶桑东。须臾解驳浪纹静，玉池开放千芙蓉。人间万事皆桑田，惟斯亘古无变迁。尘寰跼蹐真可怜，胡弗蹈海如鲁连。三山驱走置眼前，对之欲往心悠然。长愿采药山中眠，朝朝来往蓬莱巅。帝乡未遂平生志，从此浮槎天汉边。

庚午岁，予游黄山，亲见其景，吐词未能工也。读此实获我心，如重观雲海一次。

## 谒伍相国祠

萧条古堞树栖乌，载拜祠门落日孤。报父有心终覆楚，杀身无计可存吴。英雄忠孝留天壤，山水苍凉失霸图。回首荒台麋鹿地，属镂遗恨满姑苏。作手，无一泛语，亦无一剩语。

## 闻汉槎谪戍宁古塔

欲叩君门万里赊，惊闻远戍度龙沙。文章只道金难铄，谣诼翻成玉有瑕。减死蔡邕方出塞，哀时庾信未还家。可怜交契归来日，岂有明珠载一车。

## 喜吴弘人闻夏南还

相逢只道此生休，解网归来话昔游。幸免无家投朔漠，那堪有弟作累囚。雲山渐慰思乡梦，风雪仍含出塞愁。不觉喜深悲转集，潺湲双泪为君流。「有弟作累囚」，时汉槎未还，故有是语。

## 怀许九日

闻君才上摘星楼，又到濡须坞口游。胜地山川曾百战，故人烟雨只孤舟。苍苍楚水蒹葭晚，漠漠江田秔稻秋。应有陈蕃悬榻待，免悲王粲滞荆州。自注：九日与杨仲延、家阮亭二公倡和最合。

## 吕城病归

挂席西风桂桨轻，扁舟又次吕蒙城。身如枯叶方愁落，心似残潮未肯平。宿雨河桥横酒旆，晚烟村店聚鸡声。故园归去无多路，每念劳劳重怆情。

### 重阳前一日登镇海楼

无端来作五羊游，节近登高上此楼。海气溟蒙山绕郭，天风浩荡客悲秋。飘蓬且喜霎生屐，簪菊应羞雪满头。乡国茫茫何处是？珠江一片夕阳愁。

### 张文献公祠

祠堂突兀倚江开，瞻拜空馀海燕哀。只道主由金镜致，岂知兵为玉環来。文章自昔传徐碣，香火常新傍舜台。风度依然凭想像，停舟一荐渚蘋回。元人咏太白有「承恩金马诏，失意玉環词」句，人以为工，此更说得关系。

## 王曜升 字次谷，江南太仓人。

### 登北固山

雄峰高枕瓮城斜，有客登临送晚霞。水气暗吞山顶寺，江云遥护海门沙。天低雁鹜来千里，地迥星河落万家。指点旧朝形胜在，吹愁何处起悲笳？

## 端午先忌

馀生十载恨蹉跎，令节闲门掩薜萝。剩有蛟龙蟠大泽，空闻箫鼓发层波。三闾怨在馀香草，九地恩深废蓼莪。惭愧王修能罢社，葛衣检点泪痕多。端午与先忌并列，而主意尤重先忌。

**王曾斌** 字弘导，江南太仓人。

## 钱王祠

钱塘亦是兴龙地，王气依然据上游。铁箭旧传唐岁月，玺书曾拜宋春秋。江潮出没三千里，风雨凄凉十四州。剩有湖山供庙貌，坐看锦绣欲生愁。无一语一字轻下，自是到家。

**袁启旭** 字士旦，江南宣城人。著有中江纪年诗。

## 循烟霞洞下岭至石屋洞

晨兴涉乱山，亭午憩修畛。岩高哀狖吟，树密春禽隐。交藤路渐披，独鹤径徐引。石窦闯玄冥，巨灵忝真境。开凿自何年，潜虬遁虚牝。海气通平远，寒烟锢深迥。雕锼非一錾，险仄有孤岭。仙室越阴凉，人世异朝冥。渴欲漱乳泉，饥将摘松菌。于此托赏心，无劳慕张邴。游山之诗，允宜步武二谢，未造幽微，已合矩度。

李良年　字武曾，浙江秀水人。太学生。康熙己未，应博学鸿辞，放归。著有秋锦山房集。○徐尚书健庵开史局于洞庭西山，武曾任分修，应亦邃于古者。

## 九岭

昨者暑气清，岚瘴喜初散。幕府有程期，鸣钲戒宵半。残月不到地，松梢耿河汉。冥冥列炬移，灼灼萤火乱。空山悟无始，静里阅昏旦。九岭争一隅，径窄中每断。我行尚层冈，仆夫复深涧。浮生付飘忽，肩腋楚人惯。不坠良偶然，履危岂无叹。转苦东日迟，坐待火雲烂。稍稍荆扉开，人语出沙畔。前途方迢遥，平明且须饭。残月山行，自夜及旦，历历如绘。

## 宣府人日

烽台石戍晓烟平，人日逢人载酒行。客久渐多新岁感，边方倍起故园情。围炉小伎兼筝笛，出郭诸山半雨晴。骑马不愁归路晚，江乡犹及听啼莺。

## 栗子关十六韵

峻极重关势，艰难独客经。梯航原梗绝，中外划郊坰。天作西南障，山开大小屏。路应庄跻始，地自伏波宁。遗庙崇新祀，残碑失旧铭。土田纷犬俗，樵采怯鸠形。往事闻开国，殊方久不庭。王师频越岁，使节几衔星。鬼斧横飞栈，神功直建瓴。虚无云汉逼，缥缈渌江渟。鸟道层巅接，猿声下界听。半肩攲绝壁，一发上空冥。石到诸蛮黑，枫过二酉青。炎风高瘴疠，晴日俯雷霆。岂有神明护，真疑虎豹扃。杖藜无恙在，珍重别山灵。

## 闻鹧鸪

花间飞上竹枝啼，才过黄丝又冷溪。蛮鸟亦知行不得，行人那向夜郎西。

## 忆方虎客宛温

牂牁秋绿晚萋萋，五十邮亭到越溪。不敢更嗟乡国远，有人还在万峰西。因己游历之远，而念更有远者，怀人之情自深。

**黄　始**　字静御，江南吴县人。举鸿博，不遇归。

溪西

溪西人家秋水生，孤舟常自三更行。一声啼鸟半江月，才到两山天欲明。

叶世佺 字雲期，江南吴江人。郡诸生。

谒刘公祠

世运陵夷日，中流荷大贤。反经斯起敝，往蹇自来连。濂洛开新绪，河汾具薄田。悬弓忘巧拙，食蜜自中边。帝简徽文在，薪存续火传。人心方复古，天意不扶颠。远塞唯迎盗，长江谁著鞭？鼎湖上龙驭，赤县遍狼烟。涕泪包胥血，饥寒苏武毡。偏逢苟安主，虚忆中兴年。精卫劳填海，娲皇莫补天。去留关庙社，生死合经权。此道荒千古，何人障百川？祠堂拜遗像，风雨暗灵筵。传写念台先生，兼思宗朝及南渡言之，凛凛有生气。

恽格 初字寿平，后以字行，更字正叔，江南武进人。著有南田集。○南田工画，山水花卉兼擅，比之天仙化人，诗亦超逸。毘陵六逸中，以南田为上。

月夜从愚庵大师陈际叔徐世臣湖干闲步

披衣揽夜色，遂适湖干趾。喧籁息近听，林峦敛遥视。千峰寒月中，万壑疏钟里。三潭弄浮烟，因风荡为水。浮汀渔唱入，过浦箫声起。佳游领支公，雅调及高士。霜月满归涂，宵深情未已。三潭十字，微妙可思。

## 赠莫十三

君家西湖滨，厌看湖上山。身依海鸥宿，心与天雲闲。口吟五噫西出关，脱帽自挂苍梧间。偶然登燕台，洗足御沟水。缊袍蒙茸一草履，金貂紫骝君勿喜。倒诵虫书三万言，侏儒笑掷番王玺。重译曾惊外国使，诸侯尽倒兰台屣。既铩上林羽，又转桑乾路。囊破惟留五岳雲，鹤飞还想三珠树。满腹皆象纬，缠衣悉烟雾。握尺量舜管，执杓考天步。流霞未肯酌，熊蹯亦不茹。聊将槲叶补秋雲，榔㮰横空万山去。莫君嗜古，精于天文，能惊外国使，能考璇玑玉衡，而终于不遇，故作诗赠之。

## 送滕子还闽

滕子闽人。自闽入燕，沉身绝域者九年。后其姊致书蓟门，物色得之。知老母尚在，遂以计脱，间关南还。

别后春风染杜鹃，骊歌声断绿杨烟。身沉绝塞思千里，心死穹庐客九年。吴苑离觞寒食后，梨关归梦落花前。闽南别去能相忆，倘有双鱼海上传。

春城战血冷悲笳。废垒伤心旧炮车。雪窖生还犹有母，玉门归去已无家。同骑塞马眠燕月，独向河源上汉槎。我有离魂招未得，劫灰天畔哭黄华。南田与兄相失于黄华山，故感及之。

赠笪在辛侍御

墨苑风流属老成，白云旧秘待先生。正平无地容疏放，北海犹惭问姓名。自辨银钩收虿尾，尚留瑶草付龙耕。东来蜡屐窥松子，自注：侍御有松子阁。如向青霞望五城。

晓起

连夜深山雨，春光应未多。晓看洲上草，绿到洞庭波。

远眺

暮云千里乱吴峰，落叶微闻远寺钟。目尽长江秋草外，美人何处采芙蓉？

寄虞山王石谷

东望停云结暮愁，千林黄叶剑门秋。最怜霜月怀人夜，鸿雁声中独倚楼。虞山亦有剑门。

佟世临 字醒园，江南上元人。诸生。

戊寅秋拜先王父墓下 自注：奸珰以熊廷弼事及难。

郁郁松楸荫墓田，怆怀往事泪潸然。请缨慷慨终童志，赋鹏沉沦贾傅年。钩党竟成三字狱，招魂欲叩九重天。孤忠未返辽东鹤，俎豆聊分江夏贤。

陈维岳 字纬雲，江南宜兴人。

赠阎古古

相逢一笑看吴钩，燕市悲歌上酒楼。地有大风连沛泽，人馀奇气动幽州。天低古戍金笳冷，月坠严城玉笛愁。此处旧传多侠客，荆高去后水悠悠。

锺映渊 字广汉，浙江嘉兴人。〇广汉援据古昔，元元本本，遇虚声之士，相对不交一言，有胜己者，执礼甚恭，因是好恶之者各半。惜中年摧折，未底老成。

送罗比部暂归西川

白帝孤城落照悬，乡愁迢递武功天。将归故国无鸿雁，行过空山有杜鹃。剑阁风云开五丈，筰关烽火隔三川。明年巫峡生春水，好上东吴万里船。

马世杰 字万长，江南溧阳人。贡生。

## 秦宫

阿房周阁百重環，美女充庭尽日闲。频望翠华终杳渺，亦如天子望三山。即「有不得见者三十六年」意，印合秦皇求仙，便觉词意俱新。

金侃 字亦陶，江南吴县人。

## 雨泛湖上观梅

细雨春波远浸天，梅花烂漫满溪湾。烟中人语前村树，雪里鸡声隔岸山。画桨每侵疏影瘦，芳尊浑带冷香还。绝胜雪夜寻安道，归路渔灯照醉颜。

## 寄家祖生大兄郡中

谁道湖山尚近家，出门回首即天涯。寒深笠泽愁中雨，春老吴宫梦里花。客久艰难悲世路，病馀憔悴感年华。不堪孤馆怀人处，归雁萧萧度远沙。

## 徐夜

字东痴，山东新城人。县学生。○池北偶谈云：「东痴年二十九，即弃诸生，掘门土室，绝迹城市，有朱桃椎、杜子春之风。」举博学鸿辞，以老病辞。○诗格清瘦自然者，近韦左司，刻削者近孟东野。

### 初夏田园

朱夏辄复变，深绿日以肥。感彼生物勤，节候曾不违。清晨荷锄出，田间人尚稀。观物适自然，时见朝雉飞。不惜筋力疲，但恐坐食非。作劳有时息，高舂行来归。端坐抚素琴，可以理朝饥。

### 咏意

凡骨难遽化，仙药不可求。一身为物役，未可轻王侯。旷士洞达心，无为生远游。远游亦有方，九州非一州。常恐血气躯，车马生坟丘。试听蟪蛄声，语默成春秋。山岳自终古，江海日夜流。渔洋云：「『车马生坟丘』与大梁土中所得古石刻『日月逝酒浆』五字相类，似仙灵语。」

### 九日得顾宁人书

故国千年恨，他乡九日心。山陵馀涕泪，风雨罢登临。异县传书远，经时怨别深。陶潜篱下意，谁复继高吟。宁人先生远辞故国，常拜山陵。起四语一气铸成，杜陵遗法。

## 和秋柳

摇落江天倍黯然，隋堤鸦噪夕阳边。谁家楼角当霜杵，几处关程送晚蝉。为计使人西去日，不堪流涕北征年。孤生蕉萃应相似，怕见残枝带暮烟。萧瑟之音，不粘不脱，远胜渔洋名作。

## 经严陵钓台

突兀高台入望平，下临百尺大江清。足消文叔真人气，直得狂奴故态名。天位几移仍旧祚，客星千载属先生。不从七里滩头过，谁信巢由无世情。太史公于许由犹作疑词，有严陵，始信巢、由真有洗耳牵牛之事矣。

## 富春山中吊谢皋羽

晞发吟成未了身，可怜无地著斯人。生为信国流离客，死结严陵寂莫邻。疑向西台犹恸哭，思当南宋合酸辛。我来凭吊荒山曲，朱鸟魂归若有神。落句即用皋羽所歌。

## 坐放鹤亭

巍然一屿水回环，想见高风物外闲。墓上梅开春又老，亭边鹤去客空还。书无禅草逢当世，祠有名贤擅此山。占断西湖皆宋土，羡他生死太平间。三四用梅鹤，未能避熟。结意言外见南渡之西湖，不堪栖隐也。

### 丁耀亢 字西生，山东诸城人。由贡生官惠安知县。

## 老将

老将愁衰落，幽燕气尚雄。虬须犹挂剑，猿臂已伤弓。帝宠嫖姚少，人知颇牧忠。低头怜战马，落日大江东。结尤悲壮。

## 再答山阴王玉映并宗弟睿子

海上仙人挽鹿车，五噫歌就出关初。黔娄偕隐称良友，班女工文续汉书。玉笈家藏空粉黛，青箱世业伴樵渔。又闻宫壸征闺范，不去翻来问索居。玉映，山阴王季仲女，工著述，故以班大家为比。

## 久客浦城台使屡檄不放夜坐达旦

山城风雨夜寒侵，攲枕灯残耐苦吟。故国青山万里梦，老亲白发五更心。微官求劾身仍系，薄俗依人病转深。自拥孤衾愁达旦，卧听童仆有哀音。

张实居 字宾公，山东邹平人。著有萧亭集。○萧亭为渔洋内兄，尝序其诗，谓生席华胏，鸣钟列鼎，其所固有，一旦弃之如屣，甘就隐约，岂时命使然与！抑有托而逃焉者与！

## 巫山高

巫山高，不可步。湘水深，不可渡。水有汹涌澎湃之波，山有屈曲崎岖之路。我欲攀缘狼虎来，我欲徒涉蛟龙怒。相思不相见，沾裳泪如雨。巫山高，空自高。湘水深，空自深。舟车非所愿，但愿人一心。

## 雨后

雨歇山欲暝，夕阳在鸟背。孤亭淡清秋，花木有馀态。凉风四面吹，长空荡残霭。更望西南峰，窈窕秀如黛。山树互幽映，流泉舂云碓。独坐酌芳卮，明月来相对。起写晚晴入神，与高廷礼「夕阳雁边下」同妙。

## 赠宜雨

闻道衡门下，洋洋可乐饥。今兹历贫贱，斯言若我欺。兰菊虽可餐，不如藿与藜。芰荷虽可服，不如绤与絺。湘江无快语，监河有哀辞。人生苟困穷，自谋策难奇。北望望北斗，南望望南箕。只有空仓雀，与我同所悲。苟非其时，圣贤低眉，即「自谋策难奇」之谓。

## 又赠宜雨

世人片言合，杯酒盟新欢。生死轻相许，酒寒盟亦寒。所以古君子，与人愧醴甘。虽言淡如水，水尚生波澜。末语翻进一层，勉人敦古道交。

## 九日王秀才携酒至

缤纷篱下菊，几枝带霜妍。物苟有至性，造化亦无权。故人携酒过，斟酌坐花前。狂歌无宫商，破琴不必弦。粗语桑麻事，稍稍及诗篇。爱兹重九名，不觉已陶然。志节之士与造物争，为夷、齐一辈人写照。

## 落叶

西风吹落叶，解作凄凉声。一朝辞故枝，飘飘难为情。坐观此雕丧，我心亦不平。转盼阳春至，落者又复生。叶叶还如旧，妍绿映日明。始知天下事，待时贵无争。得失如循环，消长无定形。穷冬时生机将转，贞下复起元也。示人待时，正宜少安毋躁。

## 山中即景

两鬌鬔鬆曳葛裙，闲身许入野樵群。众禽见惯皆相识，五谷生成半不分。肌骨春来癯似鹤，心情病后懒如雲。琴残弈罢先生醉，一枕高眠到日曛。与物无忤，机智不生，山中犹有太古之风。

## 大游仙

姑射仙人绰约形，初承帝命入天庭。霜清玉斧催修月，水冷银河看种星。汉女骖鸾雲作旆，湘妃媵鲤雾为軿。金泥秘箓新雠罢，诏锡长生亿万龄。修月、种星，工绝。

王秀才将卜居象山问风土因答

休将风土问山翁，欲习山翁莫惮穷。有径皆穿红树里，无人不在白雲中。花香鸟语随时变，水色岚光到处同。夜半柴门常不闭，南村颇有太平风。

寄怀王秀才

如君莫叹少知音，万古文章一寸心。贱至侏儒犹有粟，人能澼绕亦多金。魂销别路梅初发，眼看闲窗草渐深。冀水燕山何处是？蘧蘧好向梦中寻。见庸下之材，偏遇合也。

桃花谷

小径穿深树，临崖四五家。泉声天半落，满涧溅桃花。

初秋偶题

飒飒西风吹薜萝，炎天伏枕一时过。山中事事秋来好，只恐浮云变态多。

夜雪

斗室香添小篆烟，一灯静对似枯禅。忽惊夜半寒侵骨，流水无声山皓然。不明点雪，读末句，神于赋雪矣。左司「门对寒流」之后，复见此诗。

张笃庆 字历友，山东淄川人。拔贡生。著有昆仑山房集。○历友学殖淹博，挥洒千言，同时诸前辈称为冠世之才，不虚也。试辄冠曹，时宫定山中丞为学使，以明经荐山左第一人，就京兆试不遇，归而处昆仑山，不复出矣。杜门著书，有八代诗选、班范肪截、五代史肪截、两汉高士赞等书，卓然可传，岂以名位之有无为轻重耶？诗古今体兼善，宋、元习气不能染其笔端。

### 鹦鹉洲哀辞

炎精灭，龙为鼠。群雄嚣，烈士忤。怀刺独行遍九州，谁其识者孔文举。荐士既不成，翻与死为伍。邺下小儿竞学语，许昌庸奴安足数，监厨借面良堪侮。祢生祢生气如虎，渔阳按节三挝鼓，岑牟单绞目无睹，睥睨阿瞒相尔汝。借刀杀人向荆浦，江夏豺狼曰黄祖，当筵落笔赋鹦鹉，生平谩骂膺碪俎。不可一世横千古，乾坤跼蹐归黄土。芳洲何苍苍！衰草何茫茫！为君一招魂，魂兮归故乡。楚国山川兰蕙芳，江声浩宕风悲凉。风悲凉，芳洲涸，乘白云兮驾黄鹤。嗟嗟百鸷鸟，不如一雕鹗。衰世举足妖氛恶，至今血照晴川阁。邺下七子，人艳称之，此目以许昌庸奴，真蚁观曹氏也，为才人吐气中，仍见其以才贾祸，两层并到。

## 杖头钱

富莫富于杖头钱，贫莫贫于严道之铜山。铜山铸钱万万千，到头不得名一钱。杖头百钱真我有，取自杖头且沽酒。今日百钱今日醉，得钱沽酒常酣睡。君不见何曾一日食万钱，便欲下箸心茫然。洛阳离乱救不得，纵饶沽酒无颜色。眼看荆棘埋铜驼，钱乎钱乎奈若何！

为守财虏棒喝也。后半所见尤大。

## 宋赵千里海天落照图

千里名伯驹，画为北宗中高品。

南渡以后推丹青，入妙首数天水生。光尧皇帝重毫素，集英殿里挥御屏。赏赐一时颁内府，珊瑚碧玉黄金缯。雲麾将军有遗响，夏圭马远同驰声。怪石盘绘世所贵，浮峦暖翠千人惊。零纨断素久磨灭，譬如孤鹤遗修翎。今兹之图何处得？海天落照临蓬瀛。苍茫岛屿在云际，居然蜃市纷纵横。贝阙琼楼互隐现，溟渤浩荡朝玉京。金芝瑶草安可数，时有仙侣飘华缨。方壶员峤生笔底，又如霞起连赤城。鲸涛赑屃走寸腕，依稀喷沫蛟龙腥。手招徐福呼不起，三山缥缈开金庭。海堧洲渚势迢递，芥舟叶叶飞蜻蜓。碧岚翠霭千万叠，画工得勿劳经营。一峰忽起冠云杪，遥睇众岭犹列星。空斋卧游到悬圃，便欲击汰还扬舲。琉璃万顷海烟灭，濯锦锦江如练明。枕碧亭边启缃篋，枕碧亭，焦简庵亭名。耳畔但觉天风鸣庭隅。落日杳无际，搔首海天何限情。浩气凌空，近信阳、北地一派。

## 大梁城东南吊信陵君墓

邯郸应与赋同袍，公子翩翩气自豪。不少衣冠归赵胜，谁将戈甲走蒙骜。大梁上客挥孤剑，卧内兵符胜六韬。今日九京良可作，愧无杯酒奠蓬蒿。平原直豪举耳，借作陪笔，乃见魏公子之高。

## 悼亡

当时和泪织璇玑，零落惟馀旧锦机。明月妆楼人寂寂，海棠庭院雨霏霏。葳蕤不闭黄金锁，刀尺空裁白苎衣。恨杀春来双燕子，画梁同宿不同归。

泠泠锦瑟向谁弹？曲里潇湘雁影寒。一任繁花自开落，从教明月下阑干。云封贝带香犹在，雨湿胭脂露未干。寂寂空庭孤坐处，何人对案劝加餐。纯用空写，其情自深，安仁、子荆外，另标一格。

## 忆旧

广寒宫里盼飞仙，月色溶溶玉有烟。半臂偏怜宋学士，晓风争唱柳屯田。落花无语归春水，弱絮多情上酒船。听罢筵前啰嗊曲，不须更忆想夫怜。

## 述怀

天外层城近日边，芙蓉为苑玉为田。梦回琼岛三千里，心逐雲和廿五弦。薜荔风高悲楚客，蒹葭霜落对秦川。生憎绿鬓人将老，犹抱遗经亦可怜。悲己之不遇也，托以比兴，令人思弦外之音。

## 碧城

王母西来晓露浓，碧城隐隐月溶溶。云中悬圃三千里，天畔琼楼十二重。手种桃花多岁月，自寻瑶草饲鸾龙。双成已到人间否？海水枯时定一逢。冀赏音之终遇也。悬圃琼楼虽有三千里十二重之远，而能手种桃花，自寻瑶草，则海枯石烂，自逢知己矣。与述怀一章两两相对。

## 秋叶

摇落怀人万木丹，何堪青女怨雕残。碧梧院落银床静，红桕桥头玉露寒。南浦半林随逝水，西风一夜满长安。汉宫莫听哀蝉曲，阵阵清霜下井栏。无一凡近语，五六尤赏其萧疏。

## 明季咏史

倦勤当日说神宗，高卧深严秘九重。玉辇经时登汉阙，鸾章隔岁下尧封。千官补缺虚龙衮，四海军储废大农。纵使养痈终必溃，乾坤无恙且从容。神宗晚岁，臣下奏章有二年不批答，军储有经年不发者，目以养痈，信然。

盈庭谠议积封章，宗嗣常深未雨防。鹤禁无人瞻少海，龙漦有衅在昭阳。汉高终不私如意，窦后由来爱孝王。辛苦江南王相国，重来北阙定储皇。为建储不决而言，祸水始于郑氏，后三案皆胎于此。

蜀洛当年党议多，分曹日日竞风波。顾厨品藻矜名字，牛李升沉密网罗。私忿漫劳登白简，浊流真欲弃黄河。堪嗟此辈争门户，国是调停奈若何！为党祸而言，沈一贯之陷郭正域，尤显然者。

敕使当年出未央，纷纷矿税采诸方。山川绝少金银气，诛敛何殊花石纲。一任竖貂盘社鼠，谁将盐铁议弘羊。可怜国脉从兹丧，浪说朱提入太仓。此极言矿税四出之害。

遗诏何曾立九嫔，汉家倾国李夫人。龙髯此日方长痛，鹤籞经时未即真。长信宫中犹却辇，朝元殿上已批鳞。深心终是资元老，免使垂帘溷紫宸。此言李选侍移宫始末。

雕镂嘻戏擅熹皇，妇寺相连说赵张。北寺狱成倾俊乂，西园例在鬻冠裳。清流白马空朝右，墨绶青衫去庙廊。郭泰当时忧殄瘁，汉家十叶已沦亡。时魏忠贤、客氏连结炀主，假子义孙竞进，构东林之狱，戕虐士类，至台山去国，而正士无噍类矣。人之云亡，邦国殄瘁，古今有同慨焉。

同文黑狱少完肤，妖焰熏天万事诬。酷吏凭添沉命法，奇刑尽隶执金吾。勾陈天远浮云蔽，贯索星明正气孤。翻借封疆成铁案，谁怜道济血模糊。时田尔耕、许显纯为镇抚司，特设极刑，谓杨、左诸公受熊廷弼金，因锻炼成狱，杀廷弼以杀诸公也，视同文馆狱祸尤烈矣。

思陵苛察误宸聪，国计周章践祚中。高栋已看倾大厦，神奸转复认孤忠。论兵轇轕终无定，驭将宽严失至公。独有俭勤关睿虑，年年水旱瘁深宫。思陵苛察与忧劳国计，一一见之，而温体仁之大奸，倚为腹心，尤其所短也。温死，谥以文忠，真不可解。

赤眉分道乱中原，海内征输怨正繁。天子常虚大盈库，军储折入小黄门。伤心陵墓樵苏尽，回首乾坤战气昏。赖有范倪诸节烈，犹能一死答君恩。流寇四起，府库空虚，而利权归于宦寺，此亡国之徵也。范、倪诸公一死报国，自尽臣节而已。

潼关不守竟仓皇，遗恨中涓促丧亡。骁贼直闻趋洛下，行营又见溃河阳。将军力战捐躯脰，竖子迎降类犬羊。从此三关似刳竹，谁人决策守金汤。孙传庭之败，由于中人促战，潼关破而大势去矣。五语言周遇吉之死战，六语言姜瓖、王承荫之迎降。

铜蹄谁见下襄阳，坐致鲸鲵入未央。秘殿遗音怜赤子，大荒披发诉高皇。九原龙剑沉王气，三月乌号哭国殇。死难纷纭酬养士，由来义烈重纲常。此言思陵不辱社稷，而殉难众多，由三百年养士之报，从来史书所未有者。

坐使神州竟陆沉，秋江百丈莫言深。南迁不少黄潜善，留守空为宗汝霖。下濑将军窥故国，太行忠义感雄心。望仙阁里千回醉，只是难忘玉树音。黄潜善指马士英、阮大铖言，宗汝霖指史可法言，见史之必不能胜马、阮，犹宗之必不能胜黄、汪也。

羽书百道起黄尘，一马临江入紫宸。国耻不言教战士，时危亟欲选才人。空馀跋扈桓宣武，岂有勤王温太真。燕雀巢堂朝夕计，延秋门外走踆踆。此见左良玉之起兵，并无勤王之志，比之桓温，极合。○以韵语纪实事，所谓诗史也。只从神宗起，由国家颓堕剧于神宗，故不及穆宗以上。

### 邓艾庙

奇兵未阨一丸泥，绵竹悬军万仞梯。奄忽当涂更典午，翻嫌多事邓征西。

钱柏龄 字介维，江南华亭人。

## 游通天岩阳行先隐处

兰楫乱奔流，笋舆出幽徼。涧路凌高寒，晴空恣雄眺。越彼停云冈，石势愈峥峭。仙源湛水木，万古藏僻奥。鬼斧亦何工，玲珑凿一窍。硕人此盘礴，千秋俨遗庙。仰瞻愧后尘，冥搜托前导。更穷邃洞纡，忽讶悬崖倒。群山青蒙蒙，惟闻猿狖叫。既异少文游，良慰康乐好。缅想开辟初，矫首发长啸。待缉薜荔裳，来卧芙蓉峤。为问岩栖僧，荒萝几人扫？

**吴　馨** 字仁趾，江南新安人。〇仁趾与宾贤有二吴之目，而宾贤以性灵见，此以情韵见，几于莫能相尚。

## 和宋秀才咏折花

今朝蝴蝶多，南园花发遍。佳人竞攀折，新妆何婉娈。叶低防罥钗，枝高羞露钏。宁辞纤指劳，但恐墙东见。传出美人折花之神，六朝风韵犹在。

## 旧游

旧游最忆三茅峰，往来采药多仙踪。菖蒲潭上花紫茸，勾漏井内丹砂红。朱颜好驻不肯驻，是时只贪山水趣。谁知一别年向衰，几日浮生悔虚度。逝将重访炼金人，昨梦华阳洞中去。

## 哭汪三韩

送我南游日，传杯颇尽欢。那知成永别，犹记劝加餐。落木秋城暗，归舟暮雨寒。依稀追饯处，到眼剧悲酸。

## 阿玉

阿玉殊堪忆，春来见面稀。去年方解语，临别一牵衣。卤井黄沙路，潮滩白板扉。昨逢邻曲道，日日望予归。诗之至者，不外一真，此直字字真矣。

## 酬朱穆公天台见怀四韵

远愧遗荣客，深居桐柏山。有时驾鸾鹤，游戏九峰间。见我题名处，岩花几度斑。因风发高唱，千里慰离颜。八语一气，风格自高。

## 怀吴野人先生

伯鸾居庑下，元亮老篱边。隐矣吴夫子，高风齐二贤。赁舂常作客，采菊始归田。想见行吟处，溪流绕数椽。五六仍用分顶，气疏法密。

## 悼亡姬成去艳

春归无复见蛾眉，漠漠流尘昼掩帷。斗草尚怜扶病日，看花长记返魂时。自注：没一夕复苏，索桃花数枝，插枕畔，少顷而逝。香消翠袖笼犹在，影暗红窗镜未移。从此针楼愁独上，去年同制鹊桥诗。

## 送陈射文出关省亲

北望云山气早秋，烦将一语慰边愁。时清屡见生还客，会有恩波到白头。射文之亲，应是遣戍关外者，故以生还望之。

## 展园次兄遗札

草绿池塘梦已残，西堂无复共盘桓。空馀怀袖三年字，零落银钩忍泪看。

**吴雯** 字天章，山西蒲州人。应博学鸿辞不遇。著有莲洋集。○徵君诗清挺生新，赵秋谷宫赞谓「千顷之陂，不可清浊，天姿国色，粗服乱头亦佳」，恰称其诗之分量。○徵君诗名因新城尚书揄扬而重，然新城之诗牢笼众有，鎔铸群言，而徵君不使才，不逞博，不尚声华，不求娟好，固各行其是者。而新城赏之，不啻口出，意所合者在神理意味，而不在轨辙之同途者耶？

## 遥题王咸中石坞山房

积水浮九州，东南益荡潏。人家半洲岛，萝篆互蒙密。具区我旧游，石坞君栖逸。至今尧峰上，犹上尧时日。窗外一湖明，阶前众山出。春风散岩花，细雨溜崖蜜。仙灵每来往，真儒间俦匹。表圣具生圹，维摩得丈室。泉声四回抱，岭势百崒嵂。何日复篇粮，为君访衡泌。尧峰十字，新城尚书以此赏识。

## 黄湄先生游太华山遂得结屋地赋赠

车箱谷口雲，白照松间路。谁能访叔卿，岩窦一身度。黄门具奇情，振策御风步。万仞入洪蒙，理胜境无怖。蟿转晦明错，树老丹青误。俯见苍苍原，明河正东注。骤雨忽翻瀑，肘腋蛟螭怒。须臾亘长虹，关陕半呈露。径侧修竹倒，石迸垂藤护。相逢紫烟客，目击道皆寓。斋房肉芝香，石囷松花聚。卜居志已得，探幽坐成趣。嗟我生劳劳，入世每多惧。梦系毛女坛，身远将军树。日月对晴莲，尘容自生妒。何年便结邻，同住雲生处。十字奇警，写长虹从未到此。

羊山

落日山风吹，长松乱清影。白雲逗残雪，忽见前峰暝。野鸟下寒竹，孤僧汲修绠。聊欲遂幽寻，理策度西岭。左司。

杂咏

楼居有何好？仙人苦留恋。金银杂玉阶，终是世俗见。王头与士垄，达者两不羡。富贵不可求，况复贫与贱。嗟我果何从，一愚了千万。即韩子「归愚识夷途」意，写来生辣。

次青县题壁

去年九月长安来，鲤鱼风起船旗开。本年三月旧山去，马上绿杨掠飞絮。旧山风景复何如？昨日家人有报书。当门万里昆仑水，千点桃花尺半鱼。

东方曼倩

避世依金马，浮沉豹尾中。借车心自壮，割肉气何雄！学岂干时富，财因取妇空。堂堂责董偃，真有大臣风。结有特识，彼以神仙诙谐目之者，真肉眼也。

## 忆栖岩寺

最忆栖岩寺，招凉有旧亭。河流周郡白，山势入关青。崖断蜂留蜜，松高鹤坠翎。卢师吾有约，许共一函经。新城欲以「山入百蛮青」句敌之。

## 望华山

莲花五千仞，灵孕自洪蒙。每变风雲色，能参造化功。阴将连太白，气自满关中。欲问真源在，仙人住蕊宫。「气自满关中」，五字千古。

## 雲中寺

天半雲中寺，四山皆白雲。我来雲际宿，却忆雲中君。塔影当晴出，涛声入夜闻。此中有猿鹤，莫勒北山文。起四语，盛唐人有此风骨。

## 寄向书友

曾闻向始平，能注南华经。之子真苗裔，江山发性灵。寒蛟终谢饵，老鹤不梳翎。载酒莺花节，长吟入洞庭。

## 古意柬徐胜力

美人艳南国，颜色如朝霞。昨来耶溪上，妒杀芙蓉花。秦珠随月满，越练逐风斜。独慕孤高义，今年尚浣纱。太白。

## 宿吴山寺楼简严灏亭先生

萧萧暮雨急寒榛，独倚高楼少四邻。江上鼋鼍悲鼓角，下方灯火散星辰。梅花何处三更笛，寒食无家万里人。不是相逢严仆射，天涯谁念草堂贫。一句含三层意，从「万里悲秋长作客」一联悟出。

## 明妃

不把黄金买画工，进身羞与自媒同。始知绝代佳人意，即有千秋国士风。环珮几曾归夜月，琵琶惟许托宾鸿。天心特为留青冢，春草年年似汉宫。吊明妃并写怀抱，方脱前人束缚。

吴门初春

闻道江干冰渐消，眼看芳草坐无聊。酒杯总使愁中得，春色终难客里销。山鸟漫吟泥滑滑，吴娘偏唱雨潇潇。归时借问金陵路，桃叶新添几尺潮？秀绝。

斋居

瓠落何须虑大樽，萧然无客款柴门。春秋未习严彭祖，纪传常轻褚少孙。下泽几曾驱款段，长河终拟溯昆仑。雷声太白连朝急，次第墙东过雨痕。

文中子旧居

汾水汤汤绕旧居，白牛溪畔雁飞初。早知道不关穷达，应悔金门轻上书。上书于隋文，非其时也。如此持论，文中亦应首肯。

## 题雲林秋山图为查德尹

经营惨澹意如何？渺渺秋山远远波。岂但秾华谢桃李，空林黄叶亦无多。石田翁仿雲林画，其师杜琼从旁观之，曰："又过矣，又过矣。"解得此意，方得此诗之妙。

## 赠少年

二十少年望麟阁，盘马弯弓气磅礴。眼前都尉知是谁？雲中但看双雕落。

## 戏赠李武曾

沉醉东风卢女弦，泥人佳句满题笺。预愁长夜无春色，遍种桃花作墓田。犹有未忘生死者在。

### 冯　樾

字个臣，江南松江人。

## 过陈留

天边鹊影客心伤，落日驱车过外黄。谁具草蔬邀郭泰，自惭名姓赏中郎。巴河风起荒烟黑，博浪雲开远树苍。明发梁园旧游地，十年潦倒愧行藏。典切处有自己身分。

杨　岱 字东子，四川彭县人。

## 栈道

鸟道与天齐，盘雲万壑低。层峦飞瀑下，空木乱猿啼。山势危巴郡，边声隔陇西。可怜存犖路，烟雨草萋萋。起步有声有势。

## 夜泊

夜船将泊棹歌齐，芳草萋萋野路迷。只有断猿无宿处，最高枝上彻明啼。

刘淑颐 字百年，湖广麻城人。

## 四时词

雲母空窗晓烟薄，温庭筠。池边雨过飘帷幕。许浑。日长风暖柳青青，贾至。银线千条度虚阁。韩偓。卷帘巢燕羡双飞，罗隐。芳草王孙归不归？韦庄。曾寄锦书无限意，刘兼。箧香消尽别时衣。钱珝。

午睡醒来愁未醒，张子野。烦襟乍触冰台冷。韩偓。白莲池畔送清香，皮日休。楼角渐移当路影。白居易。临风兴叹落花频，鱼玄机。又喜幽亭蕙草新。杜牧。永日迢迢无一事，韦庄。双双斗雀动阶尘。元稹。水映轻苔犹隐绿，马怀素。夜窗飒飒摇寒竹。刘惠。井边疏影落高梧，罗隐。乌啄风筝碎珠玉。元稹。觉来红树背银屏，韦庄。露湿丛兰月满庭。孙氏。扃闭朱门人不到，鱼玄机。轻罗小扇扑流萤。杜牧。城上暮云凝鼓角，许浑。狐裘不暖锦衾薄。岑参。楼寒院冷接平明，李商隐。檐外霜花染罗幕。陆龟蒙。烟生密竹早归鸦，郎士元。向镜轻匀衬脸霞。韩偓。迟日未能消野雪，皇甫冉。故穿庭树作飞花。韩愈。〇音节悠扬，无集句痕迹，与周青士七歌集句，可云异曲同工。

## 赠宋牧仲方伯

曾入甘泉侍武皇，李郢。暂随红旆佐藩方。韦庄。长承密旨归家少，王建。出使星轺满路光。钱起。谋略久参花府盛，韦渠牟。风流三接令公香。李颀。共言东阁招贤地，孙逖。肯为诗篇问楚狂。周贺。

# 清诗别裁集卷十五

## 邵长蘅

字子湘，江南武进人。十岁补弟子员，后为奏销案絓误，以山人终其身。著有青门集。〇山人古文与侯朝宗、魏叔子称鼎足。诗浏漓顿挫，力追唐人。尝选有明何信阳、李北地、王弇州、李沧溟四家之诗，矫钱牧斋持论偏驳，而以程孟阳诗为纤佻，识者韪之。晚岁入宋商丘中丞幕府，乃变苏、黄、范、陆之派，亦宋诗中矫矫者。然视从前如二手矣。兹所存者，皆青门簏稿、旅稿中作，剩稿中只略采云。

### 经彭蠡湖口望庐山

晨帆发马当，景昃停湖汇。北渚摇清阴，南湾走苍霭。迥眺极芊绵，群山争琐碎。苍然云雾中，拔起匡岳大。绛气天阙萦，白云山腰会。远岑抱积雪，近岩屯霮䨴。倒景澄湖光，飞瀑湿天外。延伫情弥结，攀跻阻莫遂。五老空烟霞，九叠竟茫昧。惭愧夙心乖，临风一长慨。连下浔阳舟中作，胎源小谢。

### 浔阳舟中作

羁心零雨悲，水宿风潮倦。兹晨廓澄霁，沿流惬佳玩。绿英媚芳洲，杂花覆春岸。青天镜中流，浴凫沙际乱。落日碎江光，林峦采馀绚。靡靡远烟生，霏霏夕晖眩。苍然望庐山，山霭旦暮变。绛霞晨干霄，岚气夕羃巘。近峦或浮黛，远瀑如萦练。赏奇得新欢，览物有馀恋。山水惬娱人，客怀为一遣。

## 杂诗

抚剑忽不怿，去上歌风台。河流日夕迅，莽莽寒云隤。帐殿下牛羊，黼扆空蒿莱。极目见芒砀，古人骨已灰。萧曹自刀笔，樊灌奋驽骀。欻起附龙凤，英风被八垓。途穷蹶骏足，运适伸庸材。扰扰路旁子，畴知衷所哀？起势慨慷，途穷二语，括尽扬子解嘲中后一段意。

## 渔父

东湖有渔父，艇倚清溪濑。垂竿秋雨中，棹歌夕阳外。九月芦花白，西风鲤鱼大。钓亦未必得，得亦未必卖。扣之默无言，鼓枻悠然迈。觉非夷非惠，聊以忘忧，犹不免自道身分，此更超然。

## 熊经略

经略用，辽沈完。经略罢，辽沈残。再起田间赐剑印，经抚日战玄黄分。六万荡平竟何有？抚臣主战经主守。一夜广宁风鹤惊，抚臣先走经亦走。抚臣庸愚何足齿，奈何经略也惜死？若使慷慨提孤军，揞拄残疆报天子。纵然马革裹尸还，九尺昂藏一男子。奈何经略也惜死，不死西曹死西市。九边传首魂有知，目炯电光血裂眦。经略之误，在广宁之走，其实经理辽、沈，具有将略，不应与王化贞同罪也。传首九边，群奸借经略以杀杨、左诸公耳，天下冤之。一结凛凛有生气。

## 周将军

欃枪狂驱万猰貐，横嚼九州无完土。丘成血骨崖成池，所过坚城孰抗拒。宁武一城如弹丸，谁与守者周将军。将军票鹞健绝伦，生驹搅阵刀截云。见贼如猬身逾轻，手挈髑髅茜袍腥。力竭骂贼血喷龈，旗竿矢集怒益震。闺中红颜能杀贼，十发十殪无虚镝。昆山火焰红玉爇，天壤寥寥两全节。大同宣府真奴侪，两镇降书同日来。长驱京阙疾于矢，贼谈宁武犹咋指。列镇尽如周将军，我辈那能飞至此？贼逼宁武，将军血战七昼夜，巷战死。夫人刘善射，发一矢辄毙一贼，城陷，阖门自焚。末即用流贼语作结，健悍有力。○大同、宣府谓姜瓖、王承荫之迎降也。详见后李玉洲太史诗中。

## 城根妇

彼何者妇？椎髻蒙茸。朝拾马通，暮拾马通，衣单腹饿，拾不满笼。路逢故乡女伴，对泣诉苦音语同。夫婿官二千石，得罪长流口外，生死不得消息通。身籍王侯门，娇儿略卖安知西与东。今日跣脚垢面城根妇，当年侍女如花红。

## 守城行

纪时事也，事在己亥六月。

明星烂烂高十丈，城楼雉堞屹相向。吏持府帖呼点丁，十家九家驱上城。黄昏丽谯鼓角鸣，城头灯火争繁星。紫髯太守雄且豪，䩺靴绛缨跨两刀。马蹄踏踏何其劳？贯三鞭七声嗷嘈。昨日传闻羽书至，长江六月无行估。战舰还防扬子渡，游兵已围太平府。纵令消息未必真，杞人忧天独苦辛。即防此辈易激变，盗贼往往皆良民。星沉鸡唱太守至，慎莫偶语行弃市。

可逼少陵新乐府。

## 解仲长画十八学士图歌

秦王虬髯一尺铁，提槊亲掴中原血。昼开天策群龙趋，诸公衮衮皆英杰。当时立本传画图，千载想像犹能识。我家此障解翁笔，宣和院体工设色。台榭渲染辉丹青，宫殿玲珑丽金碧。颇工人物良苦思，旧本摹拓开须眉。宫袍绯紫杂青绿，腰带挞尾纷帨垂。仿佛铜龙散讲后，昼迟行乐分曹偶。房公微笑杜公坐，投壶散帙无不有。就中一人落笔酣，细看恐是虞世南。其馀学士貌各异，峨峨列坐彯华襜。即论画马亦殊绝，奚驹十八森成列。银鞍金锓音晚。高缠锓，三匹翘足五匹骝。太液淡淡春风波，黄须奚官白厕靴。牵来十四池上浴，丹鬃剪刷喷桃花。可怜人马争辉宠，凭轩坐久神逾竦。忆昔风尘际会初，君臣契合水与鱼。功成开府迨清暇，春容翰墨非荒娱。只今朝野仍艰虞，时危整顿英雄需。抚图怀古心郁纡，书生岂有封侯颅。慷慨击碎玉唾壶，高吟梁父浮云徂。十八人岂能悉数，点房、杜、虞三人，其馀以虚笔该之，可悟繁简虚实之法。

## 五人墓行

春光淡沲山塘路，游丝晴絮娇芳树。路旁剥落三尺碑，云是前朝五人墓。借问五人谁？中间突兀颜佩韦，东西四冢排累累，墓门昼锁松风回。书生曾读前朝史，依稀能说前朝事。天启年间岁在寅，缇骑四出惊狂猘。此时一舸飞吴阊，厕靴绣衩来昂藏。吏部短衣出就逮，自注：周忠介顺昌。观者拥塞如堵墙。轰豗万口那可辨，哭声震天日色黄。五人大呼奋臂起，形势欻忽蹙虀螗。谁何一校先横尸，中丞却避御史忙。诏收弃市罪激变，至今死骨传芬芳。忆昔逆阉恣涂炭，锞斧铜瓮衣冠殃。诸公骈首填牢户，东林首指左与杨。箯舆就考备五毒，尸虫啮肌不得葬。叶兹郎切。委鬼更灼爇天焰，穹祠金榜蛟龙翔。凤阙敢儗至尊埒，龟趺忍立成均旁。往往嵩呼九千岁，冕旒衮玉争辉煌。宁知势歇顿翻覆，阜城自绝阉奴吭。生祠处处毁斥尽，木石估值充边防。岂惟阉祠旋毁撤，廿年变故那能说。鼎湖凫雁飞满天，锺山天寿狐狸穴。玉匣珠襦夜不扃，皇陵白骨愁冬青。眼前寂寞一抔土，参天桧柏苍虬鳞。年年寒食山桥畔，指点飞花说五人。顺叙魏奄之流毒，势便平直，此从击缇骑后，用忆昔二字追叙，自得顺逆相生之法。末幅苍凉激壮，一往神来。

## 沛县官舍留别杨简庵表兄

我骑白鼋浮江来，连涛倒蹴群山开。黄河咆哮黑浪恶，一月始及歌风台。骨肉五年不相见，风尘欻睹吾兄面。我昔弱龄今有须，君亦蹉跎四十馀。薄宦千里不快意，一官仍拥青毡居。感君意气与君好，流连累月开怀抱。夜饮酣呼玉屈卮，昼游连骑金腰褭。高秋九月天气凉，吕母冢上尘沙黄。出骑快马风比捷，从少年辈逐两麞。弓弦拓作霹雳响，饿鸱飞去嗷空桑。割鲜野饮气益壮，肯作新妇车中藏。归去欢宴不知夕，羌乐琵琶鼓筝笛。明河欲没斗西斜，主人称寿客离席。吁嗟游子如转蓬，作客未几行穷冬。忽忆故乡行乐好，黄鸡正肥新篘红。明日骊驹更东首，马上别君但挥手。北风鬡发短后衣，萧条中野行人稀。广陵驿前暮潮落，京岘山头雪片飞。河水遥遥接江水，别泪与之谁是非。超然而入中射猎一段，排宕飞扬，神似太白。

## 雪后登滕王阁放歌

我携铁笛罗浮回，豫章城头吹落梅。罗浮仙人太狡狯，蜚廉滕六供呵㧑。乱洒梅花遍原隰，千峰一夜争皑皑。晓披白鹤氅，独上滕王阁。九叠屏风失青翠，琼楼十二垂珠箔。长江滈渺迷孤篷，渔舟藏浦高桅泊。团团万顷水晶盘，一片寒光幂寥廓。初疑海上浮神山，蓬壶缥缈不可攀。其物禽兽皆白色，自注：用封禅书语。银为宫阙虚无间。又疑误跨玉虹入月府，玉兔抱杵冻不举。霓裳对对舞仙姝，清虚高处寒如许。回头雉堞堆璨瑳，檐冰拄地铎铃语。鳞鳞万瓦湿烟浮，旋觉此身尚尘土。忽忆滕阁今千年，滕王蛱蝶随荒烟。子安退之骨已朽，何况珠帘歌舞当时妍。惟有西山只如旧，此中栖隐多神仙。洪崖丹灶流银汞，萧史茅龙耕石田。我欲左携葛勾漏，右挽梅子真，径呼玉虬骑上天，云中缟鹤纷翩跹。或言神仙之说竟茫昧，且饮美酒酡朱颜。向晚江山转清绝，逸兴拏雲坐超忽。夜深踏雪还上来，挥手寒窗招海月。茫洋浑涵，千变万状，极才人之能事。

## 江急

江急雨冥冥，江豚吹浪腥。涛奔远岸白，峰逐去帆青。野戍春低树，滩舟火聚星。长年趁风便，向晚更扬舲。

## 九江

吴楚一江共，波涛九派分。湖光寒自白，庐岳晓常云。虎斗荒村迹，猿啼落日闻。琵琶亭废久，枫叶正纷纷。

## 哭亡儿士騄

遗编繙不忍，转忆课经时。过爱翻成薄，求全屡受笞。一灯寒夜影，十载膝前儿。辛苦成何事，酸心我不慈。即「鞭扑过多怜较少」意，一经烹炼，便觉不凡。

盥栉经旬懒，衣衫渍泪痕。伶俜馀此日，门户且谁论。痛我无兄弟，怜渠是冢孙。昨朝寒食奠，只立黯销魂。直白语，悲痛弥深，一结即柳州寄许孟容书中「顾盼无后继者」意。

## 登歌风台怀古

芒砀真人乘赤龙，故乡行幸有遗宫。壁埋蝌蚪荒碑在，木落牛羊寝殿空。汤沐百年欢父老，衣冠十日拥儿童。淮阴已族黥彭醢，慷慨何须悲大风？歌风时，韩、彭、黥俱已族矣，思猛士何心耶？

## 望锺山

陪京雉堞迥苍然，重忆高皇逐鹿年。汗马北腾穿碣石，长虹南倚划吴天。鼎湖龙去离宫锁，复道花繁紫禁偏。怅望寝园今寂寞，牧人秋卧孝陵烟。

## 和杨陶雲感怀时左迁新建少府

汝从移疾卧烟萝，几载麻衣废蓼莪。海内君亲馀痛哭，天南魑魅答悲歌。潮吞章贡江声急，翠削匡庐郡阁多。想见元婴遗迹在，珠帘画栋近如何？诗成于世祖初宾天时，故有第三语。

## 登吴城望湖亭

鄱湖湖合赣江流，倚槛江湖望转幽。湖势北摇匡岳动，江声西拥豫章浮。鱼龙昼啸千艘雨，日月晴悬一镜秋。回首战争曾此地，荻花萧瑟隐渔舟。

## 题冀渭公所藏杨忠愍梅花诗卷

渭公大父梅轩，故官比部郎，忠愍颂系时，先生倾身槖饘，忠愍高其谊，为作此卷。同时周旋诏狱，霸州王继津、太仓王元美及应生最著，先生事世鲜知者。康熙丙辰，渭公来吴阊，出卷示余，盖百二十馀年物矣。展卷肃然，敬题其后。

黯淡绷绨墨影寒，那能展卷不汍澜？当关虎豹麋躯易，畏路风波仗友难。溅血九原仍化碧，批鳞一疏独留丹。文山诗句眉山笔，古瘦清香再拜看。自注：忠愍有「古瘦清香原太始」之句。○重忠愍及周旋诏狱画梅意，只用一点已足。

## 登太湖西峰

山色苍苍积翠回，沿缘仄径入莓苔。岭边风叶藏僧寺，树杪飞泉洒客杯。清磬一声松子落，白云万顷太湖来。三高惆怅俱陈迹，落日山空樵唱回。

张　宫 字处中，江南华亭人。

## 饮沈惊生池馆

嘉树俯城阴，居然爽气深。非秋常落叶，不夜有归禽。丘壑容芝草，冰霜耐竹林。主人山水志，谁与共清音。

## 送李素心之岳阳

画舫中流芳草齐，临风张乐洞庭西。从官谕蜀通三峡，大将平蛮下五溪。衡岳雲开鸿雁度，巴陵月落鹧鸪啼。好凭羽扇成雄镇，荒服于今靖鼓鼙。初平三楚之后，故有颔联。

### 陆次雲

字雲士，浙江钱塘人。官江阴知县。著有澄江集。○雲士诗本真性情出之，故语多沈着，而所选诗转在宋、元，以之怡情，不以之为宗法也。

## 杂感

雷霆能击人，独畏操莽威。鬼神能福人，独于孔孟遗。今古无鉴戒，祸乱相乘除。问天天不言，屈平空著书。四十字中，可抵一篇天问。

北地每苦寒，狐貉出天山。南地每苦热，絺葛生於越。人之所欲须，天意预为设。大哉造化功，于世何所阙。天道自然，君子亦因其自然而已。

芝兰出秽壤，芙蕖生淤泥。赋性自芳洁，于此徵神奇。君子处浊世，师惠以全夷。何必登首阳，高歌怀采薇。见皦皦易汙，峣峣易缺也。师惠、全夷，指出持身处世之道。

## 出门

堂上有慈亲，身外无昆季。承欢赖妻贤，委之以为弟。弱女方四龄，初知离别意。恐其牵袂啼，深伤游子绪。乘彼睡未醒，温存加絮被。拜母不能言，揖妻交重寄。此际心若摧，出门方陨涕。字字真至，「出门方陨涕」，前人未经道过。回首望家山，渐远山渐低。侧听岸旁语，乡音已渐移。放舟入大河，烟水无端倪。偶逢相识人，遥呼心依依。无如交行舟，倏忽已远离。

## 泛洞庭湖

大浸数五湖，莫大于洞庭。时当春夏交，雪融水气蒸。仰视但有天，与波同一青。茫茫六合中，不见大块形。三老弄洪涛，澎湃意所轻。至此乃敬慎，风正始扬舲。同舟色俱静，半帆容与行。此中有楠木，千载成英灵。出没每不时，异响令人惊。舟妇散纸钱，徐徐乃就平。死生呼吸间，宴坐犹兢兢。吁嗟缥缈中，难测鬼神情。或问传书事，心知不敢应。是赋洞庭别于赋海，楠木数言，写来恍忽变幻，疑鬼疑神。

## 君马黄

君马黄，臣马白。君执珪，臣执璧。君意皇皇臣翼翼，四海会同来有绎。和在镳，鸾在轼，骄骄八骏不齐色。驰驱不向昆仑陟，马之良，良以德。

## 志感

人生当贵显，每淡布衣交。谁肯居台阁，犹能念草茅。朱轮来北阙，土室访西郊。古道今还在，淳风近有巢。

## 登岱

得过三观下，因上岱宗巅。海吸长河远，天包大地圆。五更先见日，九点半升烟。孰谓方隅广，回环睥睨前。「天包大地圆」，形天地之全也。五字极写岱宗之高。

## 白沟河

道出白沟河，沈吟唤奈何？古今陵谷变，高下战场多。厉鬼依残骨，耕人拾断戈。烽烟嗟又甚，搔首一悲歌。

## 五溪杂咏

崎岖幽谷里，尽是碧雲阿。祖每尊盘瓠，祠皆祀伏波。峒民参汉俗，溪女唱苗歌。溉种渔樵暇，悠然卧薜萝。

挂帆将匝月，犹在乱流中。野豕能飞箭，江豚善拜风。安危凭激浪，行止信孤篷。影落南天外，飘零望断鸿。

## 天下大师墓

水关西出隐浮屠，燕子飞来半月孤。病虎无心看北固，潜龙有恨逊南都。十三陵外馀抔土，二百年来失鼎湖。一自桑田成海后，总啼鹃血洒平芜。天下大师，系元僧人墓。建文无出亡之事，前人辨之详矣。此仍旧说而赋之。○病虎谓道衍也，道衍有「北固青青眼倦看」句。

## 疑冢

疑冢累累漳水头，如山七十二高丘。正平只有坟三尺，千古安眠鹦鹉洲。大为文人吐气。

## 咏史

儒冠儒服委丘墟，文采风流化土苴。尚有陆生坑不尽，留他马上说诗书。

## 题荆山石壁

寄语山灵听啸歌，连城再刖叹如何？人间碧眼应难遇，莫产琼瑶误卞和。七言绝每能用意，不减缶鸣。

### 章静宜

字湘御，江南长洲人。诸生。○湘御为素文、鹤书之弟，九仪之兄，四先生并擅才华，名满大江南北间。湘御尤工于诗，近人鲜有知者。

## 拟刘太尉伤乱

宗社觏厄运，夷夏乱皇纲。神州尽纠纷，腥膻逼晋阳。余本炎精裔，投职事危疆。思将南山石，一补天柱荒。妖氛煽四野，中道罹昆冈。上惭楚包胥，请师救国殃。下愧汉窦融，保境拒强梁。遗轨宁不仰，微志竟莫偿。身同南冠囚，抚膺涕泗滂。心如高悬旌，因风尚飞扬。吹篪凄我怀，鸣笳断我肠。孝行既已亏，忠名徒自伤。功勋付逝水，意气亦何常。写出越石心事，诗格亦几如唐临晋帖。

## 汴梁行

汴州城内风鹤惊，汴州城外连军营。一夜金堤雷电起，千年玉殿波涛声。大梁自古繁华地，三市风光最明丽。西连伊阙作屏藩，北控成皋如带砺。高帝当年辟草莱，分封万骑自天来。兰窗仍起飞雲殿，树寝还通造字台。子孙奕祀承青社，议亲常得君王赦。传来乐府胜河间，制就新声夸邺下。东风十里覆长堤，万树千条各向西。珠履尽知公子客，宝钗时见舍人妻。金梁明月空中度，玉津芳草迷归路。园内双双蛱蝶飞，桥边队队骅骝驻。双双队队更如何？紫陌朱城拂逝波。自言百岁来歌舞，自谓三时竞绮罗。绮罗歌舞无穷极，炎天烽火嗟何及！北地谁知青犊鸣，东门忽见黄虬入。飘零雉堞少人行，牙旗大纛自纵横。波翻夏后前朝庙，潮打梁王旧日城。故侯冷落悲徒步，新鬼荒荒泣烟雾。鹳雀高栖敖氏仓，鸳鸯虚抱相思树。至今榛棘尚成行，落日寒沙古战场。无忌已知新去魏，相如不复远游梁。游人对此空嗟悼，胡笳芦管声中老。牧马常过屠肆旁，射雕每向彝山道。凄凉今古不须哀，极目秋风万里开。试向东都更长眺，铜驼金谷半荒垓。此感流寇决河灌城而作也。前写汴梁之盛，后形汴梁之衰，婉转悠扬，初唐风调。

晚泊京口

舟行易日暮，旅泊背孤城。酒力当秋胜，乡心逐夜生。人烟都会地，风雨大江声。明发空南望，苍然北固横。

夏日杂感

芜城柳色绿成阴，诏遣贤王羽骑临。风急双雕辞塞口，天清万马浴江心。虚传此地繁华久，谁念当年战伐深。歌吹竹西如尚在，休教笳管漫相侵。

金陵

鸡鸣山上满青莎，玄武湖边空碧波。草满故陵埋石马，月明荒径泣铜驼。六宫夜雨棠梨落，万里秋江苇荻多。犹有南朝城堞在，景阳遗恨独悲歌。圣祖南巡后，修葺孝陵，御书「治隆唐宋」碑额，非复向时园寝矣。诗成于未巡幸时，故有第三语。

京口作

铁瓮城西鼓角催，扁舟遥自秣陵回。天清瓜步中流见，风起长江动地来。楚蜀帆樯千里集，金银山寺两峰开。秋光潦倒南游客，落日鱼龙夜夜哀。七律沈雄苍老，信阳、北地之间。〇银山俗名，对金山而言，实即蒜山也。

**顾景星** 字黄公，湖广蕲州人。著有白茅堂集。

## 题内府所藏唐人百马卷子

开元厩马四十万，天宝从龙谁最健。夜宴火鼓延秋门，昼争豆茎咸阳店。万里桥头百存一，骑去东宫还几匹。当时刍秣尽凡才，急难何曾见腾逸。此图蒲稍仅百马，毋乃乐坊教成者？细看不是临阵姿，可惜登床汗流赭。黄衫奚官三五人，镂花玉带绣抹巾。羁前宝络坠金铎，覆以罗帕承锦茵。可怜贼破西京后，此马全为承嗣有。鼓声应节反见妖，血碎桃花死犹吼。图藏内府已千年，相传画手南唐前。画师有意惜奇骏，不遣驱驰供舞筵。君看老骥还遭放，侭有骅骝气凋丧。苜蓿难逢大宛种，苁蓉屡湿边庭瘴。俶傥何须四百蹄，壮观争多真画师。转思骙裒不世出，天子独乘何所之？「刍秣尽凡才」二语，比当时豢养庸流，临难退避，如陈希烈、张垍之辈，而颜真卿之忠直，不识为何如人也。借题发挥，乃见作手。

**汪徵远** 字扶晨，江南徽州人。

## 天平缸入师子林

深松寒白石，僻路到人稀。仰见高峰顶，孤僧采药归。云多从杖起，鸟不上山飞。薄暮一声磬，猿公来款扉。向游师子林，云满几席，半山即无鸟声，读此诗，知真写得景出。

## 上莲花庵

秋山钟梵寂，萝径上崔嵬。意想不到处，峰峦忽尽开。石床平落叶，古壁满荒苔。更羡孤云逸，松颠自往来。顶有到者，方知「岂有此理」题额，三四语即是此意。

## 坐狎浪阁

高阁临溪水，薄暮轩窗开。不见庵中僧，微雨潭上来。「不见庵中僧」二语，王渔洋谓其不愧古人。

### 汪洪度

字于鼎，江南歙县人。诸生。著有馀事集。○于鼎诗，渔洋定其全集，歌行中赏其建文钟篇，云中有史笔，非苟作者，今集中不见此诗，可惜也。

## 次街口

万山落飞瀑，竞向清溪会。潆洄穿松杉，葱蒨纷映带。积石竦剑铓，百里无静濑。篙师惯歌啸，险绝了不碍。攒霄排岩峦，幽异此中最。转惜峪巇中，苍黄出烟霭。渔火半明灭，海月上山背。家乡送别人，已隔青峰外。遇险而惊，出险转惜，无情人不知是语之妙。

## 七里濑

日照丹霞西，雨来青嶂东。船头气澄碧，船尾阴溟蒙。峰交路疑尽，溪回趣无穷。渚清水禽悦，径碧岩花秾。束发志沈冥，思蹑客星踪。曩游已十载，老大仍飘蓬。山顶石乳滴，服食使颜红。丹梯不可上，神仙杳难逢。何日谢尘缘，烟波从钓翁。起四语，即所谓「朝阶于西，崇朝其雨」也。吊严陵意，只于隐跃见之。

## 蘖庵大师 自注：侍御熊公，讳开元。

九尺老比丘，骨立石崖松。楞伽把一卷，兀坐西南峰。举头近帝座，低头睨寰中。批鳞丹陛前，驱鳄沧海东。昔怀宁易平，托钵降毒龙。阳灵大地匿，雨雪春山空。樵径白云迷，何处寻孤踪？

## 芦中老人 自注：礼部郎王公讳泰徵。

芦中人易老，不复刺渔船。悲歌采薇蕨，归卧西山巅。山路幸崄巇，足音少人传。气衰筑难击，不如弄云烟。骨瘦薪难卧，不如枕清泉。清泉涤尘襟，云烟幻眼前。忧思能伤人，谁禁迟暮年。

## 鼠渡江

江北鼠，口衔尾，结伴成群满沙觜。飞尘满野，烈日在天，江北农人，忧心如煎。江南稻秧齐，沃土不须雨。同类渡江，适此乐土。楚豫稻粱，堪足天下。今年不雨春复夏，估不开仓谷添价。鼠乎鼠乎！勿食禾黍。禾黍食尽，及尔同死。由江北而及江南，两地之禾同尽也。鼠俱饿死，其人可知矣。此种诗从变雅中来。

## 翁履冰

翁挈稚孙暮归，履冰上，中流值冰裂，落水死。

东家粟红，西家粲白。借贷空归，羞见河伯。河伯羞尚可，一家待我举烟火。河水生骨胶渡船，携孙伛偻行难前，谁知河心冰不坚。狐狸隔岸看堕水，枯桑槭槭酸风起，绥绥欲渡愁其尾。狐愁濡尾，翁与孙尚能履耶？愁惨之音，几不忍读。

## 纪岁珠

乡邻某，娶妇甫一月，即行贾。妇刺绣易食，以其馀积，岁置一珠，用彩丝系焉，曰纪岁珠。夫归，妇没已三载。启箧得珠，已积二十馀颗矣。

鸳鸯鸂鶒凫雁鸽，柔荑惯绣双双逐，几度抛针背人哭。一岁眼泪成一珠，莫爱珠多眼易枯。小时绣得合欢被，线断重缘结未解。珠累累，天涯归未归？老杜新婚别，为王家守河阳也。此为行贾而别，倘所云重利轻别离者耶？结意不用说尽，婉约可悲。

## 怀黄扶孟

从来经易水，谁不念荆轲。有客自驱马，秋风正渡河。回头山色远，直北角声多。日暮思乡井，踟蹰发浩歌。凭空而下，千钧笔力。

汪洋度 字文治，江南歙县人。

## 臂痛

那能扛笔气如虹，自笑千钧一握中。乍可偏枯犹半士，谁堪全折到三公。斜鶱却似垂翎鹤，孑立还疑欲瘁桐。天意佚吾吾正懒，纸窗晏卧罢书空。大雅之音，可配曹倦圃赠徐子能跛足诗。

## 吴江舟夜

水驿迢遥望不分，愁心落叶共纷纷。扁舟一夜摇江月，入梦吴歌断续闻。吴歌，以吴江为最；用来独切。○予留日下六年，归过望亭，半夜闻吴歌声，知家乡已近。读此觉情景逼真。

### 彭始奋 字中郎，河南邓州人。

## 滇南

久客愁攀废苑松，举家天末尽相从。蛮儿乘象同牛马，僰道看花无夏冬。近接漏天常作雨，倒流滇水不朝宗。独期揽胜遐荒外，恨未曾登鸡足峰。

## 寄陇西观察赵韫退先生

新分采邑陕西偏，上奏仍屯塞下田。部傍先零毡作帐，道通西域雪为泉。阴山控驭六千里，河套因循三百年。会见殊勋陵海外，那烦班固勒燕然？

### 陶窳 字苦子，广东顺德人。○陶氏世袭锦衣，至苦子刻苦如寒素，肆力于诗，誓不袭牙慧语，亦南粤铮铮士也。诗无镌本，被其戚窃为己作，恐久而混真，故特表而明之。

## 古镜

先秦遗篆在，想象出深宫。明月不生处，清光时与同。有形随自应，无相本来空。白尽人间发，全归一照中。赋镜者未曾道及，第六句可以证禅，亦以明虚灵之体，仍儒家语也。

## 冬草

三径经冬掩，飘零对汝时。未充君子珮，徒结美人思。世态看蓬转，孤心感鬓丝。平生抱微尚，不与众芳期。借以自况，非寻常著题体。

## 送张超然

闽粤无多路，思君见面难。高文朋辈重，落叶客程寒。残腊惠相访，素丝劳共弹。重华不可作，幽思更无端。

## 望零丁洋寄怀友人

两年九月此经过，极目沧茫感逝波。穷岛汉槎无限路，秋风禾黍自成歌。忠臣泪带寒潮长，楚客悲逢落叶多。欲寄相思凭去雁，故人归梦杳星河。因信国孤忠，怀及友人，不抛掷零丁洋意。

### 喜屈翁山远归

传书闻汝滞边城，此日归来感慨增。数冒严霜行万里，独寻荒草拜诸陵。相逢客舍难为泪，自叹河山不共凭。欲把离忧付流水，高楼同醉酒三升。

### 秋望

数声离雁下寒汀，世事相看散野萍。入水苦匏思共济，望秋蒲柳感先零。忧心满似将圆月，旅鬓疏同避晓星。独洁糈粻候槎影，美人空自隔沧溟。有志济时，而抚躬已老，岂寻常栖隐士耶？老杜有感于「圣朝无弃物，老病已成翁」也。

## 查容

字韬荒，浙江海宁人。

### 送武曾之宣府

由拳城头月华白，张灯置酒宴征客。由拳城外柳条青，平明相送出津亭。羡君意气真无比，此去幽州几千里。揽辔遥看冀北雲，挂帆径渡淮南水。太行山高日欲斜，边风飒飒飞尘沙。候骑千屯吹觱篥，明驼一队奏琵琶。上谷使者与君厚，辕门揖客论故旧。伐鼓鸣笳部曲前，锦筵红烛军麾后。觥筹交错坐忘疲，玉缸泻酒醉难辞。壮士横刀看草檄，美人挟瑟请题诗。丈夫三十犹未遇，走马穷边那复顾。野狐岭下白草枯，卧龙冈上黄雲暮。客中行乐不知年，但看月出几回圆。沙场忽听思归曲，应使乡关望眼穿。得力于岑嘉州。

### 赠别少典

鸣榔伐鼓不曾停，月落津楼见晓星。芳草自分南北路，垂杨相送短长亭。歌残银烛愁难别，劝尽金壶醉未醒。岂为燕台师郭隗，一时客去感飘零。

## 潘　镠　字双南，江南吴江人。

### 金山

孤屿中流峙，横空势欲吞。天清江作带，地阔海为门。塔影鱼龙静，潮声日月奔。茫茫千古意，酾酒共谁论。造句奇警。

## 扬州秋感

光岳英灵河洛分，尚馀寒焰射青冥。将军阃外空专钺，丞相营前竟坠星。鬼哭郊原凄晓角，鹤归华表泣新亭。秋风万里荒林下，手折黄花当荐馨。拜史阁部墓而作，见四镇跋扈无功，而阁部惟鞠躬尽瘁，死而后已也。比以忠武，许之者深。

## 寄顾茂伦先生

十载江城久未过，美人幽梦近如何？著书岁月穷愁老，对酒湖山感慨多。谊重延陵贻缟带，节高元亮卧烟萝。还期鼓楫成良会，听取尊前白石歌。

### 彭　桂

字爱琴，江南溧阳人。〇陈子山学士携爱琴诗见示，系钞本，属予选定，删存四卷，催取甚促，因节录九章，终以不能多取为憾也。

## 出宣州过箬岭入歙州界遇雨

游子倦行役，攀折畏险阻。宣歙尽山城，峰峦互撑拄。从箐裹郡县，仄涧跨垣堵。兹岭何岧峣，悬道通一缕。峭壁插天门，裂石界地户。泉奔脚下雷，风啸空中虎。朗日眩神魂，旅人怯亭午。况乎我独行，缥缈入雲雨。

## 扬州鹾署为董江都故居署后有祠遗井尚在丁巳秋瞻谒感赋

邹鲁儒风湮，嬴秦强力逞。苏张舌肆矛，申韩智设阱。典籍付劫灰，仁义弃荒梗。亭长马上来，功成亦侥幸。苟且由萧曹，因循及文景。卓哉江都相，晁贾非可并。三策本春秋，反覆诫修省。正谊与明道，功利所亟屏。至今两庑祀，千秋日星炳。管子霸者佐，思以富强骋。官海始熬波，国用因不窘。后世桑孔辈，锱铢收几尽。淮南百万租，设使俾专领。趋膻如蚁蝇，处浊同蛙黾。谁令先生居，一朝作金矿。我兹瞻荒祠，三叹中耿耿。幸有遗井存，悠然自清冷。独来斠寒泉，对之涤心影。前以苏、张、申、韩诸人引起，见道术久裂，得董子而始正也。后又从管子之熬波，说到桑、孔尽利，淮、扬之间，蝇屯蚁聚，而董子之居，竟为堆积金钱所矣。幸有遗井存，可以洗心鉴影，犹极炎热时服清凉散也。此种诗不同风云月露之作，而又不入于腐，所以为高。

## 夜饮阁再彭席上听孙良侯挝鼓歌

空堂昨暮闻疏雨，飒飒秋声满庭户。可怜今夜露华中，明河碧汉还如许。堂中烧烛夜宴客，有客酒阑起离席。自言挝鼓声最豪，奋袖操槌将欲击。欲击未击手徐低，坐上先教众乐齐。众声杂作一声下，倏如蛰雷动春溪。鼓声如雷手如电，须臾迸激飘飞霰。管音何亮磬何幽，忽卷诸音联作串。初听缓，襞裂一声回抱腕。乍闻急，百万军中单骑入。急复散，芦荻萧萧遍鸣雁。散终促，悬崖万点乱喷瀑。有时宫，海涛汹涌红日中。有时商，凤皇九子鸣锵锵。有时角，掷地兜鍪起舞槊。有时徵，有时羽，徵如呜咽滩流水，羽如间关莺滑语。五声都会鼓声中，低时能辨高能融。直教上拂星斗乱，直教下彻井泉空。仰看缺月银墙上，边风露草吹相向。鼓声阑出画堂中，只觉天清与野旷。于中能识鼓中神，扬桴击节旁无人。渊渊沈沈有妙理，能动高雲不动尘。听君击鼓悲无那，好歇鼓槌来入坐。自从惊起渔阳鼙，多少江山都入破。二十年前日夜闻，野花沙草吊残军。到今凝碧池头问，只有雷生曾报君。客闻此言神欲夺，两手忽落双槌歇。鼓声一止截众声，空里馀音犹恍惚。耳边尚觉来阗阗，与君尽醉酒杯前。开颜但为主人饮，今年欢会知何年。劝君打鼓莫轻下，世无曹瞒安足骂？主人纵有岑牟衣，不遇祢生未许借。迤逦而来，备极音节，后半借渔阳鼙鼓写流寇之乱，悲壮淋漓。末又结到不轻击鼓，真觉四座无人，目空一世。

## 建初弟来都省视喜极有感

相持莫下拜，拭泪认分明。讶尔颜何瘦，令余痛失声。饥寒留剩骨，患难得馀生。乍见浑无语，那堪悲喜并。

为致慈亲语，殷勤劝早归。叹余违井邑，况汝别庭闱。每念尸饔苦，深惭弹铗非。向来多少泪，都染手缝衣。弟传亲语劝归而已。与弟转并滞客途，倚闾之思愈切矣。此种是真杜诗。

更传儿女意，尽解忆长安。索饭啼堪念，牵衣别自难。两人今旅次，八口在江干。此际愁何似，秋风暮更寒。比「未解忆长安」，更觉可悲，不解，悯其无知，尽解，又怜其聪慧也。

## 同苍符过王勤中怡老堂 自注：堂为文恪公归沐之所，勤中，其七世孙

宰相当年怡老堂，云仍七叶守青缃。成弘盛世思元老，晋宋新亭满夕阳。蕉叶雨斜侵砚几，藤花风细落书床。推君逸少兼摩诘，文藻东吴独擅场。

## 和楚人李子鹄寄阎古古先生

千秋身在固非轻，肯任他年青史评。空想大风歌沛邑，只馀落日吊彭城。巢由岂尚高人节，楚汉徒成孺子名。寄谢北山猿鹤侣，不烦泉畔涤尘缨。都从沛县起意，音节高亮，琅琅有声。

## 答怀阎再彭

记别淮阴掷钓竿，楚天云树竟漫漫。徒劳问答皆宾戏，始信文章果说难。肥马尘中孤客贱，严霜梦里故乡寒。自惭未得酬知己，腰下吴钩怕解看。

彭　杈　字则翀，江南溧阳人。

得爱琴兄都门信

床头宝剑泣鱼肠，赋就三都价未偿。绝不待人惟岁月，最难为客是风霜。春山自洒啼鹃泪，慈母曾缝游子裳。今夜挑灯应独寐，好将归梦绕高堂。

吴之振　字孟举，浙江石门人。〇宋代诗，前此无选本。孟举刻宋诗钞，共百数十家。己所成诗，亦俱近宋人。

叠韵送叶星期岁暮还山

空山鸾啸激清音，錾断云连咫尺寻。老去贫交难聚首，眼前生客怕输心。长镵劚处霜苗短，柔橹声中落叶深。万顷菰芦堆碧海，星星渔火入香林。中有佳句。

李　载　字子谷，湖广黄州人。

## 遥赠阎古古先辈

涪水澜空剑影残，睢阳日落马烽寒。鞠躬讵肯输诸葛，断指终期报贺兰。笑我从军红抹额，怜君送客白衣冠。生平慷慨无人识，醉后高歌行路难。壮其义勇，亦当羽声慷慨歌之。

### 崔岱齐 字青峙，江南江都人。诸生。

## 燕来巢为李秋水作

去国怀乡莽自哀，旧时庭院锁莓苔。尘凝风幔人初至，梁落春泥燕又来。紫海路深音信断，红颜年远雪霜催。营巢哺子依君屋，也自逢秋未忍回。

## 岁暮送戴衣闻还苕溪

荒郊晴雪映行装，送客江亭恨渺茫。鸟近黄昏皆绕树，人当岁暮定思乡。经年文酒情相似，异地云山梦不忘。最爱苕溪好风月，明年我欲棹轻航。高青丘「清明无客不思家」，推天然名句，此亦不让前人。

### 庞鸣 字逵公，江南嘉定人。

## 吴宫词

屟廊移得苎萝春，沉醉君王夜宴频。台畔卧薪台上舞，可知同是不眠人。吴宫之女采香，越王夫人采葛，犹此意也，一用并说，垂戒悚然。

周稚廉 字冰持，江南娄县人。○冰持为宿来之孙，鹰垂之子，少以钱唐观潮赋得名，因不永年，故诗传绝少。

## 送冯宝初

木末花开柿叶稀，旗亭分手泪沾衣。怜君身似江南燕，又逐秋风望北飞。不落送人窠臼。

洪　昇 字昉思，浙江钱塘人。上舍生。著有稗村集。○昉思名满京洛，因演所著长生殿传奇，至于斥革受辱。又遭家难，坎壈终身。五十馀，堕水而没。天之厄之，为已极矣。而其诗疏瀹成家。渔洋及门中，在吴天章下，馀子之上，应以可传许之。

## 石门

先贤逝已久，予亦宿石门。天寒鸟自归，林表斜阳昏。吏隐计难得，讵知忧世屯。栖栖终短褐，此意向谁言。玩诗意，乃鲁地之石门也。凭吊晨门，亦自抒怀抱。

## 征途晓发

夜发蓟丘道，马蹄踏霜华。月照千里白，不辨冰与沙。行行三十里，始闻啼曙鸦。朔风起何处，隐隐鸣悲笳。徒侣惨不乐，从者咸咨嗟。扬鞭强笑语，前村有酒家。

## 送吴位三归宣城

宋家丞相后，乔木到如今。之子独古处，对人无俗心。偶来京洛道，旋反敬亭阴。芳草白云外，春山深复深。

## 雪望

寒色孤村暮，悲风四野闻。溪深难受雪，山冻不流云。鸥鹭飞难辨，汀沙望莫分。野桥梅几树，并是白纷纷。「山冻不流云」五字，写尽雪望。

## 蒙山道中

乱石绕东蒙，崎岖古道通。一身千里外，匹马万山中。密树遥遮日，轻花细逐风。望云双泪落，岂是为途穷。

## 寒食

七度逢寒食，何曾扫墓田。他乡长儿女，故国隔山川。明月飞乌鹊，空山叫杜鹃。高堂添白发，朝夕泪如泉。

## 柬李东琪

闻君昨日到长安，驿路风尘乍解鞍。古寺楼台高避暑，晴天松柏昼生寒。亲知把臂他乡少，贫贱论交此地难。我自飘零归未得，秋江劝尔弄渔竿。贫贱论交，到处皆难，长安尤甚。此身亲阅历之言。

## 衢州杂感

巑岏岭势矗仙霞，阻遏妖氛建虎牙。障日丛篁宁容骑，连云列戟不通鸦。居人乱后惟荒垒，巢燕归来止数家。一片夕阳横白骨，江枫红作战场花。鸟飞者伏也，此为下有伏兵而言。若连云列戟，则乌不敢飞矣。体贴入微。下半写乱后景象，如置身古战场间。

## 将游大梁

匹马嘶荒野，群山拥乱雲。迢迢二千里，去哭信陵君。

## 公子行

春明门外酒楼高，称体新裁蜀锦袍。花里一声歌子夜，当筵脱与郑樱桃。

## 钓台

逃却高名远俗尘，披裘泽畔独垂纶。千秋一个刘文叔，记得微时有故人。非表光武，正慨在贵忘贱者之古今皆然也。

## 答友人

君问西泠陆讲山，飘然一钵竟忘还。乘云或化孤飞鹤，来往天台雁宕间。陆讲山，谓丽京也。丽京或传仙去，或传为僧，或传相遇于天台石梁，故有此诗。

### 毛师柱

字亦史，江南太仓人。

## 兵过

宁夏三边要，防秋万里屯。营移千帐白，马饮一河浑。但觉旌麾静，真看节钺尊。军容同细柳，知不负君恩。沉雄。

## 舟中两梦亡妇诗以志感

落月篷窗照水滨，音容疑假又疑真。境分生死伤心切，愁绕关河入梦频。酒醒乍惊身在客，泪残犹道汝为人。廿年旧事从头记，荆布相依最苦辛。切舟中，切梦，并切两梦，别于寻常悼亡。

## 喜雲间徐合素至自甘州幕府话旧有赠

挟策携琴绝塞行，将军长揖重书生。题诗好遍雲中戍，射猎应过雪外城。绿酒黄羊晨草檄，黑貂红烛夜谈兵。归来万里雄心在，莫惜离怀醉后倾。

## 二鹦鹉

绿襟緗翼赤栏东，双立双栖入画中。纵炫羽毛休见妒，为能言语却争工。堂前报客声相应，陇首思乡梦不同。枉自含愁频对舞，何须玉粒恋雕笼。语语从双意著笔，妙能浑然无痕。第六语用同床各梦意，真匪夷所思矣。

朱仙镇拜岳武穆王庙

破竹真能复两京，十年功绩痛垂成。但知金币坚和议，忍使香盆聚哭声。手挽山河心未死，身骑箕尾气犹生。经过当日班师地，千古令人涕泪横。

追感杜茶村先生

一生心事向谁陈，道路皇皇老更贫。白发几人怀故苑，青山何地葬遗民。狂来自合歌衰凤，绝处犹堪纪获麟。名并少陵身客死，自注：先生没于维扬旅寓。空馀书卷照千春。陈北溟守江宁时，始葬茶村于聚宝门外，此时犹未葬也。或云，纪获麟，措语太重，此言诚然。然太白古风云：「希圣时有作，绝笔于获麟」，诗人之辞，不必过于执著。

方山阻风

征帆早喜到江东，凝望乡关咫尺通。岂谓三朝又三暮，依然愁水复愁风。空馀山色烟波外，枉却秋光道路中。但得快哉旗脚转，更何分别问雌雄。

无名氏

题壁

横笛何人夜倚楼？小庭月色近中秋。凉风吹堕双梧影，满地碧雲如水流。

渺渺孤城白水环，舳舻人语夕霏间。林梢一抹青如画，应是淮流转处山。此商丘宋冢宰于邮亭壁间录出者，诗近中唐，传其诗不必传其人。

# 清诗别裁集卷十六

## 陈学洙

字左原，江南长洲人。康熙甲子举人。〇左原先生与弟右原为孪生兄弟，形体性情，学问志节，无不相同，不止如双丁二到已也。诗品雅洁，并追唐人，尤悔庵太史谓陈氏兄弟，昔称二难，今日二难，复见陈氏，其言洵然。

### 君子行

君子畏幽独，大廷乃敢言。小人奢稠众，衾影不可扪。绳尺君子心，之死靡所夺。脂韦小人态，临难思苟活。譬如丹山凤，煌煌世之仪。蛇蝎藏阴房，白日难逞威。又如青松枝，经霜不渝色。厌彼荆棘繁，剪伐何足恤。缁素既异染，碔瑜仅同形。泻水一器中，当辨渭与泾。汉乐府只说君子避嫌，此则君子小人之分，判如冰炭白黑矣。末归到人君之能辨，尤为得要。

### 阅省试录见璋儿名喜而作此

羁人百忧集，烦乱不能理。观空息群妄，淡泊对流水。檐端噪干鹊，何事聒吾耳。南国贤书来，邮骑持片纸。解额六十三，有汝名在裏。大江亘南北，锁闱万余士。高才动沦落，老至常拊髀。流年烁筋骨，饮恨积块垒。汝年弱冠馀，腹未饱经史。不遇何足叹，得之亦偶尔。忆汝周岁时，呱呱而索乳。汝母躬抚育，一夜常数起。抱置大母前，呼名辄唯唯。姑妇相视笑，吾宗有孙子。安得若长成，读书取青紫。斯言宛昨日，逝者已如彼。伤哉泉下人，不及亲见此。吾衰久于役，蹙蹙靡所止。膝下无他儿，举目惟在汝。幸汝名稍成，使我心窃喜。会须览皇都，贻书趣行李。前见遇合之偶然，失不足悲，得不足喜。后见大母与母氏之属望，而冀其成名，不及亲见，深足感也。诗到布帛菽粟，才是真诗。

## 忧旱谣

去年夏雨，淫淫不息。今年无雨，赤日如炙。日如炙，旦至晡。土既裂，苗皆枯。去年食米，今年食麦。麦贱米贵，五斗换石。食麦犹可，无麦则那。东田西田戽水归，筋酸骨痛腹更饥。天不雨，田无水。禾不生，侬亦死。

## 别弟

不敢垂双泪，孤怀自黯然。恐添慈母念，那免病妻怜。书札从人寄，家庭赖汝贤。归心倘可遂，应得在春前。少陵与诸弟诗，字字从心坎流出，所以独绝。作者直如面语，忘乎其为韵语矣。

## 行次滕县

望里烟生雉堞低，滕阳城外草萋迷。井田旧业安征税，淳朴遗风厌鼓鼙。青杏园林禽上下，绿杨村舍水东西。此中乡土殊堪乐，莫惜从容驻马蹄。井田淳朴，能举滕县之大，前辈「滕县花开色似银」，举其琐细而已。

## 燕京杂咏

万里风烟古北平，萧萧牧马遍龙城。旌旗晓接长杨苑，刁斗宵催细柳营。辇下公卿多结客，市中屠狗亦成名。儒冠拓落知何事，自笑江东一步兵。

帝城高接太微垣，龙虎蟠回势欲骞。关镇居庸当北面，河流沧海抱中原。葡萄翠色来安邑，騄駬花鬃出大宛。正是金舆巡幸后，九重无事只临轩。

一从丹诏下明光，封事朝朝献未央。圣世保衡商左相，金门待诏汉东方。碧鸡久说通邛僰。白雉初闻贡越裳。自此万方归有道，扶馀海外不称王。时三藩海氛俱靖，故有是篇。

## 与缪天自夜话

牢落萧斋病后身，灯前款款话相亲。寒暄世态吾偏拙，贫贱交情尔最真。纵酒莫辞今夜月，悲秋俱是异乡人。明朝便作河梁别，天末凉风起白苹。惟贫贱交，故其情乃真，感慨系之。

## 茉莉

玉骨冰肌耐暑天，移根远自过江船。山塘日日花成市，园客家家雪满田。新浴最宜纤手摘，半开偏得美人怜。银床梦醒香何处，只在钗横鬌髻边。花取半开，留余韵也，于此花尤宜。西樵考功后，又添名作矣。

## 哭外舅刘西翰先生

西台恸哭血沾巾，百结麻衣剩一身。地北天南抛骨肉，魂来梦往傍君亲。孔融收系无完卵，张俭流亡少故人。支遁峰前聊寄迹，此生长作宋遗民。尊人公旦公全首阳高节，西翰先生读书砥行，年九十馀终，故以宋遗民况之。

独行巍然老布衣，耄期不特古来稀。立锥无地能安道，抱瓮何心但息机。爱女早归泉壤去，遗孤尚作断蓬飞。山颓木坏人嗟叹，星象于今暗少微。

## 送倬雲南还

满地风尘急暮笳，归程好觅渡江槎。故园兄弟如相问，只道征夫不忆家。征夫忆家，人人能道语耳，此转云不忆家，以忆家之语不能尽传也。

纸窗矮屋似僧龛，春去春来总不堪。忽见桃花红映面，一时回首望江南。

## 悼内

簇蝶金泥杳不存，空箱颠倒月黄昏。牛衣一挂浑无恙，犹有当时对泣痕。牛衣对泣，寻常引用，此以追忆出之，其情便深。

纱窗曾弄管斑斑，剩粉残脂次第删。略记红笺留片语，一钩新月照愁颜。自注：内子幼好吟咏，继以非妇事，尽毁之。顷检废簏，于纸尾得此句，为之一恸。

## 李国宋

字汤孙，江南兴化人。康熙甲子举人。著有螺隐居诗。

## 牛首山

独上藏龙窟，遥瞻踞虎邦。四天围碧嶂，一气滚寒江。净贝安禅悦，香灯冷法幢。顿令尘思尽，高倚白云窗。浑然而来，大气大力。

## 朝天宫感怀

冶城山色带残晖，绛节中天渺翠微。自昔鼎成龙已去，只今松老鹤还飞。斋宫寂寞闻金磬，泉海苍茫想玉衣。唯有步虚诸羽士，秋风时礼白云归。

## 望国山

岳麓铜峰面面分，雨中遥望国山雲。紫宫秘记金函册，青嶂残碑石鼓文。虎踞几年瞻王气，龙骧他日驻新军。九岑环绕荆溪水，留得司徒半亩坟。国山有皇象篆碑，此孙皓封禅文也。国运将殄，犹侈对天鸿休之词，颈联殊见讥刺。

### 李馥

字汝嘉，福建闽县人。康熙甲子举人，官至浙江巡抚。著有鹿山诗钞。○鹿山公虚已受益，有指其诗瑕纇者，应时改定。诗多见道语，因未寄镌本，只录其曩时记诵一章。

## 过司空表圣墓

古道瞻遗墓，丰碑纪有唐。荣华辞黻冕，泉石殉君王。诗品卑元相，清风慕首阳。如何长乐老，黄发耐兴亡。表圣评元相诗，比之都市豪估。○表圣处危乱之朝，无宗社之寄，隐居王官谷，被召，阳为衰耄，丐归，后闻哀帝被弑而卒，迹近隐沦，心实忠良也。「泉石殉君王」，移入他人不得。结以冯道反衬，倍觉有力。

史骐生 字千里，江南溧阳人。康熙甲子举人。

写怀

览镜何颜面，江东一腐儒。父书空满箧，母线尚萦襦。穷巷惭南阮，骚坛厕小邾。世人憎爱错，不卖椟中珠。胸中有物，目中无人。

蓝启肃 字恭元，山东即墨人。康熙甲子举人。

送郭华野总制湖广

中旨才传出汉宫，直教欢喜到儿童。如闻元祐徵司马，未许东山卧谢公。列郡应多投墨绶，当朝谁不避青骢。澄清岂但荆襄路，伫见訏谟沃圣衷。华野名琇，弹劾要人，直声震朝野，后以报复摧折。圣祖南巡，问吴江士民谁为廉吏，众以琇对，圣祖命总制湖广。华野旧令吴江，汤文正公斌荐为侍御者也。

马之鹏 字文渊，湖广蒲圻人。康熙乙丑进士，历官户科给事中。

别毛姬黄陈相宜

薄游至西江，东南逢二妙。本是同门友，同心复同调。乐奏金玉声，情深知仁乐。去。清风披素襟，明月朗馀照。已见投胶漆，无庸判纻缟。胡然忽分张，殊方理征棹。越俗敛文华，楚风戒轻剽。安驱赴中和，研精归道要。江湖暂分流，终焉合廊庙。矢心展大猷，毋为恋蓬藋。毛与陈皆越人，已为楚人，勖以化风气之偏而归于中和，措词何温厚也！末望其策名清时，所见尤大。

### 除夕得庐字

腊雪初消岁又除，炉灰馀拨定更馀。亲闱此夜思游子，客路经冬阻尺书。卷轴随身成故友，乾坤何处是吾庐？添年便惜年华减，饮罢屠苏转叹歔。

## 徐元正

字静园，浙江德清人。康熙乙丑进士，官至工部尚书。

### 广陵怀古

闲追旧迹检残编，绣柱珠帘尽惘然。东阁诗成何水部，扬州梦觉杜樊川。寻春易过佳风月，送老难忘好墓田。莫怪无人能跨鹤，谁赍十万作腰缠。

## 汪灏

字文漪，山东临清人。康熙乙丑进士，由翰林官至河南巡抚。著有倚云阁集。

### 拜杨伯起墓

蟠龙关塞近，大鸟墓门深。万古长河水，千秋暮夜心。衣冠朝岳麓，苹藻荐桃林。夫子应知己，囊无陆贾金。无剩语，便是作家。

## 送谢方山郎中告归

孤心霜月迥秋清，三十年来玩世情。真得意时惟啸咏，不如人处是功名。三台后辈多回席，五字偏师尽却兵。舒卷从心难系绁，白云天际任纵横。五六承三四言之，唐人中每有此格。

### 施何牧

字赞虞，江南崇明人。康熙乙丑进士，官吏部稽勋司员外。著有一山诗钞。○一山先生中岁归田，守正履道。诗学断断唐宋之分，不肯随时趋向，今没世三十余年，诗卷零落几尽矣。兹录其向日所钞五篇，聊志风概云尔。

## 效诸将三首

万叠云山山外城，登陴一望气峥嵘。渠搜西去新传箭，弱水东来尽列营。有俟弦歌工化俗，且将靴帕学论兵。鬼方亲见高宗伐，奇绩无须三载成。

关河日夕羽书传，亿万刍茭悉帑钱。不为陈师来紫塞，何缘转粟上青天。至尊减膳龙庭外，诸将忘身虎旅先。自古足兵谋足食，四方愿祝屡丰年。

天山八月朔风吹，两道飞符并出师。突骑全凭白马将，弯弓已毙射雕儿。金城旧日屯充国，瀚海今朝斩郅支。蠢尔西戎稽颡后，还祈干羽格诸夷。味诗意应是圣祖讨噶尔丹时事。时出师既远，转粟甚艰，故圣祖因其服罪而赦之。今国有弑逆，皇上声罪致讨，部落投诚，罪人斯得，兵不血刃而已奏荡平，从古王师所未有也。录考功诗，因恭纪圣人神武，俾后之览者有所考云。

## 九日放舟山塘

老去登临兴未删，便乘小艇放溪湾。高原水浅苗初出，密树霜浓叶渐斑。半世功名随旅雁，百年心迹对秋山。黄花此日何岑寂，一笑层台懒更攀。

## 赠焦山人

泠泠秋阁大江临，中有幽人襪玉琴。一自霓裳檀板歇，几回铁瓮戟枝沈。孤钟断续迷寒雨，冷焰高低起暮阴。此日孝然如可作，白头肯负紫芝心。此赠焦山冷秋江作，嘉其高隐，勉其不负初心，得古人赠言之意。

## 黄　庭

字蕺山，江南长洲人。康熙丁卯举人。

## 延川道中

水似瞿塘险，山如剑阁雄。奔涛时啮岸，盘磴半临空。马踏雲头上，人行石腹中。那知巫峡雨，翻作塞门风。能作奇语。

## 宁夏渡河

峡口回波绕塞流，自注：峡口，山名，两山相夹，河流其中。黄河利独擅边州。千屯得水成膏壤，两坝分渠据上游。自注：汉渠、唐渠今名大坝、小坝，蓄水溉田，独受河利。鸡犬人家红稻岸，鱼盐贾舶白苹洲。那知泽国堤防急，百万金钱掷浪头。

## 正月既望自钱塘进艇新安江行十日达紫阳门即事写怀得船字

吴榜停时櫂越船，溯原浙水出山泉。一千里近新安路，三百滩齐天目巅。自注：新安平地与天目山齐。轩后台前神独往，羲皇卦外岁初迁。自注：予今年六十一。衰年兴待名山助，拟向云端采石莲。予游黄山，年七十有八，视作者多十有七年，「兴待名山助」，其言果然。

## 送陆翼王徵君南归

天际冥鸿不可求，高飞岂为稻粱谋。山中大隐徵弘景，海内奇书问邺侯。风雪五年留上谷，莺花三月下长洲。吴宫春色应如旧，眺望先登开府楼。

## 马嵬

方士钿钗何处得？农夫罗袜此间收。蒙尘莫漫尤倾国，犹剩唐家土半丘。本祸水也，偏说为唐家生色，见文人笔舌之巧。

## 梁佩兰

字芝五，广东南海人。康熙戊辰进士，官翰林院庶吉士。著有六莹堂集。○药亭中顺治丁酉乡试第一，至成进士时，年六十余矣。未一岁，即乞假归，同榜中俱以前辈事之。○岭南三家，翁山以五言律擅场，元孝以七言律擅场，而七言古体独推药亭，集中如养马行、日本刀歌诸作，光怪陆离中，律令极细，措辞极妥，真可作万人敌也。间亦多英雄欺人及过于恢张处，而木瓜上人打鼓歌，为欺人之尤者。阅者勿因其名高，一概追逐，斯善学药亭者矣。近体略存，志其大概。

### 养马行

庚寅冬，耿、尚两王入粤，广州城居民，流离窜徙于乡，城内外三十里，所有庐舍坟墓，悉令官军筑厩养马，梁子见而哀焉，作养马行。

贤王爱马如爱人，人与马并分王仁。王乐养马忘苦辛，供给王马王之民。马日龁水草百斤，大麦小麦十斗匀。小豆大豆驿递频，马夜龁豆仍数巡。马肥王喜王不嗔，马瘦王怒王扑人。东山教场地广阔，筑厩养马凡千群。北城马厩先鬼坟，马厩养马王官军。城南马厩近大海，马爱饮水海水清。西关马厩在城下，城下放马马散行。城下空地多草生，马头食草马尾横。王谕养马要得马性情，马来自边塞马不轻。人有齿马，服以上刑。白马王络以珠勒，黑马王络以紫缨，紫骝马以桃花名，斑马缀玉锁，红马缀金铃。王日数马，点养马丁，一马不见，王心不宁。百姓乞为王马王不应。以赞颂之笔，写风刺之旨，贵畜贱人如此，其败亡也必然矣。此种诗前无所承，后无所继，应是独开生面之作。○「城南马厩近大海」以上用真、文通韵，以下用庚、青、蒸、通韵，莫认作一韵到底看。

## 日本刀歌

市中宝刀五尺许，市中贾人向予语。此刀得自日本王。王使红毛预斋戒，三日授刀向刀拜。龙形虎视生气骄，抽出天上星摇摇。黄蛇之珠嵌刀首，百宝刀环未曾有。有时黑夜白照人，杀人血渍紫绣新。阴晴不定刀气色，风雷闪怪吼墙壁。相传国王初铸时，金生火克合日期。铸成魑魅魍魉伏，通国髑髅作人哭。人头落地飞纸轻，水光在水铺欲平。国王恃刀好战伐，把刀一指震一国。红毛得刀来广州，大船经过海若愁。携出市中人不识，价取千金售不得。我闻此语空叹呼，兵者凶器胡为乎！中国之宝不在刀，请以此刀归红毛。字字锋铓逼人，骇胆栗魄，未见中国所宝在明德不在武事，尤得尊崇之体。

## 易水行

易水悲歌动天地，荆卿入秦为燕使。秦王尊礼设九宾，殿间顾笑旁无人。於期之头奉上殿，血光直射秦王面。取持督亢色仓皇，咄哉年少秦舞阳！图穷不觉见匕首，秦王睨之环柱走。荆卿不得刺秦王，無且在殿提药囊。为谋不成实天意，祖龙胆落荆卿死。一死可以报太子，君不见沙丘之椎亦如此。荆轲刺秦王，一系生劫之谬，一系剑术之疎，然秦王之魄已为之夺矣。以沙丘狙击作结，倒衬有力。

## 惠州王紫诠太守筑罗浮子日亭落成作歌寄之

登山不到罗浮巅，举足万里真徒然。瑶房璇室七十二，群真笙鹤长喧阗。况支蓬莱一左股，金陵地肺遥相连。风云雷雨出其下，上界漭沆涵澄鲜。夜来星宿照分野，有若榆树垂金钱。齐州九点尽可数，中原一缕摇轻烟。就中飞云更奇绝，天门诛荡云联绵。银河屈注倒在背，帝座豁落平当前。神霄斧凿施不下，鸟道岂有藤萝牵。何人筑亭在其下，循州太守今豪贤。为亭命名曰子日，意象直探鸿蒙先。世间万事起根本，黄钟子气无不全。静为动本太极理，循环迭运非言诠。阴阳旋转推昼夜，阳明玉烛光回天。紫微垣中日杲杲，太阴蟒蝀安能缠。此山三更坐见日，高与泰岱齐比肩。天鸡大叫海水动，海中涌出金盘圆。羲和整辔升若木，神人枉用回秦鞭。太守名亭复为记，二楼伐石为碑镌。大书年月人某某，千秋万世名山传。附书仙人海琼子，倡和共掣雲霞笺。平生济胜仗筋力，匡庐白岳随攀缘。罗浮家山望咫尺，反似往昔游幽燕。山灵待我谢招手，不久黄鹄来高骞。洞门借骑蝴蝶入，峰顶或就桂父眠。烦君劚取茏葱七尺遗赠我，相酬先寄飞龙篇。波澜层叠，中就子日二字阐明动静互根全理，而仍不入于腐，笔故超、气故达也。仙人海琼子，作者自谓。

## 秋夜宿陈元孝独漉堂读其先大司马遗集感赋

至今亡国泪，洒作粤江流。黑夜时闻哭，悲风不待秋。海填精卫恨，天坠杞人忧。一片厓山月，空来照白头。以中间语作起步。倍见其超，此秘唐人后罕寻得者。

## 次京口

绕郭尽江水，长虹跨不来。地形山势截，天堑海门开。白昼鼋鼍出，中宵鼓角哀。往时征战处，临泛重徘徊。

## 沛中

黄河西出南徐路，马首经过识沛中。一代帝王还故里，几家鸡犬入新丰。天垂芒砀雲疑在，山拥彭城气已空。汤沐昔时诸父老，相逢谁为述歌风？

## 阁夜

百寻古阁郡城东，帘卷前山一角风。哀壑有光星在底，明河无影月临空。群生静息鸿蒙里，秋气森归耳目中。不是夜深能独醒，海门谁见日初红？

## 汤右曾

字西厓，浙江仁和人。康熙戊辰进士，官至吏部侍郎。著有怀清堂集。○浙中诗派，前推竹垞，后推西厓。竹垞学博，每能变化，西厓才大，每能恢张，变化者较耐寻味也。后有作者，几莫越两家之外。

## 相见坡

清风生山巅，微雨在山脚。后山路始穷，前山壁又削。飞龙中忽断，奔马势旋却。两山郁嵬峨，一水相互络。泄雲天光漏，仄壁石气错。俯逐饮涧猿，仰睇投林雀。高低总鼿軏，下上殊苦乐。彼途俄复经，此路邈如昨。相见难相从，青冥倚寥廓。极形两山之险。而末以「相见难相从」五字括之，可云经营心苦。

## 澄海楼

大海东回水波恶，如山浪打长城脚。千年万年鬼夜哭，冶铁销沉石崩落。王公设险古制存，屹立重关严锁钥。干戈相寻远不数，六十年前事如昨。大盗移国明社墟，澒洞烟尘昏六幕。是时关门临贼垒，白日旌竿莽萧索。奸凶满盈人鬼怒，世运艰屯神圣作。飞龙首出在九天，熊虎戎衣只一着。石河西南破贼处，父老犹言战时乐。后汉书：「今见其战，乐可言耶？」不闻人声闻刃声，霹雳摧枯风扫箨。只今车书通万里，天下一家无厚薄。名都货贝街喧阗，属国赉琛驿交错。承平暇日展游眺，宾客闲情寄觞酌。兹楼我到亦偶尔，万古心胸忽开拓。更喜天容海色清，侧身东望蓬莱阁。自注：土人言天气晴明，往往见登、莱也。○蚁贼毒乱，兴朝战功，于登楼时挥洒出之，岂同苟然之作。

## 登雲麓峰望南岳歌

我闻三神山，远在东海东。神仙恍惚路难到，世上五岳蟠胸中。忆临沧溟倚日观，九万曾踏扶摇风。昨辞蓬莱建羽节，阳景一翳迷高嵩。西南万里入罗鬼，似堕幽井窥圆穹。东还雲梦吞八九，张乐已在轩辕宫。七十二峰青联属，苍梧天外云蒙蒙。清湘水流环九面，南岳神镇齐三公。灵妖物怪薮藏纳，丹蕤赤幕光曈昽。峰峰低昂宛相次，独有紫盖争祝融。雷泓风穴互开阖，玉书金简留穹窿。岣嵝山尖蝌蚪字，人迹欲到路已穷。使者虚亭花药绕，山人仙骨云霞通。似闻绿发有毛女，不少翠羽来青童。离宫福地入缥缈，目所眺瞩攀跻同。衡阳县前昔骋望，压阵巉巇云排空。仙山咫尺俗缘误，况今百病中交讧。升高视远腰脚软，左右扶掖如衰翁。道人铁瓦缅遗构，拜岳之石高巃嵷。九疑清猿怨遥夜，洞庭落日浮孤篷。汉女幽兰冉冉翠，楚妃泪竹斑斑红。振衣周览穷上下，忽与意思增清雄。人间扰扰等蠛蠓，慎勿变化随沙虫。君不见回雁峰来八百里，挥手欲驾冥飞鸿。前从使滇回说入，便有波折。次写望衡岳处，淋漓饱满言之。后忆往日经衡阳而未登，益见今兹将老不能更登也。于望字更添一倍衬托，作长篇，须解此法。

放舟至下钟山

空蒙一片云满湖，西南风起吹樯乌。渊渊且止发船鼓，秀绝下钟山色无。褰裳直上捷猿狖，乐哉一幅寒林图！绝顶飘飖目四豁，左右江湖渺空阔。烟波尽处洲渚微，仿佛扶桑见穷发。天旋地转不少留，回看星气忽已周。扁舟岁晚梦吴越，匡庐五老空船头。衔舻如山万商集，使者缨旌骑吹入。行人扰扰竞锥刀，落日悠悠下城邑。前临巨石纷盘陀，仰看绝壁青嵯峨。玲珑窈窕万窍出，安得泮汩生流波。风声水声奈尔何？只今埋没尘沙多。无弦之琴张素壁，岁久抑郁恐不和。一歌如扣鐔，再歌哀知音。洞庭木脱水深深，天高月白风入林。或鼓或考声钦钦，岭猿江雁同夜吟。潜蛟出听老龙泣，渔父沧浪知此心。石钟山记，坡公透畅言之，游下钟者，不必更从钟声落想矣。作者别行一路，故语无雷同。

## 黑石渡

咋从邙山来，今从邙山去。邙山朽骨万万古，惟有行人朝复暮。黄金蚀尽白石烂，蝼蚁三泉尚知处。我来欲酹酒一杯，落日荒荒下前渡。朝暮行人，即是邙山中人，末语欲尽不尽，黯然神伤。

## 山海关

东西谁界绝，封此一泥丸。地接长城险，天浮渤海宽。连山趋碣石，积水见辰韩。吹角关门出，边风马首寒。连下章，盛唐音节。

## 辰龙关

束马悬厓险，关门郁不开。居然横戟地，曾此挂弓回。浩荡妖星落，苍茫角吹哀。兵家争间道，为语勒铭才。

## 上玉峰徐公

海岳英华盖代人，由来绝业迥殊伦。六经屡折群儒角，九服齐扶大雅轮。无事心常爱丘索，有才谁不仰陶钧。每看元老虚怀处，吐握风流一旦亲。

春官玉尺手亲持，科目光华此一时。尝惜文辞伤篆刻，独将经术作宗师。士当失意犹无恨，才苟怀奇定见知。只有公门惭小草，也滋化雨伴仙芝。健庵督欲搜罗天下英奇，「才苟怀奇定见知」一语，非虚誉也。少宰为司寇特赏识人，故言之亲切。

## 登岘山亭至甘泉寺

篮舆呕轧傍城隈，积雾霾阴黯不开。一磴自穿云气入，万峰争送雨声来。山川浩荡今如此，裘带风流安在哉！千载牛山共挥涕，古苔秋井易心哀。

云藏岩谷昼冥冥，忽听天风响佛铃。草际老僧迎客至，烟中修竹入门青。坐来瀛海茫茫地，尽失山川漠漠形。休问葡萄拨醅后，甘泉一酌自清泠。次章承「万峰争送雨声来」言之。

## 荆州

剩础遗隍问旧疆，龙门马牧总茫茫。接天波浪三江口，横地风云百战场。尚有帆樯下巴蜀，无多户口在耕桑。不堪原野萧条地，吹角重城倚夕阳。

戎马壬申逮甲申，万家烟火几家存。人如封豕屠羊惨，事异黄巾青犊论。妖树祸生天北极，怪风寒卷郡南门，龙陂桥外坡陀血，谁洗忠臣九地魂？流寇之乱，于荆襄尤甚。篇中凭吊往事，故极形乱后萧飒，今则为天下重镇矣。重熙累洽，歌咏者可忘所自耶！

## 黄尊古上都秋色图

落日牛羊下远村，平沙万马别开屯。君看鹘没鹏盘处，莽莽青山是塞垣。

### 唐孙华

字实君，江南太仓人。康熙戊辰进士，官吏部主事。著有东江诗钞。○东江勤于学殖，不重绂冕。归田后，与二三老友登临宴饮，有香山洛下之风，至九十余乃辞世，生平故天爵自尊者也。论诗谓诗必有为作，每与史事相表里，故其诗不趋高超，专崇质实，皆其言有物者。咏门神诗偶然戏笔，而外间传诵，和者纷纷，毋乃探骊龙而专取鳞爪耶！

## 述古

谗口成铄金，沉舟由积羽。苍蝇正群飞，白璧无完素。臧仓沮孟轲，伯寮诉子路。正直枉者非，妍好丑者妒。芳兰每见锄，实以当门故。道义苟无愆，特立何足惧。由贪而跖廉，毁訾每错互。孔光诋王嘉，马融排李固。孔马皆大儒，物情常向慕。一朝势利夺，颠倒迷好恶。嗟尔名教人，毋令青史汙。孔光何足惜，以马融之儒学而排挤正人，则名节尽丧矣。时有名人而诋汤文正者，意作者借古以况今人耶！

## 赠赵松一

赵曾著读史质疑一书。

尼父著春秋，大义揭星汉。功罪无匿情，是非有定案。作史与论史，宜以经为断。后儒恣穿凿，如丝各棼乱。收夺尔朱功，寿訾武侯短。蜀魏争正闰，岛索互诋谰。冯道善变通，武媚宜郊祼。邪说既纷纭，大道日离畔。矫矫赵夫子，朱墨久研钻。家贫出负米，宾席弄柔翰。六经贮巾箱，三史供点窜。上下数千年，一一如珠贯。笔挟董狐直，书过袁豹半。辩如悬河注，目如岩电烂。论准过秦覈，语陋美新谩。示我两卷书，明窗得吟玩。潜德有必彰，奸谀死无逭。南山岂可移，先零何足按。霍若雰雾披，涣若春冰泮。明史今未成，授简多疑惮。白头虽有期，青竹何由汗？如君著作才，固宜参史馆。说经常硁硁，陈史亦侃侃。形诸直如笔，千秋事可判。庶禀鲁史程，得随游夏赞。惜哉擅三长，无从置一算。抱书菰芦中。慨然发永叹。概举论事不平者，逐一披驳，而以「以经为断」一语该之，何等光明正大。

## 闲居写怀

屈伸固有命，秋毫非人功。三世不徙官，执戟老扬雄。荀爽起布衣，百日至三公。猿臂终数奇，李蔡本下中。方壮既悼颜，皓首仍悲冯。世有巧而踬，亦或拙而通。忧喜塞翁马，得失楚人弓。时命苟不谐，不如安固穷。巧拙踬通俱可不问，而一归于安命固穷，君子褆躬，莫逾于此。

## 夏重谈金陵旧事

金陵昔丧乱，炎运值摽季。忽从大梁城，仓皇走一骑。偶窃藩邸璋，自言某王嗣。贵阳一奸人，乘时思射利。奇货此可居，何暇论真伪。卜者本王郎，矫诬据神器。遂修代来功，超逾登相位。权门辇金帛，掖庭陈秘戏。江表张黄旗，王气销赤帜。偷息仅一年，传闻有二异。北来黄犊车，天表自英粹。杂问聚朝官，瞠目各相视。遥识讲臣面，备言宫壶事。诸臣媚新君，谁肯辨储贰。争效隽不疑，竞指成方遂。泉鸠无主人，束缚乃就吏。复有故宫妃，飞蓬乱双髲。自云丧乱时，仳离中道弃。生子已胜衣，壮发犹可数。不望昭阳恩，不望金屋置。愿一见大家，瞑目甘入地。上书欲自通，沉沉九阍闷。诏付掖庭狱，见者为垂泪。不如厉王母，衔愤早自刺。只缘当璧假，翻招故剑忌。诚恐相见非，泄此踪迹秘。灭口计未忍，对面谅馀愧。鸟兽有伉俪，豺虎知乳孳。岂独非人情，捐弃恩与义。嬴吕及马牛，秦晋潜改置。皆从胎孕中，长养崇非类。未闻妄男子，僭盗出不意。龙种乞为奴，狐假得暂恣。兹实众口传，曾见遗老记。疑事终阙如，庶听来者议。北来黄犊犹或可疑，若童氏故妃断无无端冒认之理，此而不许入宫，加之以刑，恐泄其伪也。少时即闻此言，今以东江诗证之，益为凿凿，存此诗以俟论定。

## 同宋药州太史登滕王阁

平生想慕滕王阁，未能千里驱轮蹄。岂意云山落吾手，飘然直上凌飞梯。天风浩荡入怀袖，倾刻尘眼开金篦。画栋朱栏照城郭，丹楼碧瓦缨虹霓。吐纳江流九派小，平压雉堞群峰低。落日倒射澄潭影，金波千顷浮玻璃。上扪星辰若有路，下临洞壑疑无蹊。贾客帆樯自来往，风涛出没如凫鹥。跕鸢飞鹘不敢到，长空杳杳鸣天鸡。忆昔骄王盛意气，临风歌舞飘华袿。不惜金钱构飞阁，巀嶭上与烟霄齐。子安文字当时体，纵横万象谁端倪。如何俳语笑仓猝，颍滨一老犹相诋。自注：「子由滕王阁诗云：『俳语笑仓猝。』」江河万古终不废，少陵不敢轻排挤。人生游迹过如扫，鸿爪一瞥飞东西。洪都胜地独数此，偶然匹马随双奚。阁公宾客今寂寞，幸有胜友能招携。凭栏徙倚三叹息，山云乱起烟悽迷。一代繁华有衰歇，三王文藻谁攀跻？我行自哂真孟浪，此游聊可骄昌黎。落窠臼题，须出以新意，中间子由之诋一段是也。昌黎作记，始终未到此阁，末以己之游览，骄昌黎之未游，亦是别寻蹊径。

## 鹰坊歌与夏重恺功同赋

水磨自注：地名。园亭清且幽，碧柳阴浓古木稠。偶然携客避炎暑，腥风忽觉来飕飕。云作闲坊为养鹰，名材不惜千金收。板屋羃栖拳铁爪，浮云仰视张金眸。就中海青独称最，传闻出自青海头。锐头猛脑特神俊，自矜耻与群鸇俦。杉鸡竹兔不足取，气吞乳虎欺犛牛。白山黑水出异产，在昔辽代曾穷搜。诛求因结女真怨，无端两国兴戈矛。爱鹤爱鹰皆速祸，羽物何事常招尤。头鹅盛宴付逝水，晾鹰高台成古丘。冰天朔漠馀杀气，江山不改奇毛留。从来异物聚所好，携笼走马来荒陬。人间养鹰如养士，一时效用三时休。多畜驯鸽供喂饲，流血渗漉沾衿喉。填肠满嗉意未已，一饱欲傲梁边鹙。乃知惠养多幸窃，肉食未必皆能谋。虞人悬衡揣斤两，躯骨轻重须相侔。自注：鹰必称斤两，以十八两为准。肥苦钝迟瘦无力，上臂能辨劣与优。空仓饥雀日叫噪，一出往往逢罝罦。尔曹攫肉偏远患，得食那敢辞笼囚。譬若猛士飨牛酒，投石奋欲偿恩仇。觜距久闲求自试，常思一举翻高秋。鹰乎鹰乎盍努力！霜天风紧将离韝。鸟中恶物正不少，早拉训狐擒鸺鹠。功成山薮得清廓，愿汝仍化林间鸠。勿戕胎卵惊鸾凤，阿阁万一重来游。先说金、辽争鹰，以致两国起衅，次说养鹰不用，同于肉食谋国，后说搏击恶鸟，分别枭鸾，而归于仍化为鸠，仁厚不杀，此通篇结穴处。

## 读梅村先生鹿樵纪闻有感题长句

一旅谁知扼紫荆，蜩螗聒耳正纷争。腹书竟伏狐鸣火，手蔗频惊鹤唳兵。直待临危思翦牧，可应先事戮韩彭。石头袁粲真堪惜，自坏边关万里城。自注：指东莞督師袁公崇焕。〇诛袁崇焕，此我朝用间，而前明为间所愚也。事后追悔，何益哉！

## 东山即事

湖风尽日响松杉，接席连床共一岩。文到无情真悔作，口除饮酒只宜缄。晚凉欲试蒲葵扇，暑汗频嫌葛越衫。破砚生涯今更拙，谋身端合托长镵。

## 永嘉令马公死寇难令嗣观察公请于朝赐谥忠勤索诗

青袍白马塞瓯闽，一命官卑大义均。岂有兵符麾士卒，要将全节感臣邻。君王未识真卿面，战阵甘捐先轸身。尚念天恩未酬答，生儿留作报恩人。

## 诸葛武侯祠

卧龙潜下国，逐鹿走群雄。慷慨吟梁父，扬谦拜德公。管萧才岂匹，伊吕望应同。汉庙灵犹在，刘天姓未终。一犁耕陇畔，三顾出隆中。旒缀千年玺，丝悬九鼎铜。黄图分社稷，赤壁扫艨艟。入蜀神基固，分荆陘路通。一嘘火井焰，自注：蜀有火井，汉盛时火炽，汉末渐微，孔明一窥之，火乃复盛。再起沛乡风。操懿真如鬼，关张并是熊。自注：周瑜谓关、张，熊虎之将。崎岖箕谷路，流涕永安宫。定计收关陇，深期卜镐丰。杂耕屯渭曲，筹笔洗荒戎。吞猃曾无芥，鞭狐欲折凶。自注：石勒谓操为狐媚。风云开绝业，日月照孤忠。委寄寻前诺，艰危誓鞠躬。三分非素志，八阵渐成功。炎景终移祚，流星忽陨空。宅桑仍索寞，庙柏自菁葱。异地留祠宇，灵旗卷暮虹。综忠武平生而言，工整苍郁，胎原出于少陵。

田从典 字克五，山西阳城人。康熙戊辰进士，官至大学士。

## 拟七德九功舞歌效乐天体

七德舞，九功舞，武纬文经耀千古。朝廷干羽在两阶，天下车书尽九土。我皇御极垂衣裳，四方万国来享王。自朝乃至日中昃，尧兢舜业不敢康。为念斯民亦劳止，丹诏夕封驰万里。咨尔强藩且载戈，释甲归来见天子。苞有三蘖方凭陵，一朝敢弄潢池兵。荡摇滇黔连楚蜀，虔刘闽越驱鲵鲸。驿闻天子赫斯怒，皇言一宣天日午。誓将灭此后朝食，取彼凶残畀豺虎。临轩命将亲推毂，中有天潢建牙纛。日射春旗万马鸣，云开晓帐千官肃。一从荆鄂向三湘，一自江州下豫章。西指秦川临剑阁，南经吴越度钱塘。王师所至如风电，合围掩群开一面。狼奔鼠窜皆倒戈，市肆不惊芸不变。王师所至多谣颂，行者愿赍居者送。天语殷勤再四宣，无令南亩妨春种。一年转战雍梁间，二年克敌威荆蛮。三年扫清瓯与越，一鼓遂进仙霞关。四年官军收闽地，逆臣稽首归藩位。五年贼渠死岳阳，六年百粤置胥吏。七年一举入成都，夹击东西疾度泸。八年荡扫昆明穴，普天率地归皇图。羽骑宵驰传露布，从此江山复如故。侍臣拜手贺升平，武士鸣铙歌大濩。我皇恭己开明堂，木凤衔书下八方。嘉与吾民共休息，欲偕斯世为陶唐。思齐太任及太姒，翼子贻孙既受祉。恭上徽音万国欢，再沛恩纶与更始。昔时民间苦被兵，鸟乌声乐多荒城。今日言旋复邦族，闾里不闻愁叹声。昔时民间苦征役，男子辍耕妇休织。今日公家免践更，鼓腹行歌仍作息。欃枪灭迹三阶平，我皇宵旰犹未宁。手披目览厘庶绩，早朝晏罢勤苍生。天纵聪明兼圣学，研精书史穷丘索。著述开天冠百王，四海文明生礼乐。舞七德，舞九功。五弦之琴歌南风。愿令世世陈王业，王业艰难万古同。康熙二十年十月，官军收滇南，颁诏中外，示天下荡平，允群臣请上太皇太后、皇太后徽号，恩逮臣庶。阳城因仿唐代七德九功之舞，作为歌诗。中间三蘖之畔，三蘖之平，一一可考，当以诗史目之。诗之曲折顿挫，迤逦往复，得昌黎平淮西碑之体，不专学白乐天也。诗亦见翁司寇集中，岂翁为大词成时，田为太学生，代师长拟成稿本耶？唐人诗中两见者有之。

## 赵俞

字文饶，江南嘉定人。康熙戊辰进士，官定陶知县。〇定陶以他人累，牵引对狱吏者再，后虽昭雪，然亦濒于危矣。诗体灵敏之中，冲和自在，是为正声。

### 古风

弧矢用威敌，还为奸宄利。苍姬六典书，莽新实阶厉。国息既薮慝，况乃肉刑议。后圣师前古，专在行仁义。本同末则殊，沿革随时世。孟轲今复起，亦不讲井地。未闻书契作，仍可结绳治。圣人大法天，亦行所无事。介甫行周礼，适为厉阶，师法古人，在意不在迹也，安得此通达治体之言。

鸿纤列万品，一一自禀赋，削觚使就规，涅缟忽失素。变本乃为奇，矜新众所骛。人于大块中，果蓏一虫蠹。吾欲追淳朴，各各安其故。因物付物间，斯理则已具。斯螽夏切股，翰音晨引吭。彼岂能自主，时至乃翕张。测天凭仪器，俄已易躔次。测晷以刻漏，时亦乖启闭。夫岂圣人作，而顾谢物智。任人斯有为，任天故不二。任天而行，人力不与，欲还淳朴，而不流入老、庄，斯在有为无为之别。

## 踏车曲

杉槠作筒檀作轴，乌鸦衔尾声历鹿。赤露两肘腹无粥，踏车辛苦歌如哭。前年井底泉脉枯，去年瓯窭长茭芦。旱年掘窝转水入，潦年筑堤翻水出。水入水出车欲裂，农夫那不筋骨折。无奈今年又苦旱，塘水少于衣上汗。往年车完人尽力，今年车破人无食。人无食，不足恤。努力踏车声太息。伍伯催租秋赋迫，连年未报灾伤册。歌声如哭，水少于汗，皆十成奇警语。圣朝恤民，不啻父母之于赤子，而连年水旱，犹有未报灾伤者，何知有官而不知有百姓耶？

## 射虎行

居人传言郭有虎，白昼咆哮出林莽。将军猬毛须倒竖，遣使发卒悉所部。白羽长箭大黄弩，皮作车茵肉治脯。虎见千人若无睹，千人惊顾色如土，箭未脱弦弩折弣。虎起攫人如捕鼠，突出围场公然去。当今四海乐升平，军士逍遥无什伍。将军锦裘玉带醉氍毹，胡为轻捋虎须撄虎怒。从今军府耀威武，只射兔獐莫射虎。

## 侣台弟以悼妻哭子诗索和憔悴婉笃情有不能已者余欲发乎情而裁之以义也辄有是作

至痛君难割，前型我所师。延陵于礼合，奉倩太情痴。尚有君亲重，休为儿女悲。节哀宜引义，不敢再题诗。以义节情，情归于义，若劝之悲悼，不犹醉人扶醉耶？只一制题，便得儒者立言之体。

## 舟行晚过青浦

孤篷秋气入，此夕客心惊。露白浩无际，虫吟并一声。塔随帆影走，潮涌月轮行。磔磔城乌起，谯楼已二更。浩字并字，锤炼而得，并字尤佳。

## 和查夏仲敝裘诗

无复如膏耀日辉，关河难御雪霜威。配宜东郭先生履，暖胜西华公子衣。绝绒犹馀清节在，蒙戎转觉旅情非。只应五月能忘暑，披上江乡旧钓矶。典而雅。

## 岳忠武祠

桧树枝生宋祚微，将军那许总戎机。出师累捷身应死，与敌同仇事已非。脱帻收时光焰动，属镂赐后怒涛飞。孤忠愿抱千秋恨，不共蕲王早见几。以道济、伍胥比之，冤抑相同，而关系尤大，此空际着题一法。

## 彭无山给谏自河工召复原官喜而有作

三年薄宦卧江干，鸣凤今朝刷羽翰。暂屈邺侯参幕佐，忽宣唐介拜原官。重来寰海皆倾听，一入朝廷便改观。汉室淮阳终不召，须知纳谏古今难。使事典切，结意反衬出圣朝纳谏，工于立言。

## 督亢陂

提剑荆卿勇绝伦，浪将七尺殉强秦。燕仇未报韩仇复，状貌原来似妇人。见重智而不重勇也。

## 王导

本无勋德济艰危，儒雅风流事又亏。臣族早知三窟就，风尘休障庾元规。江左夷吾，何处生活。

## 溪声

结庐何日住深山，竹月松风相对闲。却笑溪声忙底事，奔流偏欲到人间。

## 闻鹧鸪

月照霜华石磴危，钩辀苦怨客归迟。故乡亦是惊魂地，只恐山禽尚未知。此作者惊弓之言，不觉愁苦乃尔。

陶元淳 字子师，江南常熟人。康熙戊辰进士，官昌化知县。

## 暮归僧寺和潘九仪韵

暝色城先到，人声野更稀。山深难得月，水暗欲溅衣。魑魅憎人过，虫沙得地飞。迷途知未远，钟起唤君归。

## 臬司刘公枉书惠存诗以志感

一官万里尹蒿莱，几个生前归去来。况复劳心阳子拙，敢云流涕贾生才。眼消瘴雾千山净，春到蛮花满地开。从此不愁风土异，生还终望我公哀。子师先生负旷世才，作吏蛮荒，视新、恩二州犹为福地，则义同窜谪矣。可与东坡表并读。

## 和唐张谓韵

道路非难作吏难，一洲鳌背立郊坛。人言琼管曾开府，我道囚山合挂冠。万里亲知春梦断，一生事业暮潮寒。新恩已是投荒处，却望新恩福地看。

如此途穷欲进难，朝天漫上越王坛。跼高不合伸强项，逐裸何须岸大冠。徼外山河逢帝醉，心头铁石向人寒。长安日下犹言远，穷海孤臣那得看。二章与遗臬使刘公诗同意。

史申义 字蕉饮，江南江都人。康熙戊辰进士，官翰林院编修。著有芜城集。

## 由富阳至龙游

沙禽亦无数，格格野塘秋。孤棹有时泊，远山相向愁。月明乌桕树，人散白苹洲。何处津楼上，无眠听棹讴。

## 南海杂诗

石壁猩猩语，惊心百粤东。四时山叶绿，五夜海霞红。日月摇溟渤，星河浸祝融。鹧鸪飞不断，只在荔支丛。三语言地气之暖，四语言东土日出早也，即「海日生残夜」意。

晓上越王台，扶胥海色开。山连鳌阙近，潮射虎门回。洒座荔奴雨，吹香椰子杯。崎岖未朝汉，割据亦雄哉！此吊尉佗之霸。

海雨花阴候，春泥屐响声。鸦鬟簪抹丽，纨扇过清明。瑇瑁潮通市，芭蕉绿上城。昌华鼓舞院，销尽美人情。此状风物之明丽。

## 南昌

吴楚中流势未平，章江雄阔客心惊。芒寒牛斗雌雄气，风偃鱼龙日夜声。党锢人高徐穉宅，封侯事往灌婴城。豫章楼阁犹堪赋，宾主东南异代情。

## 朝雲墓

散尽泥金蛱蝶裙，雲蓝小袖剧怜君。伤心白鹤峰前路，一树榕阴盖古坟。一女子而死于万里之外，亦可伤矣。一树榕阴，其人如在，浅浅语自有远神。

吴 暻 字元朗，江南太仓人。康熙戊辰进士，官兵科给谏。有西斋集。〇西斋为梅村令嗣，工于诗笔，近体清稳，尤称雅音。

## 和振西赠王将军紫厓

九尺须眉七十身，眼中遗老更何人？将军竞病诗无敌，弟子丹青笔有神。谈笑尚能开霹雳，太平不复画麒麟。酒酣拔剑听君语，为感穷途意自亲。

玉殿风流讲席重，故山归去拂尘容。门生为致荒厨菜，禅客同寻旧院松。梦后庄周从笑鹖，书成扬子解嘲龙。欧阳筋力犹强健，不羡扶携手一筇。扬子解嘲中云："执蝘蜓而嘲龟龙。"去一龟字，古人每如此用。

著书不复为穷愁，独乐园林散百忧。人乍抛残尘海梦，天教管领太湖秋。槎形东第奇章石，钓具南江鲁望舟。从此终身巢许稳，风光真拟洛滨游。将军能诗，复能著书，管领名园，偕游禅客，比少陵所咏"将军不好武，稚子总能文"，尤得幽居之乐矣。太平盛事，于诗中遇之。

## 题徐太仆遗像

金珰祸国叹荆榛，只为须眉不计身。四海清流真直节，五朝旧德老遗民。独先元礼弹常侍，共幸林宗免党人。画像吴中前事在，团溪好写白纱巾。自注：世传吴中先贤画像一卷。○此劾魏奄而未被祸者，惜未详其名。吴中先贤画像，系张蟾笔，共三百馀人，今大半归余家。

## 题顾亭林遗集和汪安公编修

野哭东风学采薇，累臣白首尚单衣。江山有恨忧天醉，草木无情长地肥。避吏赵岐谁共语，离家王粲不思归。只馀帷盖兰台旧，万卷凄凉辨是非。

## 奉和座主东海公山居 存一首。

东观西垣按部居，牙签万轴载牛车。集贤手笔词头重，元祐文章丛目初。白发乞湖狂道士，青山思颍老尚书。闭门碧草闲秋色，独把遗编恣猎渔。时健庵尚书众欲致之重辟，而圣祖许其书局自随，保全旧臣者至也。拟以贺监、欧阳公，不言君恩，而君恩在言外矣，得立言之体。

## 赠张穉昭

相府莲歌乐府春，清尊檀板话穷尘。谁传天宝凄凉曲，柳市当年旧玉人。花前月底奏新声，梦断昭华玉殿尘。记得雲间歌第一，贞元朝士已无人。此赠旧歌者，与刘梦得赠歌者何戡、听旧宫人穆氏唱歌二绝句，一种风神。

### 徐宾 字虞门，江南华亭人。康熙戊辰进士，官给事中。

## 游梁诗

雄都形胜古梁州，匹马冲寒访上游。地控燕秦开閫域，天分南北锁咽喉。平铺白草千原旷，忽折黄河一线流。试上高台还极目，城边睥睨夕阳秋。

## 董思凝

字养斋，山东平原人。康熙戊辰进士，官观察使。

### 拟古

楚人重菉葹，椒兰为荆杞。宋人宝燕石，安知球琳美。真伪讵难分，奈何徒贵耳。触热趋炎爚，浮名取青紫。岂不羡时荣，愿言敦素履。黾勉以为期，毋为识者鄙。

### 听周紫海先生话海外三山之胜

尘世难向蓬莱游，空怀三山缥缈之银楼。年光弹指如飞电，安能一室兀坐生烦忧。懒雲先生负奇气，青瞳绿发仙人俦。与余素心授宝诀，人间何处无丹丘。更言曾厕仙人里，天风飒飒云雾起。左携东王公，右携赤松子。仙山迢迢高入云，方壶员峤气氤氲，侧身俯视小天地，鸾嘻凤嗷空中闻。忽然驾岱舆，羽盖斑麟车。琪花杂瑶草，六甲备行厨。于是振衣长啸，蹑足云巅，沧海一掬，万山如拳。白鹤翔兮凌厉，神龙下兮蟠旋。双童醉舞兮婉转，素女含笑兮翩跹。螺书蕤篆人不识，赤文绿字谁与传。我不知方丈之峰几万里？扶桑之木几万年？白眼悠悠诚下士，欲往从之道如咫。古来慧业多能仙，何必丹砂与玉髓？秦皇汉武非仙才，鞭山驱石何为尔？诗成笑傲俯人寰，天惊石破开心颜。朱草纷披谁处所，白云苍莽何时还。识得「人间何处无丹丘」，则篇中所云俱作梦游天姥观可矣。诗境超逸，亦仿青莲。

石为崧字五中，江南如皋人。康熙戊辰进士。

## 秋日坐秦淮水榭闻故老谈金陵遗事

木落江南秋暮天，开元诉罢转茫然。荆榛曾记从龙日，鼙鼓还传失鹿年。夜月照残楼十二，金风吹冷殿三千。凭谁坐说长江险，玉树歌终亦可怜。